촛불시민들의 기억과 표현

촛불혁명
시민의 함성

촛불혁명출판시민위원회

수구적폐청산, 나라다운 나라!

3.1혁명 백 주년, 촛불혁명 3주년에 올리는 시

-『촛불혁명 시민의 함성』 2쇄, 〈촛불혁명완성책불연대〉 출범에 부쳐

정영훈

백년도 전
노예제 신분제 왕정 식민지배
떨쳐 일어나
자주 독립
한민족 한나라로
민주공화국 외쳤어라

그렇게 시작된 3.1 혁명
아, 얼마나 처절했던가!
감옥과 굶주림
고문과 죽음의 행렬
십년 오십년 백년의 전쟁

그 장구하고 장렬한 골짜기 지난
결실로서의 촛불혁명!
반역과 부역, 독재, 부정, 착취 세력 이기고
분단과 동족상잔, 종미,
찌들은 적폐, 갖은 농단 떨치고
기적처럼
민주 민족 정의 평화 공화국 시대 열었어라.

백만 천만 천칠백만 촛불
그 압축된 기록으로서의
「촛불혁명 시민의 함성」!

이 또한 작은 기적이리.
밑바닥에서 이삭을 줍듯
한 달 두 달 열 달 스무 달

한 편 두 편 백 편 삼백 편
일만 십만 백만 천만…

모든 혁명은 혁명의 시작이라
촛불혁명 또한
그 계승 발전 완성을 향한 행진.
미약과 미진, 미완을 깨는
'책불혁명'의 명 받들어
〈촛불혁명완성책불연대〉펼치리니

동지여, 촛불이여, 손잡아주오!
분열과 반목, 질시 버리고

연대의 힘 대동단결 승리의 길
함께 가세.
항구적 민주 정의 평등 평화 정부와 체제
온전히 이루어 가세.

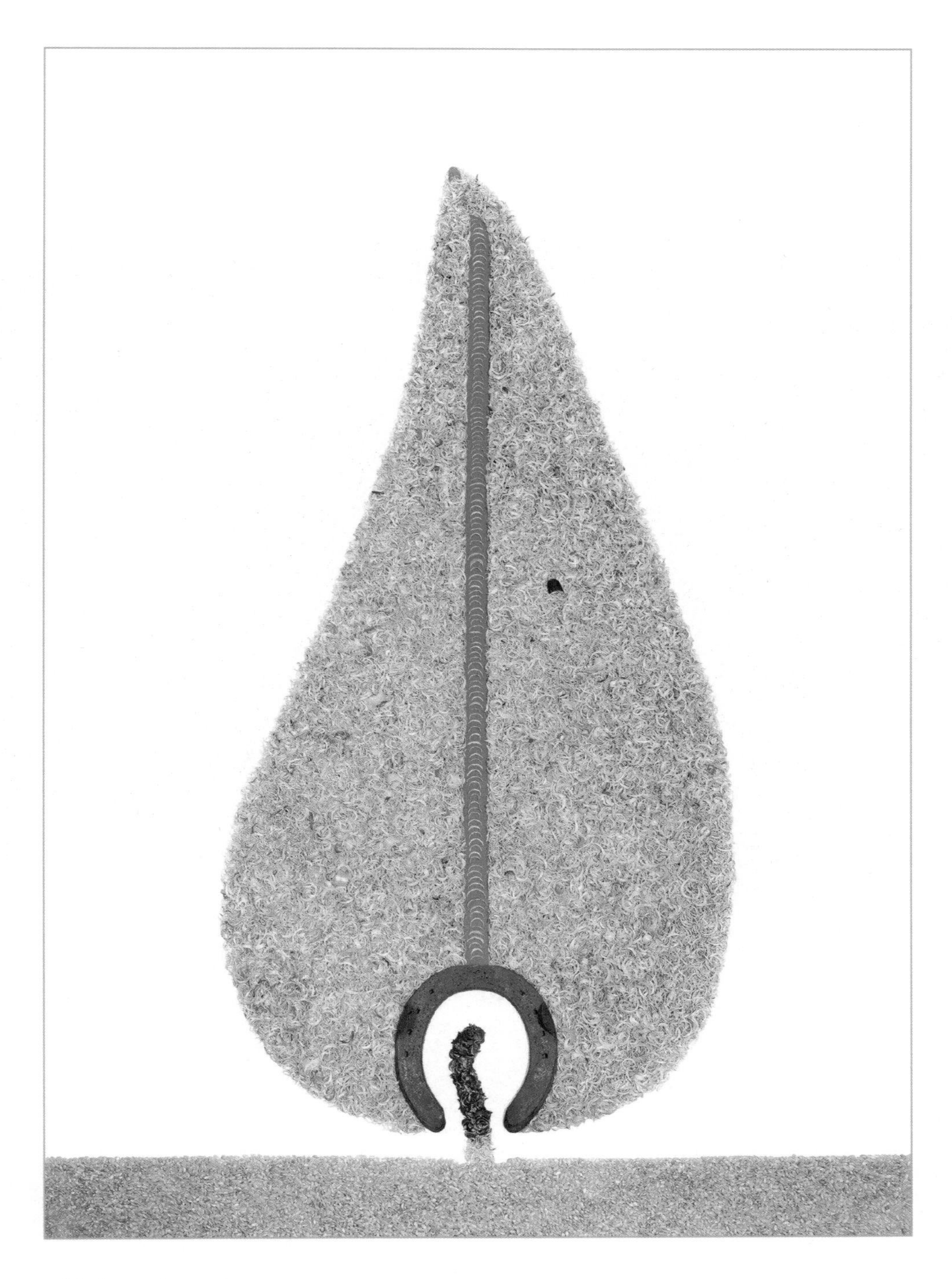

염원-한마음의 길 디지털 프린트_841x1189cm_2017(700여명이 기부한 65053개 손톱, 편자, 현미)

두눈(실천예술가)

국민의 염원이 이루어지지 않는다면

촛불은 꺼지지 않고 유일한 길이 된다.

2016.11.25.

그 사람 참 정치적이야

백만 개의 촛불, 내려앉은 별: 눈동자는 정의의 신, 우주의 눈동자
고영훈(작가)

촛불, 그날의 함성

정호천

헌재는
탄핵하
나눔문화 www.nanum.com
박근혜탄핵
촛불승리
박근혜탄핵
촛불승리

국정교
탄핵한

평화
박근혜탄핵
촛불승리

박근혜 탄핵!

세상에 없던 꽃이 피었다

이경애(문화공간온)

방안 탁자 위에 놓여 있을 때
한 자루 촛불은
침묵이고 기도였다.
사방은 고요했다.
그리고…
한 자루 한 토막
흐르듯 흘러들듯
방을 나서 광장으로 모여든 촛불들.
삼삼오오 십만 백만 천만….
그렇게 촛불은
거대한 함성이 되고
염원이 되고
희망이 되고
노래가 되고
시가 되고….
타오르던 천만 개의 촛불은 드디어 꽃이 되었다!
꽃말은…
'희망'이었다가 '승리'가 되었다.

나눔문화 www.nanum.com
박근혜를
구속하라

우리의 정당한 요구를
막지 마세요

혁명
재벌. 검찰. 언론
이 나라의 모든 부패권력
처단 해야 합니다
혁명을 이루어
정의로운 나라로 갑시다.

#하야하라 박근혜
중고생이 앞장서서 혁명정권 세웁
중고생혁명

세종대왕

모이면 커집니다

리울(시인)

반딧불이 하나는
별 볼 일 없는 작은 불빛입니다.
그러나 모이고 모여 백을 이루면
결코 작지 않은 불빛입니다.

장작개비 한두 개는
해볼 일 없는 낮은 불꽃입니다.
그러나 합치고 합쳐 백을 이루면
세상을 태우고도 남을 큰 불꽃이 됩니다.

물방울이 어깨동무하듯 모이고 모여
시내를 이루고 강을 만들고
끝내는 육지보다 큰 바다를 이룩하는 것처럼…

각각 흩어져 홀로 있는 촛불은
낮은 어둠밖에 몰아낼 수 없지만
모이고 모여 수십, 수백 개가 하나를 이루면
태양 빛에 오금이 저려 꼬리 내린 낮달처럼
높은 어둠도 저절로 물러날 것입니다.

http://cafe.daum.net/riulkht/JYmE/123

3.1혁명 백년
다시 일어서는
대한국민!!

1
퇴진
ink-jet media

평화십자

핵
1060 일
끝날때 까지는
끝난것이 아닙니다

퇴진하라
박근혜
OUT!

광화문 촛불

김 영(목사)

드디어 광화문에
국민·민중의 촛불이
켜졌다.

민중의 촛불은
하늘의 빛이다.
어떤 바람도 끌 수 없는
성령의 불이다.

바람아 불어라!
촛불이 횃불 되고
횃불이 산불 되어
이 강산의 부정부패
훨~ 훨~
다 태워라
뿌리까지 불살라라

그 재가 거름 되어
정직하고 정의로운 민주주의
새싹을 틔우리라!

광화문 촛불은
우리 함께 출렁이는 가슴
세계를 밝히는 평화의 빛이어라!
(2016.11.18.)

농민회

충남지부

▽▽▽▽▽▽▽▽▽▽▽▽▽▽▽▽

즉각 퇴진! 즉각 탄핵! 황교안 내각 총사퇴!

박근혜표 정책 전면폐기! 박근혜 공안탄압 국정조사 실시!

광화문캠핑촌

1월 7일(토) 캠핑촌 일정

> 블랙텐트(천막극장) 설치 퍼포먼스 <

07시~ 종일 / 광화문 캠핑촌(광장극장위원회)

> 길거리 붓글쓰기(서예/캘리그라피) <

서예가 이상필 / 캘리그라피 : 이석인(KBS 타이틀 디자이너) / 더불어 숲 등

12시30분~19시 / 광화문 캠핑촌

> 즉각퇴진 깃발 퍼포먼스 <

14시~ / 광화문 캠핑촌

> 차벽공략 미술 PROJECT <

14:00- / 세종대왕상 뒷편, 차벽 앞

> 주류아닌예술가들의 시국퍼포먼스 굿 <눈떠!> <

15:00- / 광화문캠핑촌 → 헌재 → 청와대

> remember0416 숲&구멍조끼 304<

11:00- / 광화문 해치마당

광화문캠핑촌 | 박근혜퇴진과 시민정부 구성을 위한 예술행동위원회 | 페이스북_광화문 캠핑촌

2017. 1. 7 (14:00) - 2. 11 제주갤러리 '소랑' 2017. 1. 14 - 1. 26 광화문광장 궁핍현대미술광장

주최: 촛불을기록하는사람들/ 후원: 한국사진기자협회, 뉴시스 노조, 전신노협, 박근혜퇴진광화문캠핑촌, 촛불시민

참여 사진기자, 작가(무순)

병신년을 보내는 촛불

烽山 선진규(정토원 원장)

수백만의 촛불이
약속이나 한 듯
하나 되어
함성 치는 파도 속에
이해가 넘어가고 있다

나라의 주인은
국민임을 밝혔고
민주를 지키고
주권을 사수한
도도한 촛불!
이제는 누구도 끌 수 없는
용광로가 되었다

잡철이 들어갔다 나오면
선철이 되듯
촛불 용광로에 너나없이
들어갔다 나오길
희망해 본다

모두에게 스며있는
거짓과 부패, 독선과 이기
고집과 욕심, 대립과 분노
남김없이 다 태워 버리고
새롭게 탄생토록
발원해 본다

병신년을 보내는 촛불
전국에서 모인 하나하나가
세계사에 없는
천만 촛불이 되었다고 한다
이 촛불 혁명!
"끝과 시작은 본래 하나다."
이것이 우리들 선대의
가르침이다

자정이 지나면
새해 정유년(丁酉年) 닭의 해
여명(黎明)을 알리는
붉은 닭의 소리를
마음 졸여
기다려 보자.

※ 이 책을 위해 양질의 사진을 제공해주신 **김진표(한겨레온)**, **정호천(벤처회사)**, **김 진(향린교회)**, **이동구(한겨레신문)**, **성효숙(화가)**, **채원희(통일문제연구소)**, **이상임(사진작가)**께 감사드립니다.

박근혜
퇴진

〈발간사〉

250만(연인원 1700만) 촛불이 이루어낸 승리!

『촛불혁명, 시민의 함성』을 펴내며

1. 아, 얼마나 기나긴 질곡이었던가!

우리의 역사는 기나긴 질곡이었습니다. 근대를 앞두고 일어난 동학혁명은 프랑스혁명보다 위대할 수 있었지만, 일제의 총칼에 의해 무참히 좌절되었습니다. 그 후 일제 강점기에 친일파들이 득세할 때 3.1 운동(이후 대한민국임시정부가 수립되었기 때문에 '혁명'이라 명명되어야 함)을 비롯한 독립투쟁은 계속 되었습니다.

미·소를 중심으로 한 국제관계와 사상(이념)의 대립에 따른 분단 및 전쟁 이후 우리나라는 친일과 독재, 반공, 반민족, 숭미, 부정이 더욱 강화된 체제가 되었습니다. 4·19혁명, 5·18 민주화운동, 6·10항쟁 이후 반짝 민주공화국시대가 열려 민주주의와 남북 관계에 획기적 변화가 진행되었습니다. 그러나 수구세력의 참여정부에 대한 끊임없는 흔들기, 노 대통령에 대한 지독한 괴롭힘 등을 이겨내지 못해 그 귀한 민주공화국은 유지 발전할 수 없었습니다.

국민들 모두 잘 살게 해주겠다며 대통령이 된 이는 이후 대도(大盜) 수준의 부정한 MB의 추억을 남겼을 뿐입니다. 퇴임 이후 자신의 안위를 지키려는 MB와 친박으로 대별되는 수구 기득권세력은 친일장교 출신 독재자의 딸 박근혜를 대통령으로 세웠습니다. 그 과정의 부당함에 대한 저항; 국정원 등 정부기관을 총동원한 댓글 부정과 개표부정 시비에 따른 시민들의 투쟁이 계속되었으나 그 세는 약했습니다.

명백한 참사, 명백한 의혹의 세월호 침몰에 따른 거룩한 분노가 들끓었지만, 긴 세월, 그것으로도 박정권을 물리치지 못했습니다. 해고와 비정규직 노동자들의 희생은 그치지 않았고, 목숨 건 고공농성도 이어졌습니다. 친일 독재 분단 강화 국정교과서 공작, 전교조 법외노조화 등 노동법 개악 적용, 독점자본들만의 경제, 자신들 편 아니면 전가의 보도 종북 좌파 빨갱이 취급, 다중의 우민화, 그것을 통한 권력으로 장악된 사법, 행정, 언론 등 거칠 것 없는 무소불위 세상이 되었습니다. 학교나 사회의 교육이 제대로 될 수 없었고, 민주교육 잘할수록 민원을 많이 받는 교육현장이 되었습니다.

2016년 4월 총선으로부터 회칠한 돌무덤 뚫고 천심, 민심이 솟아 올랐습니다. 시민들은, 2015년 11월 경찰의 정조준 물대포에 쓰러져 뇌사에 이르렀던 백남기 농민에 대한 죽임의 책임을 덮기 위한 수천 명 견찰을 동원한 부검 시도를 막아 냈습니다. 세월호 특조위 중단에 대한 반발, 사드 반대 투쟁이 이어졌고, 미르K재단 최순실, 정유라 문제가 표면화 되기 시작했습니다.

2. 간절한 혹은 처절한 촛불 항쟁

모진 고난에도 416 유가족과 시민들의 투쟁이 멈추지 않던 중 박근혜-최순실의 국정 농단이 드러났고, 한겨레의 시리즈 기사, JTBC 등 언론 폭로가 이어졌습니다. 2016년 가을은 광화문으로부터 오색 민주화의 기운이 일어 민주화 단풍 천하가 되었습니다. 온 나라에 국정농단 뒤엎는 붉은 단심의 함성이 울렸습니다. 5천만 국민 대표하여 5만 의인 모이고, 10만 시민 손잡고, 100만, 150만 '사람'들, 민중들이 발그레 타는 촛불로 총궐기, 행진하였습니다.

12월 3일, 광장의 어두운 하늘을 지상의 243만(약 250만) 촛불과 함께 훤히 밝힌 초승달은 새날의 상징이었고, 일주일 후의 국회 박근혜 탄핵소추안 가결은 그 위대한 촛불이 이룬 성과였습니다.

친박 수구세력은 그동안 자신들 편이었던 언론, 검찰, 특검, 여당도 모조리 부정하고 헌법재판소까지 위협하였습니다. 다수결 신봉 주의로 선거의 여왕 받들더니, 이제는 다수의 희생양인 양 천심의 민심도 저주하였습니다.

박영수 특검호는 나락으로 가라앉던 나라 비로소 온전히 바로 세우고 있었습니다. 도적 수준 대통령과 작당한 삼성 총수도 구속하고자 했습니다. 그러나 모처럼 법과 양심 찾은 대한민국 사법부의 영장조차 부정하는 불법 위법 대통령과 청와대는 치외법권 지대였습니다. 의혹의 박정권 침몰선에서 최순실을 향한 "염병, 염병하네, 염병하고 있네!" 특검실 청소 아줌마 일갈이 촛불 위로 출렁였습니다.

소위 탄기국 집회 행진은 민주의 봄 꿈 부푼 촛불 주변에 '계엄령을 선포하라, 군대여 일어나라' 등의 음험한 선동과 군홧발로 어른거렸습니다. 그들은 배후를 가진 내란 예비음모 세력으로 보였습니다.

국민 70% 이상이 바라는 특검 연장 거부는 비상사태. 그러나, 꺼지지 않는 광장의 촛불과 광장에 나오지 못해도 민주 정의를 향한 마음의 등불 켜 들고 있는 천만 이천만 삼천만 사천만 민초의 천심으로 끝내 봄은 오리라!

3. 위대한 촛불혁명

"대통령 박근혜를 파면한다!"

휘몰아치던 칼바람 물러나고 찬란한 생명의 봄바람이 불어왔습니다. 마녀호가 침몰하자 세월호, 진실호가 떠올랐습니다. 그런데, 대선 국면이 되자 적폐 부활의 조짐이 일고, 새로운 민주공화국의 비전이 잠시 실종되기도 했습니다. 적폐 중의 적폐 종북몰이 색깔론 대신, 헌법 수호 경쟁을 통한 참된 민주공화국을 세우는 대선이 되도록 다시 촛불을 들었습니다. 그리고 마침내 새로운 민주공화국시대의 문이 활짝 열렸습니다. 다시금 이어질 수도 있었던 참사와 적폐, 수십 백여 년의 반민주 반민족 대결과 전쟁위협 등 떨치고, 자유와 민주, 상식과 원칙, 자주와 평등, 평화의 시대가, 역사와 촛불시민 앞에 겨레와 세계만방의 기대에 찬 눈망울 위에 돌이킬 수 없는 희망으로 우뚝 섰습니다.

4. 과제, 사명, 역사적 『촛불혁명,시민의 함성』 출판

최근 밝혀진 기무사의 계엄 계획을 볼 때, 우리의 촛불집회가 미약했다면 헌재의 탄핵 인용이 어려웠을 것이고, 그에 따른 인명 및 사회적 역사적 희생이 엄청났을 것임을 생각하면 촛불혁명의 역할이 얼마나 위대한 것인지 새삼 가슴을 여미게 됩니다.

촛불혁명 이후 정치, 경제, 사회, 역사, 언론, 군, 경찰, 검찰, 대법원 등 전방위적 변화와 개혁이 진행되고 있습니다. 남북의 평화와 협력, 공존공영의 시대가 열려 대륙철도는 달리고 국제적 남북경제공동체가 무성한 꽃으로 만발하리라는 기대를 갖게 합니다. 막 피어난 민주정부가 성공하고 지속 되어야 항구적 발전적 민주평화통일 공화국이 가능합니다.

경제와 노동문제 등은 여전히 해결이 안되고, 어쩌면 가장 어려운 문제입니다. 촛불시민들이 주인의식을 가지고 함께 실마리를 풀어나가야 합니다. 수구세력을 이롭게 하는 대립과 적대, 분열을 지양하고, 비판적 지지, 발전적 비판의 지혜를 발휘할 때입니다. 누구든 어느 분야에서든 비정상과 불합리, 병리적 현상, 편향, 과잉을 주의하고, 제정신으로 종합적 합리적 상식적 양심적 변화와 발전을 지향해야 할 것입니다.

우리 미약한 '촛불혁명출판시민위원회'가 이렇게 위대한 촛불혁명을 역사적 책으로 출판하게 된 것을 자랑스럽게 생각합니다. 우공이산(愚公移山)이라 했고, 겨자씨만 한 믿음으로도 산을 옮길 수 있다 했습니다. 우리는 그런 마음으로 돈도 조직력도 없이 오로지 촛불시민들에 대한 책임감과 헌신적 노력으로 이 책을 내게 되었습니다.

촛불집회 당일 최고 약 250만의 만분의 일인 250여 명 촛불시민들이 원고와 후원, 자문 등으로 참여해서 이루어진 출판의 의미는 매우 크다고 생각합니다. 정파성(또는 당파성) 강한 정치인들의 글과 글쓰기 전문가라 할 수 있는 기자들의 글은 지양했지만, 우리 촛불시민들이 다양했던 것처럼 이 책에 참여한 분들도 아주 다양합니다. 80대 어른에서부터 어린이, 대학교수의 논문이나 전문시인들의 시에서부터 노동자, 농부, 서민의 소박하지만 뛰어난 글들이 많습니다, 위대한 촛불혁명을 이끌었던 '퇴진행동'의 지도부 및 무대발언자 분들의 원고도 일부 있습니다. 대부분은 당시 무대에 올라가지 못했지만 함성이 간절했던 각계각층, 각양각색 촛불시민들 마음의 표현을 모은 출판! 이는 실로 촛불혁명 주역들의 축소판이라 할 수 있습니다.

그만큼 부족한 점이나 불만이 있고, 어떤 인사들에 대한 견해차도 있을 수 있겠지만, 모든 것이 합하여 선을 이루었다는 점에서 이에 대한 합리적 긍정과 휴머니즘적 포용이 또 하나의 촛불정신이 되기를 기대합니다.

첫째 마당은 촛불혁명이 일어나기 전까지의 부정과 참사, 사회문제, 촛불혁명전야의 촛불을 나타냅니다. 중심이 되는 둘째 마당은 촛불집회, 그 한 가운데, 박근혜 퇴진, 민주정부 출범 전까지의 함성입니다. 셋째 마당에는 촛불혁명의 기쁨, 의미, 계승 발전, 과제, 비전 등을 담고자 했습니다. 출판에 1년이 걸리는 사이 3부 비중이 커지기도 했습니다. 다만 이 구분은 엄격한 것은 아니고 대체적인 분류입니다.

우리 촛불혁명출판시민위원회는 이후에도 정치, 사회, 교육 모든 면에서 가능한 대로 새롭게 촛불혁명 지속발전을 위한 노력을 다하고자 합니다. 『촛불혁명, 시민의 함성』이 널리 보급되고 읽힘에 따라 그 역할은 커질 수 있습니다. 손에 손 잡고 열배, 백배 촛불혁명의 열매를 맺을 수 있기를 바라마지 않습니다.

2018. 8.

촛불혁명출판시민위원회

위원장 정 영 훈

차례

둘째마당

타오르는 촛불

셋째마당

촛불혁명, 그 완성을 위하여

첫째마당

전야, 부정과 참사의 파고

2016년 겨울의 '나단'에게

서덕석(목사, 세월호성남시민대책회의)

너는 가서
저 눈 감고 귀 막은 대통령의 면전에다 외쳐라

교만하게 쳐든 네 콧대에 가려져서
길바닥 파지 줍는 노인네들의
굽은 등에 내려앉은
깊은 시름이 보이지 않느냐?

윤기 자르르 흐르는 손을 내밀어
부자들에게서 더러운 뭉칫돈 받아 챙길 때
품삯을 빼앗긴 일꾼들의 아우성이
나 야훼의 귀를 아프게 하나니

맹골수도에서 304명의 목숨들이
숨 막혀 살려달라고 애원하던 그 날
너는 어디서
무엇을 하고 있었더냐?

내 백성들이 개나 돼지 취급을 받으면서
컵라면 불려 먹을 시간도 없이
쫓기며 하루하루를
힘겹게 살아갈 때
너는 송로버섯에 철갑상어 알, 샥스핀으로 배 불리며
십상시, 팔선녀들과
우라질 국정이나 논하며
약물에 취해 흐느적거리고 있었더냐?

피 묻은 칼을 뒤로 감춘 채
한 번만 더 용서해 달라고 애원하느냐
그 가증스러운 눈물과 거짓 약속에
또다시 속아 넘어갈
어리석은 국민인 줄로만 아느냐?

너는 어서 가서
광장에서 소리 질러 외쳐라,
저들이 서 있을 곳은 민의의 전당도 아니고
화려하게 지은 푸른 기와집도 아닌
민중들의 울부짖음이 밤낮으로 벽을 때리는
차갑고 어두운 감방일 뿐이라고
크게 외쳐라.

위대한 숲

– 촛불 혁명을 위하여

나해철(의사, 시인)

제자리를 지키고 서서
제 분수대로
싹을 내고 키를 키우는
식물처럼
나무처럼
푸르고 정직한 사상의 피를 가진
인간들이
광장에 모여
촛불 꽃을 피울 때

살아 서 있는 거대한 나무가 된
사람들이
모이고 모여
위대한 역사의 숲을 이룰 때

서로
손을 맞잡고 어깨를 걸은
새하얗고 굳센 신념의
나무뿌리 풀뿌리로 가득한
뜨거운 가슴들이 있다

슬픔이 푸른 사상을 만나
의지를 낳고
분노가 새하얀 신념을 만나
연대를 이루는
슬픔을 고요로
분노를 부드러움으로
끝내 일렁이게 하는
불꽃을 만개케 한 인간의
아름다움이 있다

촛불이
홀로 어둠을 밝히는 것이 아니라
다른 촛불의 심지에
불을 댕겨주어
함께 타오를 때
진정 광휘로운 것처럼

인간의 순정이
다른 인간의 선함에 닿아
함께 빛날 때
기적의 불꽃은 타오르고
불꽃은
위대한 숲이 되고
새 역사가 된다

해탈도
혁명도
촛불 하나와 같은
작은 씨앗에서 오는 것
작은 불씨 하나가
용광로의 불꽃이 되어
나를 변화시키고
역사의 대지 위에 활화산을 솟구치게 한다

진정한 국가

박윤식(초등생)

수학여행 간다고 들뜬 아이들
한껏 마음 부풀어
배 타고 놀러 가는데

선장 등 못된 사람들이
학생들을 수장시켰고
그 소중한 생명들이
하나둘 사라져 가는 동안
국가는 허둥대기만 했다.

억울하게 바다에 갇힌 아이들,
유가족이 아무리 소리쳐 봐도
국가는 동문서답.

이런 국가를 어떻게
진정한 국가라고 말할 수 있겠는가?
국민들은 나라다운 나라를 원한다.

세월호와 국가

장민혁(초등생)

세월호 사건!
국가가 어떻게
나라의 국민을 버릴 수 있는가?

국민을 황금보다 더 귀하게 여겨야지
어떻게 그 귀한 국민을
죽게 둘 수 있는가?

전원을 구출했다고 했지만
많은 사람들이 죽었다.
과연 국가가 그렇게
힘이 없어 그랬을까?

어떻게
사랑하는 가족을 두고
세상 떠난 사람들을
그렇게 많이 만들었는가?

대한민국이 참 볼품없구나!

탄핵절에 별이 된 아이들에게

– 세월호참사 1,060일 탄핵절 광화문광장에서

동서 아빠 김재광(민족문제연구소경기북부지부)

국기문란–국정농단 주범
박근혜 탄핵 소식을
세상에서 가장 오랫동안 기다리고 있을
세월호 참사 단원고 아이들에게
한걸음에 달려와서 올렸습니다.

하염없이 눈물이 흐릅니다….

눈물을 훔치며
진실규명과 적폐를 청산하기 위한 장정을 이제 시작하겠다고 약속을 드렸습니다.

“잊지 않을게 반드시 밝혀줄게.”

촛불의 함성 격문

신진원(촛불시민)

독립통일 위인김구 정적으로 몰아갔고
미국끼고 자신들의 안위만을 생각했네
자유당의 백발노인 전쟁나자 도망갔고
부정선거 학생(폭행)테러 기독교를 망쳐놨네

군사정권 일본장교 십팔년의 장기집권
지역감정 여성인권 교육환경 흐려놨고
어부지리 경제성장 억지찬양 억지춘향
교육현장 제식교육 우민교육 시작했고
월남파병 파독광부 파독여성 바라보며
이로움과 호의호식 누리다가 지는구나

신군부의 사람들은 공권력을 휘어잡는
수단으로 깡패소탕 삼청교육 말살되는
인권속에 우민교육 모자라서 3S정책을
택하였고 호남지역 유린했고 반성없네
감옥호텔 투숙하다 사면됐던 그대들은
일해재단 사건외에 광주사건 재수사를
권하는바 다시한번 투숙하여 자숙하길

서울쥐는 샐러리맨 신화창조 국민우롱
기만했고 국민세금 빨대꽂아 빨아먹네
아직까지 시인없고 죄의식이 없는모습
탈속했던 대통령을 죽게했던 악마의쥐

공주출신 대통령이 되는것은 고려할바
찾아와서 절규했던 유가족을 외면했고
눈물하나 보이지가 않았었던 장례식장
그의심성 알만했고 용서할수 없는자다.
국정농단 무엇인가 소신없는 독재자딸

촛불혁명기 사언절구

고은광순(한의사, 평화어머니회)

１９세기 동학도는 ２１세기 촛불시민
１９세기 똥양반은 ２１세기 수구세력
온우주의 탁기모아 부귀권력 움켜쥐고
더러운잠 퍼자면서 더러운꿈 꾸는구나
애국으로 탐욕포장 가짜뉴스 대량유포
동학도를 역적몰듯 촛불시민 종북몰이
１９세기 동학도들 죽창들고 일어섰네
생명존중 죽창끝에 상대피는 묻히지마
양반눈빛 싸늘식어 곳간잠궈 문서감춰
무라타총 손에들은 일본넘들 뒤에숨어
이집저집 동학도요 손가락질 해댔더라
눈빛형형 위험하오 저놈마져 죽여주오
외세만이 살길이라 믿을것은 왜군이라
동학도를 비적이라 몰아치던 양반들이
일본놈의 총과탄약 침흘리며 바라보다
친일파가 되고나서 나라번쩍 바쳤다네
내재산이 보존되면 일본지배 어떠하리
내후손이 출세하면 식민지가 무슨상관

*

미군철수 절대안돼 전작권을 받아주오
나의목숨 지켜주고 나의재산 지켜주오
개돼지야 어찌되건 부귀권력 놓기싫소
뇌물주며 호호하하 뇌물받고 흐흐허허
금수저든 상류층은 갑질하며 호령하고
저것들은 빨갱이요 종북이며 간첩이라
자위대야 들어와라 소녀상을 치워줄게
미군일군 들어와서 영구분단 쐐기박소

*

온우주의 정기모아 함께사는 꿈을꾸네
촛불들고 어두움을 몰아내려 애를쓰네
전쟁싫어 평화좋아 진실좋아 거짓싫어
가짜뉴스 생산하는 탐욕무리 물렀거라
동학정신 살아있다 우리들이 하늘이다
평화정의 사랑존중 귀한가치 살려내어
한량없이 좋은세상 우리들이 만들테다

촛불이 된 시대의 양심

조강김영애(우리누리평화운동)

눈에 넣어도 아프지 않을 304명의 생명
꽃다운 아들딸들이 물속에 잠긴 날
하늘도 울고 땅도 울고 바다도 울었다.
아무도 책임지지 않는 부당한 죽음 앞에
촛불이 된 시대의 양심은 정의가 되어 살아났다.
거리를 메운 촛불은 물었다. 이게 나라냐?
촛불은 우리의 분노가 되었다.
촛불은 우리의 눈이 되었다.
촛불은 우리의 귀가 되었다.
촛불은 부모의 심장이 되었다
촛불은 광장의 함성이 되었다.
촛불은 진실의 눈물이 되었다.
촛불은 불의를 정의로 바꾸어놓았다
촛불은 못다 핀 영혼의 희망이 되었다.
촛불은 영원히 그날을 기억하리라.

친일청산 하자면서

윤미경(상담사)

친일청산 하자면서
친일청산 하자면서
새누리에 왜 표 주나?

친일청산 하자면서
조중동 신문은 왜 보나?

친일청산 하자면서
조선동아 종편방송 왜 보나?

친일청산 하자면서
친일기업 왜 구매하나?

답답하다, 대한민국!

※ 평소 집회 때마다 자주 드는 1인 시위 피켓 시입니다.

아직도 끝나지 않은 세월

남산(주권당/선거무효소송인단)

우리에게 주권이 있는가?

선거는 민주주의 꽃이라고 그들은 말한다.

우리가 뽑은 대통령이라면 어떻게

우리의 자식들을 차디찬 바닷물 속에 빠뜨려 죽일 수 있단 말인가?

우리가 뽑은 국회의원이라면 민중의 피땀을 약탈하고

죽음으로 내모는 악법을 어떻게 만들 수 있단 말인가?

우리의 피맺힌 노동과 눈물의 혈세로 먹고사는 법률가라면

어떻게 4년 11개월 재판을 기피할 수 있는가?

민중을 위한 신문방송이라면

어떻게 진실을 외면하고 침묵과 거짓으로 민중의 귀와 눈을 흐리는가?

우리가 낸 혈세로 무장한 경찰이 어떻게

노동자 농민에게 죽음의 폭력을 휘두르는가?

이 땅의 정치인 군인이라면 어떻게 식민지 학살 분단의 고통을 누려온

미 제국의 군사기지를 위하여 민중의 가슴에 총부리를 겨눌 수 있는가?

그들이 민중의 혈세로 먹고사는 공복이라면

어떻게 주권 날강도의 편에 서 있는가?

골골마다 진달래 만발해도

사월의 차디찬 바닷바람이 울고

오월의 피비린내 통곡이 다시 돌아오는 한

황금빛 들녘에 국화 향 가득해도

10월 하늘에 원혼의 함성이 떠나지 않는 한

우리의 주권이 핏빛 시궁창에 처박혀 있는 한

선거는 민중의 피눈물이다

어젯밤, 반 잠수선에 안착한 세월호를 보면서

임우택(교사)

어제 아침 세월호가 떠올랐다.
맹골수도에서 기다리는 부모를 보며
눈시울이 자주 뜨거워진다
거센 파도 속에서
3년 세월 보냈을
9인의 미수습자들
부모들의 얼굴을 화면에서 만나면
가슴이 울렁이며 서글픔이 복받쳐 오른다

슬픔이 분노가 되어 백성들 가슴을 뚱땅 때리며
촛불 들어 눈물 흘리며 절규하면
차 벽으로 막고 물대포 날리던 자 누구였더냐

망자들의 원혼이 탄핵의 불씨가 되고
백성들의 분노가 그대를 궁에서 내쫓아도
진실은 밝혀질 것이라는 그대의 헛소리는
머지않아 감옥에 갇혀 가위눌리게 될 것이다
아무리 외쳐도 누구도 들을 수 없는
어두운 꿈속의 외침이 될 것이다

세월호는 잠수선에 올라
목포 신항으로 움직이기 시작한다

보아라,
내일 해가 뜨면 밝혀지리라
진실도 인양되리라
백성들은 그대의 차가운 웃음을
두고두고 외면하리라
슬픔은 분노가 되고
분노는 맹골수도 거센 파도가 되어
억압의 사슬을 뭉개어 버렸다
평화의 촛불 들 머지않아
봄날의 싹을 틔우고
자신들의 잎새로 무성하게 자라
푸른 들판을 만들어 갈 것이다.
꽃을 피우고 향기를 드날릴 것이다.

(2017.03.25.)

이 시대의 '아이히만'들

최충웅(전 경향신문기자)

노블레스 오블리주
그 얼마나 아름다운가?
가장 잘 지켜야 할 게
교훈이나 급훈 되듯이

요리조리 사방 둘러보면
이 시대의 '아이히만'들
밤하늘 총총한 별들처럼
지천에 촘촘히 깔려있네!

부정부패 앞장선
벌거숭이 나라님
겹겹이 철벽 경호
구중궁궐 한 모퉁이
관저에 처박혀서
날 선 말 한마디면

교언영색 곡학아세
딸랑딸랑 절대복종
벼락감투 완장 차고
거들 먹 눈 부라리며
호가호위
가렴주구
개망나니 설쳤던
똘마니 부역자들!

자신은 유대인 대량학살에
책임이 전혀 없다고 항변한
아이히만의 뻔뻔한 변명
아직도 귀에 쟁쟁하다!

이 시대의
무수한 '아이히만'들
단지 그들에게만 침 뱉으랴?

양심 불량 지도자
우상처럼 여기고
뽑았던 사람들

과연
그들은 누구인가?
평범한 악인인가?
특별한 악인인가?

이제라도
바짝 정신 차려
아이히만 엄벌에 처하듯
부역자들 대청소 않으면
또다시 도로아미타불
역사는 반복된다네!

빛의 길

임석규(기독청년학생실천연대)

먹구름이 몰려들어
앞길이 보이지 않을 때
눈과 귀가 가려진 채
서로 앞만 보고 달리다가
우리는 많은 것들을
너무나도 많은 것들을
잃어버리지 않았던가

하늘이 내린 사람의 생명
돈과 명예, 권력에 짓눌려
가진 자들은 저 높은 곳에서
흥청망청 놀고먹고
그사이 수많은 민초들
하나둘씩 쓰러져갔다

사람답게 살고 싶다고
울부짖던 노동자들
우리 먹거리 지키려다
쓰러졌던 농민들
수많은 냉대의 손가락질에
신음하던 장애우들
생각 없는 폭력에
흐느끼는 소수자들
그리고…
세월호의 아이들까지…

더 이상 죽이지 마라
사람이 사람답게 살게 하라
묻혀진 진실들 밝혀내라
기나긴 시간 동안
우리네 너른 마당에서
수많은 목소리가 꽃피웠다

목소리 꽃들이 일어나
촛불을 하나씩 밝혀갈 때
눈과 귀를 가로막던
검은 장막들이 벗겨졌다
촛불은 바람에 꺼지지 않고
들불이 되어 온누리를 일깨웠다

우리의 가슴에는
아직도 촛불이 타오르고 있다
그 낡은 옛 흉측한 것들을
반역의 어둠을 살라내고
우리 아이들과
우리 이웃들이
나아갈 길을 비출 그 희망의 빛이….

질경이 꽃

이종희(시인, 은행근무)

맘 아쓸아쓸 절이면
핏빛 심장 꺼내 쥐고, 달밤
소주 한 병 들고 널 찾아 나선다

이 땅 오래부터
천박한 길섶과 돌무덤 옆
목숨보다 더 질겨
우마차 바퀴에 깔려도, 잎줄
일그러질 뿐
더 푸릇하게 살아나는 차전초

봄 한 철, 어린싹 나물 되고
전초와 뿌리 말려 약초 짓고
씨앗 빻아 상한 맘 달랠 죽을 쑤는

천대와 멸시 속
누구 없어도
단단히 흙 쥐고 내려
뽑기도 어렵고, 뽑혀도 다시 자라는
혹여, 고사 되면
필시 가뭄 든다는 그 민초가

마침내, 뿌리에서 꽃 피었네
심장 같은 꽃밥
하늘로 솟는 창날 꽃대에
더불어 피어야만

몸 낮춰야만 보이는
하이야니 작은 별꽃

이후,
다시 밟혀 땅에 떨어져
발자취 따라 퍼지는

너의 얼굴에, 이 땅
밀양 할매 옹기종기 얼굴들을
강정 바다 거친 피부 노신부를
팽목 바다 펄렁이는 눈물을
용산 불구덩이 절규를
칼바람 철탑 노동자를 본다.

너를 닮아 슬프다
너도 그들 닮아 슬픈가
너를 보면 눈물이 난다
너도 그들 보면 눈물이 나는가

내 눈물, 물끄러미 보는 달

길섶 돌아서는
취한 나에게
넌 고개 숙이고, 아무런 말이 없다

정의의 횃불

김희수(정의의 횃불)

촛불은 정의의 횃불이다
진실을 말하기에 그들은 결국 이긴다
빛을 이기는 어둠은 없다
진실을 이기는 거짓은 없다
정의를 이기는 불의는 없다
다만 잠시 그렇게 보이는 것뿐.

민주주의에서 증거의 재판도 부정하고
이성적 판단도 안 되고
오로지 맹신의 노예근성이
과연 올바른 이성인가
경찰은 그 종박부대에
닭똥 뿌려서
모두 해산 시켜라들.

그나저나 다스는 누구 것이냐?
준표 철수야, 다스는 누 것이고
말 좀 해봐라들.

촛불 전야제

맹문재(교수, 시인)

지역의 문학 행사에 참석했다가
서울로 올라오려고 하는데
시인들이 막았다

어려운 걸음을 했는데 하루 자고 가라는 것이었다
나는 시인들의 인정에 굴복했지만
미안한 표정을 지었다

왕년의 허풍을 떨며
촛불을 들고 싶지만

촛불은 타올라야 할 장소가 있고
시기가 있고
양립할 수 없는 기회가 있기에
내일 광장에 가야겠네

시인들이 웃으며 악수를 건넸다

※ 2017년 3월 10일 대통령의 파면 선고를 촉구하는 19차 촛불집회.

촛불 사행시 1

전종현(협동조합관악바보주막)

친일적폐 쓰레기득
권력군혀 메마른땅

촉촉하게 꽃피우게
비옵니다 적폐청산

비나이다 빛나이다
나는비다 내가비다

비로쓸어 다쓸어다
쓰레기다 쓸어다스

이제용도 폐기해요
이제용서 하지말고

Viva La Vida 만세
대한민국 만세만세

Viva La Vida 만세
대한민국 만세만세

깨어있는 빗방울의
조직된힘 발휘해서

우리들이 함께이니
풀꽃바람 돛단배고

우리들이 촛불이니
나비되어 이룰거야

함께날아 오를거야
위로위로 날갯짓해

https://youtu.be/dvgZkm1xWPE

칼날 위에서 외칩니다

백절 황인두(자유시인)

민주를 노래할 때는
피눈물 흘리기를 서슴지 않았습니다.
오늘 밤에도
결코, 꺼지지 않을 희망의 촛불을 들고 서 있습니다.

국민은 국정농단의 화살을 온몸에 맞고
자괴감의 바다에 빠져 죽어가고 있습니다.

국민을 우롱한 못된 국정원, 보수꼴통 언론
그리고 권력의 충견 검찰이 또 작당하고 있습니다.

탐욕의 개돼지들이 국가 권력을 사유화로
온 나라가 시끄러워 국민은 처참한 상실감에
죽어가고 있습니다.

온갖 부정선거로 탄생하지
말아야 할 박근혜 정권이었습니다.
그래서 민중은 불의에 맞서 결연히 정의의 촛불을
들고 일어났습니다.

눈보라 속 매화 향이 진동하듯
독재자의 억압이 강하면 강할수록
민중도 더 결연합니다.

그날이 오면, 그날이 오면은
비선실세가 국민의 처벌을 받는 날
박근혜가 민중의 심판으로 무릎을 꿇은 날
친일세력이 민족의 이름으로 발본색원 되는 날
우리 미래의 청소년들이 희망의 횃불을 높이 드는 날

광화문광장에서
더덩실 춤이라도 추리라.

유명 시와 그에 대한 촛불의 멘트

양재성(예수살기)

+ 포옹 +

고정희

사랑하는 사람이여
세모난 사람이나
네모난 사람이나
둥근 사람이나
제각기의 영혼 속에
촛불 하나씩 타오르는 이유
올리브 꽃잎으로
뚝뚝 지는 밤입니다

++++++++++++++++++

우리는 아는가
우리 안에
촛불 하나씩 타오르고 있음을
내 안에 타오르는
그 신성한 불빛을

기죽지 말고 살아야 할 이유이다

우리 마을 우리 동네

박해영(교사)

우리 마을 우리 동네가
제주에서 능주 거쳐
광주 전주 지나 대전으로
드디어 서울로
광화문 앞에
펄럭이며 도착했구나!
펄럭이며 도착했구나!

꽃이 된 촛불

여산 김유화(여수시의회)

내 마음속에 숨겨놓은 하얀 눈물
오늘 밤 불꽃으로 피어나는 얼굴
심지 바른 허리춤 똑바로 서서
사람들의 소망 담은 사랑으로
더러는 흔들리며
더러는 낮아지며
그래도 촛불 심지는
아우성이 부르는 시간 끝까지
나 이렇게 하나의 촛불로
깜깜한 세상의 빛으로 탈 때
별도 달도 불구경 한눈팔지 않는다

꽃이 되어 별이 되어

들판에 들꽃처럼 하늘의 별처럼
세상 길 세월 길 등불이 되어
어두움을 기름 삼아 사랑을 춤추는 촛불
누구를 닮았을까?
예쁜 꽃의 마음 아름다운 별의 생각
그 진실한 정신 조용한 희생일까?
자유의 양심일까?
세상의 공간과 시간을 넘어
사람의 마음에 씨를 뿌린
뜨거운 하얀 눈물
붉은 꽃으로 피어올라
하늘의 영원한 별이 된 그 생명의 이름
숙명의 꽃 운명의 별

촛불 그리스도인

정태현(목사, 시인)

소망의
한 자루 촛불은 너무도 미약하고
아가의 숨결에도 위태롭게 깜박이지만
촛불의 바다와 물결은
거역할 수 없는 힘과 능력!

대적을 물리치는
무서운 장군이라 해도
천하를 호령하는 임금이라 해도
그가 누구든
막아서는 자는 태우고
사를 수밖에 없다.

불 밝힌 촛불은
종교와도 같이
촌음의 중단과 망설임도 없이
제 심지를 태우고
제 몸을 태우는 거룩한 살신의
제사이기 때문….

너의 심지가 무엇이냐?
아무리 촛대가 많아도
불을 켜지 않으면
어둠을 쫓을 수 없고
심지 없는 촛대는 촛대가 아니다.

너의 기름이 어디 있느냐?
우리는 언제나
불 밝히고 있어야 할
하나의 등잔과 같고
기름 없는 등잔은 등잔이 아니다.

너의 생명은 무엇이냐?
복음이 심지라면
성령은 기름이시고
우리의 생명은 불꽃!

아, 대한민국!

임태환(초빙목사)

지도자의 정신이 혼미한 나라
지도자의 이성이 마비된 나라
지도자가 영혼이 없는 나라
지도자가 없는 나라

자기만의 생존을 위해 지도자부터 도망치는 나라
죽음의 위험 앞에서 지도자부터 탈출하는 나라
지도자부터 책임과 의무를 방기하는 나라

더러운 나라
몇백 명이라도 기꺼이 수장시키는 나라
채 피지도 못한 꽃다운 아이들을
물속에다 때려잡는 나라
사람을 사람으로 못 살게 하는 나라,
아이고 아이고 아이고 아이고

말, 해라,
지도자여 잘못은 바로 나 때문이라고
지도자여 통곡하라
그냥 흐르는 눈물 감당할 수 없어라
무릎 꿇어 통곡하라
그냥 무너지는 무릎 세울 수 없어라 지도자여
울어라 울어줄 줄이라도 알아라,
자식이 바다 한가운데서 수몰되고 있다!

아~아~아~아~!
大·韓·民·國이 와장창창창
시퍼런 심해 속으로 고꾸라지고 있다!

희망의 출구가 보이지 않는 나라
아득한 절망의 나락이 바로 가까이 있는 나라
희미한 별빛조차 스며들
틈이 도무지 보이지 않는 나라
천지사방 칠흑 같은 어둠이
벽으로 둘러싸여 막혀있는 나라
누구를 믿어 아무도 믿을 수 없는 나라
아무도 용서할 수 없는 나라

(2015.3.1. 11:00 향린교회 주일 설교에서)

산정 만가山頂輓歌 17

이규배(시인)

가슴 복판에
총탄을 맞고 떨어지는 검은 새의
선홍 핏물.
얼음장 아래
냉소 속을 헤매 흐르던
혼란의 응결.
능선을 타고 오르는 나무들의 가지 끝
피고 지던
환각의 결정.
삭풍의 눈길,
발자국을 찍으며 오르는
흰 소의 검은 눈망울에 여운 지던
소망.

잔설이 녹아서 떨어지는
물방울 소리들의
뭉쳐짐.
아,
꽃이 피었다.
노랑나비 떼를 불러 모으는
향기들의 외침, 누가
저…,
꽃의 모가지들을 꺾어서
절벽 아래 수장한 것이냐?
물소리 쟁쟁한 골짝, 골짝
봉우리를 타고 오르던 숲의 열모
저…,
꽃!

비가 온다

김응만(무궁화클럽 창립)

비가 온다 하늘이 울고
땅이 통곡할
304명이 52명 삭발이 된다
멍든 가슴은 바닷물처럼
그 가슴이 되어 넘쳐서 팽목항으로 온다
노오란 조문을 적셔 파도 되어
이 땅 모두에게 조문이 된다.
마음껏 때려
지구를 멸망시킬 죄인들아
울분이
짐승의 멱을 따 식어 가기 전 마시게 하려니
사자, 이리, 하이에나 모두 모여라
비가 때린다.
언젠가부터
눈물 같은 소주를 마시나니
너에 기대어 맨발 맨땅을 찾아, 찾아
악마의 소굴인 은신처 밤거리를
너의 안방까지 통음의 끝은
종말로 간다
종말로 가안다.

내가 잠 못 드는 이유

김창규(목사시인)

하늘에 별을 보고자 함도 아니요
오직 땅에 평화를 위해서
작은 촛불 하나 꺼지지 않게
손으로 컵 속에 빛나는
내 마음의 별 하나 지키기 위해서
광장에 일렁이는 촛불 바다의
거센 파도에 밀려오는 시민혁명
노란 풍선들 너무 슬퍼요
어느새 사람들 손에 별등이 켜지고
가슴에 노란 리본을 달고 있는
백만 촛불 함께 부르는 노래 소리 들려와요
팽목항 진도 앞바다
빛나는 이름 때문에 잠이 오지 않아
이 밤을 홀로 서서 지켜요
진실은 침몰하지 않지요
별이 뜨지 않는 밤에
촛불 바다의 등대가 되기 위해
혼자서 울고 있어요.

大韓民國

정현덕(민주실현주권자회의)

大韓民國 크고도 광명한 사람들의 나라
光化門 빛이 사방을 덮고
가르침이 만방에 비추인다

여기는 대한민국의 광화문
어둠에 사로잡혀 있던 大韓의 사람들이
병신년 11월 일시에 깨어난 빛의 자손들이

스스로를 깨우치고
그 빛은 사방을 덮고
세계만방에 비치우고 있다.

광명하고 크신 환웅 천황의 자손들아!
밝고 환한 단군의 자손들이여!
빛의 후예들이여!

빛의 거리 광화문에서

오랜 잠에서
순식간에 깨어나 날마다 성장하고
평화와 정의의 깃발을 올리고
둥둥둥 북을 울린다.

전 세계에
대한민국의 평화혁명을 선포하자
지구의 자정 혁명을 선포하자

평화와 정의를 세워
남북한 평화통일을 이루고

지구촌 곳곳의
전쟁과 분쟁의 살육을 끝내자
하늘과 땅과 사람들의
 눈물을 끝내자

세계는
우리 모두의 형제자매이다

누구도 노예로 삼지 말고
누구의 노예도 되지 말라

이 지구를 뒤덮고 있는
어둠의 장막을 거두어 내고
암흑의 세력을 몰아내자.

지리하고도 지리한
잔인한 야만의 역사
이 지구의 불행을 걷어내자.

전쟁을 멈추고
평화를 사랑하고
널리 널리 이롭게 하라는
단군의 말씀을 온 세계가 실현코자

홍익인간
제세이화
천부경의 나라를 선포하자.

밝고도 환한 광명한 빛
크고도 넓은 마음을 가진
人民들이 주인이 되는 나라

빛이 사방을 덮고 지구의 평화를
만방에 선포하는 나라

지금 우리
이 광화문으로부터 시작이다.
大 韓 民 國
弘 益 人 間

누가 아물지 못한 상처를 덧씌우는가

강란숙(시인)

처녀공출이란 말을 들어보셨는가

첫 달거리도 치르지 않은 어린 소녀와
순하디 순한 계집애 손목을 잡아챈, 낯선 남자 손아귀에 이끌려간
일본군 위안소 칸막이마다 벌어지는 악몽은
찰거머리처럼 달라붙어
미처 여물지 않는 죄 없는 제 아랫도리를 수없이 도려내고픈
고문보다 더한 죽음의 날들 악다문, 어느덧
허연 반세기 넘어 하늘 끝닿은 저 소녀의 한을 풀지 못한
일본군 성노예 피해자 할머니들의 분신인 소녀상을
걷어내는 자 반역이다,
외침을 들어라

해방 70년 반세기 넘은 이 땅 한반도 일본 왜놈의 만행이
과거 진행 중인 뼈아픔 역사의 산증인 살아계시는 동시대
사악한 너희들 손에 쥔 권력의 도끼로 찍어 내릴 수 있다는
망상에
친일민족반역적자 척살되지 못한
작금 21세기 허리가 동강 난 한반도 내 나라 내 땅이다
누가 감히 일본군 성노예 피해자 할머니, 영혼의 소녀상 뒤로
아물 수 없는 상처의 넋조차 고스란히 덧씌워져 있는
조선의 딸들에 그림자를 지우려 하는 자
친일민족반역자임을 고한다

오욕의 시대를 온몸으로 겪으시며 살아오신 할머님들의 삶을
어미아비 품에서 달거리도 치르지 못한
인류역사상 가장 잔악한 범죄 중 어린 계집애의 자궁을 강간한 너희들
첫 달거리의 소녀를 돌려줄 수 있는 자 나와라

일본군성노예피해자 할머님들이시여
더러운 치욕의 허물을 벗으시고
쪽 머리 틀어 옥색 비녀 곱게 땋은 머리에 꽂고
괴불 노리개 앞가슴에 단 볼 빛 불그스레한 새 각시 되시어
어여삐 곱디곱게 피어나시라
우리 조선의 딸이며, 통일의 한반도 소녀였음을
내 자식이 자식에게, 또 그 자식에게 잊지 말아야 할
뼛속까지 새겨진 오욕의 역사임을
저 소녀상 앞에 되새겨야 할 살아 움직이는 역사임을
말하리라, 전하리라, http://m.jajusibo.com/a.html?uid=36803§ion=sc49

황교안의 특검 연장 거부는 대국민 선전포고다

곽노현(전 교육감)

황교안이 특검 연장을 거부했다. 특검 연장을 바란 국민 75%를 욕보인, 국민을 보란 듯이 무시하고 배반한 대국민 선전포고다.

본인이 권한대행이 된 것은 헌법이 정한 바에 따른 것이지 헌법을 유린한 박근혜 덕분이 아니라는 점을 도외시하고 박근혜 보은 차원과 자기 책임 모면 차원에서 박근혜 국정농단 사태의 진실규명을 덮기로 했다는 점에서 공사 구분 못하는 칠푼이 짓이다.

헌법에 따른 권한대행으로서 헌법을 수호하고 헌법 위기를 수습할 책무를 저버리고 헌법 유린 정권의 충견이자 몸통을 자처하며 헌법 위기에 불을 지른 극도로 무책임하고 사악한 짓이다. 국정농단을 저지른 대통령과 일당들이 완강하게 혐의를 부인하는 상황에서 진상규명에 정성을 다하던 특검의 목숨을 끊고 자신과 우병우 사단이 장악한 검찰을 통해 향후 수사를 지연하고 진실규명을 덮겠다는 헌정질서유린행위다.

권한대행이 지고있는 헌법수호 의무의 기본은 캐도 캐도 끝이 없는 박근혜 발 국정농단의 진실규명 의무다. 헌정질서의 회복에 절대적으로 필요한 헌정 농단 진실규명 협조 의무를 저버리고 특검 연장을 거부한 황교안의 결정은 즉각 탄핵감이다.

특검 죽이기에 동의하는 것은 국정농단에 대한 탄핵 인용과 형사 정의실현에 반대하는 것이다. 탄핵소추에 찬성하고도 틈만 나면 흔들리는 바른정당, 적어도 이런 사안에선 정신줄 놓지 말아야 한다.

(2017.2.27. 페북에서)

단상

정한봄(떡집운영, 시민운동)

성공과 실패의 절대적인 요인 중의 하나는 때와 수순이다. 우리 사회에서 때를 놓치거나 수순의 오류가 없는지 되짚어보자. 새벽은 새벽에 눈 떠 있는 사람만이 느낄 수 있다.

살인정권 물러나라
살인정권 물러나라
국가폭력 끝장내자
살인정권 물러나라
국가폭력 끝장내자

2017년 4월 16일 또 다른 세월호와 마주하다

김진국(춘천촛불시민)

"~잠자는 하늘님이여 조율 한 번 해주세요~"

광화문 세월호 3주기 기억문화제에서 울려 퍼진 한영애 씨의 노래, 내게는 평소와는 달리 간구라기보다 하늘에다 대놓고 치는 호통으로 느껴졌다.

3년 동안이나 한 자리를 지키며 현장에서 한 코 한 코 정성스레 짠 리본과 팔찌를 나눔 하는 분, "유가족분들에게 엽서를 보내주세요" 하는 조용한 요청을 받아 들어간 부스 안에서 자신의 마음을 꼭 전하려 애쓰듯 이것저것 물으며 엽서를 써내려가는 옆자리의 외국인, 박근혜 구속을 외치며 분신하신 정원 스님을 기리는 분향소에서 연신 들리는 목탁 소리와 함께 무언가를 간절히 비는 마음으로 연신 절을 올리는 중년의 여성, "사드 배치 함께 막아주십시오" 하며 서명을 받는 이들, 우병우 구속 서명을 받는 이들, 그리고 이런저런 모금활동을 벌이는 이들, 느닷없이 광장으로 들이닥쳐 몇몇의 청년들을 끌고 가려던 사복경찰에 맞서는 시민들, 그리고 그 가운데 끝까지 눈 부릅뜨고 "당신은 누구냐?"라고 묻는 경찰을 막아서며 두 손을 뒤로 한 채 "난 시민이다" 고함치며 맞서던 청년….

세월호 3주기 기억문화제가 열리기 전 광장으로부터 내 눈에 들어온 이들, 그래서인지 한영애 씨의 노래는 그렇게 내게 간구에만 멈추지 않는 노래였으리라.

한두 번이 아녔지만 세월호를 기억하는 집회 때마다 눈앞이 흐려져 꼭 중간에 나와 담배를 물곤 했다. 그러곤 연신 욕을 쏟아내고 쏟아냈다. (이런 X발 X같은…!) 자리로 돌아와 흐느끼며 연신 눈물을 훔치는 모습들이 눈에 들어오던 그 순간 급히 들어온 알림. "현재 경찰이 도발 중…, 광고탑 아래로 모여주십시오!!"

아무렇게나 흐트러져 있는 전단지들, 충격이 가시지 않은 듯 연신 한숨을 쉬고 있는 머리 희끗희끗한 동지, 땀에 젖고 여기저기 긁혀서인지 목 부분이 붉어져 있던, 그럼에도 마이크를 잡고 마지막 소리까지 끌어올려 외치고 호소하는 동지, 이어지는 동지들의 연대 발언 속 애절함, 비통함, 절규, 호소…. 여기는 분명 또 다른, 아니 여전한 세월호임을! 여전히 2014년 4월의 바닷속 그곳이지만, 숫자로만 2017년 4월의 그곳인!

비정규직 노동자가 자신들에게 엄연히 보장된 노동권을 찾고자 노동조합을 결성하려 했다고 해고를 당해야 하는 이 땅, 사 측은 어용노조를 꾸려 온갖 만행과 인권 유린으로 민주노조를 파괴하는 이 땅,

법원으로부터 정규직 인정을 받았지만 아직 돌아갈 날을 약속받지 못하고 있는 이 땅, 결국 곡기를 끊고 죽을 각오로 저 높은 광고탑 꼭대기로 올라가 투쟁할 수 밖에 없는 노동자들–이 땅의 진짜 주인들–그리고 그 아래에서 이들과 함께하고자 하는 이들이 무참히 짓밟히고 이슬을 피하고자 설치하려던 가림막이 불법 시위용품이 되어버린 이 땅….

이렇게 2017년 4월 오늘 광화문 네거리 “세계최초 QLED TV”라는 글자가 새겨진 광고탑 위에 극한의 고통으로 숨 막혀 하고 몸부림치며 가라앉고 있는 세월호가…, 분명히 그곳에!

그 세월호는 외치고 있다. 단 이틀이면 빛을 보여줄 수 있었던 아픔과 고통을 3년이라는 시간 동안 온갖 거짓으로 꾸며 막아섰던 자들에게, 아직도 돌아오지 못한 아홉분을 찾아 나서지 못하고 있는 이들에게, 그리고 손톱만 한 리본을 볼 때 가장 큰 희망을 본다라는 유가족들의 말 속에서도, 일본군 성노예로 끌려갔던 할머니들의 시간 속에서도, 영문도 모른 채 온갖 괴물들이 제주로 성주로 바다로 몰려오는 곳에서 한 줌의 진흙과도 같은 희망들을 조물거리며 살아가야 하는 민중들의 일상과 희망 고문들 속에서도, 손톱이 꺾이고 주먹이 으스러지고 팔이 꺾이고 온 몸이 멍들며 생을 외치는 민중들 앞에서 ‘지금 당장’이 아닌 ‘단계적으로’ 여전히 ‘가만히 있으라’의 또 다른 말들을 주절거리고 있는 대통령 후보들을 보고만 있어야 하는 모든 민중들의 삶 속에서도 분명히 가라앉으며 숨 막혀 하고 있다고! 우리가 알고 있는 그, 세·월·호·가!

그리고 또 외치고 있다. 하늘님은 하늘에 있지 않고 여기 이 땅 모든 민중들, 우리들 속에 있다고!

2014년 4월 16일의 기억과 교훈

정경찬(전 관악구 부구청장)

업무회의를 마치고 회의실을 나오는데 한 직원의 긴급한 목소리가 들렸다. “여객선이 침몰하고 있답니다. 승객이 대부분 학생들이라는데요.”

TV 화면에 속보가 전해지고 있었다. 잠시 후 11시경 ‘승객 전원 구조’라는 자막이 떴다. 함께 긴급 뉴스를 보던 직원들은 하나같이 가슴을 쓸어내렸다. 그러나 안도의 한숨은 불과 몇 시간 후 온 국민의 오열과 눈물이 되어버렸다.

대부분 내 딸 아이와 비슷한 또래의 학생들이었다. 아니, 세월호에서 희생된 학생들은 바로 우리의 아이들이었다. 우리는 아이들이 죽어가는 모습을 그대로 보고만 있어야 했다. 잠시나마 내 아이가 아니어서 다행이라는 안도감이 이내 죄책감으로 다가왔다.

그날의 기억은 온 국민의 가슴에 거대한 슬픔으로 남았다. 나 역시 다르지 않았다. 공직자로서 아무것도 할 수 없었다는 자괴감은 몇 해가 지난 지금도 가슴 한편에 생생하게 남아 있다.

당시 구청장권한대행을 맡고 있던 나는 희생자분들을 위해 무언가라도 해야겠다고 생각했다. 우선 슬픔과 충격을 조금이라도 함께 나누는 것이 필요했기에 구청 마당에 분향소를 설치하기로 하였다. 당장 희생된 분과 가족들을 위해 할 수 있는 유일한 일이 그것이었다. 마련된 분향소에 직원들과 함께 국화꽃을 올렸다. 그리고 구민들이 분향할 수 있도록 외부에도 안내판을 설치하였다. 분향소를 찾은 구민들은 하나같이 눈시울을 적셨다. 아직 피워보지도 못하고 생을 달리한 희생 학생들을 생각하며 나와 직원들은 상주가 된 마음으로 분향소를 찾은 구민들을 맞았다.

세월호 사건의 원인과 진상은 여전히 밝혀야 할 숙제로 남아 있지만, 분명한 것은 국가의 안전행정이 제대로 작동하지 못했다는 점이다. 너무나 당연히도 국민의 생명과 안전보다 더 우선할 수 있는 것은 없다. 정치와 행정도 국민의 생명을 보호하고 안전을 위해서 필요한 것이다. 그 당연한 원칙을 제대로 지키지 못한 책임은 끝까지 물어야 할 것이다. 그리고 다시는 그러한 일이 발생하지 않는 안전사회를 만들어야 할 책무를 무겁게 인식하고 실천해야 할 것이다.

지금도 세월호에서 희생된 분들을 떠올리면 가슴이 아파 온다. 그분들의 희생이 헛되지 않게 하기 위해서라도 우리 사회가 안전한 사회로, 사람의 생명과 안전을 가장 최우선으로 생각하는 사회로 나가야 한다. 이를 위해 행정을 담당하는 중앙정부와 지자체 그리고 공직자가 먼저 일선에서 앞장서 나아가야 할 것이다.

삼성동 박근혜 사저 앞 연설 발췌문

김창호(광장의 외침 목자)

유튜브 60만 조회한 입니다. 2017년 3월 17일경 박사모 집회 중 박근혜 구속을 외치다가 경찰에 끌려 나와 인근에서 박근혜 구속영장 청구를 촉구하는 연설. 삼성동 박근혜 사저 앞 박사모와 대치하며 외치는 자의 소리. 2017.3.15.~ 약 15일간 매일 박근혜의 구속까지 삼성동 박근혜 사저에서 투쟁을 하였다.

박근혜를 구속하라. 이제는 이명박이다.

너희가 어찌 악을 행하고 반성할 줄 모르는가?

(태극기가 도색한 차량을 경찰이 막아 외치는 자와 충돌을 예방하려 하지만 통과허가를 재촉하며 경찰들에게 빨갱이 새끼들이 통과를 시켜주지 않는다고 욕을 하는 대치상황에서 대치는 계속된다.)

(이제는 이명박이다. 기독교를 욕되게 하지 말라. 하고 외치자 박사모들은 아가리 닥쳐! 하며 떼를 지어 달려든다.)

박근혜를 구속하라. 김수남 검찰총장은 박근혜를 구속하라. 국민의 명령이다.

구속영장을 청구하라. 그렇지 아니하면 너희가 죽을 것이다. 이제는 이명박이다. 이제는 이명박이다. 박근혜를 구속하라. 이제는 이명박이다.

이제는 가난한 자들이 큰 빛을 볼 것이다. 가난한 세 모녀가 죽을 때 박근혜 너는 최순실과 국정농단을 하며 국민들의 피와 눈물을 흘리게 하였다. 대국민 사과하라.

(경찰이 계속 신체 자유를 억압하고 방해하며 처벌을 하겠다고 위협을 하고 끌고 다닌다.)

소수의 의견을 존중하는 것이 민주주의다, 집회신고를 한 사람들은 안전하게 집회를 보장하고 1인 시위를 보장해 주세요.

이제 일반인이 된 박근혜 씨가 법에 평등한 가운데 검찰이 엄정하게 구속영장을 청구하기 바라는 마음으로 예배를 드리러 왔습니다.

김수남 검찰총장이 구속영장을 청구 안 하면 박근혜 정권은 명실공히 검찰 공화국이 될 것이요. 검찰총장 출신이었던 김기춘을 비서실장 비선실세로 세워서 기춘 대원군이라는 악명을 쓰고 4년간 나라를 엉망으로 만들어 놓고 검찰 출신인 정홍원이가 국무총리 검찰 출신인 황교안이가 국무총리 이러한 악독한 검찰 공화국을 빨리 종식시키지 않으면 하늘의 진노가 쌓일 것이요. 최태민을 통한 정교 유착으로 나의 하나님의 이름을 더럽히고 교회 목사들이 거짓 선지자로서 박근혜의 잘못을 옹호하고 시청에서 탄기국이라는 이름으로 십자가를 매고 반공 구호를 외치며 태극기를 흔들면서 나의 하나님의 이름을 더럽혔소. 더 이상 하나님의 이름을 더럽히게 할 수 없소. 회개하지 않는 자. 엄벌에 처해야 하는 것이요. 포토라인에서 대국민 사과하고 무릎을 꿇지 않으면 박근혜는 국민에게 용서를 받지 못할 것이요. 검찰청 포토라인에서 무릎을 꿇으라! 초원복국집에서 내란죄 내란 선동죄를 저지른 김기춘이를 비서실장으로 세워 통합진보당 정당을 해산시키는 헌정질서 파괴자들 너희가 민주주의를 유신정권으로 회귀하면서 민주주의를 훼파하였어. 혼이 비정상인 박근혜 아베의 친구 오바마의 말을 듣고 헤이그에서 굴욕적인 외교를 해. 이준 열사가 자결한 자리에서 외교권을 포기해. 그리고 한일군사협정을 하고 한일 위안부 협상을 하고 사드 배치를 해 외환죄 아닌가? 외환죄. 대한제국의 성소 환구단에서 한일협정 50주년 리셉션을 해. (이하 생략)

풍음노인風音老人 일화

조덕섭(성북문화재단)

광화문 촛불을 마치고 귀가하는 버스 안에서 일어난 일이다. 종로4가까지 걸어와서 운 좋게 혜화동, 성신여대를 경유해서 도봉산으로 가는 버스에 올랐다. 미아사거리 역에서 내려 택시 타고 집에 갈 요량이었다. 나 같은 시민들이 많아서 운전기사 등 뒤에서 간신히 손잡이 하나 붙들고 서 있을 수 있었다. 버스가 막 출발하면서부터 안쪽 두 사람 앉는 좌석 쪽에서 남자 어르신의 고성이 들리기 시작했다.

"젊은것들이 말이야. 니들이 세상을 알아, 뭘 알아. 탄핵이 뭔지나 알고 떠드는 거야. 빨갱이한테 나라 팔아먹는 거야. 알고 나 좀 하라구."

앞니 하나 빠지신 듯 약간의 풍음이 섞여 있었다. 분에 겨워 내지르는 목소리였지만 자신의 소신대로 시국을 말하고 있었다. 70대 중후반 정도를 짐작할 수 있었다. 눈을 감고 무슨 이야기 하시나 집중해 보았다.

"아무 데서나 껴안고, 뽀뽀하고, 만지고. 그런 추잡한 젊은 놈들이 촛불이니 뭐니 하는 거라구. 니들이 아무리 해봐라. 내려오라구? 어림 반푼어치도 없지."

노약자석의 할머니가 듣다못해 한마디 거든다.

"영감님, 영감님 손주라고 생각해 보세요."

"내 손주, 흥, 나한테는 이런 쌍판 싸가지 없는 손주는 없어."

혜화동로터리까지 오는 세 정거장 동안 나는 눈을 한번도 뜨지 않고 그 어르신의 목소리를 들었다. 할머니가 한마디 거들고 나자 다른 승객들에게서 "혼자 탄 버스냐, 창피하니 그만하라, 늙어도 곱게 늙어야지" 등등, 여기저기 성토의 목소리가 들려왔다. 승객들과 70대 풍음노인이 옥신각신하는데 갑자기 젊은 여자 울음소리가 들려왔다. 눈을 떴다. 혜화동에서 승객이 많이 하차해서인지 서 있는 몇 사람을 빼고는 다 앉아 있었다. 버스 안의 풍경이 고스란히 눈에 들어왔다.

"우리 아무것도 안 했단 말이에요, 엉엉!"

이런, 저 어르신은 지금 대학생 남녀 앞에서 훈계를 하고 있었던 것이 아닌가. 남학생은 빨갛게 상기된 얼굴로 어이없어하며 노인을 바라볼 뿐이고, 여학생은 승객들이 한마디씩 거들자 울음보를 터트린 것이다.

"저 영감탱이 저승사자는 안 잡아가고 뭐하누. 쯧쯧."

처음 말 거들었던 할머니가 성신여대 정류장에서 한마디를 더 보태고 내리신다.

"할아버지 왜 이러세요. 저희가 뭘 잘못 했는데요?"

남학생이 도저히 못 참겠다 싶었는지 용기를 낸다. 여학생은 계속 어깨를 들썩이고 있다.

"어쭈, 이거 봐라. 늙었다고 주먹으로 한방 치겠다는 건데 어디 쳐봐, 쳐봐라."

노인이 상체를 남학생에게 들이댄다.

"이번 정류장은 길음뉴타운, 길음뉴타운 정류장입니다."

안내 기계음을 듣고 나는 성큼 큰 걸음으로 노인에게 다가갔다. 그리고 버스가 멈추자 할아버지의 한쪽 팔을 붙잡았다. 마치 강력 범죄자를 검거하는 형사처럼 노인의 팔을 붙들었다.

"따라오세요."

이렇게 딱 한마디만 하고 노인이 어떤 대항을 할 겨를을 주지 않고 버스에서 내려버렸다. 내린 버스는 체한 거 시원하게 쓸어내렸다는 듯이 부릉 떠나는데, 두 학생과 승객들이 걱정하는 눈빛으로 창밖 나를 내다보고 있었다. 엉겁결에 따라 내린 노인, 아까와는 다르게 말을 못하고 있다.

"댁이 어디신지 모르겠는데, 여기서부터는 아까 학생들한테 사죄하는 마음으로 걸어가세요. 저도 걸어갈게요."

그리고 뒤도 돌아보지 않고 빠른 걸음으로 걸어 집으로 향했다.

"뭐야 이 새끼, 이 빨갱이 새끼. 수유리까지 걸어가라구? 너 이 호로 새끼."

내 뒤통수에 대고 무지막지하게 자신의 인생을 박살내던 어느 풍음 노인이야기였고, 이번이 마지막이 되길 소망한 열아홉 번째 촛불 다녀오던 길이었다.

故 백남기 농민 사건

남리연(초등생)

백남기 씨는 지난 2015년 11월 15일, 다른 농민들과 함께 시위를 하시다, 경찰의 물대포에 맞아 희생되셨다.

그런데, 이 사건도 세월호 사건과 다름없이 정부와 경찰이 국민들을 속이고 있다.

꼭 하루빨리 정부, 경찰과 주치의가 스스로 잘못을 뉘우쳐, 고통받는 유족들에게 진실을 밝히고, 사과와 보상을 해 주었으면 한다.

경찰의 물대포에 맞아 숨지신 건데, 왜 사망진단서에 '병사'라고 판단하였는지가 의문이다.

내가 촛불집회에 참여한 이유

주칠규(식당운영)

나는 중국 손문의 삼민주의를 탐독하고, 함석헌 선생의 비폭력 투쟁 정신을 배웠다.

나는 50년 동안 일제 앞잡이들 처벌을 주장해 왔다. 미국 일본에 종속된 경제를 이끌어 온 5대 재벌 그룹의 부정부패 척결을 위해 싸워왔다. 우리 민족의 분단에 책임이 있고, 자주성을 위협해 온 미국에 대해 양키 고 홈을 외치기도 했다.

미국의 공화당 세력은 돈으로 우리나라의 수구세력을 매수하려 든다. 촛불혁명 두 달 전쯤 박근혜 퇴진운동 계속되면 미국의 자본을 빼겠다고 위협하기도 했는데, 촛불 민심이 그것을 이겨냈다. 미국에서는 범죄자라도 군입대하면 면죄부를 받고, 외국인의 경우 국적을 얻는다 한다. 주한미군 중에도 그런 수준인 자들이 많아서 각종 범죄를 저지르곤 한다.

박근혜는 유신 시대 퍼스트레이디였다. 박정희가 일본 강점기에 혈서를 써서 만주 군관학교에 다니고, 일본군 장교였다는 것은 천하가 다 안다. 박정희는 해방 후 빨갱이였고 49년 사형선고를 받을 뻔했지만, 300여 명의 조직을 밀고하여 처형되게 한 대가로 살아남았다. 육영수 여사의 경우 그 부친이 일제 앞잡이였다.

박근혜의 경제적 기반은 정수장학회인데, 그 정수장학회라는 것이, 일제강점기 일본 땅이었던 것을 최태민의 수작과 폭력으로 빼앗은 땅에 세워진 것이다. 박정희 때 부산의 부영방송국을 빼앗아 부산 MBC로 만들기도 했다. 그런 부정한 기반에서 정치적으로 성장한 박근혜는 지난 18대 대선 때 부정선거로 당선되었다. 그 부당한 당선의 배경에는 경제성장 신화 박정희의 후광이 작용했는데, 프레이저 보고서 등을 보면 우리나라의 경제개발은 박정희가 주도한 것이 아니다. 박정희는(이승만도) 국립묘지에서 퇴출시켜야 한다.

수구 정권하에서 박근혜, 최순실, 김관진, 김기춘, 우병우 등 수구세력은 혼맥, 인맥 등으로 얽혀 이권이 되는 자리를 차지하고, 재산을 축적한다. 박근혜, 최순실 등의 부정한 재산은 몰수해야 한다.

식당 하면서 만난 사람들마다 우리 사회의 부정부패와 비양심을 성토한다. 친일부역세력에 뿌리를 둔 판 검사들은 합법을 가장하여 불법 부당한 사법행위를 하고, 의사 약사들도 비양심적 의료행위를 한다고 한다.

이런 모든 문제의 배경인 박근혜를 퇴진시키고 나라를 바로 세우는데 일조하기 위해 주말마다 광화문광장에 나갔다.

논술고사식 탄핵과 팻말, 피켓

김원상(청주 사는 청년)

1) 논술고사식 탄핵: 현재의 대통령이 저지른 헌법적 책임에 대하여 논하시오.

1. 박 대통령은 제119조 제1항을 위반하였다. 이 조문은 '대한민국의 경제 질서는 개인과 기업의 경제상의 자유와 창의를 존중함을 기본으로 한다.'고 규정하고 있다. 우리나라는 개인과 기업이 이윤을 창출하면 그것을 보장하는 사유재산제를 기초로 한 시장경제 질서를 채택하고 있다. 그러나 대통령을 위시한 청와대 및 정부는 이러한 이윤창출을 놓고 마치 '감 놔라 배 놔라' 하듯이 사실상의 계획경제 질서를 채택하는듯한 인상을 심어 주었다. 그러면서 대통령은 기업에게 온갖 압력을 동원하여 착취를 일삼았다. 여기서 기업은 알았든 몰랐든 스스로 '을(乙)'을 자처해서 과두특권동맹 구축에 나섰다. 쉽게 말해 대통령은 반시장적인 태도로 일관하였다.

2. 제21조 제1항과 제2항을 위반하였다. 각각 '모든 국민은 언론·출판의 자유와 집회·결사의 자유를 가진다.'와 '언론·출판에 대한 허가나 검열과 집회·결사에 대한 허가는 인정되지 아니한다.'고 규정하고 있다. 우리나라는 100가지 생각이면 그것을 최대한 보장하는 표현의 자유가 보장되어 있다. 그것은 최고 권력자라는 대통령도 개개의 시민들의 생각과 표현을 강제하지 못한다는 것이다. 그러나 대통령은 하나의 생각을 강요할 것을 요구하는 행동을 빈번하게 해 왔다. 여기서 여론의 흐름을(논조를) 담당하는 거대 언론들은 알았든 몰랐든 통일된 논조를 유지하면서 이른바 여론 통제에 가담했다. 쉽게 말해 대통령은 반언론적인 태도로 일관했다.

3. ① 헌법에 검찰에 관한 조문이 직접 명시되어 있지 않아도 우리 헌법의 뼈대를 이루고 있는 권력분립을 크게 훼손했다는 점이다. 특히 주요 사건에서 대통령이 이른바 '가이드라인'을 제시하고 수사 및 기소하는 검찰을 압박한 것이 가장 크게 제기되고 있다. 이것은 아무리 검찰이 행정부 소속 기관이라고 할지라도 사실상 사법기관 역할을 하고 있다는 점에서 검찰의 자율성과 독립성을 크게 훼손한 것이다. 이 과정에서 검찰 내부에서도 이른바 권력게임이 작동하여 힘 있는 검사를 중심으로 결코 정상적이지 않은 조직문화를 구축해 갔다. 그렇게 힘 있는 검사는 대통령과 결탁하여 단죄받아야 할 여러 가지 책임을 스스로 회피해 갔다.

② 제8조 제2항과 제41조 제1항을 위반하였다. 각각 '정당은 그 목적·조직과 활동이 민주적이어야 하며, 국민의 정치적 의사 형성에 참여하는데 필요한 조직을 가져야 한다.'와 '국회는 국민의 보통·평

등·직접·비밀선거에 의하여 선출된 국회의원으로 구성한다.'고 규정하고 있다. 여기서 대통령과 같이하는 새누리당의 태도가 주목된다. 대통령처럼 시민으로부터 선출된 국회의원은 300명의 생각이 다 다르다. 이것은 대통령과 같이하는 당이라도 대통령의 정책 방향이 맞지 않는다고 할 경우에는 그것을 시정할 권리 의무가 있음을 의미한다. 그러나 현재 새누리당은 그렇게 할 의지를 보이지 않고 대통령과 청와대 및 정부가 하는 정책마다 무조건 충성하는 행동으로 일관해 왔다. 그렇게 새누리당은 결코 민주적이지 않은 정당으로 전락했다. (2016. 12. 06. 현재의 대통령과 청와대 및 정부를 탄핵하는 한 명의 청주시민)

2) 팻말, 피켓

1. 현재 정부의 유지 = 무능 + 오만
2. 현재 정부의 탄생 = 부역 + 맹신
3. 본진 = 대통령
4. 전진 = 청와대 * 정부 * 새누리당 * 조선일보 * 삼성

박근혜 OUT (퇴진)
새누리당 OUT (해산)
조선일보 OUT (절독)
삼성 OUT (불매)

탄피처럼 껍데기만 남은 대통령은
핵폭탄처럼 위험하다 즉각 물러나라
탄·핵·하·자 탄·핵·하·자 탄·핵·하·자

뉴욕에서의 촛불

노덕환(민주평통시애틀협의회)

박근혜 정부 취임 1주년을 앞둔 2013년 2월 22일 오후 6시 영하 20도가 넘는 추운 날씨에도 불구하고 수많은 재미동포 들이 미국 뉴욕의 중심지인 한인타운 우리은행 앞에 모여 부정선거로 당선된 박근혜 대통령을 인정할 수 없다고 박근혜 퇴진 이명박 구속을 주장하며 미국 동포들이 촛불을 들고 일어섰다.

이 사건은 결과적으로 박근혜 정권 탄핵을 주장하며 촛불을 든 최초의 사건이었다.

이날 무대연설 대표로 시애틀에서 참여한 나는 각종 관권을 동원하여 부정선거로 당선된 박근혜는 독재자의 딸로서 대통령의 자격이 없어서 탄핵되어야 한다고 주장했다.

나는 실명을 밝히고 당당히 발언했기 때문에 주변 동포들의 염려를 받기도 했으나 히틀러가 근대화 발전에 아무리 큰 공헌을 했어도 그의 묘역을 참배할 수 없는 이유는 히틀러가 전쟁을 일으켜서 약 3천만 명의 목숨을 빼앗은 것은 제트기 엔진, 폭스바겐 자동차, 명품 의류, 아스콘 도로, 증기기관차 등 많은 현대문명에 편리한 공헌을 했다고 하더라도 독재자 히틀러의 권력을 정당화 시킬 수 없다고 주장했다.

또한 히틀러의 딸 하이디는 "독재자인 아버지를 지켜보는 것만으로도 공범이라고 생각한다. 평생 반성하고 봉사를 하면서 살겠다"고 말했는데, 대한민국의 독재자이고 여순반란사건 주동자인 박정희의 딸 박근혜는 반성은커녕 각종 부정선거로 대통령을 하겠다는 이유가 대한민국을 희망이 아닌 절망으로 몰아가더라도 자신의 부귀영화만을 누리겠다는 것이라고 나는 주장했다.

이날 행사는 추위와 행사방해로 진행이 어려웠지만 정의감 넘치는 미국 동포들이 해외에서 처음으로 박근혜 탄핵과 이명박구속을 주장하며 촛불을 든 집회로 성공적으로 진행되었는데 6·15와 10·4 미주재단 공동위원회(김동균 목사)가 주관했고 재외동포들이 전 세계에 인터넷 생중계로 진행되었다.

한편 행사를 방해하기 위해서 자칭 보수파라는 어르신들과 재향군인회의 방해 때문에 미국 경찰의 출동도 있었다.

오늘날 박근혜 탄핵이 이루어진 촛불집회의 시작이 미국 뉴욕의 한복판에서였다는 자부심을 가진다.

내가 주말마다 광화문 촛불에 가는 이유

이현기(국민대 겸임교수)

저는 2014년 4월 16일에 세월호 침몰과 함께 대한민국도 침몰하는 것을 보았습니다. 세월호 참사는 이 나라의 모든 부조리와 사회적 병리 현상이 총체적으로 발현된 비극 중의 비극이었습니다. 삼풍백화점 붕괴 때 희생된 분들과 성수대교가 무너질 때 희생된 모든 분들이 다 내 대신 죽었다고 믿었습니다. 세월호 참사 희생자들 또한 저 대신 죽었다고 느꼈습니다.

우리나라를 이대로 방치하면 얼마나 더 많은 희생자들이 나올지 끔찍한 생각이 들었습니다. 그 같은 희생자들은 멀리 있는 게 아니고 나의 가까운 이웃, 아니 나 자신을 포함하여 내 가족이 될 수도 있다고 생각했습니다. 이제 더 늦기 전에 국가적 차원의 각성 운동이 일어나야 한다고 생각했습니다. 세월호 참사가 사회적 각성 운동으로 승화되어야 한다고 생각했습니다.

사회 각계 각층에서 그들의 고귀한 희생을 역사적 교훈으로 삼고 전 국민의 생명과 안전을 지키기 위해 사회적 시스템을 구축하는 전국민적 각성 운동이 일어나야 한다고 생각했습니다.

대한민국의 고장 난 국가경영시스템을 혁신적으로 바꾸고, 세월호 같은 국가적 참사를 잉태한 적폐를 뿌리 뽑아서 대한민국을 정상 사회로 회복시켜야 한다고 생각했습니다.

세상 밝히는 천만의 촛불이 새해의 희망 되길

채운석(향린교회 장로)

어둡던 날 작은 촛불 들고, 외로이 거짓과 불의한 권력에 맞서게 하시고, 이제 세상 밝히는 천만의 횃불과 들불이 되게 해주시니 주님 감사드립니다. 새해 아침 시편 기자의 노래로 당신을 찬양하며 감사의 기도를 드립니다.

"내가 산을 향하여 눈을 들리라. 나의 도움이 어디서 올꼬? 천지를 지으신 여호와 나의 왕이여. 영원무궁히 지키시리로다."

저희 삶의 모든 것이 주님께로 인해 온 것임을 매 주일 고백하지만, 어둠 가운데 촛불로 존재하게 하시고, 그 촛불 하나하나가 오늘 예배당에 모여 새해 새 태양 아래서 어린이부터 장년의 선배들이 함께 예배드릴 수 있게 하심을 깊이 감사드립니다.

새해를 맞는 오늘!

지구촌과 한반도 아픔의 현장에서 새로운 희망을 기도하며, 꿈꾸는 이들이 있습니다. 시리아 알레포의 전쟁 난민들이 아픔을 견디기 위해 신음하며 드리는 간구. 세월호 희생자 실종자 가족들이 남쪽 외로운 섬 동거차도에서 드리는 눈물의 기도. 전쟁반대 사드 배치 반대, 남북의 긴장 관계 해소와 평화통일을 염원하는 외침들. 돈 몇 푼에 민족의 자긍심과 할머니들의 아픔을 팔 수 없다고 소녀상을 지키는 지킴이들과 할머니들의 몸짓들. 에이아이 바이러스로 죽어간 생명들과 키워온 생물을 묻어야 하는 농부들의 눈물.

아프리카 어느 도시 주변 쓰레기 소각장에서 생존을 유지하기 위해 번뜩이는 아이의 눈길에도, 쪽방에서 어젯밤도 잠들지 못하고, 인생을 고뇌했을 비정규직 청년 노동자의 삶에도, 2017년 다시 시작할 촛불의 광장에서 해학과 눈물과 절규에도. 이 모든 고뇌와 아픔의 현장에 그리스도의 평화와 위로의 영이 희망이 되어, 함께 하시길 기도합니다.

500년 전 루터와 그의 동지들은 당신의 진리를 왜곡했던 중세 교회의 개혁을 도모했었습니다.

주님, 오늘 한국 교회들의 형태가 중세 그 교회의 모습과 다르지 않습니다. 유신독재 정권과 광주학살 정권 시절에 정권의 옹위를 위해 조찬 기도회를 했고, 그 짓을 지금도 하고 있으며, 4대 강을 파헤치는 이명박 장로의 만행을 지지 엄호해 왔습니다. 천만의 촛불이 켜졌지만, 정교분리라는 이름을 내세워 촛불에는 참여치 말라 하고, 거짓 반공의 탈을 쓴 채, 진실을 왜곡하며, 덮고 가자고 주문들을 외우고 있습니다.

주류 대형교회의 예수 정신 왜곡에 맞서 새롭게 시도하는 교회 변혁의 모임들이 있습니다. 작은 교회들입니다. 생태와 환경을 중심으로, 빈곤 철폐와 주거권 확보를 목표로, 신자유주의에 저항하는 개인들의 영성을 지키기 위해, 어렵고 소외된 이들의 벗이 되어, 평화와 정의의 사도가 되어, 오직 천국, 오직 부의 축적만을 위한 행위는 야훼가 아닌 맘몬을 따르는 것이라고 꾸짖으며 성문 밖, 낮은 자리를 향하는 이들이 있습니다.

그때 루터와 그의 벗들이 많은 어려움을 겪었듯, 인간의 존엄성과 노동의 가치와 공공의 선을 지향하며 실천하는 당신의 제자들, 작은 교회 사역자들에게 어려움이 많습니다. 당신이 친히 길이 되어 주시기를 기도합니다.

작은 교회들의 변혁적인 시도와 기도가 한국 교회의 희망이 되길 기도합니다. (2017.1.1. 기도문)

종로의 소심 촛불 아줌마의 넋두리

배명숙(종로 아줌마)

세상살이가 갈수록 어려워지니 서민들은 어찌하라는 말인지….

제발 정치인들이 서민들 좀 생각하면 좋겠는데. 대통령부터 자기들 사리사욕 챙기는데 급급하니 이 나라가 어찌 되어 가려는지….

우리들이야 이만큼 살았으니 괜찮지만 아이들은 어찌 살아가라고…?

꼴통 짓 하는 의원들 많은 국회를 없애버렸음 좋겠다는 생각이 드네요. 하루하루가 잼나고 신나게 살 수 있는 세상은 없는 건가요? 국민을 대신해서 봉사하라고 뽑아 놓았더니 국민들은 없고 오직 부정부패한 세력 편에 선 자신들만 있는 상당수 국회 꼬락서니들이라니….

박근혜에 대한 신속한 재판을 촉구함

이기묘(박근혜체포단)

박근혜 피고의 변호사들 사임은 자백이라 볼 것입니다. 죄 없다고 계속 우기다가 청와대에 흘리고 두고 온 충분한 증거들로 인해 더 이상 범죄를 부인할 이유가 없어진 것이니 사실상 처벌이 불가피하다고 보고 마지막 재판을 흠집 내는 꼼수를 쓰는 겁니다.

재판부는 이에 난처해 하지 말고, 다른 피고들과 평등하게 오래 기다리지 말고, 국선변호사를 바로 선임하여 신속히 재판을 마무리하고 판결하면 되겠습니다.

반자유민주주의 역사 비판

윤재만(법학과 교수)

4.3은 극우의 반자유민주주의적 만행이다. 그 이유는 다음 사실이 잘 말해준다.

"4·3 이전부터 미 군정은 육지의 경찰대는 물론이고 좌익이라면 이를 갈아붙이는 북한 출신 월남민으로 구성된 서북청년단을 제주도에 투입했고 이들은 가혹한 진압으로 제주도민들에게 원성을 사고 있었거든. 특히 서북청년단의 만행은 상상을 넘어섰어. 그들에게 '빨갱이'란 곧 악마였고 제주도는 악마의 섬 같은 곳이었단다. 대부분 개신교인이었던 서북청년단원들은 "하나님!"을 부르짖으며 사람의 몸에 죽창을 꽂고 산 채로 불태우는 악행을 태연하게 자행했어. 공산주의의 기역 자도 모르는 제주도민이라도 그들의 만행 앞에서는 치를 떨 수밖에 없었지. 미 군정은 무장봉기를 즉시 진압하라고 명령하지만 김익렬 중령은 극렬분자는 200~300명에 불과한 만큼 화평 선무 귀순 공작을 펴보고 그 뒤에 토벌해도 늦지 않다고 제동을 걸고, 실로 대담한 '선무 귀순' 공작을 펼치지.

'인민유격대' 사령관이라는 김달삼을 직접 만나기로 한 거야. 1948년 4월 28일 오후 1시 제주도 주둔 국방경비대 최고 지휘관 김익렬은 운전병과 장교 한 사람만 거느리고 인민유격대가 지정한 회담 장소로 향해. 5시간의 밀고 당기는 협의 끝에 그들은 즉각적인 전투 중지, 무장해제 및 투항, 범법자 명단의 자발적 제출(명단 외의 사람은 수사와 처벌 대상에서 제외) 등 파격적인 합의를 끌어냈어.

5월 1일 오라리(里)라는 마을에 방화가 일어나 민가 10여 채가 불탔어. 경찰은 좌익들의 소행이라고 우겼지만 김익렬 중령 측의 조사결과 우익 청년단이 경찰의 비호 아래 저지른 짓이었지. 또 봉기에 가담했다가 평화 협상에 따라 마을로 복귀하던 이들이 총격을 받는 일도 벌어졌어. 이것도 경찰과 우익의 소행이었는데, 미 군정은 이를 무시했어. 미 군정은 김익렬 중령을 제주 주둔 국방경비대 9연대장에서 해임하고, 9연대도 11연대에 편입해버려. 이 11연대장으로 새로이 부임한 사람이 박진경 중령이라는 군인이었어. 김익렬과는 달리 박진경 중령은 미 군정과 공권력에 저항하는 이들은 물론 그들에게 동조하는 이들 모두를 적으로 돌려버리는 사람이었지. 그의 취임 훈시는 '대한민국의 독립을 방해하는 제주 폭동을 진압하기 위해서는 제주도민 30만 명을 희생시켜도 무방하다'였지(ttp://v.media.daum.net/v/20180403161907575?f=m&rcmd=rn 참조)."

4.3의 본질은 김익렬 중령처럼 최소의 기본권제한으로 공익을 보호할 수 있었음에도 불구하고, 종교인의 탈을 쓴 서북청년단 등, 극좌와 마찬가지로 자유민주주의의 적인 극우들의 만행으로 무수한 인명을 희생시키고 자유민주주의를 파괴하는, 반자유민주주의적 만행이라는 데에 있다. 이런 자유민주주의

의 적들이 오늘날 오히려 자유민주주의를 부르짖는 데에 바로 선악을 왜곡시키는 마귀의 사악함이 있다 할 것이다.

박정희도 고속도로를 만든 공이 있기 때문에 반자유민주주의자라고 할 수 없다? 그럼, 히틀러도 고속도로 만들었기 때문에 반자유민주주의자라고 할 수 없겠네?

선악을 상대적으로 보고 절대적 기준이 없다고 보는 것은 잘못된 종교관이고 그런 종교관은 뭐든 보기에 따라서 선악이 바뀔 수 있기 때문에, 살인도 정당화될 수 있을 것. 물론 정치인들 모두 완벽할 수 없지만, 기독교 탈을 썼던 종교인 이승만이 자신의 편인 서북청년단이 사람들을 빨갱이 누명을 씌워 백주에 죽창 등으로 수십만 명 살해하고 다녀도 수사는커녕 법 집행을 자체를 하지 않음으로써 법치주의를 부인한 것과 같은 극단적인 잘못을 범하지는 않는다. 만약 행동으로 법치주의 자체의 부인이라는 극단적인 잘못을 범하는 이승만과 같은 자가 있다면 히틀러와 같은 반자유민주주의자가 되는 것. 모든 정치인은 공과가 있기 때문에 반자유민주주의적인 정치인은 있을 수가 없다는 가치관은 상대주의적 가치관이며, 이게 바로 반자유민주주의적 가치관. 뭐든 보기에 따라서 선악이 바뀔 수 있고, 뭐든 다수결로 정하면 예컨대 항상 자기편이 이길 수 있도록 만들어졌거나 항상 자기들이 정권을 잡을 수 있도록 만들어진 법률도 법이 될 수 있다는 가치관 자체가 자유민주주의에 반하는 상대적 가치관. 이런 상대적 가치관에서는 다수가 결정한 법률이라도 '절대적 가치'인 자유민주적 기본질서를 어겨서는 안 되고, 이를 어긴 법률은 위헌이 된다는 전제 위에 서 있는 헌법재판 자체가 중국 등 (인민이 결정하면 뭐든 절대적 법이 되는) 인민민주주의 국가들에서 그러하듯이 논리적으로 성립할 수 없는 것.

어떤 정치인이든 모두 잘못이 있지만 그 잘못들은 모두 상대적 잘못에 불과하기 때문에, 어떤 정치인의 잘못도 '상대화'할 수 없는 '절대적 가치'인 자유민주적 기본질서를 어긴 잘못이 될 수 없다는 주장은 절대적 선을 부인하는 종교관에 따른 것이며, (물론 신앙적 차원은 아니지만) '절대적 가치'를 인정하는 자유민주주의와도 양립할 수 없는 주장.

저의 "자유민주주의는 단순한 반공주의가 아닙니다. 박정희, 전두환 등의 평화적 정권교체가 아닌 쿠데타나 반 기본권적 행태, 이승만의 법치주의부정, 4.3에서 보여준 미군과 서북청년단의 반 기본권적 극우적 행태는 반공주의에 부합할 수는 있지만 반자유민주주의적 행태입니다"라는 게시문에 대하여 어떤 분이, "네, 윤재만 교수님은 6·25를 어떻게 평가하시는지요?"라고 저의 사상을 검증하려 하더군요. 저는 이러한 질문 자체를 극우적인 정신상태에서 나온 질문이라고 봅니다만, 이 질문에 대한 저의 대답은 이러했습니다:

"왜 그걸 묻지요? 저는 6.25를 북의 공산주의 극좌세력이 남을 적화통일하기 위한 침략전쟁으로 봅니다만, 그 이후 이승만, 박정희, 전두환 등의 반법치주의적, 반 기본권적 행태나 평화적 정권교체의 부인 등의 행위는 자유민주적 기본질서와 자유민주주의 자체를 부인하는 행태로 봅니다. 자유민주적 기본질서 중 하나인 경제적 기본권을 부인하는 극좌가 반자유민주주의 세력인 것처럼 경제적 기본권과 마찬가지로 자유민주적 기본질서에 속하는 다른 기본권들이나 그 외 법치주의, 평화적 정권교체, 공정선거, 법관의 독립성, 권력분립, 의회주의 등 자유민주적 기본질서를 파괴/위협/부인하는 극우 또한 반자유민주주의 세력이라고 할 것입니다. 이제까지 자유민주주의를 반공주의로 이용하여 진정한 자유민주주의를 파괴/위협하고 적대적 행태를 보여온 극우 또한 반자유민주주의 세력입니다."

자신과 조금만 달라도 상대방을 빨갱이로 조작함으로써 정권을 잡거나 유지하려고 하는 극우들은 민주주의의 적들….

MB 같은 자의 입에서 자유민주주의? 국고를 탕진한 자가 자유민주주의를 입에 올려? 이 자가 박근혜 대선 때 전자개표부정 했는지 여부를 수사하여 자유민주주의를 침해한 죄를 물어 영구히 사회로부터 격리해야 한다.

대한제국과 대한민국

김형민(PD)

대한제국은 어쩌면 가장 수월하게, 그리고 짧은 시간에 식민지로 전락한 나라였을 것이다. 베트남이건 인도건 미얀마건 꽤 오랜 시간에 걸쳐, 그리고 적잖은 피를 쌍방 간에 흘리고 식민지가 된 데 반해 일본은 제대로 된 국가 간의 전쟁 또는 전면적인 항쟁을 거치지 않고 거의 가시 발라낸 생선 삼키듯 날름 대한제국을 삼켰다. 전명운 장인환 두 의사에 의해 황천길을 갔던 전직 대한제국 외교 고문 스티븐스는 이렇게 말했다.

"일본 보호 아래 한국 정부를 새로 조직한 후 정부 요직을 얻지 못한 소수가 불평을 하며 일본을 반대하는 것이고 백성들은 일본의 보호 정치를 좋아하는데 지금 정부는 전과 같이 백성을 학대하지 않는 까닭이다."

물론 미국에 있던 한국인들이 벌컥 하고 찾아가 의자로 내려찍어 버릴 만큼의 헛소리이지만 이 말에도 진실의 일단은 들어있다. 대한제국 정부, 그 이전의 조선 조정은 그토록 대외적으로 무능하고 대내적으로 잔인했다는 사실.

제 나라 백성들의 봉기를 진압하기 위해 외국 군대를 끌어들이다가 다른 나라까지 끼어들게 만들고 그 틈바구니에서 죽임을 당한 왕비를 비롯해서 왕실부터 고관들까지 나라가 망하든 말든 시종일관 자기 잇속에만 집중하는 이들이 태반이었다. 우금치 전투가 끝난 뒤 농민군이 흩어지자 환호를 지르며 그들을 학살하는데 앞장선 것은 일본군보다 오히려 조선 관군이었다. 그런 판에 누가 독립의 깃발을 들며 누가 그를 따랐겠는가. 파편적인 저항이나 울부짖음, 스스로 목숨 끊는 의연함은 있었으나 거족적인 항전 따위는 지휘할 사람도, 비슷한 시도도 없이 일본은 대한제국을 먹어 치웠다.

오죽하면 〈박물관은 살아 있다〉의 테디 인형의 주인공 시어도어 루스벨트가 이렇게 비아냥거렸을까. "한국인들은 자신들을 위해 주먹 한 번 휘두르지 못했다. 한국인들이 자신을 위해서도 스스로 하지 못한 일을 자기 나라에 아무런 이익이 되지 않음에도 불구하고 한국을 위해 나설 국가가 어디 있겠는가." 그리고 그의 친구 조지 캐넌은 이렇게 못을 박았다. "자립 능력이 없는 타락한 나라."

이 무렵 미국과 일본은 필리핀과 조선을 놓고 가쓰라 태프트 조약의 쿵짝을 맞추고 있었다. 이때 고종 황제는 믿을 곳은 미국뿐이라며 루스벨트의 조카딸이 한국에 왔을 때 미국 신문이 "미국인이 황후가 됐다"는 대형 오보를 날릴 만큼의 융숭 호화 찬란한 대접을 하고, 이승만이라는 똑똑해 보이는 머저리는 루스벨트에게 가서 대한 독립을 청원했다. 이때 루스벨트는 얼마나 웃었을까.

모르긴 해도 작년 미국과 중국 외무장관 회담을 하면서 비슷한 풍경이 연출됐을 것 같다.

"한국은 너희 미국 허락 없이는 소대 하나 못 움직이는 나라 아닌가? 주먹 하나 휘두를 작전지휘권도 없는 주제에 뭘 제거한다는 건가?" (왕이)

"예나 지금이나 한국 애들은 눈치가 없지 않은가. 걔들 말은 웃어 주면 된다. 그건 그렇고 일단 네 편 또라이라도 또라이는 또라이다. 이 기회에 정은이 버릇 좀 고치자. 그 자식도 한국 종자라 눈치가 없다." (케리)

"원래 사드 들여놓을 마음은 없었길 바란다. 그건 우리를 겨냥한 거잖아. 고고도미사일방어체계를 철회하면 정은이 목을 조금 더 죄는 건 찬성해 주겠다."

"그까짓 거 한국에 언제고 들여놓을 수 있는데 뭐 우리야… 허걱… 농담이다. 만약 북한 제재에 성실하게 동참하면 사드는 없던 걸로 하겠다."

대충 이런 구도의 '왕이 케리 밀약' 역시 엑스트라 겸 호구 겸 코미디언은 한국. 지못미 개성공단. 떡 줄 놈은 생각도 않는데 동치미 세 박스를 마셔 버린 이승만과 고종 황제의 DNA는 21세기에도 아주 펄떡펄떡 뛰놀며 살아 숨 쉰다.

어디 그뿐인가, 바깥에 나가면 천하의 못난이 주제에 "집안에 들어오면 자기가 김일성인 줄 아는 이 나라 애비들"(영화 똥파리 중에서) 같은 DNA는 시대와 남녀를 구별하지 않는다. 작년에 박이 갑자기 시작했던 사드가 좀 잠잠해질 때 테러 방지법이란 게 없으면 나라가 망할 것 같이 아우성이었던 것을 보라. 그러면서 각 사이트에 혐오 댓글 달고 자빠진 첩보원들이라는 세계 스파이의 역사에 먹칠 똥칠을 골고루 한 이력에 간첩 만들기에 이웃 나라 공문서까지 조작했던 전력의 정보기관에 도깨비방망이를 쥐여 줘야 안심이 되겠다는 발광들을 기억해 본다.

"국정원장은 테러에 이용될 '가능성'이 있는 금융거래를 정지시킬 수 있다(9조 2항)." 그런데 테러에 이용될 가능성이 털끝만큼도, 완벽하게 없는 금융거래가 어디 있을까? 즉 가능성의 여부는 국정원장 마음일 거다. "테러위험 인물에 대한 개인정보(「개인정보 보호법」상 '민감정보'를 포함한다)와 위치 정보를 「개인정보 보호법」 제2조의 '개인정보처리자'와 「위치정보의 보호 및 이용 등에 관한 법률」 제5조의 '위치정보사업자'에게 요구할 수 있다(9조 3항)."는 것 역시 마찬가지다. 국정원장이 '테러 위험인물'이라고 판단하면 그때부터 국정원은 그를 발가벗겨서 돋보기를 쓰고 들여다볼 수 있다는 얘기다.

그 판단 기준은 국정원장이라는 이름의 엿장수 가위다. 이 음험한 엿장수는 "대테러활동에 필요한 정보나 자료를 수집하기 위하여 대테러조사 및 테러위험 인물에 대한 추적을 할 수 있다 (9조 4항)."는 만능 가위를 휘두른다. 테러 위험인물의 기준은 그 가위 쩔그렁거리는 소리 외에는 없다. 어쩌면 이렇게 염치가 없고 부끄러움이 실종됐으며 체면조차 망각할 수 있는가.

대외적으로 무능한 정부가 대내적으로 사악할 때 나라는 망했다. 벼슬아치 구실아치들이 나라의 보전과 백성의 이익보다 제 권력과 탐욕에 더 몰두할 때 나라의 서까래는 쏟아져 내렸고, 이에 백성들은 제대로 대응하지 못하고 "에이 더러운 것들" 하며 막걸리나 마시고 신세를 탓할 때, 내 논에 물 댈 걱정이나 하고 행여 세도 가문에 줄이라도 닿아 호의호식이라도 할 수 있지 않을까 알랑거리고, 그 와중에 자신들의 더 큰 권리를 잃어버렸을 때 나라의 기둥은 무너져 내렸다. 바로 대한제국이 망한 이유였고 어쩌면 대한민국이 망해가는 정황일지도 모르겠다.

과거 썩은 선비들은 "일본도 못됐지만 그걸 막겠다는 핑계로 설치는 상것들도 말종"이라고 우겼다. 바로 안 모 씨 같은 이들이다. 테러 방지법을 찬찬히 들여다볼 때 이건 절충의 문제가 아니었다. 덜떨어진 이분법이 설 자리도 없고 우아한 중립 따위는 이빨도 들어가지 않는 문제다.

명색 민주공화국에서 정보기관에 저런 권리를 대놓고 주는 나라는 세상 어디에도 없다. 또 '증거 법정주의'를 채택하고 있는 나라의 법률에 '가능성'이 있다거나 '위험이 있다'는 이유로 금융거래부터 위치 정보부터 죄다 열어젖히는 마스터키를 정부기관에 제공하는 일도 우주 어디에도 없다. 막아야 할 일을 막지 못할 때 나라의 망조는 짙어지고 진해진다. 대한제국이 망한 역사를 돌이켜 보라. 하지 말아야 할 일을 굳이 했던 게 몇 번이고 막아야 할 일을 막지 못했던 것이 무릇 얼마였던가.

2014년 11월 30일 기도

김창희(전 동아일보 기자)

진실하신 하느님, 진실하셔서 저희에게 늘 평화를 내려주시는 하느님, 저희는 죄의 고백 속에 당신께서 평화를 주실 것을 굳게 믿고 있지만 세상이 꼭 그렇지만은 않습니다. 많이 부끄럽습니다. 이것이 동시대를 살아가는 사람들이 하는 짓인지 안타깝고 한탄스럽고 부끄러운 일이 너무도 많습니다.

지난주 간 통합진보당 해산 문제를 다루는 헌법재판소 최후변론이 있었습니다. 자신과 생각이 다르다고 한 정당을 '암적 존재'라고 부르는 이들이 저희의 동시대인이라는 관리들입니다. 그들은 약한 자의 고통과 절규를 전혀 이해하거나 공감하지 못합니다. / 대법원도 쌍용차 노동자들의 정리해고가 정당하다고 판결하고, 기자들의 해직도 정당하다고 판결했습니다. 고난 받는 아들·딸들의 아우성은 철저히 외면당했고, 이제는 더 이상 기댈 곳이 없습니다. 가진 자의 편을 드는 법관들을 과연 저희의 동시대인이라고 할 수 있겠습니까? / 적개심으로 삐라를 날리는 사람들도 있습니다. 그들로 인해 북한이 쏘는 총탄이 이 땅에 떨어져 박혀도 그들은 오불관언입니다. 그렇게 해서 남북회담이 취소돼도 그들은 완악하게도 자기들 고집대로 하겠다고 생각을 꺾지 않습니다. 이웃의 불안에 공감하지 못하는 이들을 어찌 동시대인이라고 할 수 있겠습니까?

하느님, 저희는 지금 그런 사람들과 함께 살고 있습니다. 이제 우주선이 10년 동안 날아가 혜성에 내려앉는 세상이 되었다고 하지만 이 땅에선 약한 이웃들의 눈물과 불안이 전혀 해결되지 못하고 있습니다. 아니, 그런 걸 이해조차 하지 못하는 사람들과 저희는 한 땅덩어리 안에서 함께 살고 있습니다.
광화문의 세월호 유족들을 찾는 '일요일의 발걸음'도 계속하겠습니다. 특별히 이 대림절 기간에 당신께서 주시는 평화가 갈기갈기 찢어진 심정을 가진 이 땅의 민중들에게 함께 하여 희망의 촛불이 되기를 간구합니다.

저희의 간절한 기도가 대림절의 영성으로 이어지고, 다시금 저희 모두가 동시대인들과 이웃의 아픔에 공감할 수 있도록 이끌어주옵소서.

박정권의 한국사 교과서 국정화를 용납할 수 없는 이유

이성대(전국교직원노동조합)

온 나라가 한국사 교과서 국정화 문제로 갈등의 소용돌이에 휘말려 들고 있습니다. 그 진원지는 국정을 책임지고 있는 정부 여당입니다. 주요한 현안이 있을 때마다 국민들을 편 가르기 하여 정치적 성과를 거두어 온 정부 여당이 시민사회를 향하여 거침없는 공세를 가하고 있습니다. '우리 학생들이 주체사상을 배우고 있습니다.'라는 현수막이 대로에 나부끼는 광경은 도무지 현실감이 없고 기괴한 느낌을 줍니다. 여당 대표는 앞장서서 교과서 전쟁의 소대장 노릇을 맡고 나서고 있습니다. '학부모들이 교과서를 보면 깜짝 놀랄 것'이라고도 말했다 합니다.

정부 여당은 현행 교과서에 문제가 있다면 검정 기준을 강화하면 되지 않겠느냐는 의견마저 묵살하고 기어이 한국사 교과서 국정화를 강행하면서도 '지금이 어느 시대인데 친일과 독재를 미화하는 교과서를 만들겠느냐?'고 뻔뻔스럽게 발뺌을 하고 있습니다. 정말 그럴까요? 2013년에 교학사 교과서를 급조하여 배포하였으나 서울의 318개 고교 가운데 단 한 곳에서만 그것도 복수 교과서의 하나로 채택되는 데에 그친바 있습니다. 당시 교학사 교과서는 일제의 식민지배가 한국사회의 근대화에 도움이 되었다는 '식민지 근대화론'에 따라 식민지배와 친일을 합리화하고, 경제 발전을 내세워 박정희 정권의 독재정치를 미화한 내용 때문에 철저히 외면당하였습니다. 검정제하에서 안 되니까 아예 국정화를 추진하고 있다는 것을 알 만한 사람들은 다 알고 있습니다.

12일 교육부 장관이 한국사 교과서 국정화를 발표하는 데에 배석하였던 김정배 국사편찬위원장은 대한민국 원년이 1919년이냐, 1948년이냐고 묻는 기자의 질문에 끝내 대답을 해주지 않았습니다. 헌법전문에 '유구한 역사와 전통에 빛나는 우리 대한국민은 3·1 운동으로 건립된 대한민국임시정부의 법통과 불의에 항거한 4·19 민주이념을 계승하고…'라고 명시되어 있음에도 불구하고 이를 끝내 부정한 것입니다. 이런데도 친일과 독재를 미화하는 교과서를 만들 의사가 추호도 없다고 하면 누가 믿겠습니까?

정부 여당이 내심 하고 싶은 주장은 '일제하에 친일을 했건 군사독재를 했건 따지지 말라. 우리들이 바로 오늘의 경제 강국 대한민국을 만든 주도세력이고 대한민국의 정통 세력이다.'

딱 이것이라고 짐작이 갑니다.

교과서 내용도 문제이지만 정부가 자신들의 입맛에 맞는 국정교과서를 만들어 모든 학생들에게 일방적으로 교육하겠다는 발상 자체가 큰 문제입니다. 낮도깨비도 유분수지, 21세기 백주 대낮에 '신민 교육'

을 하겠다는 것입니까? 지금 전 세계에서 국정 역사교과서를 쓰는 나라는 북한, 몽골, 베트남, 쿠바 같은 몇몇 나라밖에는 없습니다. 민주주의 국가에서 현재와 연결될 수밖에 없는 과거를 자신들만의 시각으로 해석하고, 강요하는 이러한 일은 상상도 할 수 없는 일이고 결코 받아들여질 수 없습니다.

안중근 의사께서 '견리사의(見利思義) 견위수명(見危授命)'이라고 쓰셨습니다. '눈앞의 이익보다는 의로움을 생각하고, 나라가 위태롭거든 목숨을 바쳐야 한다.'는 뜻입니다. 윤봉길 의사께서는 '뜻을 이루기 전에는 살아서 돌아오지 않는다.'라는 비장한 글을 남긴 채 사랑하는 아내와 두 어린 아들을 뒤로하고 중국으로 망명길에 오르셨습니다. 우리 나이로 안중근 의사가 32세, 윤봉길 의사가 25세 나이에 목숨을 바치셨습니다.

유관순 열사께서는 이화학당 고등과에 입학하신 이듬해에 3·1 운동이 일어나자 학생들과 함께 가두시위를 벌였고, 학교가 휴교하자 고향으로 내려가 3월 1일 아우내 장터에서 3,000여 군중에게 태극기를 나누어 주며 시위를 지휘하다가 출동한 일본 헌병대에 체포되었는데, 이때 아버님과 어머님은 일본 헌병에게 피살되고, 집마저 불탔다고 합니다. 그 후 3년형을 선고받고, 서대문형무소에서 복역 중 고문에 의한 방광파열로 옥사하셨습니다. 당시 19세 나이였습니다.

이분들의 삶에 대하여 공감하고, 불의에 맞서려는 정의감을 갖는 것은 역사교육이, 역사교과서가 있어야 할 가장 기본적인 이유일 것입니다.

한 사회가 계속 존재해 나가고 건강성을 유지하기 위해서는 공동체에 대한 믿음이 필요합니다. 우리는 3.1 운동과 4.19 시민혁명을 통해 억압과 차별을 거부하고 자유와 정의, 민주주의의 가치를 확인해 왔습니다. 프랑스 사람들이 대혁명을 통하여 자유, 평등, 우애라는 공동체의 기초를 다질 수 있었던 것처럼 민족해방운동과 반독재 민주화 운동은 우리 사회가 서 있을 수 있게 하는 소중한 기반이 아닐 수 없습니다.

그런데 지금 어떤 일이 전개되고 있습니까? 안중근, 윤봉길, 유관순 선열님들의 그 열렬했던 애국애족의 마음을 별 가치가 없는 것으로 만드는 일을 국가가 공식화하려고 합니다. 그 반대편에는 공동체의 이상 따위를 비웃는 사익 추구, 그를 위하여 공동체에 대한 배신도 서슴지 않았던 냉철한 지혜(?)가 추앙받는 것 이외에 무엇이 남겠습니까? 이렇게 되면 사회 공동체는 서 있을 자리가 없게 될 것입니다. 있다면 이해관계로 뭉친 마피아만이 남을 것입니다. 정말 끔찍한 일입니다. 이것이 바로 오늘 우리가 한국사 교과서 국정화를 결코 용납할 수 없는 이유입니다. 시민사회의 힘을 모아야 하는 절실한 순간입니다.

촛불혁명 이전 적폐 중의 적폐

2012년 7월의 강정, 그리고 2013년 10월의 밀양 – 양승태 대법원의 '재판 거래'와 '판결 조작' 진상 규명해야

박석진(열린군대를위한시민연대)

▲ 제주 해군기지와 밀양 송전탑 판결 재조사 촉구하는 기자회견 모습 지난 2018년 6월 8일 대법원 앞에서 양승태 대법원의 정부 협력 사례로 거론된 제주 해군기지와 밀양 송전탑 판결 관련해 강정마을과 밀양 주민 및 시민사회단체가 진행한 기자회견 모습입니다. ⓒ 박석진

있을 수 없는, 있어서도 안 될 일이 벌어졌음이 밝혀졌다.

지난 5일, 법원행정처가 양승태 전 대법원장이 재임 동안 제기된 사법행정권 남용 의혹과 관련해 특별조사단이 확보한 98건의 문건을 추가로 공개했다. 이 중 눈에 띄는 것은 '정부 운영에 대한 사법부의 협력 사례'라는 제목의 71번째 문건이다.

문건에 따르면 사법부는 그동안 대통령의 국정운영을 뒷받침하기 위하여 최대한 노력해왔다며 다수의 재판 사례를 거론하고 있다. 주요하게는 과거사 정리위원회 사건과 관련해 부당하고 지나친 국가배상을 제한한 대법원의 판례들(2013년 5월 16일 대법원 전원합의체 판결 등)을 적시했으며 박정희 정권 시절 대통령 긴급조치와 관련해 당시 상황과 정치적 함의를 충분히 고려해 긴급조치를 따른 공무원의 행위가 불법행위가 아니라는 대법원의 판결(2014, 10, 27 선고)과 긴급조치가 고도의 정치 행위임으로 국가의 배상의무를 부정하는 대법원의 판결(2015년 3월 26일 판결)을 적시했다.

그 외 원세훈 전 국정원장의 정치개입 문제, 전교조 시국선언, 세월호, 통상임금과 정리해고, KTX 등 2011년 9월부터 2017년 9월까지 양승태 전 대법원장이 재임했던 6년여의 기간 중 우리 사회를 흔들었던 주요한 사안들에 대해 대법원이 정권의 이해에 맞춰 협력해왔다는 내용이었다. 그리고 그중에는 제주 해군기지와 관련한 2012년 7월의 대법원 판결과 2013년 10월의 밀양 송전탑 관련한 밀양 지법의 판결도 있었다.

† '2012년 7월의 강정'

2012년 7월, 제주 해군기지 건설공사가 한창이던 제주 강정마을은 지독한 시간을 보내고 있었다. 2012년 2월, 강정마을 주민 대다수의 의사에 반해 사업을 추진하던 이명박 정부는 총리실을 통해 민군복합항의 주요 요건이었던 15만 톤 크루즈 선박 입출항 검증위원회의 검증 결과를 조작해 구럼비 해안을 파괴하며 공사를 본격화했다. 이후 해군과 시공업체인 삼성물산 등은 최소한의 환경오염저감장치인 오탁 방지막도 제대로 설치하지 않고 불법공사를 강행했다. 비민주적이고 불법적인 공사 강행에 강정마을 주민과 평화활동가들은 저항했고 정부는 수십만 명의 경찰을 동원해 폭력적으로 이를 진압했다. (당시 민주당 장하나 의원실이 제주지방경찰청으로부터 입수한 '제주 해군기지 경찰력 배치 현황'에 따르면 2011년 8월부터 2013년 8월까지 2년간 강정마을에 배치된 경찰력은 총 2,241개 중대 20만 2,620명으로 집계됐다.)

하루에도 몇 번씩, 수 배, 수십 배의 경찰들에게 사람들은 끌려 나와야 했고, 수백여 명이 연행되고 수십여 명이 구속되었다. 공권력의 폭력이 정점에 달했던 2012년 7월, 제주 해군기지사업과 관련한 대법원의 판결이 나왔다. 내용은 2009년 1월 있었던 국방부의 제주 해군기지 관련 국방 군사시설 실시계획 승인 고시가 합법이라는 것이었다. 문제의 국방부 고시는 환경영향평가 없이 이루어졌고 사전환경성 검토 역시 제대로 이루어지지 않았다는 이유로 1심과 2심 재판부는 국방부의 고시가 무효라는 판결을 내렸던 사안이었다.

무엇보다 제주 해군기지 공사 대상 지역인 강정마을의 구럼비 해안은 제주도에만 있는 절대 보전지역이었다. 2009년 12월 당시 제주도의회에서 다수당이었던 한나라당이 절대 보전지역 해제를 위한 변경 동의안을 정족수도 확인하지 않은 상태에서 날치기 처리해 원천적으로 국방 군사시설이 들어설 수 없음에도 양승태의 대법원은 이를 합법으로 판결한 것이었다. 이후 공권력은 더 폭력적인 양상을 띠며 강정마을의 사람들을 탄압했고 공사는 강행되었다.

† '2013년 10월의 밀양'

2013년 10월, 강정과 마찬가지로 한국 전력이 주민의 의사를 무시하고 강행한 밀양의 송전탑 건설사업 현장은 지옥과도 같았다. 대다수가 고령인 주민들의 저항을 박근혜 정부는 강정에서보다 더한 경찰력을 동원해 폭력적으로 짓밟았다. (2014년 7월, 경남경찰청은 밀양 송전탑 공사가 재개된 2013년 10월 1일부터 2014년 6월까지 250여 일 동안 전국 각지에서 38만 명의 경찰이 투입되었다고 밝혔다.) 90세가 넘은 할머니가 경찰에 끌려 나오다 허리가 부서졌으며 수십여 명의 부상자가 발생했다. 고령의 노인들에게 징역형이 선고되었으며 2억원이 넘는 벌금이 부과되었다. 송전탑 건설에 반대하는 현장의 사람들에게 생필품과 의약품 반입조차 허락되지 않았다.

공권력의 폭력이 정점을 달해가던 2013년 10월 9일, 밀양지원은 주민들이 한전의 불법행위(환경영향평가법 위반, 헬기 소음 기준치 위반)를 지적하며 제기한 공사중지가처분 신청은 7개월여 동안 질질 끌다 기각 판결을 내렸다. 반면 한전이 주민들을 상대로 제기한 공사방해금지가처분은 40여 일 만에 전격적으로 인용하는 판결을 내렸다.

언급한 '정부 운영에 대한 사법부의 협력 사례' 문건에는 밀양 송전탑 관련 밀양지원의 판결과 관련해 "밀양 주민과 한국전력 사이의 대립과 농성이 이어지면서 사회적 갈등으로 확산되던 상황"이라 분석하며 "한전의 주민들에 대한 공사방해금지가처분 인용 결정, 주민들의 공사중지가처분 기각결정으로 갈등의 확산 방지와 분쟁 종식에 기여했다"고 적고 있다. 그러나 이후 밀양에서는 송전탑 건설공사에 반대했다는 이유로 70여 명이 기소됐으며 주민 중 한 사람은 기어이 스스로 목숨을 끊고 말았다.

† 양승태 대법원의 '재판 거래'와 '판결 조작' 전면 재조사해야

언제부터 이 나라의 사법부가 '정부 운영에 협력'하며 '대통령의 국정운영을 뒷받침하기 위하여 최대한 노력'하는 곳으로 전락했는지 알 수 없으나 양승태의 대법원이 사법부에 대한 국민의 신뢰를 유린하고 헌법에 명시된 삼권분립을 파괴한 것임은 분명하다. 무엇보다 그들은 비민주적이고 불법적인 국가정책에 사법 판결이라는 미명으로 면죄부를 주었으며 이를 통해 공권력의 폭력을 정당화시켰다. 그 결과 강정과 밀양 그리고 무수한 우리 사회의 주요 사안에서 국민들에게 참담함을 안겼으며 정당한 권리와 생존권을 파괴하는 행위를 저질렀다.

그럼에도 지난 5일 서울고등법원의 판사들은 회의를 열고 "대법원장이나 전국법관대표회의 등이 고발이나 수사를 촉구할 경우 재판을 담당할 법관의 독립과 재판의 독립이 침해될 수 있다"며 거부 의사를 표명했다. 이어 7일 전국 법원장들은 간담회를 열고 "법 행정권 남용행위가 법관 독립과 사법에 대한 국민의 신뢰를 심각하게 훼손했다"면서도 "사법부에서 고발·수사 의뢰를 하는 것은 적절치 않다"고 결론 내렸다.

더 이상 법원의 자정 능력이나 자체 해결에 이 문제를 맡길 수 없음은 분명하다. 검찰은 양승태 전 대법원장을 포함한 관련자에 대한 즉각적인 수사에 착수해야 하며 사법행정권 남용 의혹이 있는 관련 문건은 모두 공개돼야 한다. 제주 해군기지와 밀양 송전탑 사건을 포함해 양승태 대법원이 자행한 재판 거래 및 판결 조작 사건들에 대한 전면적인 재조사가 시작되어야 한다. (오마이뉴스 시민기자)

촛불의 시원

이명옥(오마이뉴스시민기자)

2016년 겨울, 광화문 광장 바닥의 한기와 광장을 가르는 매서운 칼바람을 잠재우고 수백만 촛불 불꽃 바다를 만든 것은 광장이 아니다.

그 시원은 깊고 차가운 바다 진도 팽목항에서 하늘로 돌아간 304분의 영혼이다.
2014년 4월 16일, 뒤집혀가는 세월호 안에 갇혀, 간절한 눈물의 기도와 절규로, 피맺힌 손톱으로 문 두드리다 하나둘 스러져 우주로 돌아가 304개의 별이 된 영혼들.
그들의 눈물이, 그들의 '살려달라'는. 간절한 절규가 엄마와 아빠, 언니와 오빠, 이모와 고모의 가슴에 진도 바다보다 더 깊고 찬, 한과 눈물의 바다로 고였다.
더 이상 고일 가슴이 없이 가득 차고 흘러넘쳤을 때,
가족들은 영정을 들고, 아이의 명찰을 가슴에 달고 거리로 거리로 나왔다.

노숙으로 하루하루 생명의 심지가 꺼져가는 죽음의 단식으로 연 광화문 광장.
그 아픔의 광장에, 안산에서, 서울에서, 진도에서, 제주에서,
일본, 프랑스, 호주, LA, 독일 지구촌 곳곳에서 모여든 이들이 가슴에 노란 리본을 달기 시작했고 '세월호를 잊지 않겠다 다짐했고, 진실은 침몰하지 않음을 믿는다며 꺼지지 않는 촛불 하나 가슴에 품고 돌아갔다.

피눈물로 심장 깊은 곳에 뜨겁게 품어 안은 꺼지지 않는 촛불은 엄마 아빠의 가슴에서 광장으로 모여드는 사람들 가슴 가슴으로. 하나둘 불길을 옮겨갔다.
용서할 수 없는 거짓과 기만과 속임수는 사람들 가슴 속 분노에 기름을 부었고 봇물 터진 분노의 불길은, 가슴에 담아 둔 의지의 촛불에서 광장의 촛불이 되어 불꽃 바다로 차고 넘쳤다. 푸른 집을 둘러싼 분노의 불길과 함성을 별이 된 304 영혼이 지켜보고 있었다.

분노의 불길과 촛불의 함성이 거대한 폭풍이 되어 푸른 집을 둘러쌌다.
한 번, 두 번. 세 번….
박근혜는 퇴진하라! 박근혜를 탄핵하라! 포기하지 않는다. 촛불은 꺼지지 않는다.

2017년 3월 10일 11시, 박근혜가 탄핵되던 날 세월호는 그 모습을 드러냈다.

2016년 겨울, 광화문 광장을 뒤덮었던 촛불의 바다는 광장에서 시작된 것이 아니다.
진도 팽목항 깊고 푸른 바다의 304명 영혼의 한 맺힌 절규가, 엄마 아빠의 심장에 피워낸 불꽃이었다.
아들아, 딸아, 너희들이 피워 올린 촛불의 바다가, 너희들이 생명의 불꽃으로 피워 낸 촛불이
가느다란 실 줄기 만한 희망의 물꼬 한 줄기 터 준 것이다.
광화문 촛불의 바다는 이제. 겨우 시작일 뿐이다.

겁내지 마요! 진실에 다가가는 것을…

– 세월호 참사 900일 앞두고 '세월호 광장'을 찾은 ㅅ초 4학년 아이들

김형태(기자)

"저도 세월호 광장 다녀왔어요!"

"세월호 분향소에서 향도 피우고 묵념도 했어요!"

"저희가 정성껏 쓴 시와 편지들도 전달했어요!"

"저희도 특별법 만드는 것에 서명했어요!"

▲ 세월호 분향소에 도착한 아이들

오는 10월 1일이면 세월호 참사가 일어난 지 900일이 된다. 바자회를 열어 모은 성금을 세월호 유가족들에게 전달했다는 서울 ㅅ초를 21일 방문했다. 초등학생들은 세월호 문제를 어떻게 바라보고 있을까 궁금하기도 했다. 4학년 2반 교실로 들어서자, 아이들이 기다렸다는 듯이 앞다투어 이야기하기 바빴다.

† 지금 가장 도움이 필요한 사람들은 세월호 유가족이라고 생각했어요

어떻게 바자회를 하게 되었느냐는 질문에 최여울 어린이는 "사회과목 경제단원 공부하면서, 생산활동과 소비활동을 체험하자는 뜻에서 학급회의를 통해 알뜰시장을 열었어요"라고 입을 뗀 뒤, "저는 생일 선물로 받은 책과 초콜릿 등을 내놓았고, 현서는 딱지와 연필 등을, 승현이는 젤리를, 정원이는 필통과 컬러 비즈를 내놓았고 그렇게 모인 수익금에 저와 채영이는 용돈 5천원을 보탰고, 또 누군가 3천원 보탰고, 담임 선생님도 2만여원 정도 보태서, 거의 10만원 가까운 돈이 모아졌어요"라고 말했다. 특히 아파서 병원에 입원했을 때 선물로 받았다는 브리우니 인형을 서슴없이 바자회에 내놓았다는 표희현 어린이의 이야기를 들으며 가슴이 짠했다.

그렇게 어렵게 번 돈을 개인적으로 사용하고 싶은 생각도 있었을 텐데 어떻게 세월호 유가족들에게 전달할 생각을 했느냐는 질문에 남리연 어린이는 "바자회 열어 모은 돈을 어떻게 쓸까 저희도 고민 많이 했어요. 그런데 지금 가장 도움이 필요한 사람들은 세월호 유가족이라고 생각해서 저희가 9월 8일 직접 가서 마음을 전달하고 왔어요"라고 설명했다.

ㅅ초 4학년 2반 아이들은 정성껏 쓴 시와 편지들도 전달했다고 했다.

† 아이들이 세월호 희생자 및 가족들에게 쓴 편지

세월호 침몰 사건… 그때 해경과 정부가 대처만 잘하고 골든 타임만 놓치지 않았더라도 몇백 명의 목숨을 앗기진 않았을 텐데… 지금 일부가 들통났는데도… 나 몰라라 하고 있으니 저도 정말 답답하네요…. 저도 도와 드릴게요. 아름다운 별과 나비가 된 언니·오빠들 꼭 진실이 밝혀지길 빌게요. 겁내지 마요! 진실에 다가가는 것을…. – **허희령 올림**

즐거운 마음으로 수학여행을 갔다가 사망한 상태로 돌아오니 너무 억울하고 슬플 것 같아요. 그리고 가족을 너무 보고 싶을 것 같아요. 언니 오빠들! 하늘에서도 힘! 힘내요! 제가 간절한 마음으로 기도할게요. – **우정원 올림**

저도 얼마 전에 외할아버지께서 돌아가셨어요. 그래서 저도 부모님들의 마음을 이해할 수 있어요. 제가 할아버지가 보고 싶은 것처럼 부모님들도 사망한 딸, 아들이 보고 싶으시죠? 그리고 세월호는 일본에서 15년을 쓴 배를 싸게 사들여 와서 페인트로 칠하고 고장 난 곳은 대충 고쳤기 때문에 부서져서 언니·오빠들이 사망한 이유 중 가장 큰 이유이기도 해요. 그래도 다른 비밀이 있을 거예요. 그 비밀을 꼭! 꼭! 알아내기 바랍니다. 파이팅! – **최여울 올림**

여러 편지 중에서 강민서 어린이가 쓴 편지와 표희현 어린이가 쓴 편지가 심금을 울렸다. 민서 어린이는 단원고 담비 언니에게 편지를 썼다.

"언니의 꿈은 변호사라 했지요. 살아서 돌아왔으면 억울한 사람의 마음을 이해하는 변호사가 되었을 텐데… 하지만 언니는 동생들을 살리기 위해 구명조끼를 입히는 등 언니의 모습에 감동했어요. 저는 제 동생한테 짜증도 내고 화도 내고 그랬는데 앞으로는 그러지 않을게요."

희현 어린이는 단원고 학생들을 위해 희생한 선생님들께 편지를 썼다.

"선생님이 정말 존경스러워요. 어떻게 제자들을 구할 생각을 하셨나요? 저도 선생님이 되어 아이들을 살리는 꿈을 꾸고 있어요."

이 밖에도 김주은 어린이는 "너무 마음이 아픕니다. 저도 세월호의 진실을 알고 싶습니다. 꼭 진실이 밝혀졌으면 좋겠습니다"라고 썼고, 이채영 어린이는 "언니·오빠들의 부모님은 지금 슬프게 울면서 지내고 있어요. 저도 많이 슬퍼요 어서 세월호를 꺼내야 할 텐데… 제 친구들도 다 응원하고 잊지 않을 게요"라고 적었다.

† 영원히 잊지 않고 함께 하겠습니다

세월호 광장 다녀와 무엇을 느꼈느냐는 질문에 배민준 어린이는 "아직 세월호에서 돌아오지 못한 9명의 희생자가 있다는 것을 알고 깜짝 놀랐어요. 빨리 돌아왔으면 좋겠어요"라고 했고, 남리연 어린이는

"세월호 문제를 무겁게 여겨야 한다는 생각을 했고 아직 기대와 희망을 갖고 애쓰는 유가족들과 응원하는 분들을 보고 너무 안쓰러웠어요"라고 했다. 또한 강준성 어린이는 "간절한 마음으로 말합니다. 세월호의 진실을 밝히라고… 세월호의 진실이 영영 묻히지 않았으면 좋겠습니다"라고 했고, 허희령 어린이는 "세월호 그때 당시 있었던 일들을 조금이나마 알 수 있었고 아직도 밝혀지지 않은 진실이 꼭 밝혀졌으면 좋겠어요"라고 했고, 이채영 어린이를 비롯하여 많은 어린이들이 한 목소리로 "영원히 잊지 않고 함께 하겠습니다"라고 힘주어 말했다.

▲ 세월호 관련 글과 시로 꽉 채운 교실 게시판

아이들의 방문을 받은 유가족들은 "이곳을 찾는 사람들은 많지만 이렇게 어린 초등학생들이 방문하는 경우는 드물다. 그래서 더욱 반갑고 기쁘고 특별하다"고 말했다. 특히 눈물 흘리며 읽었다는 준영엄마(임명에 씨)는 "아들 글씨체와 같은 아이들의 편지를 보니 가슴 뭉클하다. 마치 아들에게 받은 편지 같아 힘이 솟고 고맙다"며 울컥했다. 또한 "아이들의 예쁜 마음과 행동을 보면서 미안한 생각도 든다. 어린 마음에 얼마나 놀라고 아팠을까? 우리들의 희망인 아이들을 꼭 안아주고 싶다"고 말했다. 아울러 "아들을 지키지 못한 엄마이지만 어른으로서 아이들을 지킬 수 있는 안전한 나라를 만들기 위해 포기하지 않고 끝까지 노력하겠다"고 힘주어 말했다.

ㅅ초 4학년 2반 아이들 담임교사인 정영훈 선생님은 "세월호 참사는 생명과 안전을 경시하는 이 시대의 문제를 총체적으로 집약한 사건이기에 특별하게 다룰 수밖에 없고, 세월호 문제 해결 없이는 대한민국의 미래도 없고, 우리나라 교육도 앞으로 나아갈 수 없다"고 운을 뗀 뒤, "사람다운 사람을 길러내고 올바른 민주시민을 육성하는 것이 교사에게 주어진 일이니만큼 교사로서 교육적 역할을 한다는 의미에서 아이들에게 자연스럽게 세월호 문제 등 알아야 할 기본정보를 주면 아이들도 생명의 소중함을 알기에 자발적으로 공감하고 행동한다"고 말했다. (2016-09-21 기사)

둘째마당

타오르는 촛불

촛불 출정가: 아, 한바탕이여 몰아쳐라

백기완(통일문제연구소)

새벽이 터와도 앞이 콱콱 막혔다 그래서 한사코 촛불을 들어
박근혜의 그 더러운 범죄 누더기를 까 밝혀왔는데
뭐라고 나는 잘못한 게 하나도 없다고
나는 다시 촛불을 따라가며 혼자 웅얼댔다 이건
촛불을 짓이기는 박근혜의 터무니없는 반란이다
아니 사기와 협잡 그 끔찍한 유신 잔재의 총동원령이라
나도 모르게 촛불을 바싹 들어 올리는데
이죽대는 이가 없진 않았다 저건 박근혜의 무자비한
융단폭격인데 그따위 촛불이나 갖고 되겠느냔다 이때
나는 어째서 내 속의 횃불은 못 보느냐고 따지진 않았다
그냥 죽자 하고 따라가며 혼자 웅얼댔다

이 싸움이 어떤 싸움인 줄 아는가
이것은 사람 잡는 끔찍한 반 목숨과 참 목숨의 맞짱이다
촛불을 드시라
이 싸움은 빼앗은 것도 내 거라는 그 지긋지긋한 거짓과
가진 것이라곤 알통뿐인 피눈물의 맞짱이다
촛불을 드시라
그렇다 이 싸움은
나만 잘살겠다는 살인적이요 구조적인 탐욕과
아니다 너도나도 일을 하고 너도나도 잘살되
올바로 잘살자는 인류의 꿈, 이적지 없었던
아름다운 비주(창조)의 한 치 물러설 데 없는 맞짱이라

이보시오 길 가는 이여 말하라
정치가 뭐든가 다 때려치우고 촛불을 드시라
합헌이 뭐든가 헌재도 아무 소리 말고 촛불을 드시라
사실 보도가 뭐든가 언론도 홀랑 벗고 촛불을 드시라
촛불이 말뜸(문제의 제기)이거늘 학문도 모두 촛불을 드시고
창작은 뭐든가 예술이여 활활 촛불로 타오르시라

이 싸움은 네가 이기고 내가 지는 실랑이가 아니다
썩은 늪을 발칵 뒤집어엎는 한바탕이요
짓이겨진 역사를 올바르게 잇는 한바탕이요
사람이 돈의 머슴이 되어버린 이 잘못된 문명을
왕창 뒤엎어버리는 한바탕

그렇다 얼굴을 몇 번 만지작거린 값이 어떻게 해서
팔천만 원이란 말인가 팔천만 원
영국 어느 여관에선 딱 한 번 쓸 변기를 새로 갈라고 했다면서
야 이 썩어 문드러진 것들아 느그들의 관상 더 볼게 뭣이드냐
그 소름 끼치는 타락의 불야성을 한바탕 쓸어 팡개치는
촛불이여 남김없이 거침없이 타오르시라
돌개바람인들 그대로 꺾어버리는 한바탕이여 몰아쳐라
모이자 모여서 그 빛나는 촛불로
칠십 년 거짓분단 독재, 유신잔당의 뿌리를 뽑아버리자

(2016년 12월 31일, 10차 촛불집회에 띄우는 비나리)

지금은 혁명할 때

– 광화문 연설

도올 김용옥(철학자)

저는 집에서 지금 조용히 글을 쓰다가 국민 여러분들의 함성이 들려서 저는 여러분들의 함성에 참여하고자 같이 걸었습니다.

어떻게 해서 우리나라가 이 지경에 이르렀는지 중국은 옆에서 훌륭한 지도자가 나와서 계속 부정부패를 처단해가고 있는데 우리나라는 어떻게 해서 이렇게 계속 우리 지도자들이 타락해 왔는지 이것을 생각하면서 저는 중국의 경우에는 인민들의 의식은 우리와 비교하면 너무너무 뒤떨어지고 있습니다. 그러나 우리는 이 비참한 이 현실 속에서 우리 민중은 이 세계에서 가장 위대한 국민으로 성장하고 있다고 생각합니다.

지금 이 자리에 앉아 있는 여러분들은 단지 정권 퇴진을 위해서 앉아 있는 게 아닙니다. 우리가 원하는 것은 새로운 삶이고, 새로운 학문이고, 새로운 철학이고, 새로운 의식이고, 새로운 문화고 우리가 진정하게 우리의 새로운 삶을 원하는데, 헌 낡아빠진 삶을 지속시키려는 사악한 무리들이 곳곳에 꽉 차 있습니다.

이것을 처리하는 것은 정치인들이 탄핵을 해서 될 일도 아니요. 오로지 우리 국민의 의식으로서, 우리 국민의 운동으로서 우리 민중의 행동으로서 이 모든 무리들을 정치의 장에서 다 쓸어버려야 합니다.

나는 본시 학문을 하는 사람이기 때문에 여간해서 이런 집회에 나오지 않습니다. 그런데, 오늘 제가 여기에 선 것은 이것이 집회가 아니라 어느 특정 정당이나 특정 개인을 제거하거나 높이기 위해서 나온 것이 아니라 이 자리는 우리 국민들이 정말 새로운 삶을 원하고 새로운 헌법을 원하기 때문에, 제가 사상가로서 참여하지 않는다면 내 존재 자체가 부정된다고 생각하기 때문에 오늘 이 자리에 나왔고, 여러분들이 지금 이 순간에 여러분들이 지금 이 자리에서 생각하고 있는 그 모든 것이 위대한 헌법이고 위대한 철학입니다.

제가 여기 주최자들이 3분 이내로만 얘기해 달라고 하기 때문에 긴 얘기는 하지 않겠으나 오늘 벌어지고 있는 이 사태는 단군 이래 우리 민족사에서 여태까지 어떠한 집회와도 성격이 다른 여러분들이 깨인 의식으로서, 과거에는 독재가 있었기 때문에 독재를 타도하려는 모임이었지만

오늘의 이 모임은 여러분들의 깨인 의식으로서 새로운 삶을 요구하고 있다는 의미에서 우리 민족 전체가 새롭게 살 수 있는 새로운 제도를 요구하고 있는 이 현장은 여태까지 어떠한 현장과도 다릅니다.

그렇기 때문에 우리는 지금부터, 제가 보기에는 확실하게 10만 이상의 군중이 모였는데 점점 더 많은 사람들이 자유롭게 자기 의사를 표출해 가면서 박근혜가 여러분들한테 무릎을 꿇을 수 있도록 우리 국민이 끊임없이 행진을 멈추지 말아야 할 것입니다. 오늘의 이 사태는 어떠한 감언이설로 어떠한 그럴듯한 대책을 내서 여러분을 설득하려 한다고 해도 여러분들은 절대로 속으면 안 됩니다.

여러분들은 지금부터 우리 단군이래 없었던 새로운 역사를 이제부터 써 나가야 합니다. 이것은 우리의 희망의 출발이고 우리의 구원의 역사이며, 우리가 진정한 1945년도에 해방된 것이 아니라 우리를 압제하던 모든 사슬로부터 우리가 진정으로 해방을 맞이할 그날을 향해서 여러분들은 전진하고 있는 것입니다. 제가 일주일 후에 토요일 이 자리에 다시 행진하고 여러분들과 같이 이 자리에 서겠습니다.

지금 퇴진이라고 하는 것은 정치적인 해결로는 이뤄질 수가 없습니다. 오직 국민의 깨인 의식이 여태까지 우리를 압제해 왔던 모든 권력을 걷어낼 수 있을 만큼 여러분의 의지가 강력하게 표출될 때만 우리의 새로운 역사를 쓸 수 있습니다.

우리는 우리는 혁명을 해야 합니다.

우리는 우리의 삶을 혁명하고 우리의 제도를 혁명하고 우리의 의식을 혁명하고 우리의 압제를 다 혁명해야 합니다.

(출처: http://korealife.tistory.com/90)

어둠을 밝히다

권위상(시인)

그날 밤 광화문에서
사람들은 손가락에 불을 붙여 어둠을 밝혔다
뜨거운 줄 몰랐다
손가락이 타들어 가자 목청에도 불을 붙였다
숯이 되어가는지 몰랐다
그 함성들은 횃불이 되어 산기슭으로 올라갔다
구름을 타고 하늘로 퍼져갔다

사람들의 가슴 속에는
불씨가 이글거리고 있다
언제든지 끄집어내 태울 수 있었다
엄동설한 동장군도
매서운 칼바람도
손가락에 붙은 불을 이기지 못했다
그 어느 것도
백 만개의 손가락은 이길 수 없다
결코 이길 수 없다

오늘 밤
또 손가락에 불을 붙여야 한다
불붙은 손가락으로 그것을 향해 또 쏘아야 할지
모르겠다
가슴에 불을 지펴 피운 불씨를
내일도 손가락에 피워야 할지 모르겠다.

촛불혁명가

성국모(전 교사, 강화도 가객)

1. 다 함께 촛불을 높이 들어라
불의에 맞서서 높이 들어라
촛불 ~ 조용히 타오르리라
촛불 ~ 말없이 타오르리라

비바람 몰아치고 폭풍이 와도
우리의 촛불, 관솔불 되어
시대의 등불이 되리
혁명의 촛불이 되리

2. 그대여 촛불을 높이 들어라
어둠에 맞서서 높이 들어라
촛불 ~ 분연히 타오르리라
촛불 ~ 거세게 타오르리라

슬플 때도 기쁠 때도 변함없이
흔들림 없는 우리의 촛불
시대의 활화산 되리
혁명의 촛불이 되리

촛불을 높이 들어라 ~ ~ ~

촛불혁명가
황선미 글
성국보 곡
힘차게
촛 불
다 함께 촛불을 높이 들어라
그대여
불의에 맞서서 높이 들어라
어둠에
촛불! 조용히 타오르리라
분연히
촛불! 말없이 타오르리라
거세게
비바람 몰아치고 폭풍이 와도 우리의 촛불
슬플 때도 기쁠 때도 변함없이 흔들림 없는
관솔불 되어 시대의 등불이 되리
우리의 촛불! 활화산
혁명의 촛불이 되리
D.S.
촛불을 높이 들어라
morning glory

함께 싸웁시다. 여러분!

이재명(경기지사, 당시 성남시장))

저기 멀리 변방 성남에서 온 이재명 시장입니다. 인사드리겠습니다.
대한민국은 민주공화국입니다. 국민이 나라의 주인이고 모든 권력은 국민으로부터 나오고, 대통령은 나라의 지배자가 아니라 국민을 대표해서 국민을 위해 일하는 머슴이요 대리인일 뿐입니다. 여러분! 그런 그가 마치 지배자인 양, 여왕인 양, 상왕 순실이를 끼고 국민을 대한민국을 민주공화국을 우롱하고 있습니다.
국민은 지금까지 대통령이 저질러온 온갖 부패와 무능과 타락을 인내해 왔습니다. 300명이 죽어가는 그 현장을 떠나서 어딘지 알 수도 없는 곳에서 7시간을 보낸 사실도 우리가 지금까지 참아왔습니다. 평화를 해치고 한반도를 전쟁의 위험으로 빠트리는 것조차도 우리가 견뎌왔습니다. 국민의 삶이 망가지고, 공평하고 공정해야 될 나라가 불평등하고 불공정한 나락으로 떨어질 때도 우리는 견뎌왔습니다.
그러나 그 대통령이라는 존재가 국민이 맡긴 그 위대한 통치 권한을 근본도 알 수 없는 무당의 가족에게 그 이상한 사람들에게 통째로 던져 버린 것을 우리는 용서할 수가 없습니다. 여러분!

우리가 힘이 없고, 돈이 없지만 가오가 없는 것은 아닙니다. 여러분! 우리는 나라의 주인이고, 박근혜의 월급을 주고 있고, 박근혜에게 그 권한을 맡긴 이 나라의 주인입니다. 여러분!
박근혜는 이미 국민이 맡긴 무한책임 져야 될 그 권력을 근본을 알 수 없는 저잣거리 아녀자에게 던져주고 말았습니다. 박근혜는 이미 대통령으로서의 권위를 잃었습니다. 박근혜는 이미 이 나라를 지도할 기본적인 소양과 자질조차도 전혀 없다는 사실을 국민 앞에 스스로 자백했습니다. 여러분!
박근혜는 이미 대통령이 아닙니다. 즉각 공식적 권력을 버리고 하야해야 합니다. 아니 사퇴해야 합니다. 탄핵이 아니라 지금 당장 대한민국의 권한을 국권을 내려놓고 즉시 집으로 돌아가십시오. 이 나라의 주인이 명합니다. 박근혜는 국민의 지배자가 아니라 우리가 고용한 머슴이고 언제든지 해고해서 그 직위에서 내쫓을 수 있습니다. 여러분! 박근혜는 노동자가 아니라 대리인이기 때문에 해고해도 됩니다.

국민 여러분!
일각에서 '하야하면 혼란이 온다', '탄핵하면 안 된다' 이렇게 말하고 있습니다. 저는 확신합니다. 지금 전쟁의 위기를 겪고, 나라가 망해가고, 수백 명의 국민이 죽어가는 현장을 떠나버린 대통령이 있는 것보다도 더 큰 혼란이 있을 수 있습니까? 여러분! 지금보다 더 나빠질 수 있습니까?

대통령이 떠난다고 해서 지금보다 우리의 삶이 더 나빠지고 한반도가 더 위험해지겠습니까? 더 나빠질 것이 없을 만큼 망가졌습니다. 더 위험할 수 없을 만큼 위험합니다. 그래서 박근혜 대통령은 이미 대통령이 아니기 때문에 국민의 뜻에 따라 지금 즉시 옷을 벗고 집으로 돌아가십시오!

민주공화국을 위하여 우리가 싸워야 합니다. 공평한 기회가 보장되는 평등한 나라를 위하여 공정한 경쟁이 보장되는 진정 자유로운 나라를 위하여 전쟁의 위험이 없는 평화로운 나라를 위하여 생명 침해의 걱정 없는 안전한 나라를 위하여 우리가 싸울 때입니다. 박근혜를 내보내고 이 박근혜의 몸통인 새누리당을 해체하고 기득권을 혁파하고 새로운 길로 나아갑시다. 여러분!
우리가 싸우면, 우리가 힘을 합치면 우리가 이길 수 있습니다. 새로운 질서 만들 수 있습니다. 이 기득권, 과거의 나쁜 구조를 깨고 새로운 길, 희망의 길 만들 수 있습니다.
함께 싸웁시다. 여러분!

촛불의 힘

허희령(초등생)

하나의 초가 모여
열 개의 초가 되고,
그 초들이 모이고 또 모여
10만, 100만, 200만
그들이 한둘 외친다.

박근혜 하야, 즉각 탄핵,
박근혜 정권 즉각 퇴진!

그 외침과 노력이 하나가 되어
탄핵안 가결!

점점 진실들이 하나둘씩
수면 위로 떠오른다.

모두가 이제는 물러서지 않는다.
하나 되어 외치고 노력하고
참여하면
언젠가 정의가 살아있는
진정한 민주주의 나라가 될 수 있다.

광화문 연가(시조)

신기철(참교육동지회)

지금까지 오랜 세월
구별하며 살아왔다

하느님을 믿는다와
사람을 믿는다는

정말로
다른 것이라
생각하며 지냈다

그런데 다는 아냐
민심이 곧 천심이라

내 생애 처음이다
이 수많은 사람 물결

일백만
사람들 속에
하느님의 숨결이

위압적인 고층 건물
스쳐 가는 타인들

광화문은 이랬었다
그런데 달라졌다

모두가
한마음 함성
연인 같은 사람들.

촛불집회에서의 기적적 장면

김문배(운수업)

국정농단 긴 어둠

후손들께 물려줘야 할 세상이
부정부패와
친일 반민주민족 후손들로 득실거리네.

암울한 나라에서
언제일지 모를 밝은 미래를 위해
수십만 인파 촛불 들었네.

빠질세라 광화문에 나선
쌍둥이 유모차 지날 때
홍해 바다 갈라지듯 비켜주는
촛불시민들

미래의 주인공들에
길을 내주는 그 모습
감동 그 자체.

촛불 혁명에 부쳐

문무우(한겨레발전연대)

적폐가 드는 기는 절망의 깃발
민초가 드는 촛불은 희망의 촛불
적폐의 욕심은 바람불어 꺼지리
민초의 촛불은 세찬 비 폭풍 몰아쳐도
꺼지지 않으리

촛불아 활활 타오르라
민족의 촛불아
농단의 칼바람에 꺼질라
아 더 활활 타오르리

어깨 맞대며 든 촛불
촛불 혁명 시작이리

적폐의 깃발,
기득권과 권력의 깃발 끌어내리는
민초의 촛불 심판의 촛불

후세들 영영 잊지 않으리.

정의의 촛불 꽃

안복임(웃음치료사)

불의에 맞서서 피어나는 꽃

어두운 세력을 물리치기 위한
정의의 촛불 꽃을 피웠노라

우리 모두가 모진 비바람 눈보라 몰아쳐도 굽히지 않는 촛불

파도와 물결을 이루며 어두움을 밝힌 촛불

세상에서 가장 아름다운 촛불 꽃이 피었도다.

2016년 겨울 광화문 거리

최재원(자영업)

차도인데 차가 없는 거리
촛불의 빛이 넘치던 거리
한마음 한뜻으로 가득 찬 거리
매서운 바람을 뚫고 갔었던 그 거리

촛불의 빛은 승리의 환호성이 되어 사라지고
촛불의 그림자는 아귀가 되어 그 거리에 머물러 있다

한마음 한뜻으로 모였다
추운 겨울 또다시 이 거리에 싸울 일 없기를.

촛불은 민심이다

서희조(자유시인, 자영업)

타오르는 촛불이여!
그대의 몸이 타올라
뜨거운 눈물이 흘러내리고
광화문광장을 찾는
국민들의 한 걸음 한 걸음이
앞으로 나아 갈 때
국정농단과 부정부패의
먹구름은 사라지고
민주주의의 꽃은 찬란하게
피어날 것이다.

세계 어느 나라에서
이렇게 위대한 역사의 꽃을
피워낸 국민들이 있을까요
촛불은 제 여린 몸을 태워
뜨거운 눈물을 흘리고 있는데
당신은 이미 무너진
사상누각에 외로이 앉아
허망하고 썩은
권력의 동아줄을 붙들고
이 나라를 아프게 합니다
이렇게 뜨겁고 넓은
민심의 바다에서
홀로 출렁이는 당신의 돛단배가
어디로 갈 수 있을까요
당신의 돛단배는
이제 이 나라의 국민들을
구할 수가 없습니다
위대한 민심의 여객선에 오르십시오
그리고 이 뜨겁고 넓은
민심의 바다를 바로 보십시오.

모두가 행복한 민주공화국을 건설하자!

– 19차 촛불집회 불교계 대표 연설

서광태(정의평화불교연대)

여러분! 저는 박정희 유신독재 정권 때 이에 맞서서 민주화 운동을 하였다가 5년 동안 간첩죄로 감옥에서 복역한 서광태입니다. 여러분, 박근혜의 아버지 박정희가 누구입니까. 다카키 마사오로 천황에 충성하여 독립군 토벌에 나섰던 그는 만주군관학교 출신인 백선엽, 정일권, 박임항, 김동하 등과 쿠데타를 일으켜 정권을 잡은 반역자입니다. 집권하자 만주국을 모델로 하여, 산업개발 5개년 계획을 본떠서 경제개발 5개년계획을 추진하고 국민교육헌장, 재건체조, 교련 등을 수용하는 등 정치, 경제, 사회문화의 거의 전 분야에 걸쳐 대한민국을 만주국의 '짝퉁 병영국가'로 개조한 일제의 충실한 신하입니다.

우파의 입장에서 독재를 비판하고 정경유착을 비판해도 모두 빨갱이로 매도하며 고문하고 투옥하고 살해한 야만적인 독재자가 바로 박정희입니다. 박정희는 굴욕적인 한일협정을 맺었고 그 딸 박근혜와 만주국의 총리 기시 노부스케의 외손자 아베는 위안부 할머니에 대한 밀실야합을 추진하였습니다. 박근혜는 고문과 살해만 하지 않았을 뿐 불통과 독재로 국정농단을 일삼다가 탄핵소추를 당하였습니다. 여러분! 이제 박근혜를 확실히 탄핵하여 유신의 진정한 종언을 고하여야 합니다. 법리상 탄핵의 사유는 차고도 넘칩니다. 어떤 여론조사든 80%에 가까운 국민이 탄핵에 찬성합니다. 자, 여러분 같이 외칩시다. 헌재는 탄핵을 즉각 인용하여 유신독재를 끝장내라!

자, 이제 여러분 탄핵이 되면 어떻게 하시겠습니까. 여러분이 추운 겨울에 다들 바쁘신 와중에 거리와 광장으로 나오신 이유가 겨우 박근혜를 끌어내리는 데 있었습니까. 대통령이 바뀐다고 이 나라가 바뀌는 것은 아닙니다. 우리는 이제 세월호 참사나 백남기 농민 살해, 쌍용자동차 해고 노동자의 자살과 같은 참극이 다시는 일어나지 않는 모두가 행복한 대한민국을 건설해야 합니다. 그러려면 무엇을 해야 하겠습니까.

특검은 당연히 연장되어야 하고, 적폐를 청산하고 사회개혁을 추진해야 합니다. 특검을 연장하여 이들의 죄를 낱낱이 밝히고 모든 모순의 핵심인 재벌 개혁을 필두로 검찰개혁, 언론개혁, 정치개혁 관련 법안을 국회에서 통과시켜야 합니다. 촛불의 압박, 여소야대, 여권의 분열, 국민의 전폭적인 지지 등 해방 이후 이처럼 좋은 여건이 형성된 적은 없습니다. 보수 야당이 자꾸 여당을

탓하며 개혁을 미룬다면 우리는 이렇게 외칠 수밖에 없습니다. "야당도 재벌과 야합한 것이 아니냐? 아니, 기득권층으로 안주하려는 것이 아니냐?"

그리고 우리 연대하고 조직합시다. 촛불이 배반당하지 않으려면 노동자와 시민, 청년이 스스로 조직화해야 합니다. 온라인이든 오프라인이든 일터와 학교와 거리에 광장과 공공영역을 만들어 거기서 이 땅

의 모든 모순과 부조리, 그리고 '내 안의 최순실'에 대해 성찰하고 다 같이 행복한 대한민국을 상상하고 이를 헌법으로 구체화하여야 합니다. 정치공학적인 개헌을 지양하고, 사유보다 공유, 양적 발전보다 삶의 질, 국내총생산(GDP)보다 행복지수, 경쟁보다 협력, 개발보다 공존을 지향하고 노동이 중심인 정의로운 생태복지 국가와 민주공화국으로서 대한민국을 헌법의 조문에 새겨야 합니다. 자, 여러분 그때까지 함께 하실 수 있으실 자신이 있으시지요? 자, 마지막으로 외칩시다. "박근혜를 탄핵하여 모두가 행복한 민주공화국을 건설하자!"

한 무더기 바람으로 불씨를 심었지

김이하(시인)

타올라야 할 불꽃의 바람은
들판이거나 산등성이거나 광장
가슴 깊은 곳에 숨겨 둔 불씨가 있다면
더운 바람으로, 불바람이 되어, 불꽃이 되어
한 무더기 광염을 사르고 난 뒤에야
사람의 한 삶을 살아낸 듯
비로소 재가 되어 사라지는 거지
그러나 재가 된들, 그렇게 사라진들
영원히 사라진 건 아니지
그 재 아래 묻힌 수많은 불씨들
한 무더기 또 한 무더기 숙덕거리며
역사가 흐르는 들판이거나 산등성이거나 광장을 흠모하는
그런 날이 있기는 하지
그날은 얼음 곁을 맴돌던 곁불도 함께
공사판 언저리서 웅성거리던 모닥불도 함께
골목에 숨었던 담뱃불도 함께
희미하게 묻힌 잿불도 함께
아스라이 잊힌 첫사랑같이
수줍게 서성이던 짝사랑같이
모른 체하고 슬금슬금 그곳으로 다가와
무더기무더기 모여 함께 타오르는 바람, 불바람, 장엄한 광염으로
누추함도 비루함도 없이
수줍음도 망설임도 없이
비로소 삶이라는 한 획을 긋는 거지
우리가 그랬어, 아주 지나지 않은 날 우리가
그 들판에 산등성이에 광장에
뿌리 깊은 불씨를 심고 온 거지.

촛불은 불타는 상자다

서안나(시인)

촛불은 불타는 상자다
서랍이 많다
꼬리를 들고 붉게 따라온다

촛불을 열면
머리를 쳐도 죽지 않는 혁명이 있다
4·19와 5·18과 4·3의 광장이 있다
세월호 아이들이 있다
백남기 농민이 있다
영혼부터 먼저 죽은 해직 노동자가 있다
달아나는 부패한 관리와
함성을 지르는 청소년과 유모차가 있다

촛불은 불타는 상자다
눈동자에서 어금니를 꺼내어
칼을 입에 문 자들의
썩은 심장을 물어뜯는다

배가 고프면 진실이 보인다
가난은 길고 정의는 기차처럼 쉽게 지나쳐 갔다
용서란 개처럼 무릎 꿇는 것인가

그리하여
촛불은 불타는 상자다
분노는 익을수록 선명해진다
촛불 속에서 태어난 촛불 아이들이
죽은 손톱에 새싹을 기르고
북을 치며
불타는 얼굴로 걸어 나오고 있다.

광화문에 눕다 – 촛불 서곡

양은숙(시인)

내 멱을 따라,
아니면 내가 네 멱을 따리.

풀에 대한 학살과 칼에 대한 분노를 이기지 못해
모가지를 내어라, 모가지를 내어라 외치며
가라앉는다, 가라앉는다.

남근 같은 이순신과 조잡한 세종 동상이 겹겹으로
청청한 나라를 가로막는 광화문의 불볕 여름

진실을 내어라, 진실을 다오.
나라가 가라앉고 나도 가라앉는다.

이글대는 하늘 아래 누워버린 땅 밑으로 주기적
으로
지하철이 지나고 땅이 흔들렸다 나라가 흔들렸다

중장비처럼 덮치는 교통지옥
소음과 굉음 속에 달아오른 아스팔트 위
지친 노인처럼 꿀꺽, 목울대의 마른 침을 삼키고
광화문에 눕다.

또다시 보름달이 뜨리.
진실을 다오, 보름달이 뜨리.

진청색 하늘을 소리 없이 올려다보며 내가 눕고
나의 나라는 광화문에 눕다.

자, 내 멱을 따라.
아니면 내가 네 멱을 따리.

촛불 바다

유순예(시인)

나는 그저 니코틴처럼 고리타분한 냄새를 정화시키는 촛불일 뿐이네

간이 배 밖으로 튀어나온 무법자가 국정을 농단했네, 암탉 한
마리가 넋 나간 수컷들을 농락했네, 촛불 혁명이네, 따위의 말
도 아낄 줄 아는 촛불일 뿐이네, 부처 예수 천신 지신… 신들께
올리는 촛불, 조상님들 제사상에 올리는 촛불일 뿐이네

어이없는 정치드라마를 보다가 속이 이글거려서 광장으로 뛰쳐
나온 국민들이 바른말을 외칠 뿐이네, 아빠의 무릎 위에 앉아
서 '퇴진하라!'를 따라 외치는 어린 것의 눈망울 같은 소망들이
다닥다닥 붙어 앉아 바다를 이루었을 뿐이네

폴리스라인 경비정에 갇힌 파도들이 성난 살갗을 자가 치료하는 바다, 살기 위해 버럭버럭 기를 쓰다
다시 순해지는 바다, 억울하게 희생된 영혼들의 눈물이 비가 되어 눈이 되어 한이 되어… 어정쩡한 대
통령을 탄핵하기 위해 애간장을 태우는 바다, 그런 바다가 되었을 뿐이네

바다가 된 우리는 그저 폭풍이 잠든 쪽으로는 기침도 하지 않는 촛불일 뿐이네.

촛불의 힘

정관홍(진로코칭강사)

국회 밥 65로 끊어
치매 증상 도드라지는 위증과 기억상실
무기징역 밑돌 삼고
정치공작 뇌물수수 부정청탁
50배 찐한 똥물을 부어
정치검찰 똥 냄새 웃음거리 만들면
믹스커피 같은 왜곡으로
탐욕 재벌 비아그라 효과 보게 해
노동자 노예 만드는 기레기
구부러진 펜대 부러뜨릴 수 있다

촛불
카메라 앞
눈부신 드레스 어느 신부가
그보다 더 멋질까
거울에 비친
발그레한 누나 얼굴 표정이
그보다 더 순수할까

광화문에
가족 촛불 모여모여 일렁이는
자유의 함성
바람 빠진 인생에 펌프 되었다

뜻 있는 곳에 길 있다
팔을 들어라
얼어 고드름 되더라도
마지막 날 참회의 함성을 지르자

소리소리 한가득
묵직한 북악산 메아리로
찬바람 오다말고 넋 나가게
촛불을 켜라
태양보다 뜨겁게
암흑보다 더 깊은 비밀을 캐자
무엇이 두려워 이 한목숨 아까울까.

백일 된 딸과 함께 촛불을

김용휘(동양철학과교수〈천도교〉)

아내가 먼저 내 손을 끌었다.
칼바람이 매서웠다.
동여맨 아기를 가슴에 꼭 안았다.
광장은 발 디딜 틈도 없었다.
한 걸음 나아가기도 어려웠다.
대형 스피커에서 나오는 뜨거운 외침들
그리고 하야송이 광장을 가득 채웠다.
혹여 아기의 귀를 다칠까 봐 맨 뒤쪽에 섰다.
간혹 유모차를 끌고 나온 가족들도 보였다.
초등학생 아이들과 함께 나온 가족들도 많이 보였다.
이 광장의 뜨거운 열기를 몸으로 느껴본 아이들,
그들이 만들어갈 세상은 지금과는 많이 다를 것 같다.
역사의 현장에 서본 자는 알리라.
우리의 피가 얼마나 뜨거웠던가를.
아기도 추운 줄 모르고 달떠 있었다.
우리 아이들이 만들어갈 세상이 지금보다
정의롭기를,
행복하기를,
평화롭기를,
모두가 그 열망 하나로
시린 촛불을 들었다.

그렇게 우리는 주인이 되었다.

칠푼이 타령

김미경(한겨레온)

칠푼이라 부르는건 지나치다 생각했네! 그리해도 대통인데 지능조금 모지리를
대통으로 뽑았겠나 자존심이 구겨져서 그럴리가 부정했네 허나그간 행동보니
칠푼이는 아니어도 어리석은 팔푼이가 꼭맞구나 생각했네 국정농단 순시리의
천방지축 행적보니 팔푼이는 순시리라 팔푼아래 그네공주 칠푼이가 맞는구나
헌데어떤 뉴스보니 팔푼순실 머리위에 순드기가 있다하네 칠푼이라 그네공주
이를어찌 하오리까 대한민국 대표얼굴 육푼공주 되었으니 이런창피 어디있나
어디나가 부끄러워 대한민국 국민이라 고개들지 못하겠네 일본놈들 미국놈들
중국놈들 북한놈들 지들끼리 킬킬대며 칠푼공주 있을때에 대한민국 갉아먹세
대한민국 말아먹세

일본놈들 칠푼공주 일곱시간 약점잡아 위안부는 협상했나 협상내용 굴욕일세
칠푼공주 혼나갈때 군사정보 보호협정 얼렁뚱땅 맺어보려 미국놈과 합심해서
이리저리 찔러보네

대한민국 우습게본 미국놈들 살판났네 삼십년전 알았다는 린다김이 개입했나
사십년간 언니동생 순시리가 지시했나 사드배치 밀어붙여 미국군만 보호하고
서울방어 팽개치니 칠푼공주 똥고집에 국민들만 지쳐가네 이와중에 김정은도
신이나서 웃고있네 핵실험도 거침없고 미사일도 발사하네 개성공단 철수해도
공단기계 우리거네 뒤로돌아 좋아죽네 사드배치 열받아서 중국놈들 김정은에
기름주고 친해지니 칠푼공주 멘붕와서 탈북하라 꼬드기네

대한민국 어찌하나 국가안위 국가생존 강대국에 매달려서 지켜나갈 수가있나
사대강국 둘러싸여 영리하게 요리조리 치고빠져 살판인데 대한민국 어찌할꼬
모자라는 칠푼공주 정국전환 노림수로 사고칠까 걱정이네 전작권을 갖다바쳐
욕바가지 했었는데 이제보니 전작권이 없는것이 다행일세

칠푼공주 박대통령 한가지만 부탁함세 경제위기 우리나라 미국일본 강대국에
덜렁털어 넣어주어 병신년에 망쪼국가 만들지만 말아주오 우리국민 아끼는맘
조금이나 남았거든 온화했던 어머니의 자식사랑 생각커든 치욕스런 아비죽음
잊지않고 있거들랑 그런죽음 재현되어 비참하게 가지말고 이제그만 내려옴세

내가 촛불집회에 빠짐없이 참석한 이유

한상준(70대, 민주화운동)

박근혜가 최순실과 공모하여 국민을 속이고
미국과 비밀리에 미국 사드 반입한 죄,
세월호 아이들을 구조할 수 있었는데
귀한 생명들을 바다 물속에 수장한 죄 등등
박근혜는 물러가라고 촛불을 들었습니다.
구호도 크게 외쳤습니다.

단시

김제원(교수)

촛불님들의 열망!
가슴속 혼의 불씨,
꺼지지 않는 불이여!

박근혜의 선물

조동환(정의의 단칼)

2016-2017.
난 22번의 촛불시위에 무거운 배낭을 메고 빠짐없이 참여했다
오직 악의 무리이자 친일반역의 무리를 청산해내자고…

기치료 비아그라 마늘주사로 호화사치로
국민 혈세 광란을 부리면서
혈세 납부로 허리 휘는
백성들의 원성이 하늘에 전해져 악의 무리는 사라졌건만

박근혜 팔푼이를 이고 지고 내세워서
호가호위하던 자들이
촛불시민 촛불 민심 모독하네

이제
태극기를 들고
대한 독립 만세 부르던 애국선열이 통곡하네

박근혜 밑에서
온갖 부정 악행 다하던 자들을
축출해 내지 않는다면
역사는 다시 거꾸로 간다
악의 무리 내쫓아서 촛불 혁명 완수하세
다시 애국의 횃불 다시 드세나.

태극기의 눈물

김광철(시인, 초록연대)

삼일 독립 만세를 부르던 선조들이 들고 나갔던
깃발이 울고 있었다
이제는 박 씨 부녀를 찬양하는 신세가 되어서
황국신민의 군대가 되어
총칼을 들었던 사람을 찬양하는 칼이 되어있으니
거기에 미국 깃발까지

촛불들도 어제만은 양손에 함께 들었지만
그래도 눈물은 멈추질 않았다
기미년 삼월을 생각하며

해마다 이날이 오면 자랑스럽게 펄럭였는데
개화산 길을 오르는 나그네는 눈을 비비며
그 깃발을 찾아보니
겨우 딱 하나 발견

'군대여 일어나라'
'탄핵 무효'
의 손에 들려진 자신의 신세가 처량한지
봄을 재촉하는 삼월 초하루 날의 비와 함께
묵언의 깃발로 울고 있었다.

촛불이 켜진 밤은 어둡지 않다

김응규(동학실천시민행동)

촛불

나명흠(유통사업)

멀리서는 희미한 불빛.
광장에 서면
온천지는 금빛 불꽃 물결
웅장하고 아름다웠다.

그토록 염원했던 환희
가슴과 가슴으로
부둥켜안았다.

아직 할 일 많고
갈 길 바쁜데
꺼지지 않는 촛불
우리 앞 비춘다.

민중 예수와 함께 촛불 혁명의 길로

김진철(기독인연대)

신도를 찾아 도시를 어슬렁거리는
교회 목사를 본 일이 있는가
교인들의 눈먼 돈만을 찾아다니는
기독교 목사

나는 그 교회 교인이 아니라 민중교회 교인이고 싶다
고난의 현장에서 민중들과 함께 고통을 나누는
그런 교회의 교인이고 싶다

자고 나면 새로 생기고 자고 나면 더 웅장해진
십자가 성전
나는 지금 십자가로 가득 찬 이 도시의
어두운 모퉁이에서 잠시 쉬고 있다
썩은 교회로 가득 찬 도시의 그 불빛 어디에도
나는 없다

이 큰 도시의 복판에 이렇듯 외로이
혼자 버려진들 무슨 상관이랴
나보다 더 불행하게 살다간
"예수"란 사나이도 있었는데

사랑과 정의의 나라 위해 부활한 예수
그 예수를 따르는 이들을 보았는가
청년 예수 깃발 들고 박근혜 퇴진
외치는 교인
앞장서 광화문광장과 청와대 앞길 오갔다.
부정과 참사 방조, 해고, 탄압, 구속과 수배,
친일, 종미 세상 뒤집고
나라다운 나라 세우는 청년 예수들.

"어쩔 수 없는 벽이라고 우리가 느낄 때 그때 담쟁이는 말없이 그 벽을 오른다."
MB OUT!
종박당 해체!
조중동 폐간!
비정규직 철폐!
('킬리만자로 표범' 개사 및 추가)

혁명 전야

이수호(전태일재단)

쉽게 얘기하자
혁명은 가죽을 벗겨 목숨을 끊고
하늘이 준 운명을 바꾸는 일이니
쉬운 일이 아니다
지배를 당하는 무지렁이가
지배 권력에 달려들어
그것을 뒤집는 일이니 오죽하겠는가
아무리 못된 짓을 했다 하더라도
어느 지배자가 미리 알아서 항복하겠는가
권력과 지배의 속성은 끝까지
자기 잘못을 모르거나 인정하지 않는 것이니
목숨 걸고 온갖 포악질을 멈추지 않으리니
여기에 맞짱 떠 싸우려면
우리 또한 목숨을 걸어야 한다
거룩한 분노로 몸이 뜨거워야 하고
승리의 순간을 기다리는 눈은 빛나야 한다
기존 질서와 헌법마저 뛰어넘는
비윤리적이고 초법적인 싸움을 감당할
배짱과 자기 정당성, 희생을 각오하는 용기가 필요
하다
혁명은 불법으로 지배자와 그 패거리들을 몰아내고
새로운 정부 새로운 시대를 세우는 일이다
그래서 새로운 세상을 만드는 일이다
지금이 바로 그러한 때이다
그것은 인민이 크게 단결하는 것이요
함께 주장하고 어깨 걸고 대드는 일이다
반혁명세력과 한 판 육박전을 벌이는 것
그것이 참다운 민주주의다
내일 또 우리는 혁명의 완수를 위하여
한 판 큰 전투를 벌인다
성을 깨지 못하면 우리는 당한다
실패한 혁명만큼 비참한 것은 없다
오늘은 혁명 전야
새 시대를 여는 아름답고 착한 혁명
그 완전한 승리를 위해 하늘을 바라보자
저 어둠 뒤에서도 반짝이고 있는 별을 생각하며
내일은 그 별 하나하나씩을 손에 손에 들고
거리로 광장으로 나서자
마침내 아 마침내 온 땅을 덮어버리자
거기가 바로 우리 땅이다.

아, 촛불은 아직은 촛불을 끌 때 아니다

고춘식(전국교육희망네트워크)

그러고 보니,
촛불은 참 그윽도 하시었다
촛불은 참 의연(依然)도 하시었다
촛불은 참 의연(毅然)도 하시었다
촛불은 참 거룩도 하시었다

속 깊은 울컥울컥 울먹임이시었고
눈시울 번질번질 아리따움이시었다

씨알들의 모든 외침 모으고 모아
일곱 넘는 무지개이시었다
겨레의 자존(自尊) 자아올린
한 아름 꽃다발이시었다
온 누리에 줄 큰 가르침 새긴
너울너울 눈부신 옷자락이시었다

저 큰 어둠 끝내 다 밝혀내시고 말
화안한 큰 빛이시었다.

박근혜는 물러나라, 박근혜를 쫓아내자
박근혜가 원흉이다, 박근혜를 몰아내자
그 외침 너무도 우람해 북악산 더 높았다

촛불 들고 외치는 '나', 천만 함성 듣는 '내'가
광화문 한복판에서 만나고 또 만났었다
그 촛불 너무도 밝아 광화문 더 훤했다

비굴의 땅 비겁의 땅 비열한 땅 비루한 땅
탐욕의 땅 굴욕의 땅 능욕의 땅 능멸의 땅
촛불이 밝히어냈다, 드높였다 씻었다

분노로 켜 든 촛불, 부끄러워 치켜든 촛불
그 촛불 아녔다면, 그 외침이 아녔다면
우리는 참으로 얼마나 초라할까 작을까

그 질서 그 의연함 저들의 기를 꺾고
천칠백만 그 함성에 온 세계가 놀랐었지
인류의 가슴 가슴에다 큰 가르침 심었다

그날의 촛불

다듬이돌 이영욱(전 교사)

邪가 正道를 옥죄고 가둔 9년의 세월이었다
남북 화해를 결딴낸 세월이었다
民草共同體를 무너뜨린 야만의 세월이었다

꿈꾸는 소년소녀 수백 명을 생으로 水葬시킨 세월호
老農民을 무참히 살해한
破廉恥한 공권력
不正으로 권력 簒奪한 黑暗女
도둑과 짜고 國政 壟斷
前無後無한 邪惡 춤사위에
우리는 미칠 지경이었다
근본이 실종된 나라였다
吐를 해도 구역질로 몸살이 났다

촛불 하나가 날갯짓을 시작했다
둘이 되고 열이 되고 천, 만, 백만이 되고 천칠백만으로 振動했다
청계천에서 發芽한 촛불은
서울역과 시청광장으로 광화문까지
서울에서 전국 坊坊曲曲으로 파도처럼 나아갔다
별빛도 달빛도 壓倒한 촛불 폭발로 채워졌다
남여노유 상하귀천 없이 목 터지도록 외친 民衆의 祈禱
吹毛劍을 능가하는 날카로움으로
積弊 鐵甕城을
여리고 성이 무너지듯 壞滅되었다
비폭력 평화의 하느님 마음으로

광화문은 천만 대 자자손손 촛불 革命史를 증언하리라.

거기서도 그랬다지

장우원(교사, 시인)

사람들이 모였다는구나
친구끼리 연인끼리 가족끼리
스치기만 했던 위 아랫집
같이 앉아 촛불 나눴다는구나

등 내민 사내,
무등 탄 아이가 보기 좋았다는구나
유모차 젊은 아낙,
손길이 평화로웠다는구나

깃발이 있어도 그만
깃발이 없어도 그만
한 곳으로 일제히 밀려갔다는구나

왕궁 뒷산 단풍 질 무렵부터
비가 오면 비 오는 대로
바람 불면 바람 부는 대로
싸락눈도 두어 번 지나
땅 풀리고 새순 돋을 때까지

어떤 이는 그곳에서 남녘 어느 도시를 읽고
어떤 이는 그곳에서 최루탄 속 넥타이부대를 보고
또 어떤 이는 그곳에서 광우병 민심을 만났다는구나
아니, 그냥, 희망을 보았다는구나

하늘이 결코 가만두지 않을 거라고
이번에는 이대로는 절대 안 된다고
오늘, 내가 아니라
우리 아이들, 내일을 위해
다시는, 다시는, 가만있지 않을 거라고
쉬지 않고 밀려드는 사람들
목청껏 외쳤다는구나

촛불 아래 부대끼며 즐거웠다는구나

거기서도 그랬다지
여기서 그랬던 것처럼

촛불 하나 가슴에 켜고
촛불 둘 사람을 깨우고
촛불 천만 어둠을 밝혔다지

거기서도 그랬다지
여기서 그랬던 것처럼.

한 말씀

으랏차차 박태완(버스 노동자)

불의와 맞서 싸워서
세상을 이롭게 하는 것이
애국이요
나라를 바로 세우는 일이다
으라차차—

단시

덕암 박종린(불력회 법사)

촛불은
국민이 피어 올린 열정이고,
촛농은
국민이 흘린 눈물이다.

촛불 단상

이상직(문화공간온)

'촛불'이라는 단어를 대하면 먼저 한용운 시인이 생각납니다.
모두가 잘 알고 있는 그분의 시 〈알 수 없어요〉에 나오는 시구입니다.
"타고 남은 재가 다시 기름이 됩니다"
촛불의 힘을 통하여 위대한 일을 이룬 요즈음
하나하나 아름다운 변화를 갖고 있어서 다행이라고 생각하지만
마냥 편하지만은 않은 그런 심정입니다.

아직도 이 사회에 만연해 있는 이기적인 발상, 실종된 배려의 문화 등
안타까운 일들은 일일이 나열하기조차 힘든 상황입니다.

차가운 겨울날 매주 손주 보는 일상이라 외출하기가 쉽지 않은 일상이었으나
친구 자녀의 혼인에 참석하기 위해서, 지방에서 올라온 친구와의 만남 등을 이유를 대고
광화문광장에 갔을 때 뜻을 같이하는 여러 모양의 동지들을 만날 수 있었답니다.

문화공간온의 조합원들, 한겨레 주주 통신원들, 공군학사장교회 동기들과 후배들, 코칭 교육을 함께 받았던 교육 동기들,
문화사랑협회 회원들, 그리고 아름다운 울타리 모임에서 만난 북향민(탈북민)에 이르기까지
정말로 많은 사람들을 만나며 따뜻한 동지애를 느꼈답니다.

이제 이 촛불의 힘을 되살리기 위해서 '타고 남은 재를 다시 기름이 되게 하는 귀한 일' 『촛불 혁명, 시와 글로~』 출판!
이 일을 통하여 〈참교육〉이 바탕이 된 아름다운 사회 확장에
커다란 주춧돌이 되리라 확신합니다.

아~ 금남로 촛불이여

김태평(그대로연구소장)

광주시 금남로 5·18 민주광장
1980년 천지가 핏빛으로 물들여졌을 때의
그 함성 그 절규에 견주랴만
또다시 찾아온 금남로의 민중들
5.18 민주광장 촛불로 타올라
어둠을 밝히고 세상을 밝힌다.

모두들 목청껏 외치는 대통령 퇴진 함성
하늘을 뚫고 지축을 흔드는구나.
누가 이들을 다시 이곳으로 불렀는가
누가 처절한 그 날을 회상케 하는가
어설프게 꼬리 자른 뱀이 살아났고
가지 친 바오밥나무 뿌리가 자라
자유와 민주를 묶어 가두었구나

이젠 독재자 설 자리가 없겠지
친일 친미 반민족 사대 매국자들이 사라졌겠지
하지만 잠시 방심이 망령들을 불렀구나
자유민주는 한시라도 방심하면 이 꼴이 되는구나
저 포악무도들을 방치한 우리의 업보인가
뿌리를 태우지 못한 우리의 어리석음인가
이제라도 발본색원하라는 천지의 명인가

가자 민중들이여
오라 동지들이여
저들을 몰아내고 자유민주를 회복하자
우리 힘으로 구속된 자유를 해방시키자
화합이란 미명으로 저들을 용서하지 말자
끝까지 추적하여 악의 씨를 없애자

누구도 넘보지 못할 대한민국
자유민주가 넘실대는 대한민국 재건
모두가 신바람 나는 세상을
차별 소외가 없는 살맛 나는 평등사회를
정의롭고 따뜻한 이웃을
신바람이 절로 나는 한겨레를
주인이 주인다운 주인을
평화롭고 행복한 대한민국을 건설하자.

〈5·18 민주광장의 촛불〉

일어나라 겨레여

慧明華(칼럼리스트)

자~
일어나라 겨레여
다시는 이 땅에 오랑캐의 발자취가 더럽혀지지 않도록!

우리가 살아가는 곳
우리의 선대가 살아왔던 곳
우리의 자손이 살아내야만 하는 곳

우리의 혈맥을 끊고 이 땅의 그들만의 제국을 무너뜨리리라!
촛불의 혁명이 무고한 피 흘림을 멈추게 할지니
자! 일어나라 민중이여!
촛불의 정신이 횃불 되어 이 나라 이 민족에게 겨누는 저들의 음모에서 우리를 비추리라!

자! 일어나라
겨레여 민중이여!

지금이 새벽을 깨우는 절명의 시간이로다

우리의 목줄을 죄던 쇠사슬로부터
우리는 자유를 위해 투쟁하리니
어둠의 조종과 억압으로 우리는 벗어나리

촛불이 횃불이 들불 되어 광장의 함성으로 꽃피우리라!

우리는 그렇게 살았다

허광철(촛불시민)

대한제국이 황제의 나라든
일제의 황국신민이든
이승만의 자유당이든
우리와는 아무 상관이 없이
그렇게 살았다
인왕산은 말이 없었다
돈을 주체못해 르네상스식 건물을 지은 이완용
그래도 인왕산은 말이 없었다.
말없이 씨를 가슴에 품었다
바위에 씨를 떨어뜨린 인왕산
바위에 떨어진 씨
그 씨는 마르지 않았다
눈물이
땀이 끌어안고 온기를 주어
발아를 도왔다
아무 소리 없이 수백 년 그렇게 씨를 품어
내놓은 싹
보석같이 빛나는 푸른 잎
소나무
백두산 한라산 지리산
인왕산

촛불 촛불 촛불
그것은 바위에 떨어져 싹틔운 씨였다
생명으로
함성으로
외침으로
멀리멀리 온 세상에 퍼졌다
왕의 머리를 자른 프랑스
무당의 굿판을 뒤엎은 촛불
피 흘림 없이
무당들은 굿판에서 쫓겨나고
그 조무래기들은 떡 먹다
도망갔다.

눈 내리는 광화문광장에서

유호명(70대, 이산가족 실향민)

2016년 겨울
추워서 온몸이 떨리고
발이 시려 동동 굴렀다.

광화문광장에서
눈 내리는 하늘을 쳐다보며 외쳤다.
사드 가고 평화통일 오라!
하늘이요 들으소서!

나의 소원,
7,000만 겨레의 소원 통일은
언제 오려나?

나는 고향도 못 가고
가족도 만날 수 없는 이산가족.
오늘도 눈 내리는 하늘 쳐다보며
나 혼자 노래를 불러 본다.
"고향이 그리워도 못 가는 신세~"

정월 대보름날 광화문에서

정은주(조리사)

정월 대보름에도
광화문 광장은
촛불로 가득.

광장의 촛불과
하늘의 달빛이 함께
어두운 세상 밝히네.

촛불

김낙영(시인, 초록낙타 출판사)

반딧불이들의
푸른 축제가 시작되면
불을 밝힌
자동차들이 어둠을 뚫고
아스팔트 길을 달린다
어둠이 있어 태어나
그 끝없는 어둠을 달린다

수만 광년 수천만 광년
어둠을 뚫고 달리는 별빛은

아무리 추워도 아무리 외로워도
어둠을 피하지 않고
어둠의 끝까지 달린다

빛의 생명은 어둠에서
태어나 밝음에서 끝을 맺는다

시청광장에서
광화문에서
청계광장에서
피어나는 촛불들

어두운 영혼들을 관통하여
저 푸른 별빛과 손을 잡는
그 날까지

어두운 영혼들이
목놓아 우는 그날까지
꺼지지 않고 달려가리라.

공주와 도둑들

정해랑(주권자전국회의)

공주가 육조 앞 뜨락에 나온 건 어느 맑은 날 한낮
궁궐 뒷산과 그 밑의 대궐 문을 바라보며 공주가 섰것다
궁궐 뜨락에서 바라보던 북악산 이제는 멀리서
좀 더 크게 바라보게 되었구나
그동안 지난 세월이 꿈만 같다.
꿈 많던 소녀 시절 그분을 만나
여왕이 될 거라며 쓰다듬어 주실 때
황홀한 마음에 그 날이 오리라 여겼더니
이 뜨락에서 왕이 되어 즉위식을 하였건만
이 뜨락에서 개돼지들이 촛불 들고 난리를 치더니
드디어는 권좌에서 내려오고 의금부에 하옥되었더라
화무십일홍이요 권불십년이라더니 이건 뭐 권불 사 년이구나
앞에는 재판관들이 앉아 있고
왼쪽에는 포도청에서 깡패 잡던 율사가 검찰관이 되었다는데
오른쪽에 앉아 있는 변호사들은 서로 싸우기 바쁘구나
네가 몸통이다 아니다 내가 깃털이다 한다던데
아 순살은 어디 있나 늙은 도승지는 어디로 갔나
아 저기 순살도 있고 늙은 도승지도 있네
문고리 잡고 있던 승지들도 보이고
소가 병들었는지 병든 소인지 하던 실세 승지도 보이네
공주더러 권좌에서 내려오지 말라고
꺽꺽 울어대며 내시라도 하겠다던 공주파 영수도 있고
촛불이 꺼진다고 해서 공주 맘을 흡족하게 한 인간도 있는데
어느덧 날이 어둑해지기 시작하자
뜨락에 모인 사람들이 촛불을 하나둘 드는구나
공주 눈에는 아무리 봐도 개돼지에 다름없는데

셋째 증인이 큰소리로 외치는 것이 아닌가
다시는 이 땅에 임금이 없는 날이 와야 할 것입니다
임금 없이 백성이 진짜 주인이 되는 사회
그러자 뜨락에 가득 찬 개돼지들이 함성을 질렀다
그리고는 공주는 모르는 노래를 부르는데
우리나라는 민주공화국이다
우리나라는 민주공화국이다
우리나라의 모든 권력은 백성으로부터 나온다
똑같은 소리로 외친다
아니 이것들이 언제부터 이런 노래를 배웠단 말인가
권력이 백성으로부터 나오다니
이거야말로 왕조를 부정하는 반란 아닌가
재판관 검찰관 반란이 났소 당장 재판을 중지하시오
재판관도 검찰관도 당황한 기색이 역력하지만
어느 누구도 공주 편을 들어주는 이는 없었다
공주만 속상해서 발을 동동 구르고 있는데
그 뒤 공주는 어찌 되었을까
멀리 법국의 단두대처럼 망나니가 춤을 췄다고도 하고
아직도 의금부 감옥에 들어가 앉아 있다고도 하고
너그러운 백성들이 이도인지 저도인지로 보내
부모님 추억이나 먹고 살라고 했다고도 하는데
아주 먼 옛날 먼 나라의 이야기 믿거나 말거나.

민도民度

조승규(광화문에 정근한 서울시민)

내 60까지 살아보니 돈이 제일이야,
돈만 있으면 아내도 자식도 다 필요 없다.
나이 들수록 돈이 귀해, 돈 돈 돈,
돈 돈 돈귀 세상,

도무지 어디에서 온 한 생각이고
어디로 가려는가.
나무껍질 벗겨 먹던 보릿고개 이야기도 아니고
국민소득 3만불 언저리
적폐 위에 얹혀
도탄에 빠진 민초들의 생각 뿌리다.

우리 모두 누구인지도
모른 채
약탈적 자본 앞에
신음하며
민족의 뿌리는
둥치부터 말랐다.

허허로이 갈 곳 없어
한강 자살 난간으로
쥐떼처럼 떠밀리지 않았던가.

오늘은
흩날리는 겨울바람 앞에
광장의 촛불로 섰다.
목청껏 선후 창으로 외치며 섰다.

사람과 사람의 어깨를 맞대고 어울렁 파도로
10만에 50만, 100만에 200만으로 넘실대고
광화문과 종로와 시청을 적신다.
통의동과 삼청동을 돌고 돈다.
대로마다 골목마다 그득그득 사람들 넘쳐난다.
전국의 도시마다 민족의 아리랑이 일어난다.

할퀴고 찢기운 자는 모두 오라.
알바에, 용역에, 비정규직에, 실업자들,
파견에 계약직에 해고와 파산자들,
애통하고 가난한 자들이여, 복 있으라.
이 땅은 저희 것이라, 하지 않던가.

신 광화문 연가

김재우(전 롯데케미칼 및 현대 종합상사 해외 법인장)

삼일오 부정선거 용지처럼 흩날리는
낙엽을 밟으며 광화문으로 가네
황토현의 깃발과 우금치 마루에 흐르던
하얀 통곡을 되새기며 가네
입추의 여지 없는 전철 손잡이를 붙잡고
경복궁역으로 가는 길
한 편의 연애 시를 낭송하듯
헌법 1조 1항을 외우며 가네
아우내 장터로 가는 그 마음을 상상해보네
4.19의 함성과 군홧발에 짓밟힌 서울의 봄과
꽃잎처럼 떨어진 5.18의 영령들을 그리며 가네
전쟁터 같은 6.10일 을지로 명동 입구에서
넥타이를 풀던 다짐과
최루탄에 쓰러지던 젊은 열사의 절규를
환청처럼 들으며 가네
그래도 페퍼포그와 최루탄에 맞서 눈물 흘려
민주의 벽돌은 하나 쌓았다고 자부하며
민주의 걱정은 잊고 산 세월
죽어라 회사 위해 일한 삼십여 년

내가 이러려고 민주화의 벽돌 하나 쌓았나
내가 이러려고 군대 가고 산업화 일꾼 노릇했나
그래 가자 그래도 가자
관절염에 힘든 발이라도 힘차게 밟으며 가자
만추의 로맨스와 첫눈 내리는 날의 추억은 잠시 유예하고
빼앗긴 민주를 찾으러 광화문으로 가자
목소리에 힘이 남아 있는 한
함성을 질러 귀먹은 한 여인을 깨우고
눈 감은 정의를 깨워 민주를 되찾아 오자
촛불로 시대의 어둠을 태우고
무지갯빛 눈물 맺힌 자유 평등 평화의
민주의 새벽을 마중하러 광화문으로 가자
세종대왕과 이순신 장군과 함께 어우러져
오천만이 승리의 만세를 외치러 가자
승리한 자유와 민주를 디딤돌 삼아
녹슨 철조망을 걷어내고
칠천만이 얼싸안고 춤추는 통일로 가자.

광장이 그렇다

백도경(내삶의평화세상기다림)

찬 바람이 가른다
흩날리는 눈발에 아랑곳없다
저마다의 발길이 발랄하다
광장이 그렇다

씨실과 날실로 엮인 애잔함
삭발 승의 목탁 소리
허공이 저린다
광장이 그렇다

글씨가 처절하고
눈빛이 간절한
그 하나로 맺힌
광장이 그렇다

'우리'를 위해 모은
염원의 손에
솔찬히 사랑이 흐르는 곳
광장이 그렇다.

지난겨울, 우리는

신효철(대구구의원)

천만 촛불이 광장을 껴입고 걷는다
집집마다 골목을 걸어 나와
붉은빛 속에서 외치는 구호와 함성
거짓을 끌어내리고 진실을 밝히리라
모두 하나 되어 혁명을 노래 부른다
아, 민주주의여 다시 뜨겁게 일어나자

진눈깨비 날리는 거리거리
찬바람을 이기며 걸어가는 사람들
서로의 체온을 나누며
우리들의 겨울은 따스했다고
태우고 또 태워도 타오르는 촛불,
그 불빛 꺼지지 않고 꽃으로 활활 피어
사람이 사람답게 사는 세상을 위해
저 너머에서 달려오는 겨레의 함성
촛불 바다를 가로지르는 평화의 새
날자, 날자, 더 높이 날자.

지금 우리는 광화문광장에 살고 있다

최낙운(촛불시민)

심장이 요동치고 가슴이 벅차오른다
만백성의 분노와 온 백성의 아픔이
절로
거니는 발걸음 따라 느껴져 온다
4.19의 함성과 6.10항쟁의 함성이 들려오는 곳
광화문광장
여기는 대한민국 민주주의가 다시 살아 숨 쉬는 곳
대한민국 민주주의의 산실임이 틀림없다

유모차에서 젖병의 젖꼭지를 물고 있는 갓난아이부터
초등학교 어린이, 중고등학교 학생들,
칠순이 넘은 할아버지 할머니까지
새 세상을 만들어가는 위대한 역사의 광장이다

골고다 언덕을 십자가를 메고 올라가는 심정으로
우리는 민주주의를 메고 광화문광장을 거닌다
북풍한설 몰아치는 들판에서 일본군의 총칼에 처참하게 쓰러져간
동학 농민들의 함성 따라
동학 농민의 후예처럼 우리는 당당하게 일어날 것이다
차가운 북풍한설이 몰아친다 해도
촛불은 다시 타올라 들불처럼 번져갈 것이다

촛불은 정의가 승리할 때까지 타올라야 한다
결코 꺼지지 않는 대한민국 민주주의의 등불로
대한민국 방방곡곡에서 타올라야 한다
우리가 사는 곳이 죄다 광화문광장이어야 한다
호남 벌 배들 평야에서 갑오년에 타오른 들불이
전주를 넘어 공주 우금치까지 번져가듯
광화문의 촛불은
대구 부산 광주 제주도까지 넘쳐나게 타오를 것이다

100만 개의 촛불로 광장이 물결치는 곳
1억 개의 눈동자가 정의의 눈으로 바라보는 곳
아, 광화문광장이여
민주주의가 부활하는 대한민국 민주주의의 성지여
'대한민국 민주주의여 만세'

촛불

황철환(국민건강보험공단)

빈자의 촛불이
춥고 어두운 거리로 나올 때
눈빛은 외롭고 결의는 쓸쓸했다
초겨울비가 빛의 거리를 지우고
축축한 낙엽들이 삭 바람에 뒹굴 때
흔들리는 심장은 홀로 아팠다
고리를 이어 연대를 이룬
정의의 불빛이 광장을 향해 모이며
소녀 하나가 다가와 촛불을 켜고
청년들의 우렁찬 목소리가 벗하며
노동자의 손들이 손을 이어 잡고
볼펜 쥔 학생들이 횃불을 들고
가정주부가 유모차를 끌고 다가올 때
광장을 메운 촛불 집은 하늘을 열었다

어둠 속 점점이 불을 밝힐 때
뜨거워진 광장엔 물결이 일고
거대한 파도는 거리로 넘쳐 흘러
장막의 심장부로 대해를 이루었다
대로를 타고 흐르는 촛불 혼은
시대를 관통한 어둠을 밀치고
악령을 태워 대명을 밝히며
웅대한 나의 조국 앞길을 여는
마침내 짙은 어둠을 뚫고
꽃잎이 봉오리를 올리어
세기의 선언문을 읽었다.
'지금부터 봄이다'
북풍은 억세게 길을 막았지만
숭숭 뚫린 바람막이 사이로
겨울 막장을 파면한 순간
꽃봉오리는 콧대를 높게 올렸다
지난 한 겨우내 찬바람 흉흉한
저 거리를 걷던 여린 촛불들
어둠을 관통하며 빛을 밝히어
꽉 막힌 숨구멍 사이를 비비고
봄을 향하여 움찔움찔 나아갈 때
밤하늘 별과 달빛마저 숨죽였다
어둠이 물러난 새벽 여명은 밝고
송골송골 꽃잎에 맺힌 이슬이
영롱하게 빛나는 아침을 맞자
푸르른 오월 봄날에
청보리밭 사이로 종달새 날으면
우리 모두 손잡고 하나 되어
빛의 진군가를 함께 부르자.

약물 옆에서

– 〈국화 옆에서〉 패러디

한 필의 명마를 사주기 위해
봄부터 기업은
그렇게 바빴나 보다
한 장의 합격증을 보내기 위해
이대는 어두움 속에서
또 그렇게 쫄았나 보다.
그립고 아쉬움에 가슴 조이던
머언 먼 라스푸틴의 뒤안길에서
인제는 돌아와 약물 앞에 선
낯짝 두꺼운 거짓말이여.
뻔뻔한 네 가면을 벗기려고
간밤엔 JTBC가 저리 분주하고
백만의 촛불도 꺼지지 않는가 보다.

약무藥舞

– 〈승무〉 패러디

김영문(인문학자)

얇은 종이 하이얀 문서는
고이 접어서 기밀일레라.

불그죽죽 고친 서류
태블릿 PC로 보내오고,

두 볼에 흐르는 빛이
정작으로 뻔뻔해서 흡족해라.

청대(靑臺)에 황촉(黃燭) 불이 말없이 녹는 밤에
새로 산 주사약이 약효 돋는데,

주름은 펴져서 매끄롬 하고,
갈수록 두터워지고 번드르르한 나의 면상이여.

휑한 눈동자 멍하니 들어
먼 우주 가득한 기운에 모두 오고,

약물로 덮인 뺨에 부끄럼은 없음이니
주사에 시달려도 마음은 이십 대라.

휘어져 감기 우고 다시 접어 뻗는 손이
깊은 마음속 거룩한 샤먼인양 하고,

이 밤사 칙칙이도 다 써가는 삼경(三更)인데,
얇은 병 하이얀 약물은 고이 담아서 우율레라.

광장에서

박정근(촛불시민)

한반도에 해가 지고
지친 걸음들 광장을 떠나면
촛불도 하나씩 꺼지고
깊은 어둠이 몰려온다

오랫동안 검열 수비대들이
총칼로 막았던 광장은
음산한 침묵만이 감돌았다

분노의 강물이 침묵의 둑을 부수고
도도하게 흘러넘치던 날
드디어 어둠은 서서히 물러가고
별들이 총총히 빛나는 밤하늘처럼
광장은 너와 나의 핏빛 언어로
불타올랐다

이제 광장에서 만난 우리
오랜 별리 잊고
뜨겁게 가슴을 안아야 한다
다시는 존재의 터전을 빼앗기지 않게
여기에 튼튼한 인간의 씨앗을 뿌려
승냥이 늑대 우글거리는
힘과 자본의 정글이 되지 않게
손과 손
가슴과 가슴
굳게 잡고 끌어안아
지켜내야 한다

이제 촛불이 하나씩 켜지고
한반도에 해가 떠오르고 있다

아, 봄이 오는가

단죄가 봄이거늘
패악질 청산이 봄이거늘

이 한 고개 넘어서서
이제부터 또 한 고개
또 한 고개 험해도
촛불 진실 안고
혁명의 꿈 안고
완전한 꿈 안고
가분가분 넘어가야 하거늘
평화의 길로 파랑파랑

아, 이제 봄이 오는가!

정원正願 스님 소신공양 추모한 시

김영일(시인, 전북민주동우회)

인연 따라 출가하여 불법 참선의 길을 가다가
1980년 5월 광주 비극과 항쟁을 겪고 그 참상에 울부짖었네
민초들의 고난이 삶의 이정표로 되어
민중들 고통을 여의는데 수행이 목표를 삼았네
남루한 황포를 둘러 가사를 삼고 길거리에서 지내며
걸음걸음 닿는 곳이 바로 도량으로 여겼네
문수 스님*의 고결한 소신공양을 늘 빛으로 되새기며
장부 일생 세상을 바로잡고자 의기를 날리며 소신하였네

※ 문수 스님은 이명박의 4대 강 개발, 운하 개발에 저항하며 유서를 남기고 소신공양을 하시고 입적하셨음.

※ 정원 스님은 2017년 1월 7일 촛불시민혁명과정에서 박근혜 탄핵 이명박 구속 등 적폐청산 촛불 정신을 이어가라는 결의의 유서를 남기고 소신공양 하시고 입적하셨음.

시로 쓰는 촛불 혁명

김진표(한겨레주주통신원 전국위)

그대여 아무 걱정 말아요
이 가을이
노랗게 익어가기 전에
숨겨놓은 좋은 세월도 다 간듯하오

늙은 고목에 새싹이 돋아나길 고대하고
고사리손 모아 천지신명께 빌고 빌어봐도
가을은 도도히 깊어갈 뿐

그대여 아무런 걱정 말아요
그대 어깨 쭉 펴고
두 손 꼭 잡고
그대 갈 길을 가시오

길고 어두운 날은 온몸으로 끌어안고
꽃잎 한 닢 남겨놓고, 그대 아무 걱정 말고 떠나요.
그 한 꽃잎 고이고이
금지옥엽인 듯 키워볼 테니

그대 아무 걱정 말고 뜰 아래로 나아가요, 제발
두꺼운 그 입술로 꽃잎을 부르지 말아요
저편의 뒤안길이 무섭고, 외롭고 쓸쓸하겠지만
그리 길지 않은 가을의 눈부심을 느껴보아요, 잠깐

때때로 마음이 까막까막거릴 때
차라리 아무것도 하지 말아요, 그대,
가막소는 저쪽이요.

이 늦가을에 웬 진달래가….
꺽정봉을 바라보며
그대를 떠나보내요
저 ~ 멀리

(《걱정말아요 그대 개사》 2016년 11월 3일)

촛불 독립군

방민주(한·러공생위, 녹색협동조합)

어둠을 밝히고
빛으로 나리신
평화의 겨레여!

드넓은 광장에
평화의 촛불을 든
민중의 함성으로
썩은 살을 도려내라는 하늘 바람은
칼처럼 에었다.

칼바람 타고 촛불은 올랐다.
촛불을 높이 든 날부터 나는
독립군이었다.
독립의 대장정에 오른 촛불은
역사의 부활로 일렁였다.

빼앗긴 나라를 광복하기 위해
이역만리 타국으로 떠난
독립군의 불타는 영혼들은
광화문에 혼불되어
촛불로 부활하였다.

광장에 몰아치는 북풍의 매서운 칼바람도
독립군의 영혼으로 우뚝 서 있는
나의 자리를 비우게 하지는 못하리.

칼을 품은 인내심은
촛불로 환해지는
내 얼에 일렁이고
독립군 손안의 촛불은
마침내
승리의 함성으로 타오른다.

광장의 시

정세훈(시인)

역사의 진실은 민중의 피로 만들었고
역사의 거짓은 권력의 총칼로 만들었다네

1919년 3·1 항일독립운동
1960년 4·19 혁명
1980년 5·18 민주화운동
1987년 6·10 민주항쟁

피 서린, 피 서린, 피 서린, 피 서린,

친일권력
부정부패
군사독재
총칼의 광장

여전히
진실의 역사가 민중의 피로 물들고
거짓의 역사가 권력의 총칼을 찬양한
덧없는 세월

2016년 11월
세상의 모든 시(詩)
수백만 촛불 되어
광장을 점령했네

어린아이여, 학생이여, 젊은이여, 늙은이여,
농부여, 노동자여, 회사원이여, 상인이여,

한 자루 촛불 되어
광장을 밝힌
당신들은
광장의 시!

역사의 거짓을 만들어온 총칼 앞에
언제나 역사의 진실을 만들어 온
흘린 피, 피, 피,
피의 광장을 밝힌 촛불들

헛바람처럼 휘둘러오는 권력 앞에
꺼지지 말자고
서로가 서로의 심지 깊은 심지에
불붙여 주며, 주며

광대하고 광활할
유구하고 영원할
신명 나고 흥겹고 목청 좋은
대 서사시를 쓰고 있네.

제아무리 강한 바람이라 하더라도
들풀들을 이긴 바람 없다고
쓰러뜨리려 하다가
쓰러뜨리려 하다가

일어서고
일어서는 들풀에
그만
소멸되어 버리고 마는 것이라고

권력의 총칼 앞에
민중이 피로써
역사의 진실을 만들었듯
민중의 촛불은

다시 불붙고, 다시 불붙는 것이라고.

아! 촛불! 그 빛남

최정자(민족진영 가수)

그 어느 나라의 역사에서
이렇듯 위대한 모습 확인할 수 있을까?

혈기방장한 젊은이들만의
축복스러운 행진 아니다.

함성들 속에서 우린
지팡이 짚은 불편한 걸음도
자랑스러워 보였지.

얼음장이 뚝뚝 돋아나던
혹한의 거리에서
아랑곳 없이 밀려들던 가족들, 사람들…
아이들도 많았으나
열기 높았던 광화문 광장엔
짜증이나 울음소리 하나 없었다.

그렇게 모두 모두 한마음 되어
거대한 놀이판 벌이고
때로는 분노의 형형 눈빛되어
불의한 위정자들의 거대의 城
가차없이 무력화 시켰음이라.

그렇게 서울의 한 복판과
방방곡곡의 거리에서
기어코 正義를 이루었네.
비폭력의 아름다운 승리의 함성!

시작

유정희(서울시의회)

이제 시작이다.
첫 번째.
국회는 부정축재 환수법(일명 최순실 법)을 제정
해야 한다.
군부독재는 물론 친일파까지 청산해야 한다.
두 번째.
박근혜는 방 빼라.
48시간 여유를 주겠다.
세 번째.
이제 시작이다.
온갖 적폐청산의 시작이다!

(2017. 3. 10.)

탄핵은 시작이다

김상민(동양미래대학로봇공학부/정의연대)

대한민국은 민주공화국이다
그것은 친일과 매국으로 얼룩진
독재와 재벌의 공화국이 아니라
이 땅에서 노동으로 살아가는 대다수
평범한 99%가 이 땅의 주인이라는 것이다.
그러나 더러운 마취제와 최음제로 덮힌
청와대에서 똬리 튼 악의 무리들은
국정을 농단하고 민족정기를 말살하고
영원한 악의 제국을 세우려 하였다.

백남기 농민의 죽음과
세월호의 참사
노동자 농민의 피와 땀
민주 시민과 열혈 청년 학생들과
이 땅의 모든 엄마와 아빠들의 염원이
민주와 통일을 가로막는 빗장을 열었다

촛불광장은 파도가 되고
바다가 되어 저 악의 무리들을 포위하였다
어둠은 빛을 이기지 못하고
정의는 불의를 이기며
거짓은 진실을 이기지 못하고
압제는 촛불을 이기지 못하였다.

2016년 11월 20일

이경선(촛불시민)

토요일 광화문에 나가 외쳤습니다
박근혜 퇴진하라고
목청껏 외치다~~ 행진하다~~
목이 아파질 정도로~~~
촛불을 들고 나갔습니다
일심동체가 되어 외치며 행진을 하며~~~
어린아이 유모차에 태우고 다른 아이는 걸어서
온 가족이 나와서 외쳤습니다
우리 가족 모두도 각자 제자리에서 행진으로
나아갔습니다
그저 방관하는 자가 아닌 직접 나서야만 했던
절박함~~~
모두의 마음입니다
하루빨리 정상을 되찾기를 바랍니다

국민이 각자의 생활로 돌아가기를~~
안심하고 국민들의 마음으로 정치를 하기를~~
그런 사람이 대통령이 되었으면 좋겠습니다
두 눈과 두 귀를 열고 투표를 해야만 합니다

다음 세대에 후손들에게 물려줄 나라이기에
어른들이 부끄럽지 않은 나라를 만들어야 하겠
습니다
우리 어른들이 제대로 된 나라를 만들어 후손
에게 물려줍시다~~

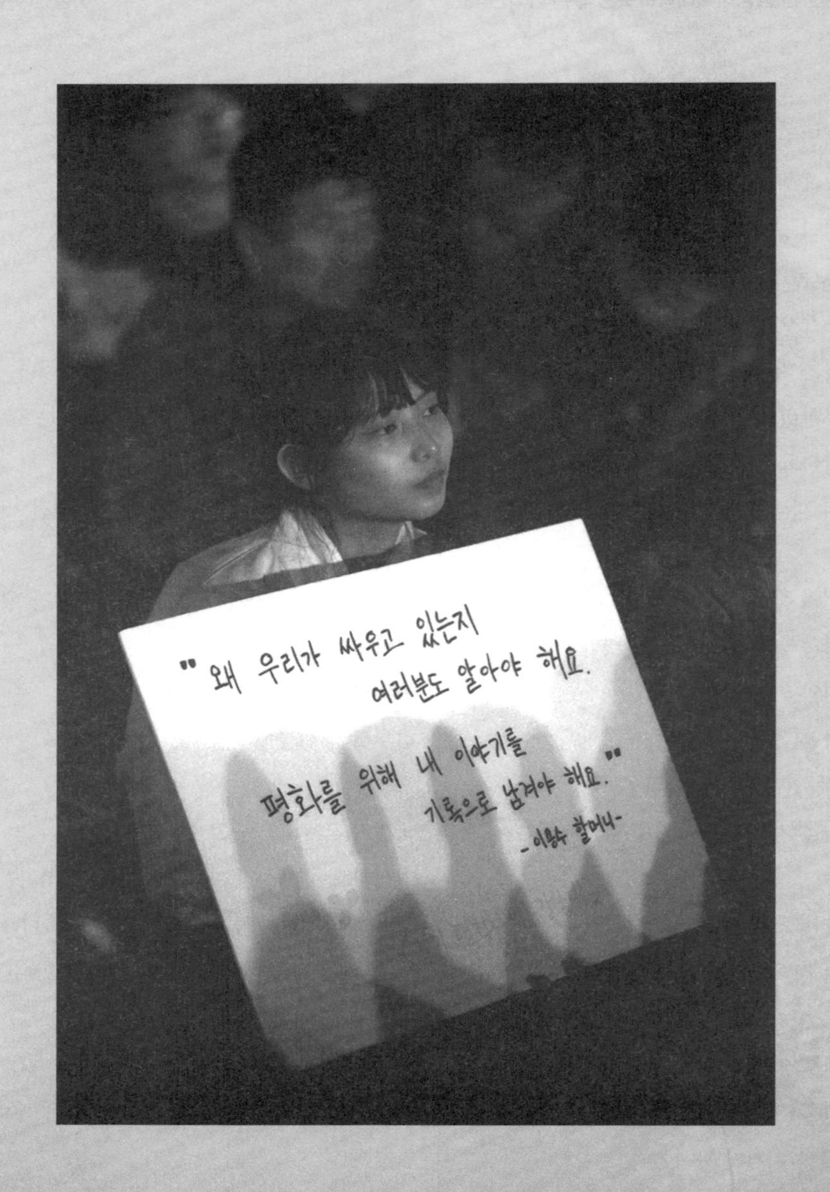
"왜 우리가 싸우고 있는지
여러분도 알아야 해요.
평화를 위해 내 이야기를
기록으로 남겨야 해요."
-이용수 할머니-

대한민국의 미래를 다시 힘차게 여는 촛불

– 2016.11.5. 광화문 백남기 농민 노제 후 이어진 촛불기도회 연설문

김경호(들꽃향린교회 목사)

작년 11월 민중총궐기에서 쓰러지신 백남기 농민은 그 잔인한 11월에 망월동으로 떠나셨습니다. 오늘도 그날처럼 시민들이 궐기하였는데 그 분노는 한 해 전 그날보다 더욱 깊고 거세기만 합니다. 공권력이 그를 살해했습니다. 국가는 자기 국민을 살해하고도 사과하지 않았습니다. 이는 공권력이 자기 주인을 계속 물어뜯겠다는 의지를 보인 것이며 국민 모두가 버림받은 것입니다. 그러기에 백남기 농민은 단지 한 사람 백남기가 아닙니다. 백남기 농민은 불의한 권력에 의해 뭉개어진 모든 국민을 대표합니다. 그의 주검은 웅변처럼 말합니다.

"당신들은 이미 존재의 가치를 잃어버렸다.", "더 이상 국민을 섬기지 않는 권력은 폭력일 뿐이다."

어제 박근혜의 담화를 보셨습니까? 그녀가 울먹였습니다. 우리는 2년 전 그녀가 세월호 사건에 대한 담화에서 눈물을 흘리는 것을 보았습니다. 그 눈물이 진실했습니까? 그들이 어떻게 진상규명을 방해했는지 어떻게 조작했는지 어떻게 유가족들을 모욕했는지 우리는 잘 알고 있습니다. 이것이 그녀가 흘리는 눈물의 진실입니다.

대한민국에 드리운 어둠의 세력은 강고합니다. 그들은 강하고 끈질깁니다. 그러나 성경은 "그 빛이 어둠 속에서 비치니, 어둠이 그 빛을 이기지 못하였다"(요한 1:5)고 합니다. 어둠이 아무리 짙고 위세를 펼친다 하더라도 어둠은 빛이 없을 때만 존재합니다. 조그만 촛불 하나가 밝혀지는 순간 칠흑 같은 어둠은 그 존재도 없이 사라집니다.

국정을 농단하는 자들은 교활합니다. 20년 전 6월 항쟁으로 민중이 들고일어났을 때 노태우는 6·29 선언으로 국민을 속이고 전두환에 이어서 다음 정권을 다시 부여잡았습니다. 우리가 정신 바짝 차리지 않으면 다시 속아 넘어가기 쉽습니다.

이 땅의 재벌들이 수십 수백억을 기꺼이 뇌물로 상납했습니다. 그들은 사이비 무속인을 황제처럼 떠받치는 척하면서 몇십, 몇백 배의 이권을 챙겨옵니다. 그러기 위해서 앞다투어 뇌물 경쟁을 벌입니다. 이제 와서 자기들도 피해자라고 하는데, 대한민국을 부정부패의 천국으로 만드는 이 재벌들을 여러분, 용서하시겠습니까?

박근혜가 사이비 종교 교주에게 몸과 영혼을 조정 당한다는 것을 미국의 대사도 알고 본국으로 보고했을 정도인데 누구보다 그 내용을 잘 알았을 새누리당이 이제 와서 몰랐다고 꼬리 자르기를 합니다. 여러분, 그들의 말을 믿으십니까? 전두환이 집권하자 최태민을 강원도에 유배시켰습니다. 그들 내부에서는 자명한 사실이었습니다. 그들은 모든 것을 알고 있었습니다. 그러나 자신들의 이익을 위해 나라를 말아먹을 위험인물을 내세워 그 뒤에 기생하며 권력에 단맛을 즐겨온 것 아닙니까?

미르재단 이야기가 나오자 국정조사를 막으려고 새누리당 당 대표자가 단식 쇼를 벌였습니다. 때아닌 개그맨 김제동 씨의 군대 시절 이야기로 국정조사를 막았습니다. 이들은 국회를 개그콘서트 장으로 만들었습니다. 그리고 무덤에 계신 노무현 대통령을 다시 부활시켜 종북몰이를 했습니다. 그분은 수시로 부활하십니다. 예수는 한번 부활하셨는데 이 정권은 수시로 노무현 대통령을 부활시켜 그를 신격화하고 있습니다. 증인채택도 결사 방해했습니다. 그들은 미르재단 이야기가 나오면 이성을 잃고 몸으로 막았습니다. 왜 그럴까요?

그들이 모두 미리 알고 있었다는 증거 아닙니까? 이명박 캠프에서 박근혜와 경선할 때 "박(근혜) 후보가 대통령이 될 경우 최씨 일가에 의한 국정 농단의 개연성은 없겠는가"라는 논평을 냈습니다. 김무성 전 대표가 진실을 말했습니다. "최순실의 존재를 모르는 사람이 어딨습니까? 다 알았지. 그걸 몰랐다고 하면 거짓말"이라고 했습니다.

새누리당은 전과 14범의 사기꾼을 대통령으로 내세워 4대 강 공사, 자원외교로 온통 나라 살림을 분탕질하더니 이제는 사교에 물든 위험천만한 자를 내세워 국정을 농단했습니다. 이들이 또다시 정당 이름 바꾸고 국민 앞에 나오면 여러분 받아 주시겠습니까? 새누리당은 해체하고 새누리당에 당적을 둔 인물들은 모두 정계 은퇴하기를 바랍니다. 하늘의 명령입니다. 더 이상 국민을 속이지 마십시오.

그런데도 요즈음 박근혜의 충복이었던 종편을 보면 당황스럽습니다. 이들은 내년 대선정국에 터지면 정권이 넘어가니 미리 터뜨려 국민들이 잊어버릴 때 자신들이 다음 정권 창출하겠다는 계산 아래 터뜨린다고 합니다. 이들은 단지 살아남기 위해서 옛 주인을 물어뜯는 것이 아닙니다. 이들은 의기양양해서 자신들은 정권을 무너뜨릴 수도 있고 차기 정권도 자기들이 창출한다고 자신한다는데 여러분, 우리 국민이 그렇게 호락호락합니까?

미국도 박근혜의 진실을 잘 알면서 그를 이용해 사드를 밀어붙이고 갑질을 하고 있습니다. 사드는 한국 방어용이 아닙니다. 사드는 미국본토 방위를 위한 것입니다. 사드는 우리를 지켜주기보다는 우리를 매우 위태롭게 하는 무기입니다. 그런데 박근혜의 약점을 잘 아는 미국이 이를 이용해 갑질하고 있습니다. 여러분 한반도에 사드 배치를 용인하시겠습니까? 사드 배치 결정과 개성공단 폐쇄는 박근혜 국정농단의 최대 피해의 결과물입니다.

그들은 교활합니다. 그들은 강합니다. 그러나 우리들은 더욱 강합니다. 촛불 하나가 밝혀져 어둠을 내어 쫓는데 여기 수만의 촛불이 밝혀졌습니다. 이불은 대한민국의 미래를 다시 힘차게 여는 촛불이요. 부정과 부패, 불의로 얼룩진 이 땅의 흑암을 쫓아내는 촛불입니다. 우리 모두 진리로 불 밝히고 박근혜 퇴진, 새누리당 해체의 굿 뉴스, 기독교에서는 이것을 복음이라고 합니다. 그 복음이 들려올 때까지 힘차게 나아갑시다.

"2016년, 11월 13일 소회"

서정례(문화공간온)

나에게 있어서 2016년은 특별한 한해였다. 국정을 농단하고도 뻔뻔스럽게 국민 위에 군림하며 청와대에 버티고 있는 박근혜를 끌어내려고 박근혜체포단을 조직해 거의 매일 주야로 활동하던 그때 그 순간들을 돌아보니 참으로 감회가 새롭다. 특히 그해 11월 13일의 가슴 뭉클하던 그 기억은 내가 눈을 감을 때까지 생생하게 남아 나의 가슴을 흔들 것이다.

당시 최순실 게이트가 절정을 이루고 이제 박근혜는 하야하라는 3차 민중집회가 있는 날이었다. 그날 우리 동창 경순이 아들 결혼식이 오후 3시에 여의나루에서 있었다. 결혼식이 끝나고 몇몇 친구들과 함께 광화문 집회에 들러 '온'에 가서 한잔하기로 했다. 분위기로 보아 광화문에 전철이 안 설지도 모른다는 생각에 서대문역에서 내려서 걸었다. 광화문까지 가는데 내 평생에 이렇게 많은 군중들이 모인 것을 본 적이 없다. 그날 대략 200만 정도의 인파가 모였을 것으로 추정된다. 어디서 사람들이 그렇게 꾸역꾸역 밀려드는지 도무지 앞으로 갈 수도 뒤로 갈 수도 없었다.

광화문 근처는 더 많은 사람들로 붐볐다. 광화문광장이 마치 콩나물시루 속처럼 사람들로 들어차 몸을 가누어 숨쉬기조차 힘들 정도였고 까딱하다가는 인파에 밀려 대형사고가 날 수도 있다는 생각이 들었다. 아기를 안고 나온 사람들이 걱정되어 모두 조심하는 분위기가 역력했다. 본부석 쪽으로 들어가 보려던 계획이었지만 인파에 밀려 앞으로 한 발짝도 움직이기가 힘들었다.

본부석으로 향하던 발길을 돌려 종로 2가에 있는 문화공간온으로 가자고 방향을 바꾸었지만, 우리 일행은 인파에 밀려 도저히 함께 이동할 수가 없었다. 모두 흩어져서 어디쯤 가고 있는지를 핸드폰으로 위치 확인해 가면서 이동을 했다. 몸과 몸이 겹쳐서 마치 대한민국 국민 모두가 한 덩어리가 되어 박근혜를 탄핵하고 국민이 주인인 새 나라를 세워야 한다는 염원의 눈빛들을 반짝이고 있는 듯 보였다. 동지애가 느껴지고, 내 몸 같은 이웃으로 보였다. 나와 동행한 내 친구 영범은 의연하고 침착한 모습으로 젊었을 때의 경찰 시절로 돌아가서 시민들의 안전을 진두지휘하는 양 시민들에게 큰소리로 안전과 질서 유지를 당부하며 대형사고를 우려하는 모습을 볼 수 있었다. 우리 일행이 서대문에서 온으로 오기까지 시간이 얼마나 걸렸는지 정확히 알 수는 없지만 하이힐을 신고 정장 차림으로 그렇게 많이 걸어보기는 처음인 듯했다. 잠시 후 촛불집회에 왔던 사람들이 온으로 몰려들기 시작하여 음식 주문을 감당하기에 너무나 힘든 상황이 되었다.

와인 한잔하면서 오랜만에 만난 친구들과의 회포를 더 풀기 위해 종로에서 가장 높은 33층 빌딩으로 갔다. 식사만 된다고 해서 다시 나와 라이브로 노래하는 술집에 들렀다. 그런데 그곳의 분위기는 조금

전에 경험한 그 상황과는 너무나 대조를 이루고 있었다. 2백만 촛불시민들 근처에서 소위 자본주의 부르주아들의 흥청거리는 모습을 보니, 우리나라 국민들의 또 다른 면을 보는 것 같아서 마음이 씁쓸했다. 그리고 잠시 다시 생각해 봤다. 그렇다. 거기에 있는 사람들이나 나나 별로 다를 게 없었다. 생음악이어서 그런지 술은 아직 한 잔도 마시지 않았는데도 약간 마음이 들떠 흥이 일어나는 듯한 기분이 들었기 때문이다.

친구들을 보내고, 난 다시 온으로 갔다. 예식장에 갔다 온 복장에 하이힐을 신고 많이 걸어서 피곤했지만 11시까지 촛불시민들을 위해 함께 일을 하다가 귀가했다. 박근혜 때문에 매일, 매주 집회를 하느라 촛불시민들은 고생이 많지만, 광화문 주변 종로통까지의 상가들이 뜻하지 않은 특수(?)를 누리는 것 같은 모습은 다행스럽게 여겨졌다.

촛불집회 단상: In-Beyond 시민혁명

김희헌(향린교회 목사)

처음엔 믿지 않았다. 거대하게 타올랐던 2008년의 촛불광장이 군중의 미학 이상의 결실을 거두지 못했다고 평가한 나는 촛불을 드는 행위만으로는 세상을 실제로 바꾸기 힘들다고 여기며 회의하고 있었다. 2016년 10월 마지막 주말, 국정농단 사태로 분노한 시민들이 청계광장에서 모였을 때 난 거기에 없었다. 건대 항쟁 30주년 기념식에 참가한 후 서둘러 청계광장을 향하는 선각자들과는 달리 나는 모인 사람들과의 뒤풀이를 선택했다.

그리고 한 주가 지났다. 수십만으로 불어난 인파와 함께 구호를 외치며 종로를 걷는 동안, 어쩌면 혁명은 이미 시작되었다고 느꼈다. 이번에 모인 사람들은 심리적 불안감을 갖고 있지 않았다. 문화제로 한정할 것이냐, 경찰버스에 밧줄을 걸고 당김으로써 다음 단계로 넘어갈 것이냐? 양자택일의 고민 앞에 머뭇거림 없이, 촛불은 평화적 수단을 래디컬하게 활용하며 빠른 속도로 진화해갔다.

촛불집회의 진화는 인파의 비대화에 기초하고 있지 않았다. 그런 점에서 태극기 집회의 주동자들이 그 숫자를 오백만 명이라고까지 부풀린 것은 빗나간 대처라고 할 수밖에 없다. 일렁이는 촛불에는 민중들의 누적된 고통이 DNA처럼 담겨있고, 적폐청산을 향한 사회적 분노가 놀라울 정도로 압축적으로 잠복하고 있었다. 이 혁명적 잠재성이 평화의 지평을 절묘하게 넓혀갔다.

아직 백만 명이 채 모이기 전인 11월 13일 새누리당 비박 계열은 당 해체를 추진하겠다고 선언했다. 그리고 한 달 후 국회는 박근혜 탄핵소추안을 압도적인 표 차로 가결시킨다. 이들이 누구인가? 대의제라는 형식적 민주제도를 자신들의 기득권 유지수단으로 삼고서 민중들의 바람과 요청을 거듭거듭 배반했던 자들이 아니던가. 촛불은 거기 머물지 않고, 한겨울 추위와 눈보라를 견디어내면서 마침내 봄을 터트렸다. 3월 10일 정오, 헌법재판소 앞에서 나부끼던 무지갯빛 깃발은 얼마나 눈부셨던가! 그 깃발에는 '시민혁명'이라는 네 글자가 쓰여 있었다.

넉 달 남짓 기간 진행된 촛불집회는 현대사회에서 가능한 변혁운동의 위대한 사례로 기억될 것이다. 기득권 체제란 것이 얼마나 교활하고 집요하던가. 자본과 권력이 촘촘히 엮인 사회에서 삼권분립이란 명목상으로는 국민주권을 지키기 위한 힘의 효율적 안배이지만 그 실상은 기득권자들의 삼중 안전장치요 체제유지를 위한 삼중 플레이에 가깝지 않은가. 그런데 이번의 촛불은 그것을 하나씩 차례대로 무너뜨렸고, 따라서 시민들이 스스로 주권을 실현하겠다고 마음먹었을 때 어떤 일이 벌어지게 되는지를 온 세계에 알렸다. 이 사건의 의의는 계속해서 되새겨질 것이라고 생각한다.

세계사적으로 1789년의 프랑스 혁명과 1917년의 러시아 혁명은 낡은 체제를 파괴한 상징적인 사건으로서, 그 이후에는 이전과 다른 사회 제도가 만들어졌다. 그 혁명 정신의 유산이 이 세계를 얼마나 활력 있게 만들었는지 그 사례를 이루 다 말할 수 없다. 그러나 지난 한 세대 동안 세계화라는 미명하에 구축된 신자유주의 체제에서는 대부분의 변혁운동이 공전을 거듭하고 있다. 그러는 사이에 혁명의 이상은 비현실적인 유령처럼 떠돌거나, 진취성이 거세된 채 제도 속으로 편입되는 욕망의 기호처럼 변질되었다. 둘러보면 온통 신자유주의의 물결이 몰아치는 절망의 바다이다.

때로는 새로운 혁명이론이 제창되었다. 주로 과거의 '전복' 전략과는 다른 '사이'(in-between) 전술이었다. 이 전술은 깨어난 영혼들을 향해 약탈적 자본주의 체제의 틈바구니(in-between) 속으로 유목민적 '탈주'를 하라고 요청한다. 그러나 그 탈주의 기회마저 박탈된 대다수 사람들은 다른 틈바구니 즉, 자본의 틈새에서 생존의 길을 걸어야만 했다. 그런데 바로 그 사람들이 자신의 실패와 절망의 경험을 그대로 안고 촛불집회에 모였고, 부지불식간에 혁명을 도모했다. 그들이 사용한 전략은 자기 땅 안에서(in) 유배당해온 현실을 직시하고 즉시 주권자로서 도약하는(beyond) 것이었다.

지난 이십 회의 촛불집회는 'in-beyond' 시민혁명의 실험과정이었다. 이 혁명은 자기 도약(beyond)을 요구하는 것으로서, 이 도약에는 어떤 부름에 응답하려는 종교적 측면이 있다. 그것은 자기 욕망에 빠져들어 가는 것과는 다른 방향 즉, 이웃의 아픔(과 또 그것과 유사한 자신의 고통에 대한 자각)이 일종의 부름(calling)이 되어 자신을 해방시키는 경험을 하게 한다. 촛불집회에서 등장했던 수많은 아픔의 증언들은 우리 시대의 혁명이론이었던 것이다. 이 증언이 울리는 한 우리 시대의 혁명은 계속될 것이다.

6차 촛불시위

배민준(초등생)

오늘도 역시, 12월 1주차 제6차 촛불시위가 열렸다. 시민들은 이번 주 제3차 대국민 담화에서도 실망이 컸다며 더 분노한 듯하다.

한편 법원은 이번 집회에 청와대 100m 앞까지 행진을 허용했고, 200m 앞인 청운동 주민센터까지 집회를 허락한 상황이다. 그리고 이번 시위에서는 촛불이 아닌 횃불까지 등장하기도 하였다.

오늘 새벽, 야 3당은 국회에 탄핵요구안을 발의하였고, 이것은 12월 8일에 국회에 보고, 12월 9일 국회 본회의에서 표결된다. 야 3당+무소속=171명인데, 가결되려면 200명이 되어야 한다. 여당의 비주류 의원들이 캐스팅보트(casting vote)를 쥐고 있다. 만약 다음 주에 탄핵소추안이 부결되면, 제7차 촛불 시위에서도 엄청난 시민의 분노가 예상된다.

덧붙이자면, 이번 시위는 주최 추산 250만, 경찰추산 46만으로, 둘 다 헌정사상 최대의 수치로 기록된다(1986년 6월 민주항쟁의 2배).

"대국민 담화"– "아이고, 담 온다."
박근혜는 하야(下野)하라! 즉각 퇴진하라!

6차 촛불시위

우지윤(초등생)

오늘은 예고대로 6차 촛불시위가 있는 날이다. 그리고 청와대 100미터 앞 행진까지 허용하였다고 한다. 나는 아쉽게도 그 현장에 가보지 못했지만 엄마, 아빠께서 가셔서 같이 참여하는 시위를 하셨다고 한다. 그곳에 사람들이 얼마나 많았었는지 얼룩덜룩 밟힌 자국이 있는 엄마의 신발을 보니 대충의 짐작이 간다.

뉴스에는 아주 많은 사람들이 광화문에 왔다 간 것으로 나타나 있었다. 내가 저번에 참가했었던 100만 명이 넘던 시위와 달리 이번에는 약 100만 명이 더 오는 200만 명이 시위를 했다니….

정말 놀라웠고 역시 우리나라 국민들은 정말 엄청나다는 생각이 많이 들었다. 한편, 박사모는 우리는 박근혜를 믿는다며 또 다른 시위를 하였다. 어른들의 생각은 다 다른 가보다.

세월호 7시간, 최순실 사건을 비롯한 많은 논란이 일어났는데 아직까지도 거짓말을 하는, 우리나라에 먹칠을 해버리는 박근혜를 믿는다니… 아, 물론 사람 마음은 자유이지만 이건 진짜 좀 아닌 것 같다.

내 생각인데… 탄핵하겠다 해놓고 안 하는 거짓말하는, 자신은 내려오지 않겠다고 우기는 대통령은 지금 일어나고 있는 상황을 빨리 자각하고 하루빨리 대통령직을 하야하였으면 좋겠다.

7차 촛불집회

김현지(초등생)

12월 10일은 7차 촛불집회가 열리는 날이다. 마침 박근혜의 탄핵도 가결되었으니 나와 아빠는 촛불집회에 가기로 하였다. 4시쯤에 아빠와 지하철을 타고 광화문으로 갔는데, 꽤 일찍 갔는데도 사람들이 많았다.

우리는 교보문고에 가서 있다가 저녁에 나오기로 하였다. 난 거기서 전부터 읽고 싶었던 히가시노 게이고의 『가면 산장 살인사건』을 읽었다. 그리고 『할루우 시티』와 『영혼의 도서관』을 샀다. 그 후 밖으로 나와 조금 돌아다니다가 아빠의 친구를 만났다. 그런데 그 분은 경찰이셨다. 지금 7주째 이곳에 나와 계신다고 한다.

그 후 카페에 가서 조금 더 기다렸다. 각종 피켓과 스티커 등을 구경하는 게 정말 재미있었다. 그다음 조금 어두워지자 밖으로 나와 촛불을 산 후 핫팩을 받았다. 수만 개의 촛불이 빛나는 것을 보니 참 멋지다는 생각이 들었다. 사람들이 나와서 연설을 하였는데, 대부분 '아직 박근혜는 내려오지 않았다. 더 지켜봐야 한다. 그 주변 인물의 처벌에도 신경 써야 한다' 등의 내용이었다. 사람들의 연설들이 끝나고, 가수 '이은미'의 공연이 시작되었다. 그런데 자막과 화면의 싱크가 잘 맞지 않았다.

사람들이 행진을 하러 가자, 아빠와 나는 조금 쉬기 위해 빵집으로 갔다. 그 곳에서 쉰 후, 사람들이 거의 빠져나가자 지하철을 타러 갔다. 그런데 너무 힘들어서 중간에 내린 후 간신히 택시를 잡아 집으로 왔다. 힘들었지만 뿌듯한 하루였다.

2016년 세대라는 자부심

조희연(서울시 교육감)

안녕하세요. 저도 여러분들처럼 매주 광화문광장에 나왔었습니다.
광화문광장에 중학생 고등학생들이 많이 나오기 때문에 학생들을 보호하기 위해서 장학사님들과 모범 교사님들이 50-60명씩 매주 나왔습니다. 그런데 촛불시민혁명이 너무 평화롭고 우리 학생들에게 안전해서 지난 5주 동안 학생들을 보호할 일이 없었습니다.
오늘 시민 여러분들은 여러 가지 이유에서 이 광장에 나오셨을 겁니다. 여러분들이 지금 광화문광장에서 무엇을 하고 계신지 아십니까. 이렇게 물으면 뭐라고 대답할 것입니까? 저는 이렇게 말씀드리고 싶습니다. 여러분들은 지금 대한민국의 위대한 역사를 새로 쓰고 계십니다. 맞습니까? (네).

촛불시민혁명의 이름으로 대한민국의 위대한 역사를 새로 쓰고 있는 이 지점에 우리 아이들을 국정교과서로 가르쳐야 되겠습니까? (아니요).
국가가 만든 획일적 교과서로 우리 아이들을 가르쳐야 되겠습니까? (아니요).

저는 박근혜 대통령이 탄핵되면서 가장 먼저 탄핵된 것이 국정교과서라고 생각합니다. 그런데 국민들에게는 촛불시민들의 반대를 받아들여서 1년 유예한 것처럼(실제 1년 유예 되었습니다.) 꼼수를 부려서 2017년부터 국정교과서를 많은 학교에서 사용하게 하려고 하고 있습니다. 국정교과서를 사용하는 학교를 연구학교로 지정해서 그 학교에 가산점을 주고 지원금을 줘서 일부 학교에서라도 국정교과서를 사용하게 만든 것이 교육부의 행태입니다. 세계가 놀라는 촛불시민혁명의 나라에 국정교과서가 결코 발붙일 수는 없습니다. 제가 서울시 교육감으로 있는 한 서울의 학교에 국정교과서가 발붙이지 못하도록 하겠습니다.

국정농단을 탄핵한 촛불시민들께서 교육 농단을 탄핵해주십시오. 교과서 농단을 탄핵해주십시오.

제가 한 가지만 말씀드리겠습니다. 촛불시민혁명의 완성은 탄핵이 아닙니다. 촛불시민혁명은 정치 지도자의 주최로 완성되지 않습니다. 촛불시민혁명은 우리 모두가 새로운 국가, 새로운 사회, 새로운 교육을 만들 때 완성됩니다. 맞습니까? (네).
마지막으로 여기 중학생 고등학생들이 많을 것입니다. 특별히 중학생 고등학생들에게 말씀드리고자 합니다.

여러분들은 이미 새로운 세대입니다. 여러분들은 촛불시민혁명이라는 아주 위대한 새로운 경험을 한 세대입니다. 촛불시민혁명을 통해서 새로운 나라를 만들고 있는 위대한 혁명 과정에 참여한 주체적인 세대입니다. 여러분들은 여러분들의 전 생애 동안 2016년 세대라고 불리는 것입니다. 4·19 세대가 평생 4·19세대라는 자부심을 가지고 사는 것처럼, 1987년 세대가 평생 1987년 세대라는 자부심을 가지고 살아가는 것처럼, 여러분들은 평생 2016년 세대라는 자부심을 가지고 살아가십시오.

여러분의 부모 세대가 상상하지 못했던, 만들지 못했던, 새로운 국가, 새로운 사회, 새로운 교육을 우리 함께 만들어갑시다. 고맙습니다.

나의 수행 터 촛불광장

김남선(전 교사, 농부)

2호선 시청역 내려 광화문광장으로 가는 길이 촛불집회 출근길이었다. 지하에서 올라오면 바로 덕수궁 대한문 앞이다. 태극기 집회 무대를 보게 된다. 노인들이 많았다. 일부러 태극기 집회 군중 속을 지나 그들의 표정을 보면서 광화문광장으로 갔다.

예뻐지려고 한 것이 죄냐며 박근혜를 옹호했다. 세월호, 놀러 가다 닥친 사고 대통령이 무슨 죄냐고 했다. 국정교과서 채택을 반대하는 사람들에 대한 비판과 특히 전교조에 대한 악의적인 발언은 발악 수준이었다. 진보 성향의 단체들을 종북 좌익으로 몰아가는 광폭한 발언은 가슴 아프게 했다. 심지어 좌익 종북은 죽여도 죄가 되지 않는다고 할 때는 슬펐다.

"저들은 저들이 하는 짓의 의미를 잘 모르고 있으니 저들을 용서하소서." 혼잣말이 나왔다. 그들은 역사를 바르게 공부할 기회가 없이 반공교육으로 세뇌된 이들일 것이다. 진보 성향의 매체를 접하지 못하고 조선 동아를 믿고 왜곡된 영상매체에 물든 이들일 것이다. 저들이 듣고 싶은 것만 듣고 보고 싶은 것만 보아서 저런 존재들이 되었으리라.

이런 생각에 폭력적인 그들보다 가치관을 호도하고 사실을 왜곡하는 언론 근절이 더욱 절실해졌다. 저들을 깨우치지 못한 교육실천의 미흡이 미안했다. 아울러 전교조는 더욱 분발해서 참교육으로 아이들의 바른 시각을 갖도록 안내하는 것이 시대적 사명임도 절감했다.

아픈 마음으로 시청 옆을 지나 광화문광장에 들어서면 딴 세상 같았다. 평화로웠다. 밝았다. 노래가 있고 격려가 있고 따뜻한 눈길이 있었다. 아이들을 광장으로 데려온 어버이들의 모습은 저절로 미소를 자아냈다. 광장은 소통의 장이었고 교육의 장이었고 결의의 장이었고 정화의 장이었다. 그리고 촛불 사랑의 장이었다. 이제는 우민이 되지 않게 깨어있는 조직된 시민으로의 탄생을 기원하는 기도의 장이었다. 태극기 집회 쪽인 친지들보다 처음 보는 촛불시민이 더욱 정겨웠다. 헌법 1조의 주인들이고 주인으로서 책임을 다하고자 한 자랑스러운 한겨레였다.

시어머니 49재 날은 사탕을 한 가방 짊어지고 광장으로 갔다. 주로 청소년, 아이들, 노인들께 드렸다. 별것 아니었지만 너무나 좋아하는 모습들을 보면서 기뻤다. 의로운 이들에게 보시하고 이들을 기쁘게 하는 일은 망자의 저승길을 밝히는 등불이 될 것만 같았다.

목 수술 후유증으로 소리를 낼 수 없는 내겐 촛불집회 시간이 집중 명상의 시간이기도 했다. 좌정하고서 광장에 나온 모든 이들을 향해 사랑과 평화의 빛이 내리는 것을 집회 진행 내내 마음으로 지켜보았다. 그리고 이들 모두가 "편안하시길! 건강하시길! 행복하시길! 정의가 확립되길" 바라는 기도의 마음으로 일관했다. 그래서 촛불광장은 수행 터이기도 했다.

의도도 좋고 진행도 평화로웠다. 드디어 촛불시민의 힘으로 국민이 준 권력을 남용한 자들을 심판받게 했다. 진정한 주인이 누구인지를 국민 스스로도 자각하고 정치가들에게도 똑똑히 보여주었다. 헌법정신을 시민이 세웠다.

이제 새 술을 새 부대에 담게 쓰레기를 잘 치워야 한다. 적폐를 청산해야 한다. 가치관을 호도하는 언론, 사실을 왜곡하는 언론을 감시하고 저지해야 한다. 민주 시민 교육이 진행되게 교사들의 참교육 활동을 저해하는 질곡들을 치워야 한다. 일 년 삼백육십오일 마음에 촛불이 꺼지지 않도록 해야 한다. 그것은 깨어있는 시민이 되는 것이다. 바른 안목을 가지고 일 잘하는 국민의 심부름꾼을 선발하고 감시하고 동행하면서 주인으로서의 책임을 다해야 한다. 촛불시민의 시대적 과제이다.

촛불집회

류현서(초등생)

나는 오늘 저녁에 가족과 촛불집회에 갔다.

거기에서 영상을 봤다. 영상에는 20개의 나라와 53개 도시가 박근혜 퇴진을 외치는데, 못 들은 척하고 있다. 왜 그런 사람이 대통령으로 불려야 할까? 그리고 왜 우리가 그를 대통령이라고 불러야 할까? 그런 범죄자가 어떻게 우리나라의 대통령이 된 걸까?

대통령은 정치를 하는 게 아니라, 지금 우리나라에 피해를 주고 있는데, 그 사람 때문에 우리나라와 다른 나라의 많은 사람들이 추운 날에 촛불까지 들고 있는데, 왜 말을 안 들을까? 지금까지는 국민의 말을 안 들었지만, 이번에는 말을 들었으면 좋겠다.

촛불

김태준(동국대 명예교수)

한국은 바야흐로 '촛불혁명'의 시대라 할 만하다. 이명박 정부 당시 광우병 위험이 있는 미국 쇠고기 수입 결사반대 촛불집회에서 시작하여, '촛불광장', '촛불교회' 등의 '촛불'은 어두운 세상을 밝히는 불로, 민중의 저항 운동으로 한국 사회의 변화의 한 상징이 되었다. 그리고 2017년의 한국은 국민들이 말할 생각과 답답한 여론을 공론화하기 위해서 광장으로 모이고 촛불로 사회를 밝히는 '촛불의 시대'를 맞고 있다.

우리 조국이 반세기 넘게 남북으로 나뉘어 살아온 분단의 약사이지만, 우리 남녘(南韓)은 국민이 대중적인 주장을 공론화하는 '촛불'을 밝혀 든 지 한 달 한 해가 아닌 적잖은 세월에 촛불을 지켜 오늘에 이르렀다. 특히 수십만 수백만 민중이 촛불을 들고 거리로 나서서 각자 촛불로 어두운 광장을 밝힌다는 행위는 시대에 대한 질책이며 정권에 대한 항거임이 분명하다. 특히 우리 남녘에서 일으켰던 4.19 민주화 운동이나 2002년 효순이 미순이 사건에 대한 추모와 항거의 촛불, 2008년 이명박 정권의 미국 광우병 위험 쇠고기 수입 정책에 항의하고 일어났던 촛불시위운동들은 이 나라 민주화 운동의 길을 밝히는 역사적 사건으로 평가되어 오늘에 이르렀다.

한국 사람에게 촛불은 오랜 세월 삶과 의례를 떠받치는 필수 문화로 굳어왔다. 특히 근대로 내려오면서는 사회 정치적 염원이나 상징으로 존중되고, 혹은 의례(儀禮)에 쓰이는 등 엄숙한 문화적 상징성을 가져왔다. 우리 한국을 비롯하여 동아시아 문화사에서 촛불은 일찍부터 등(燈)과 초의 바탕을 이루어 우리의 문명과 삶을 밝혀왔다고 할 터이다(김홍남·김희수, 《한국의 등》, 2011). '초롱'은 청사초롱에 보이는 촉용이며, 초롱은 등용에서 온 말로, 모두 촛불을 켠다는 뜻이다. 그러나 한편 지금 말할 수 없이 발달한 우리 한국 사회 문명 속의 한 일상으로 '촛불' 문화를 어느 만큼 방불하게 소개하거나 정의하는 일은 생각처럼 쉽지 않을 터이다. 이런 점에서 이른바 광우병 반대운동 등에서 시작하여 새로운 정권 수립으로 정치 사회화한 주권 운동인 '소불'문화에 대하여 우리 남한 사회는 물론, 세계 사회가 주목하고 있음은 특히 고무적이고, 특히 한국의 촛불집회가 한국의 '피플 파워일 뿐 아니라, 그 어떤 외교적 수사보다도 강력한 한국국민의 축제'로 2000년대에 이르러 세계언론으로부터 적잖게 관심과 평가를 바고 있음에 유의하지 않을 수 없다.

이런 '불꽃'의 형이상학은 가령 작고 시인 김승현의 시 〈절대 신앙〉의 경우에서는 불꽃처럼 타오르는 '절대 신앙'이란 정신적 산물로 합일하는 것으로 이해할 수 있을 터이다. 그리고 최근에 '백수(白壽)라 하여 99세로 영면한 작고 시인 황금찬은 일찍이 〈촛불〉이란 시를 이렇게 나며 준 바 있다.

촛불!
어두움을 밀어내는
그 연약한 저항
누구의 정신을 배운
조용한 희생일까. (이하 생략)

한편, 형이상 시의 거장으로 김현승의 시 〈절대 신앙〉은 '불꽃'으로 스스로의 신앙고백을 형상화한 시편이다.

마침 이웃 나라 일본의 한 유력 신문은 문재인 한국 대통령을 G20 나라들 가운데서 가장 성공한 지도자의 하나로 지목하였고, 우리나라 《한국일보》는 "그 어떤 외교적 수사보다도 강했던 '촛불의 힘'"을 평가한 바 있다. 이 신문은 한국의 촛불집회가 "피플 파워 축제이며, 100만 국민이 모여든 축제"라고 했으며, 12월의 촛불 기도는 이해인 수녀의 '참회, 그리고 감사'로 그려졌고, 그 모태는 6·10 광주의 민주항쟁과 같은 민주주의의 분수령으로 외국 관광 여행자까지도 촛불을 들고 함께 즐긴 축제의 문화로 소개한 바 있다.

한편, 이 광화문광장에서 국민 스타가 된 김제동이 뿌린 화제가 국제적 뉴스로 인기가 높다는 보고도 화제다. 광화문광장의 스타로 인기가 충전한 김제동이 일본 와세다 대학에 강연을 갔더니, 한 일본 친구가 약간 비웃는 모습으로 "너희 나라 어떡하냐?"고 묻기에, "그럼 너희 나라는 어떡하냐"고 되묻는 물음으로 대꾸하고, 그가 "너희 나라는 아베가 마음에 드냐?"고 물었더니, "그렇지 않다"고 하더라는 대답, 그래서 "그 봐라, 남의 걱정 말아라. 우리는 마음에 안 들면 헌법적 절차에 따라서 주권을 회복해 나가고 있다. 시간이 남으면 한국 걱정하지 말고, 광화문에서 배워가는 것이 좋다"라고 했다는 뉴스도 올라와 있다. (광화문 시민 벽보)

마침 제자 시인에게서 받았던 시집 『등불을 드네』를 뽑아 표제 시 〈등불을…〉를 읊으며, 기약 없이 광화문광장으로 발걸음을 옮긴다. (2017)

광화문광장에서의 일기

김융희(전 교사)

〈2016년 12월 4일〉

광화문 시민 자유발언들로 마무리 집회. 그러나 젊은이들 아쉬움에 자리를 못 뜨고 있음. 집회 끝났다고 해도, 일어나지도 않는다. 1만여 명… 청년들, 10대들… 주로 젊은 사람들이다. 서로에 대한 신뢰와 배려, 인간에 대한 감동!! 참~ 사람들, 우리들이 대단하단 생각. 그리고 무엇보다 무기력해 보이던 젊은 세대, 청소년들! 그렇지 않음을 본다. 참 그리워했던 장면들… 눈물이 난다.

이번은 크다! 지금의 세계사적으로도~ 정치권은 잔머리? 권력에 목매면 당연히 사람과 세상이 보이지 않겠지. 하지만 이런 집회 석 달(?)만 계속되면, 젊은이, 대학생, 중고생들까지 보다 많이 이런 경험 계속하게 되면, 그들의 실상이 드러나고, 사람에 대한 감동, 우리라는 자부심과 긍지 느끼는 기회 계속되면, 2016세대! 새로운 세대들이 위대한 국민상, 새로운 세상! 세계에 만들어 보여줄 수도 있다! 세월호 영혼들이 그렇게 만들어 주고 있는지도 모른다.

중고 선생님들, 대학 선생님들! 수고 많으셨고, 보다 많은 그들이 이 아름다운 경험, 인간과 사회에 대한 감동 경험을 갖도록, 보탭시다. 새로운 세대, 새로운 미래 뒤받쳐 주기 위해, 홧팅~!!

〈2016년 12월 10일〉

촛불 수가 줄면, 정치권, 경찰, 언론들 조금씩 달라질 수도… 날도 추워진다….

하지만 우리는 십시일반의 마음, 어려울수록 뭉치는 국민!

(연말 모임이나 만남은 주말 광화문에서)

〈2017년 1월 5일〉

선거권 18세에서 16세로 하향되는 역사적(일부) 추세에 대해

1. 고령화 사회로 노인 인구의 정치적 과잉대표와 청년 인구의 과소 대표화 경향으로 인한 사회 활력 감소에 대한 대책으로 연령 하향(이러한 배경에서 오스트리아는 2007년 압도적 다수 의견으로 의회에서 16세로 하향).

2. 민주시민 육성을 위해서는 참여를 통해 육성하는 것이 실질적이고 효과적임(교육기본법 2조, 교육은 '인격을 도야(陶冶)하고 자주적 생활능력과 〈민주시민으로서 필요한 자질〉을 갖추게 함'이 명시되어 있음). 여러 나라에서 차츰 지방선거에서부터 16세 이상을 참여시키기 시작하고 있으며, 우리나라에

서도 교육감 선거에 16세 선거권 얘기가 나오고 있음. 특히 국민 행복도가 최상위급인 코스타리카(18세 선거권)에서는 12~17세 청소년들이 총선-대선에 선거에 참여하게끔 하고, 결과를 공표하고 정책에 반영하되, 당선에 반영은 하지 않음. 필리핀에서는 지방선거 때 청소년의회 선거를 함께하여, 15~17세 대표를 뽑아, 일정 예산을 집행하게 함.

3. 급변하는 정보화시대와 신자유주의 대자본 주도로 인한 세대 불소통과 청소년·청년세대의 수동적이고 무기력한 문화 극복을 위해서는, 그들의 참여를 통한 세대통합과 활력 회복이 필요하고, 기성세대의 일정 양보도 필요함. 경제·사회·문화적 설 자리뿐만 아니라 정치적 권리도 청소년에게까지 보장될 필요 있음. 특히 노인 인구의 급팽창과 생산가능인구의 축소로 인해 청소년까지 생산에 참여하고 같이 사회를 만들어가는 사회로 진척되고 있기에, 더욱 그러함.

투표권 연령	
16세	오스트리아, 스코틀랜드, 쿠바, 에콰도르, 니카라과, 영국령 Guemsey, Isle of Man, Jersey, 아르헨티나와 브라질(16~18세, 70세 초과는 선택적), 보스니아와 헤르체코니아(전체 18세, 취업한 경우 16세 선거권), 독일(18세, 함부르크 등 4개 주 선거, 베를린 등 10개 시 선거는 16세), 스페인(18세, Catalonia's 9N Referendum에서는 16세)
17세	그리스, 인도네시아, 동티모르, 에티오피아, 북한, 남수단, 수단, 이스라엘(전체 18세, 지방선거만), 노르웨이(선거가 있는 해에 18세가 되는 17세는 선거권)
18세	90% 이상 대부분의 국가
19세	한국
20세	나우루, 바레인과 타이완(최근 18세 제안)
21세	카메룬, 말레이시아, 오만, 사모아, 싱가포르, 솔로몬제도, 통가, 레바논, 쿠웨이트(최근 18세 제안)
※ 15세	청소년의회: 필리핀과 말레이시아(지방선거와 함께 선거함)

- 위키피디아에서 발췌

10/29 요요 천사의 시민사회 '현장'

이요상(동학실천시민행동)

〈10/29 토요일 제1차 범국민행동의 날 일정〉

민중총궐기의 날!

민중이여 일어나라!

우리가 그토록 기다리던 때가 왔다!

오늘 분연히 일어나 촛불을 들고 거리에 나와 세상을 바꾸자!

9:30~17:00	서울시교육청 2016 국제교육포럼/교육불평등을 넘어 새로운 패러다임을 위하여/서울시 교육연수원
11:00~17:00	2016 친환경서울급식 한마당/동대문디자인플라자 DDP
11:00~13:30	문화공간온/ 시민역량강화 프로그램 스피치 마지막 특강/ 즉흥스피치·커뮤니케이션스킬·각종 식사연설 등 핵심 강의를 총정리(김재정 글로벌스피치 원장)/문화공간온
11:30~13:30	용산화상경마도박장 반대운동 집회/용산 화상경마도박장 앞
14:00	씨알강좌 '한국근현대의 정신과사상' 5강(박재순 씨알사상 교수)/안창호 이승훈의 교육독립운동/민을 나라의 주체로 받들어 섬기는 교육/민중교육운동·독립협회·만민공동회/문화공간온
15:00	조선하청 대행진 및 거제 고용안정화 문화한마당/거제 아주운동장
15:00~18:00	다준다연구소 제121차 독서모임 경연/'장성택의 길' 저자 강연(리종일 전 주일대사)/신촌 미플1강의실
15:00~19:00	10.28 건대민주항쟁 30주년 기념행사/리멤버 10.28 다시 민주주의/건대 중강당 10·28 광장
14:00~16:00	탈핵희망서울길순례/1주년 연합순례/조계사 우정국 공원~북인사마당
18:00	민중총궐기 투쟁본부 시민촛불/모이자 분노하자 내려와라 박근혜/청계광장
18:00	대학생행동/한일'위안부' 합의폐기·소녀상 철거 반대 토요행동/일본대사관 소녀상 앞
18:00	광화문416광장 토요 촛불문화제/304 낭독회/광화문 416광장

http://www.hanion.co.kr/news/articleView.html?idxno=4050/이요상 주주통신원(yoyo0413@hanmail.net)

〈11/19 제4차 민중총궐기의 날 시민사회 일정〉

박근혜정권퇴진 비상국민행동! 깨어있는 시민의 조직된 힘!

오후 2:00~4:00 서울행동 /네 개 권역 행진

동쪽행진/동대문역사공원역 1번출구

서쪽행진/홍대입구역 8~9번 출구 사이

남쪽행진/삼각지역 12번출구

북쪽행진/마로니에공원

16:00~17:00	4.16연대와 세월호 유가족/ "세월호 7시간 밝혀라 토크 콘서트"
17:00~18:00	사전 자유발언대
18:00~19:30	전체 집회 진행 / 청와대를 향한 행진
21:00	1차 시민평의회/ '박근혜 퇴진 어떻게 할 것인가?'/서울시청 시민청

http://www.hanion.co.kr/news/articleView.html?idxno=4177

※ 행진 경로 및 지역 집회 현황 (생략)

광화문 일기

김학로(당진역사문화연구소)

오늘은 서울에서 큰 집회가 있는 날이다. 어제 서산에서 집회할 때는 날이 몹시 춥더니 오늘은 다행히 풀린 느낌이다. 그래도 저녁이면 날씨가 차가워질 것 같아 두꺼운 옷을 준비해 입고 집을 나섰다. 아무래도 현 정국의 흐름이 심상치 않아 보인다. 어떻게 보면 오늘 집회가 역사적인 현장이 될 수도 있는데 준기에게 세상을 읽을 기회가 아닐까 싶어 광화문에 데리고 갈까 했는데 아무래도 오늘 집회에 참여할 사람들이 백만 이상이 될 것 같은 느낌이 들어 준기를 데려가려던 것은 포기했다.

오늘 서울집회는 당진에서도 버스를 대절해서 참여하기로 했다. 당진농민회 이덕기 씨에게 미리 말해 놓아서 농민회 버스에 타는 데는 문제가 없었는데 의외로 함께 가는 사람들이 적었다. 우강면 지회는 당진농민회 중에서도 가장 조직이 잘되어 있는 전통의 농민회인데 최근 들어 조직이 많이 와해된 것 같은 느낌이다. 버스 두 대를 못 채워서 한 대는 보내고 한 대로 서울로 출발했다.

서울 가는 버스 안에서 우강 농민들을 상대로 연설을 했다. "농민들이 현 정부 들어 생활이 안 될 정도로 고통받고 있다. 그 이유는 쌀값이 30년 전 가격으로 떨어진 탓이다. 이렇게 쌀값이 30년 전으로 떨어진 것은 정부가 수입쌀을 들여오기 때문이다. 이런 박근혜 정부는 농민들에게 뿐만 아니라 모든 국민들 입장에서 봐도 자격도 능력도 없는 대통령이 되었다. 이렇게 신뢰를 잃은 대통령이기에 퇴진해야 한다는 것이다. 엊그제 천안에서 집회하는데 어린 학생들 마저 박근혜는 퇴진해야 한다고 소리치며 응원을 하였다. 박근혜가 퇴진해야 한다는 것을 어린 학생들도 알고 있는 것이다. 박근혜는 우리 세대가 뽑은 대통령이다. 어린 학생들은 우리 세대로 인해 고통 받는 것이다. 박근혜를 대통령으로 뽑은 우리 세대가 나서 박근혜를 퇴진시켜야 한다"고 강조했다. 많은 농민들이 공감하고 있다는 것이 느껴진다.

서울에 도착하여 정의당 집회장으로 향했다. 서울시청 광장에서는 공공운수노조 교육공무직본부가 집회 중이었다. 알 만한 사람이 있나 살펴보니 세종 충남 공무직 본부 민지현, 김미복 등이 보인다. 정의당 서산지역위에서 조정상, 신현웅, 박찬주가 있어 반갑게 만났다. 잠시 후 종로 쪽으로 향하는 길에 당진에서 온 김용훈, 창훈 종형제를 만나서 함께 정의당 민생 차량으로 향했다. 현장에 도착하니 환수복지당 최민, 정우철 등이 만났다. 코리아연대 소속으로 고생한 후배들이지만 단결하지 못하고 환수복지당이라는 또 다른 조직을 만들어 분열의 길로 가니 걱정이 앞선다.

잠시 후 종로에서 정의당 사전집회가 있었다. 서울시당 서주호 사무처장이 사회를 보고 심상정 대표, 천호선 전 대표, 윤소하 의원, 노회찬 원내대표, 박원석 전 의원, 김종대 의원 순으로 연설했다. 정의당

의원들의 연설을 들으며 많은 시민들이 함께했다. 이번 정국에서 정의당은 가장 먼저 박근혜 대통령의 퇴진을 요구하고 촛불시위에 합류하여 시민들과 함께했다. 그래서인지 정의당 사전집회 주변에는 그야말로 인산인해를 이루었다. 사람들이 모이는 모습이 "구름같이 몰려온다"는 말이 실감 날 정도로 많은 사람들이 모여들었다. 잠깐 사이에 오가기가 힘들 정도로 들어찼다. 잠시 후 한정애 당원과 그 언니 등 충남에서 많은 당원들이 모였다.

강원도 영월에서도 박명길 형이 오랜만에 얼굴이나 보자고 찾아왔다. 예전에 대전에서 함께 노동운동하며 지낸 인연인데 오늘 서울에서 큰 집회가 있으니 내가 서울에 올 줄 알고 찾아온 것이다. 명길이 형이 함께 저녁이나 먹자고 해서 가까운 유명낙지집에 갔다. 손님이 하도 많이 들어갈 틈이 없어 다른 집에 가서 저녁을 먹었다. 낙지 요리였는데 맛은 별로였지만 오늘 집회 덕분에 장사를 잘하고 있다. 들어갈 때는 손님이 없더니 먹고 나오는 길에는 자리가 없어 문밖에는 줄을 서서 기다리고 있었다. 이렇게 식당을 가득 메운 사람들이 십만은 될 것이니 이들까지 합하면 집회 참가인원은 더 늘어날 것 같다.

나와서 정의당 식구들이 있는 장소를 찾아가려는데 아까 자리를 비울 때와는 상황이 달라져 있었다. 그사이 얼마나 많은 사람이 모였는지 종로구청 주변으로 발걸음을 옮기지 못할 정도가 되어있었다. 정말 이번 박근혜 퇴진 민중총궐기 대회는 정말 가슴이 벅찰 정도로 감격적이다. 얼마나 사람들이 많이 왔는지 백만 명이 훨씬 넘어 보인다. 백만 명이 한목소리로 박근혜 퇴진을 요구하면서 함성을 지르니 그 모습이 장관이다. 그 소리가 서로에게 힘이 되고 있다. 주변의 많은 사람들도 서로서로 격려하고 기운을 북돋아 주었다.

밤이 늦은 시각에 집에 돌아가려고 시청 부근에서 이덕기 씨에게 전화했다. 얼마나 사람들이 많이 왔는지 전화도 터지지 않아 고생하다가 간신히 연락이 되었다. 버스는 광화문 근처에 있다고 한다. 출발시간이 정확히 언제인지 확인하고 시청에서 광화문까지 가는데 시청 쪽에서 광화문으로 향하는 길이 도저히 사람들 숲으로 막혀 헤집고 나갈 방법이 없었다. 얼마나 사람이 많던지 시청에서 광화문까지 사람 숲을 헤치기도 하고 떠밀려 나오길 반복하면서 꼬박 한 시간 이상은 걸린 듯하다. 광화문 근처에서 정의당 이상우에게 함께 가자고 연락했더니 마침 전화가 안 돼서 집에 갈 생각을 포기했는데 때마침 연락돼서 좋다고 뛰어왔다. 광화문 앞은 가수들 공연으로 난리다. 버스에 타고 보니 당진농민회 핵심인원이 가득 차 있었다. 강사용, 박유신, 이종섭, 이덕기 등이 기다리고 있었다. 집회에 참석한 당진농민회 회원들은 당진 농민들이 박근혜 퇴진을 의미하는 상여를 만들어 메고 서울 시내를 행진했다고 자랑이 대단했다. 상여가 무거워 힘들었지만 언론에서 관심이 대단했고 실시간으로 대대적인 보도가 이루어져 너무나 기분이 좋았다고 즐거워했다.

광화문에서 밤늦게 출발한 버스는 새벽 2시가 되어서 집에 도착할 수 있었다. 정말 힘들고 고단한 하루였지만 백만 명 이상이 참여한 박근혜 퇴진 집회에 함께했다고 생각하니 이 또한 기쁜 일이 아닐 수 없었다. 그 결과 박근혜가 퇴진할 수 있다면 더 이상 바랄 게 없을 것이고 박근혜 퇴진 투쟁에 함께했다는 것으로 가슴 뿌듯할 것 같다.

박근혜 탄핵, 탈핵과 탄핵을 외치다

김용철(전천후 전문 NGO)

나는, 불교 환경연대 환경 지킴이 활동을 하던 중에 매주 토요일 서울에서 탈핵 운동과 더불어서 탈핵 서명을 받고 있었다. 광화문광장에 젊은이들이 하나둘 그 수가 늘어나 근데 박근혜 대통령이 국정농단을 하여서 탄핵을 한다고 촛불시위 하러 모여든다고 했다.

밤이 되면 어두워서 어차피 탈핵 서명을 받을 수가 없어서 부스 설치한 것을 정리하고 촛불시위에 참여했다. 그때가 2016년 10월 26일, 젊은 청년들 뒤에 한쪽에 가방을 깔고서 걸터앉아서 젊은이들이 박근혜 퇴진하라! 하고 외치면 따라서 외쳤다. 그러다 보면 9시가 훌쩍 넘어서 청량리 기차역에서 중앙선 마지막 11시 25분 기차를 타고서 집에 도착 하면 01시 00~30분.

촛불시위 군중들과 함께 박근혜 퇴진! 젊은 청년들 속에 섞여서 박근혜 퇴진하라! 다 함께 합창을 하고 외치다 보니 날이 가면 갈수록 사람 수가 밀물처럼 늘어났다. 너나 할 것 없이 일반인, 나이 드신 분, 일가족, 선·후배, 친구, 직장동료, 가정주부, 유모차에 아이들과 함께 오는 분, 이웃사촌, 모두 다 모여들면서 사람 수가 6만 명, 그다음에 몇십만 명이 운집하였다. 날이 갈수록 박근혜 퇴진하라! 모이자! 분노하자! 내려와라! 박근혜 즉각 퇴진하라! 구호와 노래를 부르는 젊은 청년들과 함께 합창을 했다. 광화문광장에서 청와대 근처까지 거리시위, 촛불시위 하는데 박근혜 탄핵 서명받는 부스가 생겼다. 탈핵 탄핵 함께 구호를 외치면서 다 함께 서명을 받았다.

어느 날부터인가 박근혜 퇴진과 하야 하야 하야 하다가 6차 시위 범국민운동 주최 측 추산 방송 스피커로 232만 와~ 10차 범국민운동 단일 의제로 연인원 1,000만, 우~와! 환호와 박수 짝짝짝~ 전국 각 지역에서 박근혜 퇴진하야 시위가 열렸다. 회를 거듭할수록 사람들은 서울시청 앞에서 광화문광장에 이르기까지 인산인해를 이루고 있었다.

박근혜가 탄핵되는 날에는 여의도 국회의사당 길 건너에서 원자력핵발전소 탈핵 서명을 받자고 하여서 여의도로 이동했다. 탈핵과 박근혜 탄핵, 퇴진 하야를 외치면서 탈핵 서명을 받던 중에 촛불시위 스피커방송으로 헌법재판소에서 박근혜에 대한 탄핵이 만장일치로 탄핵이 통과되었다는 방송이 나왔다. 그때 남녀노소가 다 함께 와~ 만세! 모두 다 박수를 짝짝짝 치면서 서로 껴안고 덩실덩실 춤을 추며 환호성을 질렀다. 우리가 이겼다, 촛불국민들이 이겼다, 신난다! 모두 입가에 미소가 흘렀다. 싱글벙글 웃으면서 기념사진들을 찍었다. 핵발전소 탈핵 서명도 끝내고 다 함께 박근혜 탄핵 퇴진 축하를 했다. 오랜만에 신이 나서 초저녁에 일찍 집으로 갔다.

1980년대에서 촛불혁명까지

홍성조(사업)

1980 민주화의 봄을 군홧발로 강제로 정권을 잡은 전두환.

군사독재 정권은 내가 대학에 입학했던 1982년에도 여전히 대학은 사복경찰이 상주하며 시위를 정탐하던 때였다. 학생들은 사복경찰들의 눈을 피하여 기습적인 시위를 하고 경찰은 시위 학생을 체포하여 끌고 가는 등 어느 곳보다도 긴장이 팽배했던 곳이 대학 캠퍼스였다. 영화에서 나오는 낭만과 자유가 넘치는 캠퍼스와 대학 생활은 그저 영화에서나 나오는 장면일 뿐이었던 시기가 내가 보냈던 대학 생활이었다.

1986년도에 군대를 제대하고 복학을 하니 캠퍼스에 사복경찰은 사라졌지만 군사독재 정권은 그대로였고 1987년에 국민들은 6월항쟁으로 군사독재에 항거하였다. 학생들의 수업은 중단되었고 전국에서 시위가 들불처럼 번져나갔고 서울에서는 시청, 광화문, 서울역, 대학로 등 서울 시내 곳곳에서 시위가 벌어졌다. 넥타이를 맨 직장인들, 고등학생, 주부, 보수적인 나이 든 분들조차 거리로 뛰어나와 시위에 동참했다. 시민들은 박수와 환호로 시위대를 응원했다. 그들은 얼마나 많은 최루탄 가스를 뒤집어썼는지 머리는 하얗기 일쑤였다. 전 국민들의 항거에 결국 전두환은 백기를 들었고 체육관에서 간선제로 뽑았던 대통령 선거를 직선제로 바꾸었다. 하지만 국민들의 열망은 물거품이 되었고 노태우 장군이 정권을 잡았다.

어제 광화문은 100만 명의 국민들이 다시 모였다.

평생 구중궁궐에서 살아온 무능한 공주가 우리의 대한민국 을 몇몇의 개인적 친분이 있는 사조직을 동원하여 자기들 사리사욕을 채우고 권력을 마음대로 휘두른 이 엄청난 일에 온 국민은 충격에 빠졌고 우리의 자존감을 송두리째 앗아간 박근혜 퇴진을 외치기 위해 모인 것이다.

나는 명동에 차를 세워두고 을지로 청계천 종로를 거쳐 광화문광장으로 그 넓은 대로를 행진해 갔다. 평소에는 차도 많고 멀리만 느껴졌던 길인데 이렇게 가까울 수가 없었다. 백만 송이 장미보다 더 아름다운 백만 명의 함성이 온 거리에 울려 퍼졌다. 박근혜 퇴진!

어제 종로 대로와 광화문광장을 행진하면서 같은 생각을 가진 국민들의 함성에 기쁘기도 하였지만 한없이 서글프기도 하였다. '어찌하여 우리나라가 이 지경까지 왔나'라는 자조감이 들며. 대한민국의 미래를 위해서나 박근혜 자신을 위해서나 박근혜는 즉각 퇴진해야 한다.

내가 제일 좋아하는 영화 〈레미제라블〉의 "Do you hear the People sing!"이 울려 퍼지는 듯하다.

SNS

이선혜(주부)

1) 2016.11.14. 카카오스토리에

11.12. 광화문으로 가야 하는데
초등 친구들과 청남대
대청호 단풍놀이!
죄스런 마음에 대절 버스
전면에 소속 대신
박근혜 퇴진!

2) 2016.11.28. 카카오스토리(11.26 광화문 집회 상경 딸과 손녀와 참석 후)바람도 제법 쌀쌀하고 눈까지 휘날려 두 살배기 손녀딸을 데리고 나가기엔 무리였다. 그러나 이 손녀딸이 살아갈 내일을 생각하니 나가야 했다. 180만 넘기자 하고 아니 300만이 대수인가?

우리 삶의 우선순위를 바꾸면 희망이 보이는데? 나 혼자 말고 더불어 보듬고 위로하고 나누면 되는데… 사람 사는 세상! 나갔다!

이순신 동상 옆에 서울 성미산 학교 학생들이 만들었다는 세월호 학생들을 태운 것을 형상화한 고래가 보인다. 미안함과 죄스러움에 또 가슴이 먹먹해 온다.

박근혜는 원래 지도자의 역량은 없는 인간이니 기대조차 안 했지만, 말 그대로 여자로서 사생활이니 연애를 할 수도 있고 주사를 맞았을 수도 있다. 그러나 제 할 일은 하면서 다른 짓거리를 하든지 말든지 해야 할 것 아닌가? 공무원의 명백한 직무유기! '세월호 7시간' 하나로도 퇴진, 탄핵 필요 충분하다. 아니 구속수사 해야 마땅하다.

한겨레와 JTBC가 없었다면? 끔찍하다! 아이들 돌 반지를 팔아 한겨레신문 창립 주주가 된 것이 작은 자부심이다. 한겨레 신문사에 가면 67,000명, 창립 주주 명단이 동판으로 새겨져 있다. 자랑!

양희은과 함께 부른 '아침이슬'은 세대를 넘어 20~30대와 50~60대가 하나가 되었고 집회를 통해 부모와 아이들이 정치와 사회문제에 대해 서로 관심을 가지고 대화하는 시간을 가지게 되었다는 것이 소득일 것이다.

3) 2016.12.5. 카카오스토리(12.3 광주 금남로 집회 참석 후)

아무리 힘들어도 300만(해결)에 한 명 보태야 한다! 232만 모였다 한다.

동생들과 조카들과 축제처럼… 이 아이들이 살아갈 좀 더 나은 세상을 위하여….

저널리즘이 퇴보하면 국운은 반드시 기울기 마련이다

–박근혜–최순실게이트의 충격에 휩싸인 지금이 바로 대한민국의 언론이 각성하고 바로 설 때

백은종(서울의 소리)

작금 난파 직전인 박근혜호의 침몰을 경쟁적으로 가속화 시키는 보수 언론과 방송들의 모습에 실소만이 쏟아져 나올 뿐이다. 불과 몇 주 전만 해도 박근혜 정권에 대한 가벼운 쓴 소리조차 종북으로 몰아세우던 그들이 아니었던가! 그러고 보면 현재 대한민국의 모든 언론은 보수와 진보를 망라해 모두가 종북인 셈이다. 실소가 터져 나오지 않고서는 어떻게 버틸 수 있겠는가?

충격의 사이비 교주 최태민의 딸 최순실의 국정농단 사태. 여왕과 마법사가 결합한 신정국가라고 외신들이 대한민국을 비웃는 지경에 이르렀다. 불미스러운 과거를 품은 박근혜가 대한민국 대통령에 당선이 되도록 진실을 제대로 알리지 않았던 언론들이 최순실게이트가 터지고 나서야 앞다투어 최태민–박근혜의 과거를 샅샅이 보도하기 시작 하였으나 결국 소 잃고 외양간 고치는 격이 되고 말았다.

2012년 대선 당시 이미 공개되어 있던, 김재규 전 중앙정보부장이 작성해 박정희에게 보고한 '최태민 비리 자료. 79년 중앙정보부장 김재규 보고서'에 적시되어 있는 일제 순사 출신 사이비 교주 최태민과 박근혜와의 부적절한 관계, 그리고 박근혜가 당선되면 그 관계가 대한민국의 국정에 지대한 영향을 미칠 것이라는 것은 대한민국의 대부분 언론들도 이미 알고 있던 부분이었다.

오히려 2007년 한나라당 대선 후보 경선 당시, 이명박 측에 의해 박근혜의 과거사가 크게 거론되었던바 있었으나 정작 박근혜가 새누리당 후보가 된 2012년 대선에서는 박근혜 후보의 이 같은 전력에 대해 언론들이 제대로 검증을 하지 않았다.

18대 대선 당시 서울의 소리는 미주 한인신문 선데이 저널의 2012년 7월 15일 자 발행된 김종필 씨의 말을 인용한 "최태민의 자식까지 있는 애가 무슨 정치냐"는 등의 박근혜 의혹을 검증하는 내용이 들어 있는 기사를 전제 했다가 그해 8월 박근혜 후보에게 직접 고소를 당했다.

창간 30주년

제 840호

05

Hot Issue

대통령 되지도 않겠지만 만약 대통령이 된다면 대한민국의 미래는 없다

박근혜 의혹 대선출마선언을 둘러싼 그녀의 의혹들 1

그 뒤로 모든 언론이 재갈이 채워진 듯 입을 다물었다. 그야말로 무서워서. 유력 언론조차도 박근령 박지만이 노태우 당시 대통령에게 보낸 우리 언니가 남자에 빠져 정신을 못 차리니 구해달라([박근혜 검증(2)] 오죽하면 형제들이 '언니를 구해달라'고 탄원까지)는 탄원서가 있는데도 애써 검증을 외면했다. 하물며 김계원 전 청와대 비서실장은 참다못한 박정희가 이런 말을 했다고 한다. "그놈이 말이야, 근혜를 홀려가지고 내가 혼을 좀 내줬지. 그년(박근혜)이 그놈한테 홀려 도무지 시집가려고 해야 말이지, 그러니 내가 어떻게 재혼할 수 있겠나!" [대선검증(1탄)] 대선 출마를 선언한 박근혜의 의혹들

만일 언론들이 2012년 대선후보 검증 때, 박근혜와 최태민 일가에 관한 진실들을 국민들에게 알렸더라면 과연 이런 사태까지 왔을까 하는 의문이 든다. 지금은 기정사실화 되었다지만 최씨 일가의 영향력에 대해, 그리고 박근혜가 그 일가에 매우 의존적이었다는 것을 여당 실세들이 다 알고 있었던바 취재기자들 또한 모를 리 없었을 것이다.

알면서도 두려움에 외면한 언론들은 반성해야 마땅할 것이다. 자신은 관여하지 않았으니 죄가 없는 것은 아니다. 알면서도 눈감은 죄, 그로 인해 국민들은 명품 프라다 신발을 신고 출두하는 최순실을 보며 큰 절망에 빠져야만 했다.

지금 이 순간에도 아프리카와 남미에서는 수많은 언론인들이 피 흘리며 죽어가고 있다. 그들은 부패한 정권과 범죄자들에 대항해 가장 소중한 목숨으로 맞선 것이다. 이렇듯 진정한 언론인이라면 목숨으로 저널리즘을 사수할 수 있어야 한다. 저널리즘은 거짓으로 가득 찬 암흑 속에 갇혀 있는 민중을 인도할 수 있는 유일한 등대이기 때문이다.

저널리즘이 죽으면 국가도 그 운을 다할 수밖에 없다. 대한민국 모두가 박근혜, 최순실게이트의 충격에 휩싸인 지금이 바로 대한민국의 언론이 각성하고 바로 설 때이다. 때는 이미 늦었다 하더라도 같은 실수를 번복하지 않는 것이 대한민국의 저널리즘을 되살릴 수 있는 유일한 길이 될 것이다.

(2016/11/16)

촛불집회 참여 소감

한승범(초등생)

아빠를 따라 광화문에 갔습니다.

맨 처음 친구들이랑 광화문 집회에 갔을 때는 저희가 지나갈 때 서로 알고 지내는 사이가 아님에도 길을 터주시고 저희한테 기특하다 해주셨습니다. 그런 따뜻한 분위기가 이런 대규모 시위에서도 일어날 수 있다는 게 신기했습니다.

제가 지금까지 알고 있던 시위는 시민들이 차를 부시려고 하고 경찰은 그걸 제압하려고 하는 것 그게 시위라고 알고 있었습니다. 그날 처음 맨 처음 알고 있던 상식이 깨져서 매우 의미 있었고요. 아빠랑 단둘이 갔을 때는 사람이 전보다 훨씬 많았습니다. 전과는 비교가 안 됐고요. 모든 곳에 촛불이 있더군요. 사람들이 많이 모였는데도 구급차 하나 안 보였습니다. 그날 행진까지 하면서 느낀 건 비폭력시위도 가능하구나, 이렇게 사람이 많은데도 경찰이 양해해주고 사람 한 명 다치지 않을 수 있구나, 촛불시위는 참여한 사람들 모두가 하나였다고 생각되는 집회였습니다.

촛불집회는 매우 거대했던 만큼 ~원래의 의미처럼 박근혜 대통령 퇴진과 적폐청산만을 주장했다면 완벽한 집회였을 것 같다는 아쉬움이 남았고요. 그럼에도 의미가 퇴색되지 않아 다행이라고 생각했습니다.

박근혜 퇴진 백만 집회(2017.11.12.)

김재원(정치경제학연구소프닉스연구위원)

– 박근혜 퇴진을 위한 민주노총의 민중총궐기를 지지합니다!
당시 경상대학교 대학원 정치경제학과 박사과정

멩스크(박근혜): 내가 너(희들)를 괴물로 만들었구나!

캐리건(국민): 넌 우리 모두를 괴물로 만들었어!

– 〈스타크래프트2: 군단의 심장〉의 일부

박근혜 정부는 애초에 국정원의 대선 개입으로 만들어졌다는 점에서 정통성이 없었다. 그리고 홍준표 경남도지사가 서부 경남 60만 주민들의 공공의료기관이었던 진주의료원을 폐업시키고, 철도 민영화 등을 강행해서 국민들의 공공재를 파괴하려고 했다. 그리고 대학생들이 꾸준히 요구했던 '반값등록금' 마저 장학금을 조금 더 주고, 그마저도 차등적용해서 복지를 늘리는 시늉만 했다.

그리고 2014년 4월 16일 300여 명의 사상자를 낸 세월호 참사로 본교를 졸업한 고(故) 유니나 선생님, 수많은 청소년 등이 안타까운 죽음을 맞이했다. 한국전쟁 이후 최대의 비극으로 역사의 기록될 이 사건 때 박근혜는(최태민 추모회에 갔든, 정윤회와 무슨 짓을 했든 간에) 자리를 비우는 등 무책임의 극치를 보여줬다.

그리고 박근혜의 친구 최순실은 국가 중대사에 개입하고 자기 재산을 늘리는 것도 모자라 자신의 딸 정유라를 이화여대에 부정으로 입학시키기까지 했다. "열심히 하면 성공할 수 있다."고 말하는 자본주의의 기본 원리조차 지키지 않는 모습에 그동안 박근혜의 열성 지지자조차 돌아섰다!

이번 100만 촛불은 2013년부터 지금까지 이어진 노동자, 학생 등 국민들의 저항이 이뤄낸 성과이다. 그런 점에서 내가 정치경제학과 학생회의 일부로서 서울집회에 참가해서 박근혜 퇴진여론을 온몸으로 느낄 수 있어서 영광이었다.

그러나 이것으로 끝나서는 안 된다. 집회에 계속 참가하면서 박근혜 정부를 물리쳐야 한다. 1997년 노동법, 안기부법 개악 반대 파업으로 3당 야합에 의한 김영삼 정권을 사실상 무너뜨린 민주노총이 이번에 박근혜 퇴진을 위한 총파업에 나선다. 우리는 민주노총의 파업을 지지해야 한다. 민주노총의 파업이 승리한다면, 우리 모두를 자본주의에서 살아남기 위해 서로 싸우는 '괴물'로 만든 박근혜를 퇴진시킬 수 있다. 그리고 좀 더 평등하고, 정의로운 사회를 만들기 위한 토론이 활발해지는 계기가 될 것이다.

(2017.11.12)

주권자 총궐기 참여 호소문

김삼정(손가혁 광화문촛불단)

〈총궐기 취지〉

온갖 관권개입 등 총체적 부정선거로 정통성 없이 출범한 새누리당 박근혜 정권은 부정선거를 수사하던 검찰총장을 엉뚱한 중상모략으로 찍어냈고 특별수사팀마저 해체 시켰습니다. 이것만으로도 이미 새누리당 박근혜 정권은 충분한 탄핵 사유가 되고도 남습니다. 여기에 이 정통성 없는 불법 불의한 새누리당 박근혜 정권은 의구심투성이의 세월호 대참사를 일으키고도 제대로 된 진상규명을 회피하고, 사고 당일 국정 총책임자인 대통령의 황금의 7시간은 지금까지도 밝혀질 않고 있습니다.

여기서 우리 주권자들은 저 새누리당과 박근혜 정권의 양심과 도덕성이 얼마나 불의하고 잔혹하며 간교한지를 보았습니다. 우리 주권자들은 결코 저 새누리당과 박근혜 정권의 이런 잔악성과 후안무치함을 한시라도 잊어서는 안 될 것입니다.

또한 한일 위안부 협상이나 역사교과서 국정화 개성공단 폐쇄 사드 졸속배치 그리고 최근 진행한 한일 군사정보협정 등 각종 중대한 국정들을 심도 있는 협의나 조율도 없이 더욱이 국가적 중대사안 들에 대한 헌법상 규정된 국회의 동의절차도 무시한 채 모두 일방적으로 진행함으로써 주권자들의 뜻을 묵살함은 물론 궁극적으로 국기를 문란케 했습니다.

이런 국가의 중대한 사항들마저 꼭두각시 박근혜를 내세운 비선 실세와 매국 독재 세력들의 밀실거래로 졸속 결정하여 결국 나라에 엄청난 경제적 손실과 국가 안전보장에 심각한 위험을 초래하고 있습니다. 이런 국정운영만으로도 이미 박근혜 정권은 여러 차례 탄핵을 받고도 남습니다.

주권자 여러분!

그런데, 설마 했던 최순실 등 비선 실세들의 상상을 초월한 국정농단이 박근혜와 청와대 비서실 등 국가 최고권력이 앞장서서 나라 곳곳에서 무수히 범죄를 저지르고 농락했음이 명백한 사실로 드러났습니다. 그럼에도 불구하고 저 후안무치한 박근혜와 새누리당 정권이 지금 하는 꼬락서니를 보고 있자니 주권자로서 여러분은 얼마나 분통이 터지고 속이 타오르십니까?

박근혜는 스스로 주권자 앞에 한 약속, 즉 거국 과도내각 구성 검찰 수사받기 등 당연한 일들을 뻔뻔스럽게 묵살하고 있습니다. 이런 게 소위 신뢰의 상징인 대통령이라는 공복이 나라의 주인인 주권자 앞에서 할 수 있는 행동입니까?

우리 주권자들은 박근혜와 새누리당의 이런 주권자 묵살행위를 결코 용납할 수 없습니다. 국정 농간의 주범은 바로 국정의 최고 책임자인 박근혜임은 두말할 필요도 없는 것이며, 문고리 3인방은 물론 전 비서실장 김기춘 전 민정수석 우병우 그리고 내각 수반인 국무총리 황교안 등도 모두 다 동조 내지 공범자 혹은 직무유기자 들입니다. 박근혜 김기춘 우병우 황교안, 이들을 예외 없이 모조리 즉각 체포해서 구속수사 해야 합니다.

주권자 여러분!
우리 함께 모여서 힘차게 구호를 외칩시다. 그리고 주권자들의 뜻을 관철합시다.

- 박근혜를 즉각 체포하라!
- 김기춘과 우병우를 즉각 구속하라!
- 범죄의 동조 내지 직무유기자 황교안도 즉각 구속수사 하라!
- 거국 과도내각을 즉각 구성하라!!

(2016.11.26. 광화문광장)

박근혜 체포단, "하야하~소 집에가~소"(뉴스 제보)

안문수(미래방송·미래TV 경기지역본부장)

소 끌고 말가면 쓴 풍자, 시민들의 유쾌한 '분노 표출'

◀ 앵커 ▶

집회 참가자들의 시국을 꼬집는 풍자는 한층 유쾌하고 기발해졌습니다. 짧지만 강렬한 메시지를 담은 손팻말부터 퍼포먼스까지. 다양한 모습이 등장하고 있습니다. 홍신영 기자입니다.

◀ 리포트 ▶

밭을 갈고 있어야 할 황소가 오늘 서울 종로 한복판에 등장했습니다. 경기 수원에서 소를 키우는 농민이 트럭으로 소를 싣고 와 거리 행진에 참여한 겁니다. 청와대 방향으로 향하는 황소를 사이에 두고 경찰과 참가자들이 대치하는 촌극도 벌어집니다.

[오현경/서울시 돈암동]

"우리 국민들을 개, 돼지 취급했잖아요. 소랑 같이 행진하려고 나왔습니다."

"구속하라! 구속하라! 구속하라!"

모두 공범이라며 박근혜 대통령과 최순실 씨, 재벌 총수들의 가면을 쓴 이들을 집회 참가자들이 직접 밧줄로 묶습니다. 국정농단 사태의 주범을 박멸한다는 의미로 '촛불 농약' 분무기도 등장했습니다.

고산병 치료제라며 청와대가 비아그라를 구입한 것을 풍자하는 목소리가 곳곳에서 넘쳐났고, 집 안이 화목해야 모든 일이 잘된다는 고사성어 가화만사성은 하야만사성으로, 말머리 탈을 쓴 참가자는 대리운전 광고를 대리연설 광고로 탈바꿈시켰습니다.

[최윤현/서울시 서교동]

"집회가 노래방 가는 것보다 재미있어지고 있습니다. 더 재미있고 신나는 집회를 위해서 재미 난 아이디어를 내 봤습니다."

바람이 불어도 꺼지지 않는 LED 촛불은 이미 필수품이 됐고, 생수 한 병에도, 커피 한 잔에도 기발한 아이디어들은 빠지지 않았습니다. 참가자들은 딱딱한 구호에 얽매이지 않고 각양각색의 방식으로 민심을 전달하고 있었습니다.

MBC뉴스 홍신영입니다.

※ 위 촛불혁명에 소를 끌고 오신 분은 수원시 광교산에서 주말농장을 운영하는 정면채 씨로 밝혀 졌다. 정면채 씨는 광교저수지 쪽 농장에서부터 암소와 수소 두 마리를 데리고 광화문 촛불집회에 참여하셨다. 소의 광화문 진입을 저지하려는 경찰을 교란하기 위해 자신은 암소를 끌고 경찰과 대치하면서, 수소가 광화문에 들어갈 수 있도록 했다고 한다. 이제라도 이 책에 글로 그 내막을 밝혀달라고 요청했으나 사양하셔서 간단히 그 사연을 올린다. (정영훈)

추웠지만 뜨거웠습니다

박현경(교사)

금요일 저녁이면 늘 기진맥진한 상태로 퇴근하면서 '아, 이번 주말엔 좀 쉬어야지'라고 다짐하곤 했지만, 집에 돌아와 지난 일주일간 직장 일 때문에 엄두도 못 냈던 집 안 청소를 하며 뉴스를 듣노라면 분노와 슬픔으로 가슴이 떨려서, 그래도 꾹 참은 채 청소를 계속하노라면 곧 손까지 떨려서, 어느새 저는 남편에게 전화를 걸어, "우리 내일도 서울 갈까요?"라고 묻고 있었고, 그러면 남편은 "실은 나도 기사들 읽으면서 같은 생각 했어요"라고 답하곤 했습니다. 밤늦게 남편이 퇴근해 집에 오면 둘이서 머리를 맞대고 방바닥에 엎드려 손글씨로 피켓을 만들었고, 다음날인 토요일 아침이면 껴입을 옷과 손난로, 깔개 방석 등을 넣은 가방을 메고 노란 피켓을 들고서 서울로 올라가는 시외버스를 탔습니다. 촛불집회에 참여하는 동안 매번 들르다 보니 단골이 되어 저희를 알아보고 반겨 주시는 종로의 한 생선구이 집에서 든든하게 점심을 먹으며 밥심으로 몸과 마음을 든든히 한 뒤, 광화문광장을 향해 걷노라면 들려오던 집회 음악 소리, 전국에서 모여드시던 촛불시민 동지들의 발걸음…!

집회에 온전히 다 참여하고 나면 막차 시간을 지키기가 쉽지 않았기에 우린 서울에서 숙소를 잡아 하룻밤을 묵고 일요일에 청주로 돌아오곤 했습니다. 혼자서 자그마한 커피숍을 운영하는 남편은, 그렇게 몇 주간 토요일 장사를 고스란히 포기하고 촛불을 들었습니다. 그러다가 토요일에 계속 문을 닫는 것이 가게 운영에 무리가 된다는 것을 느꼈고, 그때부터 저는 남편의 전폭적인 응원과 지지를 받으며, 친정 부모님을 모시고 촛불집회에 참석했습니다. 자가용이 없는 저희에겐 사실 가깝지 않은 길이었습니다. 춥고 고된 일정이었습니다. 그런데 신기하게도 뜨겁고 힘이 났습니다.

하루하루 참 많은 일들이 신문지면을 장식하지만 그중에는 왜인지 설명하긴 힘들어도 도저히 남의 일로 여겨지지 않아 차마 그냥 보고 있을 수 없는 일들이 있습니다. 이념도 논리도 뛰어넘어 가슴을 먼저 움직이는 일이 있습니다. 제게는 세월호 참사와 백남기 어르신의 일이 그러했습니다. 제 피붙이가 상한 것처럼, 저 자신이 얻어맞은 것처럼 아파서, 쓰라려서, 외면하는 것이 더 힘들었습니다. 정치에 대해 지식이 많지 않은 저를 촛불집회로 이끌고 우리 사회의 구조적 문제들에 대해 보다 폭넓게 고민하게 한 동력은 바로 그 쓰라림이었습니다. 그리고 그 가을과 겨울, 차가운 아스팔트 바닥에서 토요일 오후와 밤을 보내며, 수많은 촛불시민 동지들과 함께 고래고래 고함을 치고 눈물을 흩뿌리고 노래하고 걷고 웃고 이야기하며, 그 어떤 책에서보다 더 많은 것을 배웠습니다. 그리고 함께할 수 있어 행복하고 감사했습니다. 잊지 않을 겁니다. 잊을 수 없을 겁니다.

촛불집회에 참여했던 기간의 한순간 한순간이 모두 더없이 소중했지만 그래도 그중에서 가장 기억에 남는 일을 꼽으라면, 11월 26일 광화문광장에 가기 전 낮 시간에 서울중앙지방검찰청 앞에서 짧은 시간이나마 남편과 번갈아서 1인 시위를 했던 일, 그리고 서울하우징 대표 김영만 선생님께서 제작하신 세월호 푸른 고래를 11월 26일과 12월 10일, 이렇게 두 차례나 남편과 함께 떠받치고 걸었던 영광스러운 기억, 이 두 가지를 꼽을 수 있을 겁니다. 관련된 사진 한 장을 첨부합니다.

끝으로 덧붙이고 싶은 말들이 있습니다. 까칠한 딸내미가 계획한 빡빡한 일정에 맞춰 기꺼이 함께 광장에서 촛불을 들어 주신 부모님, 너무나 고맙고 사랑합니다. 제게 정의(正義)에 대한 감각이 있다면 그것은 바로 부모님의 삶을 보고 배운 것입니다. 또한 촛불집회에서뿐만 아니라 일상의 모든 일에서 늘 소신 있고 용감하게 행동하며 타인을 진심으로 배려하는 남편도 너무나 고맙고 사랑합니다. 남편 덕분에 저도 용기를 낼 수 있었습니다. 그리고 각자가 짊어진 삶의 무게에 굴하지 않고 우리 사회를 바로 세우기 위해 함께 힘을 합쳐 어둠을 밝혀 온 우리 촛불시민 동지들 모두, 정말 자랑스럽습니다. 사랑합니다.

촛불혁명의 추억

배윤기(민족반역자척결단)

서울에서 사업에 실패해, 어머니 사시는 강화도 고향 집을 처분하고도 빚 청산을 제대로 못 했습니다. 창고에서 어머니 모시고 밤낮으로 일을 해봐도 솟아날 구멍이 없던 시절, 아내는 거제도로 이주를 결심하고 딸아이를 데리고 떠났습니다. 그 암담함 속에 2년을 버티다 어린 손녀와 아픈 며느리 병간호를 하기 위해 어머니도 거제도로 내려가시게 되었습니다. 어머니께서 거제도에 잘 적응하시고 사시기에 저도 일을 접고 거제도로 내려오게 되었습니다.

거제도에서 직장을 다니며 보니 모두가 새누리들, 그냥 좋은 것이 좋은 사람들…. 알려고도 하지 않고 알아도 자신과 상관없으면 된다는 생각의 사람들과 부대끼며 살아가고 있었습니다. 그러던 중 이명박의 4대 강 천안함 등 대국민 사기질을 '나는 꼼수다'를 통해 확인하고 가만히 있을 수 없었습니다. 주변에 이명박과 새누리의 매국적 사기행각에 대해 알리고 싸우기 시작했습니다. 2012년 대선, 민주 후보를 홍보하고 응원하다 노모를 모시고 투표를 했습니다. 개표방송을 보던 중 부정선거를 의심하게 되었는데 증거들이 쏟아져 나왔습니다.

친일행각을 일삼던 언론의 후예들, 기레기들은 박근혜 찬양에 몰두했지만, 부정선거를 확신한 시민들은 광장으로 나와 촛불을 들기 시작했습니다. 그 무렵 저는 '나는 꼼수다'와 '미권스' 카페 회원으로서, 그해 겨울 서울 부정선거 규탄 촛불집회에 참여하게 되었습니다. 추운 날씨 때문인지 참석 인원이 너무 적어서 마음이 아팠습니다.

그 뒤 저는 시간과 여비가 허락되는 주말이면 상경해서 촛불집회에 참여하게 되었습니다. 400km가 넘는 거제도에서도 촛불집회에 나가니 서울 동지들이 제발 한 명이라도 더 나와주길 바라는 마음이었습니다! 부정선거를 덮으려던 저들은 세월호학살까지 저지르고도 파렴치하게 유가족을 능멸했고 국민을 기만했습니다.

이에 격분해 저는 이 나라에 희망이 없을 때 행동할 수 있는 민족반역자척결단을 조직하고 저 스스로 한 놈이라도 처단하고자 생각했습니다. 그러던 중 투쟁에 항상 앞장서 오신 보혜 스님께서 집회에 앰프가 필요하다 하셔서 제가 후원을 해드렸습니다. 보혜 스님께 "제가 어려워 촛불집회에 참석 못 하더라도 앰프가 제 분신으로서 촛불집회에 참석하는 것으로 생각해주세요!" 농담 삼아 말씀을 드렸습니다. 그래서인지 그 뒤 제가 촛불집회에 못 가는 날이라도 마음은 편하더군요.

최순실 사태 이후 기름을 부은 듯 활활 타오른 촛불은 평화적 정권교체까지 성공시켰습니다. 촛불집회는 제 가슴 깊이 새겨진 투쟁의 추억이 되었습니다.

2018년 2월 14일 촛불혁명을 추억하며

〈배윤기 소장 사무실 모습〉

촛불

김정미(교사)

2016년도에 나는 학교에서 5학년을 담임했다. 그해 11월, 12월에는 아이들도 부모님과 토요일에 촛불 집회 참여했었다고 말했고, 월요일 아침이나 금요일 오후엔 더 들썩들썩했다. 촛불집회에서 불린 노래를 친구들과 함께 부르며 자기들끼리 구호도 만들어 흉내를 내고, 순실이 흉내 내기와 명박근혜 불러대는 아이들. 어른들이 알려주지 않았어도 아이들은 나름대로 알고 생각했고 그 느낌을 살려 자기들 방식으로 표현했다.

난 전교조 교사다. 그런데 보수적인 충청도 정서가 뿌리 깊이 박힌지라 평소에 대통령이나 나이 든 어른에 대해 함부로 말하지 못하게 했었다. 말이 얼마나 중요한지에 대해 틈날 때마다 잔소리를 했었는데 이때만큼은 아무 말도 못 했다.

박근혜 대통령 당선 이후 주위 사람들이 '박근혜는 퇴진하라'라고 말할 때 '한 나라의 대통령인데 좀 심하네', '일단 뽑혔으니 정권 잡은 동안 국정을 잘 이끌게 도와줘야 하는 것이 옳은 것 같은데…'라고 생각했었다. 그러나 박근혜는 정권을 잡고 나서 눈엣가시인 전교조를 불법단체로 내몰았고, 국정 역사교과서를 만들게 했다. 잊지 못할 이상한 일, 끔찍한 세월호 사건 이후 우리들 마음은 확 찢겼다. 마음 찢겨 아픈 우리들을 치료해준 것은 광화문의 촛불 나눔. 내 촛불, 네 촛불이 찢긴 마음 비쳐 상처 아물게 했고, 다시 살아나게 했다.

내가 본 광화문 촛불은 진실에 대한 마음속 외침이었고, 축제였다. 아름다움이었고, 즐거운 노래였다. 창의적인 발상이었고, 아픈 현실이었다. 따뜻한 손난로였고, 언 마음 녹여주는 뜨끈한 어묵 국물이었다. 아이들도 강아지도 청년에 중년 노인들까지 함께한 대동의 한풀이 판이었다. 난 그때의 심정을 이렇게 남겼다.

어화둥둥 우리 마음
네가 나, 내가 너 되는
기분 좋은 광화문

추운 겨울 꽁꽁 언 땅
찬 바람에 손난로

촛불 든 얼굴들이 옆에 있어
따습다.

몸이 굳어질 때
오늘도 한 걸음씩
발을 옮겨 행진한다.
광화문 지나 삼청동
길 막은 차 벽까지

탄핵의 촛불
까만 하늘 노란 별, 팽목항의 촛불
국정교과서 반대의 촛불
전교조 합법화의 촛불
평화통일 방해하는
개성공단 폐쇄 반대의 촛불
외딴곳 길거리 소녀상 피눈물의 촛불
제대로 된 세상을 향해 든
너와 나의 촛불들이
검고 추운 하늘 아래
빛을 낸다.

촛불의 기억

양효석(전교조 서울지부)

나름 이런저런 관계에 얽혀 주말에 시간이 잘 안 나는 편인데도, 촛불이 시작된 그날, 2016년 10월 29일 청계광장에 자리할 수 있었던 것은 운이 좋았던 탓도 있다.

나라 꼴이 아닌 정권의 추악한 전모가 드러나기 시작했기 때문이었지만, 2012 대선 당시 보여주었던 박근혜의 지적 능력을 보고 애당초 국가 운영자의 자질에 절망했던 터여서 말 그대로 '이게 나라냐?'는 울분이 차올랐던 것이다. 문재인 후보와 TV토론에서 "전교조를 인정하면서 어떻게 대통령이 되려고 해요?" 하는 동네아줌마보다 못한 그녀의 인식 수준을 보며 말 그대로 시대와 함께할 수 없을 거 같은 좌절감을 느꼈었다.

20여 차례 진행된 촛불집회 기간 동료들과 함께하기도 하고 때로는 혼자로도 참여하면서 꺼지지 않는 민주주의에 대한 희망을 보게 되었다. 불가피한 일로 두 번 참석 못 하고 내내 촛불에 참여했던 것이 엊그제 일 같은데, 벌써 1주년이 지나고 새롭게 문재인 정부가 들어서 있다. 그러나 수구의 뻔뻔하고 집요한 딴죽걸기는 여전히 힘이 세다. 종편에 나와 떠들어대는 소위 '보수 논객'이라는 자들을 보면 아직도 기세등등한 우리 사회의 수구세력들의 힘이 여전함이 확인된다.

하지만 촛불집회 기간 내내 당 충전용으로 동전 초콜릿을 들고 나갔었는데, 건네면 고맙다고 받으며 웃음 짓던 옆자리 어린아이들의 해맑은 미소는 머지않아 우리 사회가 진정한 통일 민주 사회로 향할 것이라는 희망을 갖게 했다.

기억력이 부실하여 1년이 지난 촛불의 기억이 장면 장면만으로 기억된다. 하지만 그 장면들은 앞으로 남은 내 인생에 믿음과 소망을 잃지 않게 해 줄 것이다.

“어둠은 빛을 이길 수 없다”

정재안(소상공자영업연합회)

“이게 나라냐”, “박근혜는 퇴진하라”, “박근혜를 구속하라”, “재벌도 공범이다”, “부역자를 처벌하라”, “적폐를 청산하자”라며 2016년 10월 3만으로 시작된 ‘박근혜 정권 퇴진 비상 국민 행동’과 자발적인 시민들의 함성으로 이어진 촛불은 그해 12월에 200만을 넘어 박근혜 탄핵안을 가결시켰다.
타오르는 촛불과 촛불은 꺼지지 않는 횃불이 되어 타올랐고 횃불은 전국적으로 확산되어 들불이 되었다. 이 얼마나 놀라운 일인가.

늦가을부터 시작된 나라다운 나라를 열망하는 국민의 분노는 함성으로 이어졌고 그 함성은 남녀노소를 넘어 전국의 농민, 학생, 주부, 자영업자, 어린아이, 시민단체 등, 할 것 없이 매서운 칼바람이 몰아치는 차가운 광화문광장을 더욱 뜨겁게 달구어 주었다. 광화문광장을 가득 메운 “박근혜를 구속하라”라는 군중의 함성 속에 들려오는 “어둠은 빛을 이길 수 없다. 거짓은 참을 이길 수 없다. 진실은 침몰하지 않는다. 우리는 포기하기 않는다”는 작은 외마디의 선명한 노랫가락과 함께 울려 퍼지는 명쾌한 멜로디는 우리를 슬픔의 눈물을 넘어 비장한 각오의 대동단결 역할을 하게 만들었다.

결국 2017년 4월까지 23회 차례의 촛불시민혁명의 분노 앞에 범죄를 부인하게 만들고 박근혜와 부역자인 최순실, 김기춘, 이재용, 일당들을 1,700만 촛불 앞에 무릎 꿇게 만들었다. 분노한 민심, 정의를 열망하는 민심이 최고의 권력임을 명확하게 보여준 촛불혁명의 역사를 이끌어낸 것이다. 촛불 든 어린아이부터, “어둠은 빛을 이길 수 없다”고 한 세월호 가족들과 새봄이 올 때까지 촛불을 꺼트리지 않고 함께 한 시민들은 촛불혁명의 주인공들이자, 역사의 주인이다.

나는 지금 어디 있는가?

곽찬열(발효음식까페운영)

나는 55년 을미 생으로 태어나 다행히 민족 전쟁인 6·25전쟁은 겪지 않았으나 4·19혁명, 5·16 쿠데타 독재 정권 타도 때 학생들 데모하는 격동의 시기와 광주 민주화 혁명 때도 먼발치에서 바라보는 수동적인 자세였다. 나는 민주주의의 광장에서 멀리 서 있었다.

하지만 촛불집회 때는 한두 번 참석하면서 많은 사람들이 염원하는 에너지의 힘을 느꼈다. 2016년 12월 역사적 촛불집회 광화문광장에 종이컵 촛불에 불을 전달받고 이백만의 민중들과 같이하는 마음 마음들…. 한 덩어리 큰 에너지 속에 뜻을 같이한 시간이었다. 광화문광장은 열광의 도가니 속이었다. 추운 날씨에도 서로의 거리감도 없이 촛불 하나로 모두가 하나가 되는 시간이었다. 행사를 같이하는 마음속에 무언가 나도 하고 있다는 느낌이 왔다.

일 년이 지난 지금 나는 광화문광장에 특별히 갈 일이 없다. 하지만 그때의 참여와 관심이 지금도 내면에서 뭉클 대면서 동을 틔우고 있다. 나도 이제 촛불을 같이 들었던 마음으로 많은 다른 사람들과 정의를 실현하기 위해 같이할 수 있다고 다짐해본다. 촛불을 켰던 우리의 마음, 영원하리라!! 나는 지금 촛불 혁명 정신을 실천하는 시민들 곁에 가까이 서 있다.

기분이 좋다

김태인(초등생)

오늘은 기쁜 날이다. 왜냐하면 박근혜가 11시에 재판에서 탄핵이 결정 났다.
우리는 그걸 사회시간에 선생님과 방송을 보며 공부했다. 그래서 기분이 좋다.⌒⌒
이제 좋은 대통령이 뽑혔으면 좋겠다.

촛불혁명과 촛불교회

김동한(교수, 촛불교회운영위)

촛불혁명은 30년 전 6월 항쟁과 너무도 닮았다. 그러나 민중의 저항은 진화했다. 1987년 6월항쟁은 박종철 고문살인, 이한열 최루탄 살인으로 상징된다면, 2016~2017년 촛불혁명은 4·16 세월호 살인과 백남기 농민 살인으로 상징된다. 1987은 최루탄이 난무했다면 2016~2017은 촛불이 횃불로 타올랐다.

촛불교회의 역사는 2008년 광우병 촛불에서 비롯되었다. 그리고 본격적으로 용산참사 때 그 책임자 처벌과 진상규명을 위해 혼신을 다했다. 이명박 독재 정권에 이어 선거부정으로 대통령 자리를 꿰찬 박근혜의 부정불법에 정면으로 대응한 촛불교회는 2014년 4월 16일의 세월호 참사, 그리고 2016년 9월 25일의 백남기 농민의 경찰에 의한 살인에 이르기까지 기도회를 통해 하나님께 간구했다. '사람이 사람답게 사는 나라'이게 해달라고…. 이어 매주 토요일 열린 촛불집회와 연대하여 목요일엔 촛불기도회를 통하여 촛불혁명에 함께했다.

백남기 농민 관련 촛불기도회	
280차(2016.7.14.)	"공권력의 폭력진압 규탄 및 백남기 어르신 회복을 위한 기도회"
286차(2016.9.29.)	"백남기 농민 추모와 살인 정권규탄 촛불문화제" 결합
287차(2016.10.6.)	"살인 정권규탄 및 고 백남기 농민 추모기도회"
288차(2016.10.13.)	"폭력 정권규탄 및 백남기 농민 추모 기독인 시국기도회"
289차(2016.10.20.)	"살인 정권규탄 및 고 백남기 농민 추모기도회"
290차(2016.10.27.)	"살인 정권규탄 및 고 백남기 농민 추모기도회"

박근혜 퇴진 관련 촛불기도회	
291차(2016.11.3.)	"박근혜 퇴진을 위한 시국기도회"–광화문 세월호 광장
292차(2016.11.10.)	"박근혜 퇴진을 위한 시국기도회"–대한문 앞
293차(2016.11.17.)	"박근혜 퇴진을 위한 기도회"–광화문 세월호 광장
294차(2016.11.24.)	"박근혜 퇴진을 위한 기도회"–청운동 주민센터 앞
295차(2016.12.1.)	"박근혜 퇴진을 위한 촛불 기도회"–청운동 주민센터 앞
296차(2016.12.8.)	"탄핵소추안 가결을 촉구하는 시국기도회"–국회 앞
299차(2017.3.9.)	"헌재 탄핵 인용과 새로운 사회를 위한 촛불 기도회"–헌법재판소 앞
304차(2017.4.13.)	"적폐청산 및 주권자시대를 여는 기도회"–세종로 정부중앙청사 앞

촛불교회는 304차 기도회의 제목처럼 '적폐청산과 주권자시대를 열기 위한 기도회'를 멈추지 않을 것이다. 궁극적으로는 이 사회에 고난받는 이웃이 한 사람도 없을 때까지 촛불 기도회는 계속될 것이다.

임실에도 촛불이 있었네

이성환(목사)

2016년-2017년 촛불 때 저는 서울에 없었습니다. 서울이 고향이라 줄곧 서울에서 살았지만 2015년 봄부터 2017년 가을까지 저는 전북 임실에 있었습니다. 광화문 촛불에 지인 결혼식 참석차 올라가면서 잠시 구경은 한 적이 있었습니다. 하필이면 시청을 지나치면서 본의 아니게 친박집회대열에 잠시 합류하게 되는 우를 범하기도 했습니다만 광화문의 촛불과 함성, 청와대로의 행진을 하지 못해 역사적인 순간 그곳에 있지 못함이 아쉬움으로 남습니다.

물론 제가 있던 전북에도 촛불은 있었습니다. 주로 전주 풍남문 광장이나 관통로 사거리에서 열렸는데 서울집중집회일 때는 광장에 모인 사람들이 서울집회 영상을 틀어놓고 촛불집회를 함께하기도 했습니다.

전주 촛불의 백미는 풍물공연이 아닌가 싶습니다. 국악 예술의 전통과 기풍이 지역 곳곳에서 살아 숨 쉬고 있는 전북이니만큼 촛불집회에서의 공연 또한 사물놀이와 창 같은 전통공연이 많이 열렸고 그 수준 또한 높았습니다. 소싯적 풍물패에서 북, 장구도 쳐본 저라 국악에 대해서는 문외한은 아니어서 어느 정도의 보는 눈이 있다고 생각하는데 과연 전북지역의 국악 수준은 가히 국보급이라 아니할 수 없을 정도의 기량과 기풍을 보여줬습니다. 공연을 보고 있자면 얼마 안 가서 입에서 절로 추임새가 나옴을 느낄 수 있을 정도입니다.

그러나 전북이 워낙 작은 지역이라 많이 모이면 1, 2천 정도여서 서울에서 모이는 규모에 비할 바는 아닙니다만 아기자기한 맛과 전북 특유의 문화가 어우러진 촛불집회는 의미 있다 하겠습니다. 전북지역의 촛불집회가 제가 알기로는 전주에서만 모인 것은 아니었습니다. 남원에서도 모인 것으로 알고 있고 제가 있던 임실에서도 촛불집회가 열렸습니다. 임실군민으로 딱 한 번 임실 촛불에 참여한 적이 있었는데 한 4, 50명 모이는 가족 같은 분위기로 단출하게 행사를 하기도 했습니다.

그러나 생각을 해보면, 3·1운동 이후 임실에서의 봉기(?)는 이번 임실 촛불이 유일하지 않나 생각해 봅니다. 1987년 6월 항쟁 때 전주는 그 대오에 함께했고 많은 시민들과 대학생들이 호헌철폐, 독재 타도를 외쳤지만, 그 날의 함성이 임실에까지 미치지는 않았습니다. 그러나 이번 촛불 정국이 시골 동네인 임실까지 그 영향을 미쳤다는 것은 역사적으로 평가할 만한 사건일 것입니다. 임실 촛불은 불의한 정권을 심판하기 위한 국민들의 열망이 대도시뿐만 아니라 조용한 시골 동네까지 미칠 정도로 거대했음을 짐작게 하는 사건입니다.

지금은 다시 일상으로 돌아온 서울에 와 있습니다. 모든 것이 제대로 돌아가는 것처럼 보이지만 아직도 멀었습니다. 촛불은 아직도 청산하지 못한 산처럼 쌓인 폐단들을 가리키고 있습니다. 부디 이 촛불혁명이 미완의 혁명이 아니라 적폐청산과 재벌, 언론개혁까지 완결 짓는 완성된 혁명으로 역사에 기록되기를 간절히 바랍니다.

곰 세 마리

권영숙(전 교사)

"곰 세 마리가 한집에 있어 아빠 곰 엄마 곰 아기 곰, 아빠 곰은 뚱뚱해 엄마 곰은 날씬해 아기 곰은 너무 귀여워 으쓱으쓱 잘한다…."

옆에 있는 프라하 출신 부부가 어디서 한국노래를 배웠는지 동작과 함께 재미나게 부른다. 산티아고 순례길 도중의 한 숙소에서 서로 자신의 나라를 소개하는 시간을 가졌는데 남한에서 왔다고 했더니 이 노래를 부른 듯하다. 그들은 모두 우리나라가 남북으로 나누어져 있는 줄 아는지 꼭 남북을 확인한 후에 북은 crazy로 표현을 빠뜨리지 않고 한다

모닥불 가로 사람들이 하나씩 둘씩 모여서 재미나게 구경하는데 불쑥 누군가 너희 나라 촛불혁명 너무 멋지더라고 말을 꺼낸다. 덩달아 신난 나는 "맞다. 우린 피 한 방울 흘리지 않았고 독재자를 해임시켰으며 며칠 있다가 새로 대통령을 선거를 한다"고 떠벌렸다.

겨우 내내 그 추웠던 광화문 바닥을 떠올리며 나도 모르게 눈물이 주르르 흐른다. 올해 2월 오랫동안 다니던 직장을 그만두고 지친 심신을 달래면서 시간을 보낼 무렵 우리나라는 촛불로 광화문을 달구고 있다더라. 이제는 나도 나라를 위해 뭔가를 해야 하지 않겠나 하는 생각에 매일같이 광화문을 지키고 머릿수라도 채워주자 그렇게 시작했었는데 광화문에서 청운동으로 헌법재판소로 이슈가 달라질 때마다 자리를 옮기며 맹추위와 싸우는 게 제일 힘들었다.

어느 날 인가는 헌법재판소 앞에서 어찌나 춥던지 인근 옷가게에서 평소에 입지 않는 누비 개량한복을 사 입기도 했다. 뭐든지 옷 위에 옷들을 두르지 않으면 견디기 힘든 추위. 가게들이 모두 문을 닫아 그 한옥 가게에서 모자와 목도리 그리고 한복 한 벌로 새로운 패션에 도전하기도 했다. 다음날 나에게 어색한 그 옷들은 친구에게 가버렸지만….

그 시간들이 쌓이면서 대통령 해임을 받아내고 가벼운 마음으로 산티아고 순례길에 올랐다.

정치가 그전에도 이렇게 재미있었던가. 2달간의 산티아고 순례길의 산간 오지 마을에서 유튜브로 보는 뉴스는 얼마나 재미나던지… 외국 사람들이 너희 나라 멋지다를 말해줄 때는 어깨가 으쓱했다. 재외국민 대통령 선거에 참가하기 위해 마드리드로 잠깐 일정을 바꾸기 위해서는 몇 번의 버스와 기차를 이용하여 꼬박 3일을 보내야 했지만 그 또한 얼마나 행복하던 기억인지, 늘 대통령 선거는 의미 없고 귀찮고 부질없는 행사였는데 말이다.

순례길에서 만난 또 하나의 프라하 사람. 자기네 벨벳혁명을 아느냐고 물었다. 피 흘리지 않고 부드러운 벨벳처럼 순조롭게 이루어진 혁명. 그것과 우리나라 촛불혁명이 같은 거라면서 얼마나 자랑스러운

내 나라이던지… 우리가 그 추웠던 광화문에서 목이 터지라 외쳤던 걸 세계사람은 기억해주고 또 자랑스럽게 느끼게 한다.

이제 우리나라는 엄마 아빠 아이 곰 세 마리가 행복하게 살 수 있는 나라가 될 것이다.

가는 길이 비록 고단하고 느리더라도 저녁이 있는 시간, 가족이 둘러앉아 하하 호호 웃으며 살 수 있는 날이 올 것이다. 그러기 위해서 좀 더 기다려주자. 그리고 믿어주자. 비록 지금 당장 세상이 바뀌지는 않겠지만 그러나 달라질 거라고 등을 두드려주자.

촛불혁명 집회 참석 소감

김호준(대학생)

작년 겨울, 매주 토요일이 되면 주말을 반납했어야 한 날, 수원에서 서울 광화문까지 30km를 지하철 타고 갔어야 했다. 광화문에 도착해보니 역사적인 순간이 펼쳐졌다. 구호가 들렸다. "박근혜는 퇴진하라! 박근혜는 퇴진하라!"

처음 대규모 광화문 집회는 역사적인 순간의 시작이었다. 경찰이 막았지만 결국엔 평화시위로 끝냈다. 계속 매주 주말마다 토요일을 반납했다. 그리고 평일 집회에 참가하기 위해 방학을 반납했다.

어느덧 3월 10일이 되었다. 바로 박근혜 탄핵 날이었다. 우리는 완전히 기뻤다.

4월 29일, 마지막 촛불집회의 날. 그 날도 역시 주말을 반납했다. 행진 끝나고 광화문 소공원에서 마지막 집회를 이어갔다.

이제 촛불집회는 일단 대단원의 막이 내렸다. 나는 다시 일상으로 돌아갔다.

청운동 주민센터 앞, 수요일 밤거리 예배에서

추광태(장로)

그 날이 며칠인지는 기억나지 않습니다. 수요일 밤거리 예배를 청와대 옆 동회인가요 성당인가, 거기서 드린 때였습니다.

몹시 추운 날 밤거리 예배를 드리면서 향린 성가대와 향린 풍물패를 앞세워 다시 광화문광장으로 돌아오고 있었습니다. 촛불 들고 구호를 외치며 경찰차 벽을 지나 경복궁역 쪽으로 우리 교인들이 다 같이 행진하고 있었습니다.

경복궁역 약 100-150미터쯤 오는데 한 아주머니(할머니)가 떡집에서 뛰쳐나오시더니 나에게 떡 봉지 하나를 내밀었습니다. 남들 안 보이게(전경들이 쫙 깔렸었지요) 급히 들려주면서 "수고하신다"라고 말씀하시고는 얼른 가게로 들어가시더이다. 엉겁결에 받아 들고 "고맙습니다" 하면서 가게를 한번 쳐다보고 다시 행렬에 들어가 앞에서 앰프 끌고 가는 홍 집사께 드렸습니다.

그다음 날인가 다음다음 날에 집회에 나갔다가 그 떡집을 찾아갔습니다. 그런데 문을 닫고 있더군요. 얼른 보니 그 아주머니(할머니)와 아들과 며느리 이렇게 셋이서 경영하는 떡과 한과 집이었습니다.

"벌써 문 닫으셔요?" 물었습니다.

"네. 우리도 모두 촛불집회에 참석하려고요" 하시더니 가게 안에서 피켓들을 꺼내 들고나오시더라고요.

그리고 한참 후, 그러니까 박근혜가 국회에서 탄핵 결의된 후에 다시 그 가게를 찾아서 그때 이야기를 하면서 떡값을 드렸습니다. 그랬더니 절대 안 된다면서 한과를 대신 주시더군요.

그 뒤로 거길 가 보지 못했습니다. 작은 행동으로 촛불혁명에 함께 참여하고 따뜻한 마음을 보여준 그분들을 다시 한번 뵙고 싶네요.

국민이 헌법

정원호(택시운전사)

끝내 이기리라

한지원 스님(전 조계종기획실 외)

우리가 나선다

이무한(정의로운 세상을 꿈꾸는 대학생)

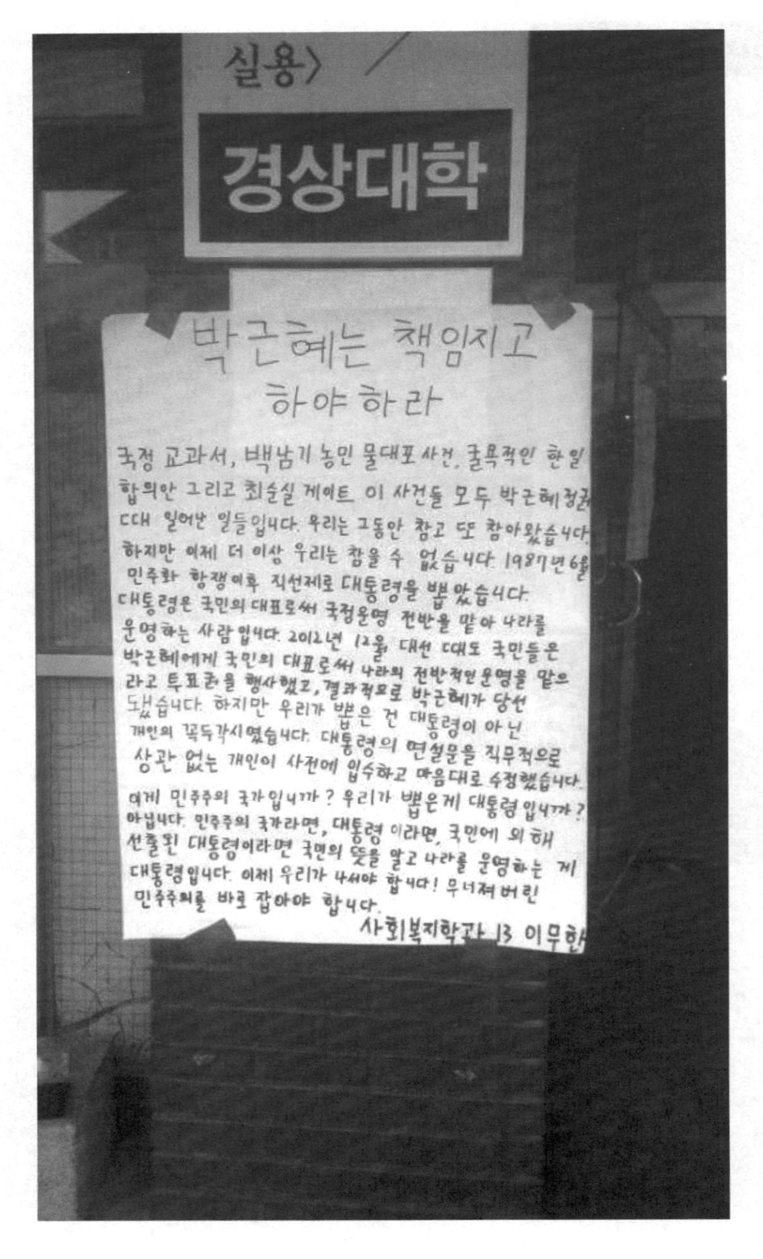

6년도 최순실게이트 당시 학교 학생회 측에서의 미지근한 반응에 화가 나 동의하는 사람들과 함께 대자보를 붙였습니다. 사진은 그때 당시 붙였던 대자보입니다.

그날까지

김원상(청주 사는 청년)

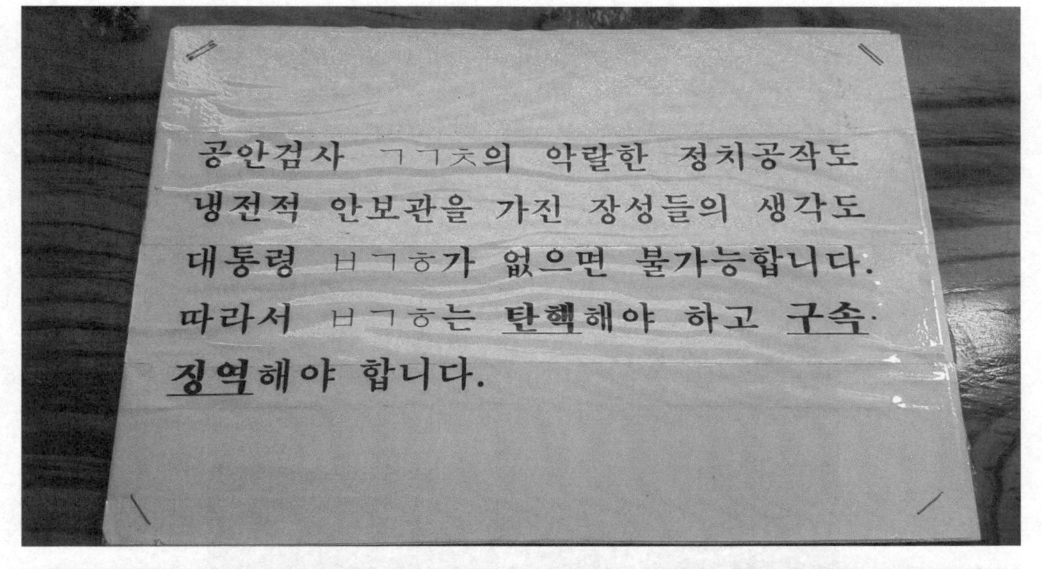

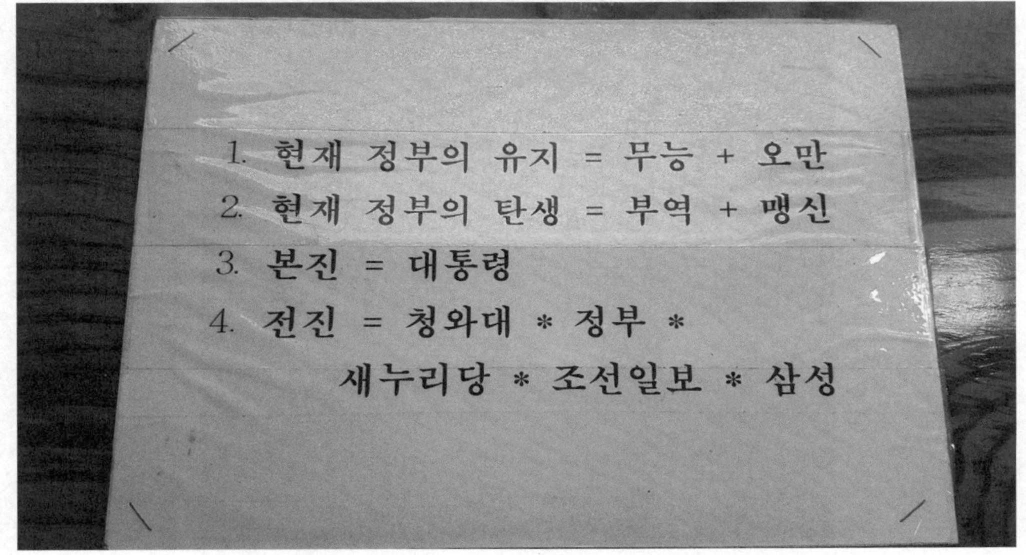

진실을 향해

박은경(평등교육학부모회)

2014년 4월 16일 차가운 바다에서, 그 이후 거리에서 못다 핀 아이들의 꿈을 꾼다. 진실을 향한….

꺼질 수 없는 촛불

사드반대김천시민대책위

나의 촛불

노기돌(우포늪생태관광네트워크자유)

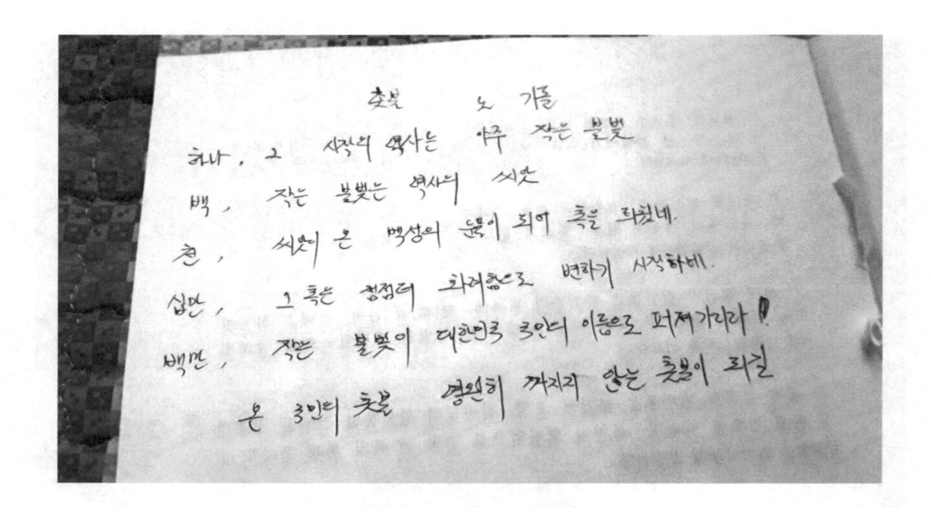

촛불 노 기돌

하나, 그 시작의 역사는 아주 작은 불빛

백, 작은 불빛는 역사의 씨앗

천, 씨앗이 온 백성의 눈물이 되어 촉을 피웠네.

십만, 그 촉은 점점더 화려함으로 변하기 시작하네.

백만, 작은 불빛이 대한민국 국민의 이름으로 퍼져가리라!

온 국민의 촛불 영원히 꺼지지 않는 촛불이 되길

새로운 세상을 향해

이익노(남북경협 사업자)

촛불은 꺼지지 않는다

성효숙(화가)

2016.12.24. 광화문 미술행동 성효숙 블랙리스트 예술가의 퍼포먼스

2016.12.24. 광화문 미술 차벽행동

오직 촛불만이…

장윤서(초등생)

헌법으로 말하다

김태현(주부, 우리헌법알기운동본부)

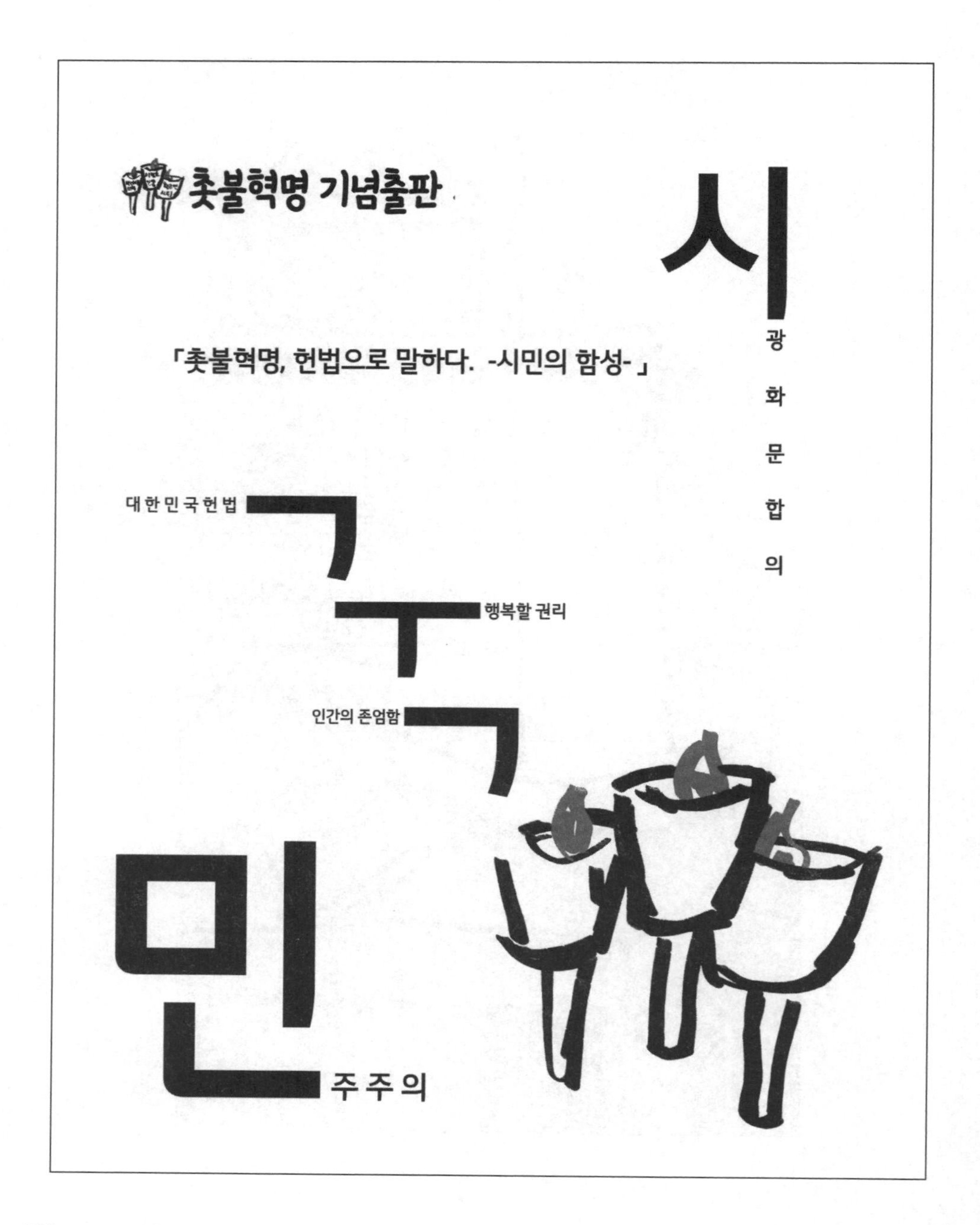

탄핵하라

이상철(군포 시민)

황룡 촛불

김사라(새천년알혁거세)

황룡이 일어났다!

노랗고 붉은 촛불들이

모이고 모여

비상하는 용처럼

크고 힘차게

촛불혁명 이루었다.

김사라 새천년 알혁거세

새천년알혁거세! 알의 숨구멍은 촛불자리를 상징. 숨트인 대한민국!

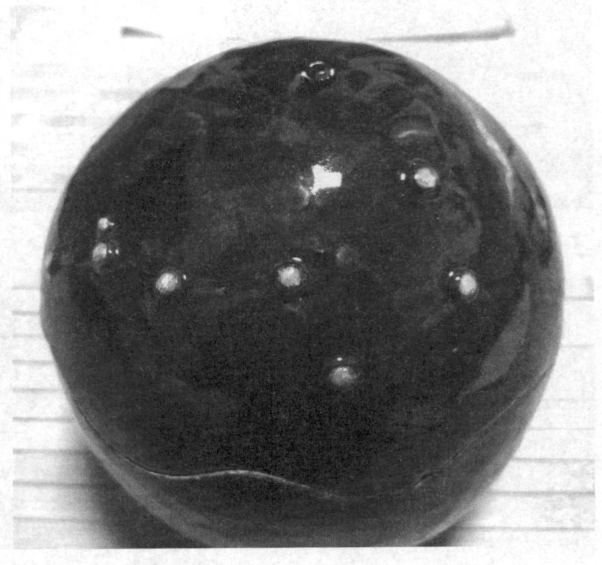

황룡의 여의주 천존고(天尊庫)
노란 별들이 있는 밤, 별이 된 세월호 아이들이 떠오르는 북두칠성
(북두칠성은 원래 한민족의 정체성을 나타냄)

이게 나라냐! 이제 나라다!

—줄기차게 페북에 올린 촛불 참여문 중에서

고보선(인천석남중학교장)

고보선님이 새로운 사진 2장을 추가했습니다. ···

2월 24일 오전5:10 ·

경남이 생활근거지인 처가 식구는 보수일색이다.
헌데, 아내는 문빠다.
그냥 문빠도 아닌 극진보적 문빠다.
처가에서 정치적 의견을 자제하던 아내가 이번 명절에 평창은 평화올림픽이라며 기염을 토했다.
"고서방에게 세뇌되었다." 말하시는 우리 장모님 졸지에 난 종북좌파 되었다.

적폐청산

임경일(몽양역사아카데미)

기독교 평신도 시국 대책위원회 활동을 뒤돌아보며

기동서(기독교평신도시국대책위)

2013년 11월 22일 천주교 정의구현 전주교구 사제단의 시국선언이 있었고 박근혜 정권을 향해 처음으로 종교계가 정권 퇴진선언을 했었다. 이어서 개신교계가 정권 퇴진선언에 동조해서 국정원 선거개입 기독교공대위(30개 단체)가 11월 27일 기독교회관에서 박근혜의 사퇴를 촉구하는 기자회견을 하였다. 그날 기자회견에 평신도들도 연대하고 평신도들도 종교적인 소명을 가지고 직접 나설 때라는 인식하에 집중토론 논의 중에 11월 25일, 가칭 '이명박구속과 박근혜퇴진을 위한 개신교 평신도 시국 대책위'를 결성하였다.

11월 28일 경향신문에 "천주교 정의구현 전주교구 사제단지지 개신교 평신도 160인 선언" 광고를 게재하며, 천주교 사제단 및 개신교 목회자들의 주장에 힘을 모으는 행동에 나섰다. 12월 6일 1차 거리 시국기도회, 12월 16일 2차 거리 시국기도회를 개최하였고, 12월 25일 성탄절 연합예배 후 조계사에서 철도노조탄압에 대한 규탄성명을 발표하였다.

12월 30일에는 이명박의 청계재단 사무실 앞에서 기독인 1만인 성명서를 발표하는 기자회견을 열고 한겨레신문에 1만인 선언 1차분 광고를 게재하였다.

12월 31일 고 이남종 님이 서울역 고가에서 박근혜 퇴진을 주장하며 분신 항거를 하였다. 그리하여 평신도 시국 대책위원들이 병원으로 달려가 상황파악을 한 후 이남종 님 분신 항거에 대한 기독인 긴급성명을 밤새워 준비하여 2014년 1월 1일 아침 발표하고, 이남종 님 쾌유를 비는 기도회를 하였다. 장례 당일에는 시민장에 앞서 기독교식 장례를 열어 기독교인인 유족들을 위로하였다. 평신도 시국 대책위는 추운 겨울 한복판인 1월 24일 3차 거리 시국기도회를 개최하였고, 2월 18일 1만인 선언을 신문광고로 게재하며 저항의 불씨를 이어 나갔다. 3월 15일에는 정부종합청사 앞에서 4차 거리 시국기도회를 개최하였다.

이런 활동 가운데 평신도 시국 대책위는 1월 초부터 시작된 개신교, 불교, 천주교, 원불교, 천도교가 포함된 '5대 종단 평신도 시국 공동 행동'을 결성하는 데 주도적인 역할을 했다. 5대 종단 평신도 시국 공동 행동은 1월 27일 오전 청운동사무소 앞에서 결성 기자회견을 하고 박근혜 정권에 대해 몇 가지 권고사항을 발표하였다. 그 후 2월 19일 시국 관련 최초로 5대 종단 평신도가 주관하여 연합기도회를 대한문 앞에서 개최하였다.

기독운동-사순절 연합새벽기도회(3월 5일에서 4월 19일까지)

평신도대책위 집행위원들이 가장 기독교적인 방식으로 교계를 일깨우며 동시에 많은 교우들이 적극 나설 수 있는 계기를 만드는 일에 대해 의논을 하였다. 그 결과 '사순절 연합새벽기도회'를 주관하기로 결정하였고 기도회의 주제를 '민주주의 회복을 위한 사순절 연합새벽기도회'로 정하고 일정을 잡았다. 이 기도회를 통해 많은 목회자들과 교류하는 귀한 시간이 되었고 뜻을 같이하는 많은 평신도들을 만나 친교를 하고, 주관하는 시국 대책위원들 간에는 뜨거운 연대가 생겼다. 5대 종단 평신도들에게도 자극이 되어 관심과 격려가 커지면서 함께 힘을 모으고 있던 때였다. 마침 4.19일은 혁명 기념일이었고, 이때를 맞춰 '5대종단 평신도시국공동행동' 주관의 연합기도회 및 대행진을 규모 있게 준비하고 있었다.

그러나 세월호 참사로 인해 집회를 연기하였고, 기독인을 포함한 국민 모두가 '슬픔'과 '안타까움'에 빠져 있었다. 그 후 4월 28일 오후 4시 서울 광화문 동화면세점 앞에서 '우리가 세월호다'를 주제로 한 시국기도회를 개최하였다. 이후 기독운동은 방향과 행동방법을 정리했다. 세월호 참사 이후 '국정원 선거개입 기독교공대위'를 구성하고 있던 30여 개 단체 중 7개 단체가, 수년간 매주 진행되어 오던 '촛불교회의 목요기도회'와 결합하여 '실종자 조속 구조, 진상규명, 책임자 처벌' 등을 주제로 거리기도회를 시작하였고 기도회의 준비와 뒷마무리, 물품의 준비와 이동 등 행정적인 일을 도맡아 했다. 또한 매주 토요일 촛불집회에도 평신도 시국 대책위는 한주도 빠짐없이 참여하였고, 역할을 맡아 적극적으로 활동하였다. 이런 활동을 통해 거리에 모이는 기독인 숫자가 늘어나는 것으로 서로 화답했다. 힘을 모아내 선순환이 된 하나의 계기는 5월 10일이다. 이날 '5대종단 평신도시국공동행동' 주관의 연합기도회에 많은 목회자들이 참석하였고, 직후 시민과 함께하는 대행진을 기독교가 선두에서 이끌었다.

5월 17일에는 대규모 연행자가 발생한 청와대로의 행진이 있었는데, 연행 직후 경찰청 앞 항의 기도회에도 많은 목회자와 평신도들이 참석하였다. 5월 내 이루어진 이런 공동 노력은 그간 거리기도회에는 잘 나오지 않던 여러 교단, 교회들에도 파급력을 주어 그분들이 스스로 주관하는 기도회를 6월 이후 10월까지 만들어 낸 힘이 되었다. 또 하나의 중요 계기는 5월 중순부터 시작한 신학생들의 세종대왕상 점거시위, 뒤이은 삭발 및 단식농성, 이를 지지하는 매일 기도회 등이었다. 이 계기를 통해 중요하게 확인된 것은 제 사회단체나 시민들에게 기독인과 종교인들이 본격 나서고 있음을 전달한 것이다.

이후 계속해서 세월호 집회 및 기도회, 백남기 농민 폭력진압 책임자 처벌과 사과를 촉구하는 기독인 기자회견, 폭력 정권규탄 및 故 백남기 농민 추모 기독인 시국기도회, 박근혜 퇴진촉구 시민 대행진 추진과 범국민행동 제안 기자회견, 故 백남기 농민 민주 사회장 장례위원, 박근혜 퇴진 기독교운동본부 발족, 박근혜 퇴진 5대 종단 운동본부 발족, 박근혜 퇴진을 위한 시국기도회, 박근혜 퇴진촉구 11·12 시민대행진, 박근혜퇴진을 위한 5대종단연합기도회, 박근혜 퇴진을 위한 5대종단대행진, 박근혜퇴진 범국민대회, 민중총궐기 범국민대회, 박근혜 정권 퇴진 비상국민행동, 촛불집회를 통한 투쟁, 촛불의 힘으로 투쟁해 온 결과로 2017년 3월 10일 박근혜를 탄핵했다. 박근혜 국정농단사건 국민으로부터 받은 권한을 사유화해서 국정을 농단한 주범 박근혜 징역 30년 벌금 1천185억 검찰의 구형이 있었다고 오늘 속보가 들려온다.

쉼 없이 달려온 많은 시간들, 이 소중한 일들을 함께한 동지들과 기억하고 싶다.

짝사랑 만나러 가는 길

강무아(학원장)

우리 사랑은 2016년 10월
늦은 가을 어느 날부터 시작 되었습니다
처음 그 사랑은 내 작은 한 마디 한 마디에도 귀 기울여 주었고
추운 날 따뜻한 미소로 두 손 꼬-옥 잡아주었기에
나는 그와 첫눈에 사랑에 빠졌습니다

내 사랑은 성격이 까칠하고 가끔은 과격하다는 말을 듣기도 하지만
나는 그 사랑이 좋았습니다.
함께 술 마시고, 노래 부르며 소리 지르고, 춤추며…
우리는 그 겨울을 그렇게 뜨겁고 치열하게 보냈습니다.

저는 꿈 꾸었지요
1월의 신부가 되기를…
행복 했습니다
우리가 서로 마주 보며 미래를 꿈 꿀 때
주위 사람들 모두 열렬히 응원해 주었습니다

2017년 1월 어느 날부터
그 사랑은
제게 웃지도 말을 건네지도 않습니다
눈보라에 꽁꽁 언 제 손도 모른 체 합니다
이러다 어느 날 우리 결혼은 "무효"라고 말할까 두렵습니다

나는 오늘도 촛불을 들고
광화문에 갑니다.
그 사랑을 만나기 위해

꼭 1월의 신부가 되고 싶지만
2월에도…
3월에라도…
오늘
당신도 탄핵을 향한 제 사랑이
짝사랑이 아니기를 다시 한번 힘차게 동참해주세요

† 촛불 소회

10월 24일 뉴스를 보고 직감했다. 이건 터질 것이 드디어 터져 나올 징후라고… 선후배들에게 전화를 돌렸다. 다들 혼자서, 부부동반, 가족들과 함께 토요일 집회에 나갈 계획들을 가지고 있었다. 제안했다. 학교 깃발 만들어 함께 하자고. 모두들 적극적으로 동의했다. 출신 학교 깃발 들고나온 건 우리가 최초였다. 뒤이어 전대협, 애묘모임, 혼자 온 사람 모임 등의 깃발들이 집회가 이어질수록 등장했다. 유치하지만 "선봉"은 언제나 가슴을 설레게 하는 무엇이 있다. 그렇게 우리 동아리 연합 동지들은 23번의 집회를 한 번도 빠지지 않고 참석했고 승리했다.

촛불혁명 단상

정광일(출판사 운영)

미세한 먼지 같은 촛불들이 모여서 들불처럼 꽃처럼 피어난,
세계사에 드문 결집과 대동단결의 대중적 에너지가 분출되어
더 나은 세상을 열고자 한 민주시민혁명!
온갖 적폐가 만연한 사회 곳곳을
정의와 양심으로 떨쳐 일어나
새 봄 새 세상 열었네.

찬란한 130일의 기록

이욱종(신학자)

벌써 봄이다. 들에는 이른 들꽃들이 봉우리를 짓고 있지만 나는 아직 지난겨울 강추위에 거리를 헤매던 추위가 몸에 서려 있다. 박근혜는 탄핵당하여 오늘 검찰에 섰다. 시민들이 무척이나 비싼 값을 치러낸 결과다.

광화문 촛불집회, 무려 20차에 걸친 130일이 넘는 대장정이었다. 나는 주말을 반납하고 토요일 오후가 되면 매주 빠지지 않고 1,600만의 시민 중 하나가 되기 위해 늘 가장 적절한 시간에 지하철로 향했다.

이쯤 되니 종로3가역에서 광화문역 지 지하철 승객수와 나오는 출구에 늘어선 사람들의 수를 보면 대충 오늘 백만이 넘겠구나, 오십만 정도 되겠구나, 하는 계산이 정확하게 맞아떨어지니, 광화문 집회의 숨은 고수가 다 되었다. 지난 3월 10일, 박근혜가 탄핵당한 복된 금요일, 헌재와 청와대, 광화문을 오가며 촛불집회를 참가하고 집으로 돌아가는 밤 10시 반의 거리에서 혼자 인사불성이 되어 울고 웃었다. 드디어 대한민국 시민들이 박정희 독재성장의 신화를 극복해낸 놀라운 역사적 증표를 보는 것 같아 감격스러웠다.

지난 20차 광화문 촛불집회를 되새겨 보니, 1차 촛불집회가 가장 먼저 생각이 난다. 원래는 정기적인 민중총궐기 집회가 10월 29일 청계광장에서 예정되어 있었다. JTBC 태블릿 PC 보도가 있던 10월 24일 이후, 시민의 분노가 폭발하고 난 뒤의 집회이지만 얼마나 모일지는 아무도 예상하지 못했다. 시청역을 나오는 출구 계단에서부터 어디선가 지상에서 우레와 같은 소리가 장엄하게 땅을 울린다. "박근혜는 물러나라!" 성서에서 나오는 하나님의 음성인 많은 물소리 같다고 할까, 청계광장은 이미 엄청난 인파로 진입이 불가능한 상태였다. 하지만 지축을 울리는 시민들의 함성은 마치 지상에서 발생한 우레와 천둥소리 그 자체였다. "박근혜는 퇴진하라!" 민중총궐기가 준비한 마이크와 스피커는 이미 한계치를 넘어서 집행부의 사회는 전혀 들리지 않는다.

아무도 리드하는 사람도 없이 시민들이 서로서로 함성을 만들어 하나가 되어 외치고 있었다. "박근혜는 내려와라!" 나는 그 어디에서도 이처럼 엄중하고 준엄한 소리를 들어본 적이 없다. 청계광장에 모인 3–5만의 시민들의 인파를 감당할 수 없어서 민중총궐기 집행부는 발언 등의 시간을 끝내고 서둘러 명동거리를 돌아 광화문으로 행진하는 것으로 집회를 마무리했다.

첫 집회를 끝내고 뒤풀이로 모인 광화문 골목 호프집들 곳곳에서 서로 "박근혜 퇴진!"을 외치며 시민들은 잔을 부딪쳤고 다음 날 예배에서도 기도하던 중 자꾸 "박근혜는 물러나라!" 는 함성이 계속 나의 머릿속에 맴돌 정도로 이날의 함성은 가슴 깊이 각인되어 있다.

첫 백만을 넘어선 4차 촛불집회의 긴장감도 생각이 난다. 촛불집회를 비하하던 김진태 의원을 비웃듯이 전국에서 올라온 시민들은 130만을 넘어섰고 세종대왕상부터 덕수궁 대한문까지 시민들은 길바닥에 앉아 3시간 넘는 집회를 달리고 있었다. 집행부는 발 빠르게 지금까지 민중총궐기 집회의 무겁고 결의에 찬 남성들의 목소리와 시민들에게 잘 알려지지 않은 노조 투쟁가들과 민중가수들보다 여성들과 학생들의 평범한 목소리로 집회를 진행했고 가볍고 재미있지만 시사를 날카롭게 풍자하는 인디 가수들을 무대에 세워 많은 호응을 받았다.

한번은 항상 집회에 같이 참여한 명동 향린교회 식구들과 김밥을 맞추어서 먹었는데 50박스 중 20박스 정도가 남았다. 내가 김밥 박스를 들고 다니는 것을 본 한 시민이 너무 배가 고픈데 하나만 달라고 해서 나누어주니 갑자기 여기저기서 김밥을 달라고 모여들 정도로 다들 허기진 상태에서 무려 8시간, 9시간 집회를 강추위 속에서 버텨내고 있었던 것이다.

집회 초기에는 끝장 집회 하자고 해서 자정 이후에도 광화문에서 밤샘 자유발언이 이어졌고 곳곳에 노숙인처럼 쓰러져 자는 시민들도 꽤 있었고 밤에 수많은 인파들이 택시를 잡는 바람에 한 시간 동안 걸어서 광화문에서 동대문까지 가면서 한 번도 택시를 잡아본 적이 없었다. 박원순 시장의 도움으로 심야버스를 새벽 2시, 3시에 타면 서 있기조차 힘든 초만원 버스의 진풍경이 연출되었고 버스 탑승객들 거의 모두가 집회 플래카드와 세월호 리본을 달고 있었고, 심지어 그 시간에 어린이들도 꽤 있었다. 시민들의 열기가 얼마나 뜨거운지를 짐작할 수 있지 않은가!

촛불집회는 끊임없이 진화했다. 초기에 평화집회가 과연 혁명을 이룰 수 있을까 하여 차 벽을 끊어내자는 폭력집회의 요구도 있었고 비폭력이라는 프레임에 갇혀 있을 필요가 없다는 비판도 있었지만, 130만, 그 후 전국 260만까지 모인 촛불은 전국을 강타하고 정치판도 흔들어 국회에서 탄핵안이 바로 가결되었고 시민들의 저항은 더욱 거세져만 갔다. 국회가 탄핵안을 가결하기 전날, 서울에는 진눈깨비가 몰아쳤다. 밤늦은 시각까지 국회 앞에서 진눈깨비를 맞으며 기독인들의 촛불교회에 참석하고 시민 만장 쓰기에 참석했다. 그때부터 한구석에서 태극기를 들고 '아 대한민국', 이선희 버전의 신중현의 '아름다운 강산'을 시끄럽게 틀며 통성기도 조로 탄핵반대 집회를 주도하는 태극기 부대가 조그만 판을 형성하기 시작했다. 원래는 광화문광장에서 조금 떨어진 시청역 주변이나 교보문고 앞에서 현수막 하나 걸고 2-30명이 모여 마이크 잡고 떠들다가 촛불집회에 자연스럽게 해체되던 집단들이었다.

2017년 새해가 되고 박근혜가 친박 새누리와 함께 반격을 준비하면서 태극기 집회는 갑자기 2-3만이 전국에서 모이는 이상한 집회가 형성되기 시작했다. 신중현의 아들 신대철 씨가 저작권을 문제 삼자 어느덧 이들은 논산훈련소에서 배식할 때 나오던 군가를 시끄럽게 틀기 시작했고 태극기도 모자라 성조기와 이스라엘 국기를 들고나오는 추태를 서슴지 않고 벌이기 시작했다. 태극기 집회에 가보니 자신들은 100만이니 300만이 모였다고 하는데 정작 시청광장에는 평소 2-3만이 모이는 민중총궐기 집회보다 사람의 밀집도가 크게 떨어졌다. 집회를 할 때 참가자들에게 '앞으로나란히 좌우 뒤로 나란히'를 시켜서 간격을 벌린다고 하던데 딱 그 말이 맞아 떨어진다.

개인적으로 향린교회의 '청년 예수' 깃발을 들며 참여했는데 약 20여 개의 기독인 단체가 깃발을 들고 빠지지 않고 참여한 것이 인상적이었다. 87년 6월 항쟁 때만 하더라도 기독교계는 향린교회 깃발이 유일했다고 하는데 이제는 이렇게 많은 기독인들의 깃발들이 참여한 것을 매우 자랑스럽게 생각하는 선배들이 많았다. 들꽃 향린교회의 김경호 목사의 본 집회 자유발언도 기억에 남는다. 처음에 사회자가 목사님이 발언한다고 소개하자 사람들이 싫어하는 표정들이 역력했고 야유도 보내는 사람이 있었는데 알기 쉬운 언어와 명쾌하고 유쾌한 발언은 사람들의 마음을 열기 충분했고 마지막에 "기독교에서는 복된 소식을 복음이라고 하는데 박근혜가 구속되었다는 복음이 들리기를 간절히 소망합니다"라고 했을 때 시민들이 큰 박수로 호응해주었다.

갑자기 추워진 11월 11일 목요일 밤에 모였던 신학생총연합 시국기도회도 생각이 난다. 젊은 신학생들의 사회참여가 늘 아쉬웠는데 어디서 왔는지 천여 명의 전국 신학생들이 모여 대한문 앞에서 기도회를 가진 뒤 십자가를 들고 청와대까지 행진 중 경찰에 막혀서 몸싸움을 하다가 두 명이 연행될 때까지 싸우던 신학생들의 모습은 매우 참신했다.

광화문 촛불집회 무대에 오른 민간잠수사 황병주 씨의 증언도 가장 아프게 기억이 난다. 세월호 희생자들을 수습한 우리들이 왜 참사의 책임자들보다 더 죄책감에 살아야 하는지 이해할 수가 없다며 눈물을 흘리던 모습이 생생하다. 지난 일 년 동안 민간잠수사 김관홍 님이, 물대포에 쓰러지신 백남기 농민이, 그리고 분신 공양하신 정원 스님이 떠나가시면서 우리 시민들 마음에 큰 빛을 전해주고 가신 것이다.

광화문 촛불집회의 가장 큰 성과는 여성들이 주도하는 시민집회를 열었다는 점이다. 기존의 운동권을 연상시키는 투사적이고 남성적인 집회를 리드하는 것이 아니라 소리를 지르거나 절규하는 것도 아닌, 부드럽지만 강하고 분명한 여성들의 목소리로 집회를 인도하고 구호를 외치는 것은 시민들의 자발성과 주체성을 바로 끌어내기 충분했고 매우 지혜로운 결정이었다. 세월호 참사를 기억하여 저녁 7시에 소등하기, 촛불 파도타기, 박근혜 구속을 상징하는 빨간 한지에 촛불 밝히기, 노란 풍선 일제히 날리기, 탄핵을 축하하는 폭죽 쇼 등 다양한 아이디어로 재미있는 참여를 이끌어낸 것도 하나의 성과였다. 장시간의 집회 동안 누구도 강요하지 않고 서로를 배려했고 아이들과 어른들, 노인들, 학생들이 서로 격려했고, 부산 어묵을 팔고 땅콩 과자를 파는 상인들과 농담을 주고받으며 바쁜 사람은 먼저 가고 늦게 올 사람은 늦게 오며 서로 유쾌하게 진행된 촛불집회.

이제 승리를 맛본 거대한 힘으로 세월호 진상규명과 사드 배치 철회, 위안부 합의철회, 그리고 나아가 한국사회의 적폐를 청산하는 혁명으로 나아가는 충분한 동력이 될 것이다. 그리고 이 동력에 태극기 집회에 동원되는 좀비 같은 기독인이 아니라 자발적으로 깨어 진리에 일어서는 기독인들이 심장 같은 힘으로 보태어지기를 바란다.

인동초忍冬草와 바보에게 보낸 달빛이니

– 민주정부가 뿌린 씨앗 촛불시민혁명으로 완성되다

전경원(내부제보실천운동 대외협력위)

시린 겨울 광화문 네거리
눈 속에 성글게 핀 꽃송이
온몸으로 울었던 매화나무
꽃가지에 걸린 은은한 달빛 문양
겨울을 감내한 인동초(忍冬草)마냥
이른 봄,
진영 마을 화포천까지 잊지 않고
감싸 돎을 그인들 왜 몰랐겠는가
다시 깨어난 시민의식
민본(民本)이 되어 되살아온 혁명의 씨앗임을.

노란 산수유 꽃 하염없이 지고 나니
차디찬 광장을 붉은 열매 우렁차고 즐비하게 토해내듯
가다 힘들면 쉬어가고
잠시 주저앉아 속절없이 쉬어가도 좋겠다.
목 놓아 울고 가도 좋다.
여전히 잘린 허리 동강 난 어머니의 젖가슴
흙 뿌리 움켜쥐고 얼굴 맞댄 채 살 부비며
오롯함을 위하여
이제 다시 벌판에 벗겨진 채
설지라도 움츠러들지 말고 당당하게 맞서리라
서러움 잠시 묻어두고, 기어코 해내리라.

들리는가? 말발굽 소리.
들리는가? 민중의 함성.

그녀를 만나는 곳 100m 앞(16.12.05)

강명구(유라시아평화마라톤)

그녀를 만나러 가는 길은 성스러운 순례길이 되어간다. 한 달 보름 전 처음 광장에 사람들이 몰려들기 시작했을 때는 노오란 은행잎이 곱게 물들었다. 고운 노란 잎 다 떨어지고 마지막 잎새마저 다 떨군 앙상한 경복궁 가로수 길은 겨울로 접어들고 있었다. 가슴 속 깊은 곳에 있는 절절한 마음을 전하러 가는 길은 긴장과 설렘으로 가득 찼다. 사람들은 촛불을 들고 그녀에게 단호하고 엄중한 마음을 전하려 끝없는 행진을 펼쳤다. 행진은 평화로웠지만 분노는 절정에 다다른 채였다.

영원한 청춘을 꿈꾼 그녀는 불로장생(不老長生)을 꿈꾸던 진시황처럼 세상의 온갖 진기한 미용 치료제는 다 찾아 사용하였다. 자낙스 600정, 스틸녹스 210정, 할시온 300정 등 총 1천110정의 마약류 지정 의약품을 사들여 836정을 소비했다고 한다. 자낙스는 공황장애나 불안장애를 치료할 때 사용되는 마약류로 지정된 의약품이다. 스틸녹스는 주성분이 제2의 프로포폴로 불리는 졸피엠이다. 가수 에이미가 과다복용으로 처벌받았던 의약품이다. 할시온도 환각증세 등 부작용을 일으킬 우려가 있어 해외에서는 사용이 금지된 약품이라는 것이다.

청와대가 구입한 약품 중에는 소위 태반주사라 불리는 라이넥주와 감초주사로 불리는 히씨파겐씨주, 마늘주사로 불리는 푸르설타민주 등이 포함되어있다. 백옥 주사 안에는 글루타치온이라는 해독성분이 있어 마약을 즐겨하는 사람들이 온몸에서 마약 성분 세척용으로 흔히 쓰인다고 한다.

불로장생을 꿈꾸던 진시황은 과연 만수(萬壽)를 누렸을까? 그는 나이 50세에 불로초를 얻겠다고 길을 떠났다. 예나 지금이나 위정자들은 무슨 일을 하던지 '사익을 추구하지 않고 국민을 위한다'는 명목이었다. 불로초를 찾아 떠난 길 위에서 그는 고작 50의 나이에 객사를 하고 말았다. 슬프도록 웃기게도 그의 죽음은 약물중독이라는 설이 유력하다. 그는 그 시대에는 불사의 약으로 알려진 수은(水銀)을 오용, 남용하였다고 한다. 영원한 청춘과 불로장생은 인류의 오랜 꿈이면서도 부질없는 욕망과 어리석음을 적나라하게 보여준다.

어리석은 그녀는 아름다움으로 국민의 사랑을 얻으려고 했다. 어리석게도 그녀는 온 국민의 사랑을 받던 드라마 속 여주인공 '길라임'처럼 아름다워지기를 희망했다. 어리석은 그녀는 매일 거울을 보며 "거울아 거울아 세상에서 누가 제일 예쁘니?" 하고 물었을 것이고, 기꺼이 그녀의 일그러진 거울이 되어주었던 십상시(十常侍)들은 "각하가 제일 아름다우십니다."하며 손을 부비면서 세상에서 제일 진기한 불로초를 찾아다 바쳤다.

각자 마음에서 웅얼거리던 작은 소리는 촛불을 들고 함께 모이자 함성이 되었다. 처음 청계광장에서

2천 명이 모이던 것이 다음 주에 2만 명이 되었고, 그다음에는 1백만이 되어서 나왔다. 이제 6주 만에 전국에 232만 명이 모여 함께 소리 높여 외쳤다. 미완의 혁명 갑오동학혁명의 결기가 오늘 다시 이 광장에서 요동(搖動)을 친다. 국가를 위해서 슬퍼하고 분통을 터뜨릴 줄 아는 시민들이 120여 년 적폐 된 모순을 모두 바로잡고자 분연히 온 가족과 함께 분연히 일어섰다. 반드시 부패척결과 국정쇄신 인간존중(인내천人乃天) 사상을 앞세워 세계역사에서 볼 수 없는 성공한 시민축제혁명을 이룰 것이다.

아름다움의 추구는 결국 자기만족도 있지만 사랑받기 위해서이다. 신비주의 세계관을 가슴에 안고 국민의 사랑을 받기 위해서 미용 정치 패션 정치를 펼치던 대통령은 역설적이게도 가장 추한 대통령으로 남게 되었다.

국민의 애끓는 절규(絕叫)에는 아랑곳하지 않는 사람에게 국민의 사랑이란 국가를 자기의 존재에 귀속시키려는 수단일 뿐이다. 국가권력은 비선 실세들의 사사로운 이익을 추구하기 위한 수단으로 전락하였고, 국가정책을 결정하는 공적 의사결정 장치는 무용지물이 되고 말았다. 헌법이나 공적 책임을 묻는 건 허망할 따름이니 즉각 퇴진을 요구하는 것이다. 국가를 이렇게 공황상태에 빠뜨리는 것이 내란이 아니고 무엇이냐며 즉각 체포하기를 준엄하게 명령하는 것이다.

'그녀를 만나는 곳 100m 앞'으로 행진은 동학혁명으로 이루지 못한 상실을 딛고 새롭게 힘을 얻는 치유의 시간으로 우리에게 남을 것이다. 한해가 지는 길목에서 한 시대가 가는 우리는 여기서 시민들의 진정한 힘으로 만들어지는 식민잔재와 봉건 잔재를 일거에 깨끗이 씻어낼 새로운 나라의 탄생과 함께 올 새 희망을 보았다.

탄핵심판을 앞두고 정의를 생각하다

김용택(전 교사, 기고가)

사람들은 말한다. 2017년 3월 10일은 박근혜의 운명을 좌우하는 날이라고…. 옳지 않은 말이다. 정확하게 말하면 5년 임기의 대통령 한 사람의 진로가 아니라 대한민국의 명운을 좌우하는 날이라고 해야 옳다. 왜 1,500만의 국민들이 토요일만 되면 무슨 신들린 사람들처럼 광화문에서 혹은 지역에서 박근혜 탄핵을 외쳤을까? 그들은 촛불 반대집회 사람들처럼 보수를 받고 참가하는 사람들이 아니다. 주머니를 털어 자녀들 손잡고 역사의 현장, 민주주의를 보여주기 위해 모여들었던 것이다.

참사람이란 5~6시간 앞을 내다볼 줄 모르다니… 촛불집회에 참여한 사람들은 탄핵 인용을 확신한다. 실정법을 어긴 대통령이 기각이나 각하됐을 때 아무리 얼굴에 철판을 깐 사람이라도 어떻게 국민 앞에 나와서 정의를 말하고 준법을 말할 수 있을까 하는 믿음 때문이다. 그런데 박근혜를 하느님이라고 믿는 촛불 반대 사람들, 그리고 박근혜를 짝사랑하는 정치인들…. 박 대통령을 돕는 변호사들 그리고 박근혜 자신은 어떻게 생각할까?

박근혜가 국민여론조사결과처럼 80% 가까운 국민들처럼 탄핵 인용을 믿기라도 했다면 깨끗하게 하야 성명을 발표하고 물러나지 않았을까? 특히 김진태를 비롯한 김문수 그리고 윤상현, 홍종문 같은 정치인들은 패배할 경우 정치생명이 끝이 날 수도 있는데…. 그들 편에 설 리 없다. 신의나 의리 때문일까? 이들이 돈을 받고 동원된 사람처럼 돈이 아쉬워 촛불 반대집회를 선동하고 있는 것도 아니고 분별력이 없는 사람들은 더더구나 아니다. 그렇다면 정말 박근혜가 훌륭하고 도덕적으로 흠결이 없는 깨끗한 정치인이라도 믿는 것일까?

대한민국의 명운이 걸린 아침 정의와 민주주의를 생각한다. 법과 정의 그리고 인간에 대한 예의를 생각한다. 이명박 박근혜 치세 9년, 대한민국은 나라의 주인이 국민인 민주주의 국가였는가? 주권자인 국민을 위한 정치를 한 공화국이었는가? 아니 1948년 이승만시대와 박정희 유신 정부 그리고 광주시민을 학살하고 권력을 도둑질한 전두환, 노태우 정권 시절, 권력에 눈이 어두워 유신잔당 김종필과 전두환 군사정권과 손잡고 국민들을 배신한 김영삼 정권. 이들은 진정 국민의 뜻에 따라 주권자인 국민을 위한 정치를 한 사람들이었는가?

솔직히 말해 우리나라 정치판은 썩은 내가 진동하는 쓰레기 판이었다. 정치 혐오증이니 정치 기피증이라는 말이 나온 이유가 무엇인가? 정치인 중에는 인간적으로 존경받는 사람을 찾아보기 어렵다. 정의나 진실을 말하면 빨갱이 취급당해 사람대접도 받지 못하고 격리되거나 요주의 인물이 되어야 했다. 정경유착으로 거대한 권력이 된 자본이 주인이 되고 권력에 빌붙어 권력의 대변자 노릇을 한 찌라시 언론이 나라를 좌지우지한 막가파 세상이었다. 오죽하면 청년들이 헬조선이라고 비아냥거림을 받았을까?

힘의 논리가 통하는 사회는 민주주의가 아니다. 힘의 논리, 외모나 학벌이나 경제력, 사회적 지위로 사람의 가치를 평가 받는 사회는 야만의 사회다. 자본이 만들 놓은 이데올로기에 마취돼 그런 논리를 체화시키는 학교는 계급상승을 놓고 이전투구를 벌이는 경쟁 장이었다. 사람을 사람답게 길러내는 교육이 아니라 권력에 복종하는 인간, 현실과 타협하는 인간 등을 길러내는 공장이었다. 순리나 진실이 통하는 진실게임이 아니라 정정당당하게 살면 손해를 본다는 이기적인 인간을 길러내는 양성소였다.

이해타산으로 엇갈린 사람들이 사는 공동체가 유지할 수 있는 이유가 무엇일까? 우리 사회가 유지되는 근거는 인간에 대한 존엄성과 이를 존중하고 살겠다는 약속이 있기 때문이다. 그런 약속을 담은 게 헌법이요 법이요, 도덕이요, 윤리다. 혼자가 아닌 함께 살기 위해서는 무한의 자유가 아닌 자율이 필요한 이유도 같은 맥락에서 이해할 수 있다. 다수의 이익을 위해 소수가 양보하고 타협하는 민주주의생활방식을 체화하지 못하고 내게 이익이 되는 게 선이라는 힘의 논리가 지배하는 세상은 더불어 사는 세상이 아니다.

촛불은 혁명이다. 민주주의를 갈구하는 민주시민의 함성이요, 주권자의 권리찾기운동이다. 정치인들은 말한다. 자신이 대통령이 되면 적폐를 청산하고 대한민국을 바로 세우겠다고…. 그런데 보라 박근혜의 다른 얼굴인 황교안을 지지하는 사람들이 전체 유권자의 16%다. 이성적인 판단이 아니라 이해관계나 연고주의에 의한 판단으로 우리는 지난 세월 주인이 노예가 되는 막가파 세상을 살아오지 않았는가? 운명의 시간이 다가오고 있다. 우리는 믿는다. 정의는 승리한다고, 법은 정의의 편이라고….

촛불의 주인은 모두이다

권병길(배우)

촛불 집회가 시작 될 때 나는 연극을 공연해야 될 상황이었다. 젊은 연극인들 중심으로 블랙 리스트가 터져 나오면서 분노가 끓기 시작하던 때에 대학로에서 나는 강한 어조로 박근혜 정권을 규탄했다. 즉 연극인들의 예술창작의 자유가 침해 됨에 자존심이 짓밟히는 분노의 열기가 심상치 않음을 감지했다. 이런 엄중한 때에 연극을 하고 있는 자신의 맘이 편할 리는 없었다.

공연이 잘 마무리 되는 날 몸을 추스르고 우선 을지로 입구 쪽으로 나갔다. 인파는 어디 한군데 뚫고 들어 갈 틈 없이 운집했다. 그 날 인증샷을 Fb에 올렸더니 배우 맹봉학 후배의 댓글이 올라왔다. '나오셨군요.' 그 후부터 촛불 집회는 나의 일상이 되었다. 같이 연극했던 한영애 노래를 들으며 나는 객이 되어 열심히 박수를 보내기도 하고 전인권 김재동 등, 노래와 소신 발언 할 때마다 열렬히 박수를 보내며 한 사람의 인원 충당 사명을 띠고 광장으로 나가게 되었지만 주부, 중고등학생, 때론 나이 드신 어른들 어린 아이들 까지 추운데 촛불을 밝힘에 감동이 벅찼다.

솔직히 겨울만 되면 기관지가 약한 나에겐 감기가 두려웠다 그래 무척 조심하고 무슨 집회든 수백 명만 모여도 감기가 두려워 슬그머니 꽁무닐 빼기 일수였고 은근히 오해를 받는 듯하여 눈치 보이기도 했던 터이다. 그러나 이번 촛불 집회는 다 같이 동참 하자는 소리 없는 손짓에 이끌려 쇠사슬에 감기듯 끌려 나갔다. 참으로 신기한 충동이었다. 그래 꼭 참여 하자 하는 맘이 일어나는 이유는 나에게만 전해진 것이 아니라 '집에서 잘 지내던 사람들이 현장의 감동으로 다시 끌려 나오게 되었다는' 어느 님의 고백이 신기하게 들려 왔다. 왜 일까? 이유는 이런 거였다. 모두가 한 맘으로 이심전심 곳곳의 시민들의 양심을 일으켰고 그래서 모였고 그의 함성은 천지를 찔렀고 그 소리는 하늘에서 들리는 듯했고 더 이상 불의한 정권을 그대로 둘 수 없다는 결의가 날이 갈수록 고조 되었다는 것이다. 그 후 매주 발걸음은 광화문으로 한주도 거르지 않고 나가기 시작 4개월 만에 박근혜의 항복을 받아내게 되었다. 그리고 백만 인파와 영하의 날씨에도 서로들 비비고 고함치고 숨을 서로 들어 마셔도 감기 한번 안 걸리는 기적이 일이 일어났으니 놀라울 뿐이었다. 감기는 나의 전매특허, 폐렴의 경험이 있는 나로선 두렵지 않을 수 없었다. 그럼에도 같이 행렬에 끝까지 참여한 나로선 지난 6월항쟁과 같은 감동을 재연 하게 된 것이었고 촛불은 다시 이 나라의 희망의 등불이 될 것이란 믿음이 들었다.

하늘은 운명을 바꾸는 일을 하신다. 촛불은 정의의 시작을 알리는 위대함이 숨어 있음을 감지 하게 되었다. 아니 그렇게 될 것이라는 확신으로 하늘과 국민이 약속한 사건이 아니겠는가? 그 증거로 국민의 혼연일체는 서로를 보듬고 의지하고 불을 붙여 거대한 혁명의 불길로 완수 되어 전 세계에 알린 위대한 사실이다.

그러나 단순히 정권의 교체와 독재자의 퇴출로 끝날 것이 아닐 것이다. 이어지는 민주주의의 완성 그리고 민족통일의 거대한 걸음도 이젠 가능하다는 영감을 준 사건이었고 작은 조약돌 같은 국민들의 마음은 거대한 태산의 위업을 세웠다.

촛불은 3.1정신의 위업과 4.19 와 광주 정신과 6월 항쟁의 연장으로 길이길이 빛날 것임을 의심치 않는다.

데모가 아니여 잔치여 잔치

이문복(교사, 시인)

데모하러 갔었냐구? 아니여, 그냥 구경삼어 간 거시여. 테레비루 봉께 그 뭐시냐 꽃 같기두 허구, 별 같기두 허구, 강물처럼 흐르기두 허는 불꽃덜이 올마나 이쁘던지, 그 많은 촛불이 워디서 왔나 궁금혀서 가본 거시여.

데모는 젊은 애덜 아니먼 유식허구 별쭝맞은 사람덜이나 허는 걸루 만 알었는디 그게 아니더먼. 나보담 열 살이나 더 잡순 어르신두 있구 경상도 대구에서 온 아줌마두 있더랑께. 근디 데모가 아니여. 잔치여, 잔치. 난생 첨 본 사람덜끼리 어깨 맞대 노래 부르구 귤 까서 나눠 먹구 바닥 차겁다구 깔개두 내어주구….

나두 한 개 불붙여 들구 목청껏 소리 질렀지. 충청도 촌 할매라구 헐 말이 없겄어? 어매, 아배 다 총맞어 죽었으니 짠 허기두 허구 그런 걸 겪었으니 우리네 사정 오죽 잘 살펴줄까 싶어 찍어주지 않었남? 근디 제우 헌다는 짓이 나랏일은 나 몰라라, 상스럽구 돈만 밝히넌 최가 여펀네헌티 맡겨놓구 공주놀음이나 혔잖여. 우리네 무지랭이덜 농사짓느라 땀범벅일 때 박그네는 안 그래두 뽀샤시헌 얼굴에 쉬쉬 야매루다가 젊어지는 주사나 찔러넣구

아무렴, 또 올라갈 겨. 담에는 청와대까지 행진두 헐 작정이여. 테레비서 봤지? 구불구불 흘러가는 불꽃 강물 말이여. 나두 그렇게 흘러갈 거구먼. 바람? 불었지, 바람. 촛불이 더러 꺼지기두 허구. 근디 상관□어, 옆이서 얼릉 붙여주니께. 바람 분다구 불이 꺼지남? 더 크게 번지지.

그러구 말이여, 구경허러 갔다 촛불 하나 챙겨갖구 돌아오면서 곰곰 생각혀 봉께 내 맘에 예전과 다른 게 들어있더란 말이여. 표 찍는 것두 잘 찍어야 지먼 찍어만 주구 그냥 내비두면 안 되는 거시여. 다덜 요러코롬 맘속에 촛불 하나썩 품고 돌아덜 갔을텐디 꺼질 리가 있겄남?

잉? 아니여, 아니여. 데모는 무신, 구경 허러 간 거시여. 근디 데모가 아니여. 잔치여, 잔치.

횃불

조형식(광명문인협회)

그네들에게는
하찮은 촛불로 보였을까
콧바람 불면 꺼져버릴
불꽃 한 잎으로 보였을까

천만의 말씀
만만의 콩떡이다
그것은 횃불이다
사람들마다 가슴 속
정의의 분노를 태워 밝힌
바람이 불수록 가열찬 횃불이다

더는 목불인견
더 이상 참을 수 없어
사악한 어둠을 살라버리고
광화문의 광명을 되살리고자
치켜든 수백만 횃불이다

어쭙잖게 불어오는 바람
횃불의 불 멱을 흔들어 보지만
그것은 가소로운 투정
바람에 더 강해지는 횃불인 줄 몰랐더냐

물럿거라 물럿거라
통절히 참회하고
횃불에 석고대죄하며
뒷걸음질로 썩 사라져라

저 하늘을 보아라
광화문광장의 횃불 천하를
반짝이는 눈으로 내려다보는
억겁 우주의 뭇별들

순국선열 독립투사 민주열사들이
별들마다 앉아서
환희의 박수 파도를 치고 있다
이제야 단군 한겨레 정의를 찾는구나

123년 전 우금치에서 쓰러진
수만의 동학 혁명군 한이 씻기는구나
얼마나 얼마나 한스러이 쓰러졌더냐
3·1혁명의 태극기 만세 파도
4·19혁명의 자유민주학생 노도
5·18혁명의 광주 민주시민 분노
6·10혁명의 군사독재 타도
그 미완의 아쉬움 서러움이
이제는 진정 진심 해원되고
철벽 민주주의를
완결 완전 완성 완고히 해야 한다

아! 횃불이여 횃불이여
세계의 민주주의를 찬란히 밝힌
한반도 한겨레의 광화문 횃불 광장이여
누가 촛불이라 쉽게 말하는가!

오호라, 민주의 봄 천지길 열렸네

–박근혜 탄핵 인용에 부쳐

정영훈(촛불혁명출판시민위)

오늘 참 기쁜 날, 위대한 날!
말로는 다 못할
가슴 벅찬 감격의 날!

수십 년 대를 이은
친일부역자 정권의
뿌리가 뽑힌 날.

쿠데타로 찬탈한 대권,
민주주의와
수많은 애국애족 인사 희생시킨
유신독재의 연장선이
감연히 끊어진 날.

경제조차
권력유지의 수단 되어 온
불의한 정치에 종지부를 찍은 날.

DJ, 전라도에 붉은색
짙게 발라 소외시키고
부마항생 등으로
올곧았던 경상도의 신민화
건전한 보수의 수꼴화로
지금껏 재생산해 온
부정한 권력이 파면된 날.

북악산발 온갖 칼바람과
폭풍전야의 날들 지나고,
척박한 이 땅에
평온과 풍요의 봄 천지길 열리네.

직무유기, 생명보호 포기
성실의무 위반이 명백한
세월호 참사에 대한 탄핵 사유 배제는
자연인 박근혜로서
미스테리한 침몰 수장 의혹 관련
진상규명의 기회로 남은 것.

쌀쌀맞은 연인 같은 꽃샘추위 넘어
진선미 가득한 봄 동산,
지상의 이상향 같은 봄 천지
사랑스레 달려오네.

(2017.3.10.~11. 광화문광장에서)

셋째마당

촛불혁명, 그 완성을 위하여

촛불시민혁명의 세계사적 의미

이기영(교수)

2016년 10월 26일, 한국에서 처음 시작되어 3월 막을 내린 촛불시민혁명은 '신자유주의의 폐해'로 민주주의가 무너지고 빈익빈 부익부로 피폐해진 민중들이 SNS를 통해 소통하며 자발적으로 광화문에 모여 피 한 방울 흘리지 않고 일궈낸 세계역사상 가장 앞선 형태의 직접민주주의의 승리이다.

이것은 동학혁명 등 한국민족의 역사에 흐르는 풀뿌리 저항정신이 있었기 때문이고 이는 바로 수천년 내려온 자연의 순리에 따라 살아온 한민족의 '태극기 정신'이다. 이제 촛불시민혁명은 세계로 퍼져나가 탐욕스런 세계의 재벌들이 무한경쟁을 야기해 우려되는 핵전쟁을 포함한 3차 세계대전의 위기로 공멸의 위기에 처한 지구촌을 구하고 새로운 정의롭고 자연의 순리를 존중하는 건강한 문명을 만들 것이다.

영국에서 대처 총리에 의해 시작된 자국 이익과 기업 중심의 신자유주의는 전 세계를 무한경쟁의 도가니로 빠뜨렸다. 이 결과 빈익빈 부익부로 대부분의 민중들이 무한경쟁의 직장에서 고통을 받고 피폐해지자 미국이나 유럽을 포함한 대부분의 국가에서는 억울한 국민들이 기성 정치권의 불신문제를 극우 파시즘으로 눈길을 돌렸다. 그런데 이는 오히려 국가 간 협력시스템을 다 무너뜨리고 지나친 돈 벌기 경쟁을 부채질해 이젠 3차 세계대전을 우려하게 되었다.

반면, 한국에서는 매일 수십에서 많게는 백만 명이 넘는 시민들이 광화문에 모여 자유토론을 통해 민의를 모았고 이는 SNS를 통해 전국으로 퍼져나가 수많은 도시에서 촛불토론회와 평화로운 행진을 퍼뜨렸다. 성난 시민들은 헌법 질서를 무너뜨리고 비선조직을 통해 사익을 추구해온 박 대통령을 몰아내고 민주주의를 회복해 선거를 통해 문 대통령을 선출해 새로운 민주질서를 만들어나가고 있다. 결국 거스를 수 없는 강력한 촛불의 힘은 머뭇거리던 정치자 들은 물론 경찰, 검찰까지 움직여 헌법과 민주질서를 짓밟아온 비선 허수아비 대통령을 퇴진시켰고 온라인 SNS를 통한 중지를 모아 인류역사상 최대 규모의 국민이 직접 참여해 결정하는 직접민주주의를 실현시켰다.

촛불시민혁명은 그동안 국가에 의해 자행되어 온 인권탄압, 노동탄압, 환경문제를 공론화 시켰고 특히 이러한 불법을 야기해온 재벌문제를 부각시켰다. 근본적으로는 '잘살아보세'라는 말로 표현되는 금권 위주로 부패를 야기하고 서로 믿고 협력하며 살아온 공동체적 전통적 가치를 소멸시킨 새마을 운동을 부정하고 옛 전통을 다시 찾자는 '헌 마을 운동'인 것이다. 이는 5·18 광주시민혁명, 6·10항쟁, 2008 광우병 촛불집회 등을 거치면서 수정, 발전되었다.

근대 민주주의는 유산자들에 의한 기득권층의 지속적 지배를 합법화, 정당화하기 위해 선거를 이용하였는데 필연적으로 금권타락이 나타났다. 그러나 고대 그리스의 아테네, 로마의 공화정, 르네상스 시대의 이탈리아 자유도시에서는 권력의 세습과 집중화를 막고 난폭하고 무책임한 정치가 불가능하도록 제비뽑기를 유지하였다. 또한 권력의 유혹에 저항할 수 있는 유혹을 믿지 말고 부정부패방지예방조치를 확실히 해서 이뤄낸 것이다. 우리나라에서는 이미 광주 민주화 항쟁이 실패했으나 6·10항쟁, 2008년 광우병 촛불시위로 진전, 구체화되어 시민주권주의를 발전시켜왔다. 이젠 시민의회를 통해 숙의민주주의를 실현하고 있다. 파쇼적 무교양, 부동산부호인 도널드 트럼프를 뽑아 세계를 불안하게 만들고 있는 미국과는 전혀 다른 모습이다. 전문가들의 조언을 얻어 시민들이 토론해 결정하는 숙의민주주의를 실현시키는 시민의회가 등장하여 핵발전소 등 현안을 토론하고 있다. 권력과 돈 등 힘에 의한 수직적 시스템이 아니라 고유의 역할에 따른 수평적 화이부동의 세계관인 것이다. (※ 이러한 우리의 자연철학은 '한강은 흐른다' 노래에 잘 나타나 있다.)

오호라, 새 시대의 문門 대통령!

정민해(시인)

오호라, 새로운 대통령!
참 민주공화국시대의 문
활짝 열렸네.
온 맘으로 축하하고
내 가진 모든 소중한,
아름다운 꽃으로 찬사를 보내네.

혹여나
또다시 흑암의 세력이
우리의 상투를 잡을까 봐
얼마나 노심초사했던가!

양심과 정의를 저버린
친일에 뿌리를 둔,
다카키 마사오, 쿠데타와
18년 장기집권 후에도
빨갱이, 종북몰이로
독재와 부정,
특혜와 착취…
뒷받침했던 수구 지역 백성들.

그 거대한
악의 뿌리에서
광주학살
4대 강 비리 오염 사업
나라 말아먹는 국정농단까지
저질러졌건만

다시금 이어질 수도 있었던
참사와 적폐, 반민주 반민족
대결과 전쟁 위협 등
막강이 떨치고

자유와 민주, 상식과 원칙,
자주와 평등, 평화의 대통령
승리하셨네.
사람이 먼저인
따스한 햇볕,
후덕한 달빛 대통령
등장하셨네.

지상에 완전무결, 유토피아는 없으니
누구에게나 있는 미진 미약
함께 채우리.

오호라, 시대와 역사와
촛불시민 앞에
겨레와 세계만방의
기대에 찬 눈망울 위에
새 시대의 문 대통령 우뚝 섰네.
(2017.5.10. 새 아침에)

잠에서 깨어나라 죽음에서 일어나라

조헌정(목사, 6·15공동선언 남측위)

지난주 우리는 바닷속에 잠겨 있던 세월호가 1,073일 만에 그 모습을 드러낸 감격을 경험했습니다. 그럴뿐더러 이 세월호를 바닥에서 끌어올리기 시작한 지난 수요일, 강원도의 하늘에는 세월호를 상징하는 커다란 노란색 리본 구름 띠가 나타나서 여러 사람이 이를 찍어 SNS상에 올렸는데, 어떻게 그 시간에 그런 구름 띠가 형성될 수 있었는지 그 사진을 보는 순간 섬뜩한 느낌이 들었습니다. 이는 분명 세월호의 아픔과 함께한다는 하늘의 응답으로 이해됩니다. 게다가 올해는 사순절 시작일인 성회 수요일이 민중항쟁의 상징인 3월 1일이었고 이를 마감하는 부활절은 4월 16일로 세월호 3주기의 날이기도 합니다. 우연의 일치라기보다는 필연의 역사 개입이라고 저는 이해가 됩니다.

지난 3년 동안 이 나라는 정상적인 인간으로서는 이해할 수 없는 수많은 의혹 속에서 살아왔습니다. 희생자 대부분이 꽃다운 나이 고등학교 2학년생이었던 304명의 죽음은 분명히 단순한 여객 사고는 아니었습니다. 수 시간에 걸쳐 서서히 배가 침몰하는 당시 바로 옆에는 해경들이 있었음에도 불구하고 왜 구하고자 적극적인 노력을 하지 않았는지, 승객들의 생명보호를 자신의 생명보다 더 소중히 여기는 열 명의 선원들이 자신은 탈출하면서 승객들에게는 머물러 있으라는 방송을 한다는 것은 위선의 명령이 아니고서는 말이 안 되는 일인데, 그 윗선은 누구인지, 바지선 끈 묶어 끌어올리는 일, 수백 미터 수천 미터 바다 밑도 아닌 불과 40미터의 세월호를 끌어올리는 일에 3년이나 걸려야 하는 이유는 무엇인지, 수많은 한국의 세계적인 해운업체들을 놔두고 경험도 없는 중국 회사와 수주 계약을 맺어야 했던 이유는 무엇인지?

더 결정적인 것은 배가 침몰하고 있는 시간, 이 나라의 모든 TV 방송들은 세월호 구조 사진 한 장 방영하지 않은 채, 모두 하나같이 '전원 구조'라는 오보를 하였고, 이것이 10분 혹은 20분의 착각 속에서 이루어진 방송 실수가 아니라, 배 안의 자녀들과 전화통화를 하고 있었던 세월호 가족들, 그리고 배 안에 사람들이 있다고 하는 목포 지방 방송국의 계속되는 지적에도 불구하고 두 시간 이상 대규모의 국민사기극이 계속되었다는 사실은 전체 언론사를 통제하는 국가 권력의 검은 손이 애초부터 개입되어 있었다는 명백한 증거입니다. 그러기에 배 안에 타고 있었던 모든 희생자들의 손전화기를 국가 권력이 압수하였습니다. 이는 증거인멸 행위라고 말할 수밖에 없습니다. 이외에도 사고 원인에 대한 이루 말할 수 없는 수많은 의혹들이 제기되었지만, 여기에 합당한 해명은 하나도 없었습니다. 모든 관련 진상을 명명백백하게 밝혀내어 책임자는 지위 고하를 막론하고 분명하게 처벌하여 다시는 이런 참사가 발생하지 않도록 해야 할 것입니다. 바라기는 9명의 미수습자의 시신 또한 가족들의 품에 무사히 안겨 3년 동안 미루었던 해원(解冤)이 이루어지기를 기도합니다.

2주 전 헌재의 박근혜 탄핵 결정에는 4개월의 걸친 85%에 달하는 국민들의 전폭적인 지지와 천오백만이 넘는 촛불 항쟁이 직접적인 영향을 끼친 것은 사실이지만, 동시에 세계 역사상 그 사례가 배우 드문 민중 평화의 촛불이 쉽게 타오를 수 있었던 것은 비가 오나 눈이 오나 광장 귀퉁이에서 촛불을 밝혀 온 세월호 희생자 가족들의 끊임없는 기도가 있었기 때문입니다. 향린교회는 이분들의 한 맺힘 소리에 함께 하며 처음부터 지금까지 함께 해왔습니다. "우리가 선을 행하되 낙심하지 말지니 포기하지 아니하면 때가 이르매 거두리라"는 성서의 말씀을 다시 한번 기억하며 향린 교우 여러분께 치하의 말씀을 드립니다.

물론 탄핵만으로 끝나는 일은 아닙니다. 이제 시작일 따름입니다. 다만 우리 국민들이 분명한 역사 인식과 국민이 모든 권력의 주인이라고 하는 우리나라 헌법 1조의 정신을 분명히 기억하고 최선을 다해야 할 것입니다. 각자가 해야 할 일들이 많이 있지만, 우리가 또다시 모두 자신의 일에 매몰되어 흩어지고 만다면 과거의 실패가 반복될 것입니다. 윗물이 썩어 문드러진 강에서 살아가는 물고기는 모두 병들어 죽기 마련입니다. 적폐(積弊) 청산이라는 말이 이 사회의 화두가 되어있지만, 이 또한 우리 모두가 참여할 때, 가능한 일입니다. 하실 수 있겠지요?

(중략)

60년대 저항 가수의 기수가 비틀스요, 저들의 대표적인 노래가 'Let it be'였다면, 이를 이은 70년대 저항 가수의 기수는 밥 말리였고 그의 대표적인 노래는 'Get up, Stand up'입니다. 오늘 바울이 에페소 교인들을 향해 외친 하늘의 말씀, '잠에서 깨어나라, 죽음에서 일어나라'를 연상하고 있고 노래 가사가 마치 예수께서 당시 바리사이파 종교 지도자들을 비판하였듯이 밥 말리 또한 오늘의 종교 지도자들을 비판하고 있습니다. 첫 마디부터 이렇게 시작합니다. "Preacher man, don't tell me."(목사들이여 더 이상 우리에게 설교하지 마시오.) 후반부에 가면 "We're sick and tired of your ism and skism game."(당신들의 교리놀이와 천국 게임에 지칠 대로 지쳤다고 그만 집어치우라고….)

오늘 이 시간에 잠시 그 노래를 들어보도록 하겠습니다. 가사는 이렇습니다.

(생략)

남아프리카의 노벨평화상 수상자인 성공회 데스몬드 투투 신부는 이런 말을 했습니다. “어느 날 백인들이 성서를 들고 와서 함께 기도하자고 해서 기도를 하고 눈을 떠 보았더니 저들이 가져온 성서가 우리 손에 놓여 있었고, 대신 우리 손에 쥐고 있었던 땅문서는 저들의 손에 놓여 있었다.”

청와대와 국회는 말합니다. 정치는 우리가 알아서 할 테니까 너희들은 너희에게 맡겨진 회사 일과 가정일이나 열심히 하라고 말입니다. 그래서 열심히 일했더니 그 번 돈들이 재벌들의 회사 보유금으로 쌓여 있더니 어느 날부터는 박근혜와 최진실의 사유 금고 속으로 옮겨가기 시작했고, 부동산투기를 통해 남한의 땅값을 금값으로 만들어 놓았습니다. 게다가 작은 땅덩어리 남한이라는 나라의 국방과는 전연 상관도 없는 값비싼 최고 기술의 신예 전투기나 공중급유기 구입, 그리고 중국과 러시아의 대륙을 다 들여다볼 수 있는 고성능 X 밴드 레이다가 달린 사드 구입비로 다 낭비되고 있습니다. 그리고 이런 무기들이 오가면서 거래액의 최소 20%는 스위스 비밀계좌를 통해 장성들과 정치인들의 개인 호주머니 속으로 들어가고 있습니다.

여기서 교회가 해야 할 일이 무엇인가요?

(중략)

이 과제를 다룰 때 예수로부터 고침을 받았던 사람이 눈을 뜨는 대가로 그에게 임한 축복은 회당으로부터 쫓김당하는 일이었음을 잊지 않아야 할 것입니다. (사순절 넷째 주일 설교문)

촛불의 단상

김석휴(한겨레발전연대운영위원)

그 기나긴 엄동설한에 우린
이러려고 촛불을 들었다.
우린 참을 만큼 참았다.
하지만 과격하지 않았다.
부당하고 부패한 정권을
내려놓길 바랐을 뿐이다.

우리가 염원하던
민주정부가 들어서지 않았는가?
우리 어찌 이 흥분을
가라앉힐 수 있겠는가!

이제 우린
또 다른 시작을 맞이할 뿐이다.
음험하고 묵은 적폐세력들의
끊임없는 저항과
보수의 탈을 쓴
또 다른 사이비들의
정치보복 운운.
물 타고
고춧가루 뿌리고
험로가 예상되지 않을 수 없다.

이자들이 노리는 게 뭐겠는가?
오로지 이 정권의 실패일 뿐이다.
그들의 당위성을 주장하기 위해.

과거 민주정권 10년을 기억하자.
나라 바로 세우기에
10년도 부족했던 경험을!
민주정권 향후 20년은 보장해야
잘못된 모든 게 제자리를 찾지 않을까?

우린 책무가 늘어났다.
적폐세력들의 조직적인 저항에
맞서 싸워야 하며
민주정권의 실수와 오류를 감시해야 하는
또 하나의 책무 말이다.
우리는 국가에 충성하는 민중.
개인을 숭상하는 노예나
개돼지가 아니기 때문이다.

우리 안의 폴리스라인

송경동(시인)

이제 그만 그 거대한 무대를 치워주세요
우리 모두가 주인이 될 수 있게
작은 사람들의 작은 테이블로 이 광장이 꽉 찰 수 있게

이제 그만 연단의 마이크를 꺼 주세요
모두가 자신의 말을 꺼낼 수 있게
백만 개의 천만 개의 작은 마이크들이 켜질 수 있게

이제 그만 집으로 돌아가라는 친절한 안내를 멈춰 주세요
나의 시간을 내가 선택할 수 있게
광장이 스스로 광장의 시간을 상상할 수 있게

전체를 위해 노동자들 목소리는 죽이라고
소수자들 목소리는 불편하다고 말하지 말아 주세요
집을 가진 이들은 집을 갖지 못한 이들의 마음을 몰라요

어떤 민주주의의 경로도 먼저 결정해두지 말고
어떤 역사적 사회적 정치적 한계도 먼저 설정해두지 말고
최선의 꿈을 꿔 볼 수 있게

광장을 관리하려 하지 말고
광장보다 작은 꿈으로 광장을 대리하려 하지 말고
오늘 열린 광장이
어제의 법과 의회 앞에 무릎 꿇지 않게

위만 나쁘다고
위만 바뀌면 된다고도 말하지 말아 주세요
나도 바뀌어야 할 게 많아요
그렇게 내가 비로소 말할 수 있을 때
내가 나로부터 변할 때
그때가 진짜 혁명이니까요.

잊지 않기로 했네

문홍만(전 교사)

귀한 목숨들 차디찬 바다에 가둔 채
아무것도 할 수 없어 눈물로나
그 바다로 달려가곤 할 때
절망과 슬픔의 분노의 통곡으로 포효하던
그 바다를 잊지 않기로 했네.

다시는 이런 세상 오게 하지 말자고
이 한 몸 작지만 살육과 어둠의
음모와 세력들에 맞서
늘 두 눈 부릅뜨리라고.

광화문에 대구에 부산에 순천에
대전, 천안, 춘천, 제주에….
삼천리강산에 촛불들이 일어설 때
그 불들, 불들이 모여서
삼백의 원혼이 갇혔던 배가
가슴이 뜨거운 사람들의 세상 위에 떠오르고
깊고 깊었던 절망과 슬픔, 분노의 함성은
희망의 파도가 되어 거리와 산과 들을 수놓을 때
기쁨의 눈물로 광화문 거리를 춤을 추며 다짐했네.

사람의 절망과 슬픔은 따뜻한 사람의 온도와
맞잡은 손길로만 치유될 수 있다는 것을.

이 땅이 언제든 뜨거운 가슴과 숨결로
어둠과 절망 앞에 어깨 기댈 사람들이
넘실댄다는 것을 잊지 않기로 했네.

작은 손길과 숨결 하나만 보태도
수천수만의 물결들로 넘쳐나는
이 땅의 기적을 잊지 않기로 했네.

나, 당신 그리고 우리

최우선(협동조합 관악바보주막)

외로움이 있었다.

시대에 기록된 그런 외로움
내게 기억된 그런 외로움

기다림이 되었다.

시대가 기다릴 그런 기다림
내가 기다린 그런 기다림

만남이 있었다.

시대 속에 우리들의 그런 만남
내가 당신을 만난 그런 만남

바람이 생겼다.

시대 속에 우리들이 바라는 그런 바람
내가 당신과 바라는 그런 바람

사랑이 되는 걸까?

시대의 외로움 속에서 우리가 기다라며 만나길 기대했던 그런 바람이

내가 외로워 기다리고 만나길 바라던 당신이

외로웠던 내가 기다림 속에서 당신을 만나고 바람이 생겨 사랑이 된다.

우리가 기다렸던 시대의 외로움이
나, 당신 그리고 우리가 만나 바라고 사랑하면
그것이 시대가 바라는 기록이 될 것이다.

제2 촛불 혁명

곽희민(글로벌소비자네트워크)

28일 제2차 촛불 혁명은 친일 MB 구속과 동시에
청와대 행진은 반대.
국민의 촛불 혁명이 잡기 위해 가야 할 곳은
국회 썩은 쓰레기 자한당+바정당 대청소
적폐청산으로 가야 합니다.
민주주의를 독재식 권력으로 짓밟기만 하는
친일 적폐 쪽발이들의 간신
살인 0놈들의 앞잡이 적폐들이
득실거리는 곳
썩은 국회로!

모이자!

김희대(한생명운동)

저녁 7시
빛 마당 광화문광장에!
촛불을 밝혀 들자!
미완의 적폐청산 완벽하게 이뤄내자
재세이화 홍익인간
평화통일 태평성세
하나 되어 이뤄내자!
'촛불 1주년' 다시 불 밝히는 광화문광장… 개혁·적폐청산 요구

친일파 63명 아직 국립묘지에… "과거사 청산 미흡"(http://v.media.daum.net/v/20171020075027352?f=m&rcmd=rn)
한민족을 수탈 착취하였던 친일 전쟁범죄 공범자들을 왜 국립묘지에 안장하는가?
촛불시민혁명 문재인 정부는 친일 반민족 매국 부역자들을 정리 청산하여야 한다

민심의 승리! 촛불 혁명 만세!

안성용(박근혜 퇴진 기독교운동본부)

민심이 승리했다. 촛불이 승리했다. 오늘은 하늘과 함께 모두 기뻐하자.
하지만 혁명은 진행 중이다.
고난받는 이웃은 너무나 많다.
청산해야 할 적폐도 너무나 많다.
새로운 사회를 건설할 때까지 긴장을 늦추지 말자.
온 땅에 정의가 강물처럼 흐르고, 평화가 넘칠 때까지 혁명은 지속되어야 한다.
혁명 만세!

촛불

박진영(서울시민)

하나가 된
수백만 촛불들이 모여
만인의 얼굴을 웃게 했고
역사를 바꾸었네.
이 빛으로 인해 우리는
자유를 찾았고 희망을 얻었네.
촛불 하나하나의 작은 정성이
희망의 문을 열게 했고
새로운 역사를 창조하게 하였네.

촛불 하나

청아랑 박덕례(시인)

엄동설한 혹독한 날씨에
남녀노소 할 것 없이 거리로 나서
손 호호 불고 발 동동 구르며
촛불 들었던 광화문 거리.

꺼지기 쉬운 촛불 하나 의존하여
수백만 촛불 하나가 되어
악의 손에서 씨름하는 백성 구하기 위해

정의로운 나라 바로 세우자고
거리로 뛰쳐나온
위대한 국민이여, 시민들이여!

신의 손 함께 하기에
어진 정부 탄생하고
정의로운 나라
밝은 세상 찾아왔네!

베이비 부머의 일기

이계연(SM삼환기업)

한국전쟁 끝난 지 오륙 년
집집마다 아들딸 주렁주렁 낳던 시절 태어나
보리밥, 조밥, 고구마 밥, 찬밥, 더운밥 가리지 않고
그날그날 배만 채워도 좋았지.

초딩 수학여행은 쌀 한 되씩 가져가고,
지나가는 시간 버스를 타고, 대웅전 바닥에서 잤고
중·고딩 수학여행은 낼 돈이 없어 포기하고
가을걷이 농사일을 돕다가
좋은 곳 찾아 돌아다닐 친구들 생각에
괜스레 짜증을 내곤 했었지.

어렵게 간 대학, 3학년, 80년 5월
놀기도 최고, 공부도 가장 필요한 그 시기
오전에는 수업하고
점심 먹고 운동장에 모여
학과별로 줄 맞추어 금남로로 나갔지.
캠퍼스보다는 금남로에서
참담한 시간을 보냈네.

남들처럼 군대 마치고
밥벌이 찾아 상경하니 1987.
사무실이 시청 앞 광장 지척이라
들려오는 함성 귓전에 울려
선배들 눈치 보아가며
화장실 가는 척, 은행에 가는 척
셔츠에 넥타이만 대롱대롱
넥타이부대 되었네.

밥벌이 30년하고 좀 쉬고 있으니
광화문 촛불이 나를 불렀네.
주말이면 광화문에
밝은 촛불 하나 보탰을 뿐.

역사의 마디마디 나를 피해가지 않으니
이 또한 축복이리라.
민주주의는 피를 먹고 자라는 나무라 하였던가?
우리 사는 나라, 우리 조국이
우리 손으로 만들어진 것이니….

이제는
사드도 필요 없고 핵무장도 필요 없는
하나 된 민주통일 조국
후손에 물려 주고 싶어라.

모든 권력은

김태동(경제민주주의 학자)

대통령에게는 권력이 없다네, 권한만 있다네.
국회의원들에게도 권력이 없다네, 권한만 있다네.
그들은 주권자들이 뽑은 심부름꾼 신분이라네.

대법원장, 대법관, 판사님들은 우리가 직접 뽑지 않고,
우리 심부름꾼들이 우리 대신 뽑은 거라네.
영감도 나으리도 아닌 그들도 당연히 권력은 없다네.
작지만 엄중한 권한만 있다네. '법대로만 재판하거라'라는

모든 권력은 국민으로부터 나온다.
정치권력은 국민으로부터 나온다.
입법권력은 국민으로부터 나온다.
사법권력은 국민으로부터 나온다.
외교안보권력은 국민으로부터 나온다.
국방권력은 국민으로부터 나온다.
행정권력은 국민으로부터 나온다.
경제권력은 국민으로부터 나온다.
문화권력은 국민으로부터 나온다.
교육권력은 국민으로부터 나온다.
언론권력은 국민으로부터 나온다.
환경권력은 국민으로부터 나온다.
역사권력은 국민으로부터 나온다.
지역권력도 국민으로부터 나온다.
심부름꾼은 뽑아준 권력자 주권자 주인의 명령대로 심부름해야 하네.
거스르면 국정농단이라네.
국정농단 박근혜 탄핵하고 감옥에 보냈듯이

부정부패, 정경유착 대대로 세습한 이재용도
다른 모든 범법자 재벌총수들도 감옥에 보내야 한다네.
'나라다운 나라'의 법관들은 다 그렇게 한다네.
정형식은 어느 나라의 법관인가? 이재용 왕국의 판사인가?
'모든 권력은 국민으로부터 나오는 나라'의 판사인가?

나는 희망하네.
모든 권력을 촛불시민이 직접 행사하기를.
부득이하면 심부름꾼들에게 조금씩 나누어 맡기기를.
2012 부정선거 진실을 밝혀내고, 이명박 등 선거사범 엄벌에 처하기를,
주권자 뜻이 반영되는 연동형 비례대표제로 국회의원 뽑기를,
주인 말 안 듣는 판사, 검사들
주인 죽이고 집회 시위 막는 경찰 책임자들 모두 직선하기를!

그래야 부정부패 뿌리를 뽑고,
농민과 노동자도 사람대접을 받고,
경제 민주화도 이룰 테니까!
기회는 평등하고, 과정은 공정하고, 결과는 정의로울 테니까!
촛불혁명으로 정치선진국 주권자들이 우리를 알아준 만큼,
촛불 이후의 대한민국도 세계인의 귀감이 될 테니까!
성차별 없이 '아름다운 문화국가' 백범의 유지를 늦게나마 받들 테니까!
헌법대로 '정치·경제·사회·문화의 모든 영역에 있어서 각인의 기회를 균등히 하고,
능력을 최고도로 발휘하게' 할 테니까!
헌법대로 '우리들과 우리들의 자손의 안전과 자유와 행복을 영원히 확보할' 테니까!
헌법대로 국민이 대한민국의 진짜 권력자가 될 테니까!

다짐

김복언(촛불시민)

항상 고맙게 받들겠습니다.
당신들과 이 나라가 굳건하게 서도록
당신이 나무라면
저는 그 공기와 산소가 되겠습니다.
언제나 고맙습니다.
당신이 있기에
우리들의 마음이 있기에
우리가 서로 하나 되기에
이 나라가 있습니다.
우리 하나 됩시다.

촛불로 이룬 정부, 흔들어대는 악령

백윤선(4·19 국가유공자회)

2016년 10월, 11월, 12월…
작은 촛불이 곳곳에서 밝혀졌다.
촛불들은 모이고 뭉쳐
전국으로 점점 퍼져갔다.

그 나날의 국민 의지
세계 그 어떤 나라들도 할 수 없는 일을
정의와 평화를 사랑하는
이 나라 민초들은 해냈다.
모진 비바람 혹한도
두 손 들고 달아났다.

이렇듯 좋은 뜻 세워 이룩한
민주 정의 위업의 나라이건만
지금, 또 다시금
잔여의 악령들이 준동하며
국민을 볼모로 잡고
민주주의를 뒤집으려
선동하고 있다.

작금은 위험하고 힘든 시기.
민주공화국 정부를 뒤엎으려는
수구세력들의 발악적 행동이
극에 달해 있다.
거기에 부화뇌동하는
일부 무지몽매한 국민들 선동에
혈안이 되어있다.

푸른 밤 독도는

조현(고교생)

푸른 밤 독도는
엄마 품 한반도와
누나 울릉도 손을 잡고
푸른 바다 위에서
단잠을 잔다.

모두 잠든 밤
별이 빛나는 소리뿐
아, 태곳적부터 지켜온 엄마 품속
평화로움이여!

푸른 밤 독도는
푸른 바다 위에서 여행을 한다.
백두산, 한라산 손을 잡고
온 가족 은하수길 그 길로….

※ 내용이 촛불이 아닌 독도이지만, 촛불정신이기도 한 평화, 통일 정신을 평가하여 올림

민중의 궐기, 그날

이수원(사드반대김천시민대책위)

민중의 함성에 새 아침이 밝아온다.
하늘이 기뻐하고 땅도 춤추는 그날.

기요틴의 칼날 아래
쥐 대가리 닭 모가지 춤을 추고
서러웠던 영혼들 목놓아 노래하는구나.

부역자들은 나락으로 떨어지고
약탈자들은 피눈물 흘리는 그날
마침내 이 나라의 정기가 바로 세워지고
쓰러지던 국운도 융성하는구나.

잠들었던 순국선열 깨어나 춤을 추고
고요하던 천지신명 이 땅에 서광을 비추시니
동방의 작은 나라 한국에
그 고요한 아침을 깨우는 빛이 떠올라
온 누리에 평화를 선포하리라.

이 빛은 꺼지지 않는 빛이요
이 평화는 영원히 사라지지 않으리라.

촛불이여 영원하라

김산(사드반대김천시민대책위원회)

겨울이 저만큼에서 뚜벅뚜벅 다가오고 있습니다
벌써부터 거리엔 낙엽이 뚝뚝 떨어져 뒹굴고
이제 곧 사위는 온통 얼어붙어, 세상 모든 이들이
방안에서 동면의 긴 잠을 청할지라도
우리들은 평화광장의 타오르는 촛불이어야 합니다.

지난 8월 사드 배치 제3 부지가 드러나면서
우리들의 기나긴 싸움은 시작되었습니다
당국의 분열 책동과 이간질과 협박에도 살아남아
농소면사무소와 율곡동 안산공원, 시청과 평화의 광장
마침내 서울 광화문광장과 국방부와 보신각 앞에서
한반도 어디에도 사드 배치 안 된다는 것을 알았습니다
우리들이 소원하는 평화가 푸른 바다처럼 하나가 되면
어떤 분열 책동과 협박과 이간질에도 더욱 뭉쳐
촛불이 마침내 승리할 것을 믿습니다

이제는, 말로만 사드 가고 평화 오라 외치고,
평화의 광장에서 두 팔만 휘두를 수 없기에
아름다운 한반도, 사드 가고 평화가 올 때까지
스스로 타오르는 촛불이 되어야 합니다
촛불은 전쟁을 반대하는 우리들의 자존심입니다
촛불은 평화를 갈구하는 우리들의 자부심입니다

그러니 우리는 흩어질 수 없습니다
그러니 평화의 깃발 내릴 수 없습니다
그러니 다 함께 모여, 즐겁게 싸워야 합니다
처음 만나는 이들이 모여들어 광장을 채우고
몸살이 나도록 신명 나게 춤춰야 합니다
끝까지 평화의 푸른 깃발 휘날려야 합니다

발밑엔 벌써 겨울입니다. 이제 이 겨울 지나면
온 천지 평화의 파란 나비가 날고,
푸른 평화의 깃발이 온 누리를 다 덮을 때까지
마침내 촛불이 승리할 것을 믿으며

오, 촛불이여 영원하라
오, 촛불이여 영원하라.

싸드야, 네 이놈아

유선철(사드반대김천시민대책위원회)

언제 우리가 김천역에서
하나의 목소리로 노래하고
언제 우리가 광장을 가득 메워
신나는 몸짓으로 춤추었으며
언제 또 우리가 김천역 광장에 천여 명이 모여
주먹을 불끈 쥐고 평화를 외쳤던가

싸드야, 고맙다
너 때문에 보고 싶던 사람들을 광장에서 만나고
너 때문에 자랑스러운 시민의 긍지를 갖게 되었으며
너 때문에 함께 참여하는 민주주의를 경험하게 되었으니
내 어찌 너에게 고맙다고 인사하지 않을 수 있으리

그러나, 그러나 싸드야
눈이 있다면 보아라, 귀가 있거든 들어라
광장에서 울리는 분노의 함성소리를 들어라
눈가에 글썽이는 뜨거운 눈물을 보아라
목 놓아 외치는 양심의 소리를 듣고
힘차게 펄럭이는 정의의 깃발을 보아라

이들은 힘없는 시민, 선량한 엄마 아빠
가난한 농부와 평범한 직장인들이니
이들이 손에 든 건 평화의 촛불
오로지 바라는 건 싸드 배치 철회
마침내 꿈꾸는 것은 통일의 염원이니

몸값 비싼 싸드야, 눈 감지 마라
보고도 못 본 척하지 마라
더 늦기 전에 화약을 비워내고 엎드려 참회하라

너는 원래 탐욕의 불꽃, 제국의 사생아
끝내는 사라져야 할 고철 덩어리이니
한반도엔 서성거리지 마라, 주저앉지 마라

싸드야,
싸드야, 네 이놈아
싸대기 맞기 전에 미국으로 돌아가라.

슈퍼사회로

김종남(바로이엔씨)

너도나도 촛불
촛불을 밝혀라.
국가는 국민들이 모여 만들었으니
국민들의 뜻에 따라 민주주의를 지키자.

낡은 정치는 이제
설 자리가 없다.
국민 모두가 참여하는 직접민주주의

직접민주주의를 하면
대한민국은
세계최초로 최상의 정치시스템이 된다.

컴퓨터 수천 대 수만 대를 연결시켜
최고 성능의 슈퍼컴퓨터를 만드는 것처럼
국민 모두를 연결시켜 슈퍼사회를 만들자.

3·1절 광화문광장에서

이태봉(언론소비자주권연대)

비 오는 광장에 태극기가 떨어졌다.
'대한 독립 만세' 외치던 그 태극기다.

아이는 노란 리본 엄마 따라 광장에 나왔다.
고사리손으로 젖어 땅에 붙은 태극기를 줍는다.

저 작은 아이는 이쪽인가 저쪽인가?
저 작은 태극기는 저쪽인가 이쪽인가?

종각역 1번 출구에서 도로를 걸어 광장에 왔다.
도로 가득 태극기를 거느린 성조기가 펄럭인다.

누가 태극기를 찢고 국민을 찢어 가르는가?
누가 노동자를 정규직과 비정규직으로 가르는가?

갈라진 이들은 왜 갈라놓은 자를 위해 싸우는가?
비웃으며 구경하는 자들에게 왜 개돼지 소릴 듣는가?

언론이란 것들은 양쪽에서 기레기 소릴 듣는다.
힘을 좇아 돈을 좇아 진실에 눈감았기 때문이다.
세월호 아이들의 작은 처마 밑에서 비를 피한다.
누가 이 작고 어여쁜 아이들을 살리지 않았는가?

벌거숭이

색종이 김미현(촛불시민)

화단 속 식물이 얼어 죽을까
고이고이 쌓아놓은 볏짚 단.

그 옆
부당해고에 맞선
노동자들의 비닐 농성 텐트.

경찰의 침탈로
그나마도 빼앗기고
칼바람에 벌거숭이가 된다.

화단 속 식물만큼도 못한
대접을 받고 사는 사람들.

촛불혁명은 이루어졌는데
아직도
그저 열심히 일한 것이
죄가 되어버린
그대들의 이름은 노동자.

격문

김판홍(영국교포)

그대 촛불시민의 위대한 꿈을 키워 나가라!
우리가 흘린 촛불의 땀들을 보았지
사람들은 아직도 수구 적폐 편드는 사람들도 있겠지만…
걱정 마라!
그대들이 이길 거고
백 년 천 년이 가도 진실은 살아있다. 힘내라!

주권자 자율 촛불혁명 2016-2017

허상수(주권자전국회의)

촛불은 제 몸을 불태워 세상의 암흑을 쫓아 보내려 한다
두 해 동안 이 땅의 주권자들은 국정을 사유화하고 나라를 망친 범죄자들이 만들어 놓은
불순한 그림자와 어둠을 추방하기 위해
주권재민의 권리혁명을 위해
촛불을 들고 광장으로 모여들었다.

어디 그뿐이랴
미군에게 짓밟혀 죽은 중학생들을 기억하기 위해
광우병 소고기 수입을 반대하고 국민안전을 보장받기 위해
무책임하고 무능한 대통령의 구조 실패 탓에 참살당한 고등학생들을 기리기 위해
민중총궐기에 나섰다가 살인 경찰에 의해 쓰러져 간 농부를 살려내기 위해
오랫동안 수많은 착한 사람들은 촛불을 켜서 광장에 모여들고 있었다.

아니 더 먼 시간을 거슬러
갑오동학혁명에 나선 농민들의 손에
기미 독립선언혁명을 하던 조선 민중의 손에
신간회 운동을 골몰히 매진하던 지사의 손에
좌우합작운동을 추진하던 인사의 두 손에
남한 단독선거에 반대하는 4월 봉기를 일으킨 제주도민의 손에도 촛불은 이미 켜져 있었다.

만약 이 주권자 자율혁명이 없었다면
국회의 대통령 탄핵의결, 특별검사, 헌법재판소의 대통령 파면도
또다시 무산되거나 지체되거나 유예되었을지 모르는 일이다.
"나라를 나라답게 만들겠다"는 대통령으로의 정권교체도 쉽지 않았을 것이다.
그만큼 광장 민주주의가 일구어낸 촛불혁명의 민심은 대세를 이루고 천심이 되었다.

이 세상 어느 누구도
공화주의의 운명을 바꾼 이 대변화의 진로를 방해하거나 가치를 훼손할 수 없으리니
혁명의 큰길에 나선 주권자들이여 새로운 질서의 창조자들이여!
앞으로 또 다시 한번 한데 뭉쳐 힘을 가꿔 길러
헌법을 개정하라! 국가혁신을 실천하라! 한목소리를 내어 보자.

부패와 불통, 기만과 허위세력들은 언제든 음습한 곰팡이처럼 피어날 것임을 경계하라!
한겨레 민족이 분단 장벽을 걷어치우고 아시아 평화와 공존에 앞장서는 날이 도래할 때까지.
사람과 자연이 공존하며 지방분권자치로 지역 주민들이 서로 아끼며 상생하는 날까지.

촛불은 자기를 태우며 남을 비춘다

김익완(휴먼스쿨)

낮은 자리에서 밝혀진 불꽃들이
하늘에 닿아
조용하게도
미래지향의 변화를 일궈냈던 2017년.

희망과 기대와,
전쟁의 우려 속에서
우리의 극복 과제는
오래 쌓였던 적폐청산이었고,
세계사에 빛나는
우리 민족의 우월성을 재발견함으로써
민족화합을 이뤄내는 일일 것이다.

역사의식 결핍에서 초래된 혼란과 분열.
암담한 현실의 극복 과제도
배달민족의 동질성 회복으로
화합을 이루는 일이어야 할 것이며
사람을 물질의 지배 아래 두려는
사상이나 제도에서 탈피하여
인간의 존엄과 상생으로
민주주의가 그 기능을 발휘하고
새 시대를 창조하는 무술년이기를…

세계사에서 보기 드문 촛불혁명!
인류문명 위기극복에도
찬란한 불씨가 되기를…

단상

이흥범(회사원)

이 땅에 민주주의는 촛불로 한층 승화되고,
밤새 내린 하얀 눈도
민중의 열기로 모두 녹아버렸네.
이제 남은 적폐청산
모두 다 국민의 눈빛으로 녹아버리리라.

태극기 모독

설화(시인)

태극기를 몸에 두른 사람들이 광장에 모여
부패한 독재자의 딸을 옹호하고 있다.
태극기는 수평적 평등을 의미하는데
어찌해 짐이 곧 국가라고 니들은 듣기만 하라는
수직적 권위주의 불통자를 위해 모였나?
안 어울린다.

태극기는 수천 년 내려온 우리 배달민족의 삶의 의미를 담고 있다
태극과 사괘는 삼라만상이 다 중요하고
서로 조화를 이루어 유지되는 우주의 평화를 상징한다.
해가 크다고 달이 우스운 것이 아니고
물은 물이고 불은 불이다
서로 다른 역할을 해 우주를 이루어
크든 작든 똑같이 다 중요하니 비교하지 말고 서로 존중하며 어울려 살라는 뜻이다
태극기는 수평적 조화인 화이부동의 뜻이 담긴
세계 유일의 철학 국기다.

예로부터 우리 민족은 민주주의의 혼을 품었다.
평등과 조화로 평화를 이루라는 정의로운 문화를 품고 있다.
아마도 저들은 개돼지처럼 독재자가 만들어 놓은 우리에서 너무 오래 살아와 태극기가 뭔지 모르나 보다.
민주주의가 뭔지 모르나 보다.
우주가 뭔지 모르나 보다.

태극이 모독당했다고 수치심에 얼굴을 찡그린다.
대한 독립을 위해 목숨 바친 분들이 지하에서
친일파들에게 모독당하는 태극기를 보고 오열하신다.

무술년 새해 아침에 부르는 노래

백승배(목사)

2017, 정유해는 지고, 2018 무술 해가 솟았다.
2017년 계성은 잠자던 민중을 깨웠다.
그 소리 듣고 민초는 분연히 일어섰다.
방방곡곡에서 일어나 촛불 높-이 들었다.
10만, 백만, 아니, 천만의 촛불을 들었다.
그리고 외쳤다.
"이게 나라냐? 박근혜를 하야시켜라."
"이게 나라냐? 최순실을 하옥시켜라."
"국정논단 무리들을 감옥에 보내라."
이제 그들은 감옥에 있다. 그리고
촛불에 의한 문재인 정부가 섰다.
그러나 아직도, 가야 할 길은 멀다.
무, 우리가 가야 할 고산은 아직 저기에 있다.
술, 황금견처럼, 통일 고지 향해 달려가거라.
무술년, 황금견공 해는, 도전의 해여야 한다.
주인께 충성하는 견공처럼 충직해야 한다.
지난 73년, 수치를 마감키 위해, 일어서야 한다.
위대한 조국을 위해, 미완의 해방을 끝장내야 한다.
해가 솟았다. 무술의 맑은 해가 솟았다.
맑은 해가 말한다. "너희는 볼 수 있다."
73년 분단은 억압이요, 착취요, 사기다.
73년 분단은 맹신이요, 불구요, 원죄다.
물리쳐라, 불신을. 몰아내라, 내외 적을.
찾으라. 조국을, 회복하라. 잃은 땅을.
해가 솟았다, 무술의 붉은 해가 솟았다.
붉은 해가 말한다. "너희는 할 수 있다."
단군 자손, '우리 민족끼리' 할 수 있다.
너희는 노예가 아니다. 너희는 자유 자주다.
잊지 말아라. "꿈은 이루어진다."
믿으라. 낙관적인 꿈은 이루어진다.
참된 꿈, 정의로운 꿈은 이루어진다.
희망하라. 평화의 꿈은 이루어진다.
바라보라. 통일의 꿈은 이루어진다.
의심치 말라. 하늘 뜻은 이루어진다.
진실로, 반드시, 절대로, 기필코.

(2017.12.31. 정연진 OAK 대표 옮김)

촛불의 의미 덕분에, 때문에…

이동원(피아노 치는 목수)

우리가
매서운 추위에 촛불을 들었던 것은 소통하며
정의롭고 약자를 보호하려는 대통령을 만들고자
촛불을 들었습니다.

우리는
식민지배와 전쟁과 이산가족의 아픔을 치유하고
통일로 가는 대통령을 만들고자 촛불을 들었습니다.

우리는
용산참사·천안함·세월호·사자방·개성공단 폐쇄 등 국가적 폐해를
파헤치고 진실을 알고자 촛불을 들었습니다.

우리는
가지지 못한 사람들! 비정규직이나 장애자·노약자. 치매 노인 등 사회적 약자를 위해 촛불을 들었습니다.

우리는
적폐·친일파·북한·사드·세월호·천안함 등
국가적인 문제를 투명하게 해결할 그런 대통령을
원합니다.

너희들 덕분에 위안부를 보았고
너희들 덕분에 징용을 생각했고
너희들 덕분에 전쟁을 상상했고
너희들 덕분에 진성여왕·선조·인조·이승만을 검색했다.
너희들 덕분에 국란을 경험했고
너희들 덕분에 고문과 죽음을 생각했다.
너희들 덕분에 매국과 이기심을 보았고.
너희들 덕분에 세계지도를 다시 보았고.
너희들 덕분에 미국과 일본을 다시 보았고
너희들 덕분에 한국을 되돌아보았다.

김대중·노무현 때문에 민주를 알았고
그들 때문에 삶의 가치를 알았고
그들 때문에 평등을 알았고
그들 때문에 자유를 만끽한다.
그들 때문에 저항을 알았고
그들 때문에 한국의 미래를 알았고
그들 때문에 웃음의 의미를 알았다.

대한민국 시민혁명의 촛불이여 활활 타오르라!

김주관(변호사)

조선 후기 이씨 왕조의 부정부패가 코를 찔렀지.
조선 팔도 방방곡곡 왕조의 썩은 냄새가 뒤흔들었고,
중앙의 고위 관료는 물론 지방의 수령, 아전, 이방들까지 민초들의 등골을 뽑고 피를 빨아먹느라 정신이 없었다네.

이를 항거한 녹두장군과 동학농민혁명
그 의로운 50만 명 농민의 무장투쟁이 나라 팔아먹은 이씨 왕조의 우군 일본 제국주의 앞에 무너졌으니,
그 원통함을 어찌 말로 표현하리오.

그 후,
1919년 3·1 독립운동
1960년 4·19 시민혁명
1980년 5·18 광주민주화운동
1987년 6월 시민혁명
2009년 이명박 정권에 대한 광우병 촛불 운동

이제 2016년 11월 부정부패한 박근혜 하야와 정권 퇴진 시민혁명이 광화문을 중심으로 용솟음쳐 오르는구나.
이 혁명의 촛불이, 우리 시민들의 마음을 하나로 모으고, 이 한반도에 희망을 비추는 등불이 되리라.
이 혁명의 촛불이, 이 마지막 왕조체제 거짓의 암 덩어리들을 이 한반도에 몰아내는 깃발이 되리라.
이 혁명의 촛불이, 남북평화의 시대를 열고 이 한민족 공동체의 아픔을 치유하는 강물이 되리라.
이 혁명의 촛불이, 이 한반도에 모든 시민들의 함께 더불어 살아가는 참 공동체, 자유와 평등, 민주주의를 열어가는 길이 되리라.
이 혁명의 촛불이, 인류의 평화와 우애와 평등의 앞길을 제시하는 큰 횃불이 되리라.

촛불혁명의 시를 올리며

김대영(서울교통공사노조)

일천칠백만
촛불의 함성이 들려오는
광화문에 서던 날

밀려오는
역사의 물줄기
바꿀 수 없는
큰 역사의 흐름을 보았다!

누구도
그 어떤 독재자도
막을 수 없는
민중의
도도한 흐름을 보았다!

처음 그 불길은
불과 수십 명에서 시작하여
절정의
삼백만 명으로 꽃을 피우고

누구 하나
크게 다침이 없이
큰 불상사 없이 이루어 낸

세계역사상 전무했던
이 시민의 진정한
명예혁명!

저 동학 농민들의 피가
삼일 독립 만세 투쟁의 피가
항일무장독립 투쟁의 피가 이어져

사일구 민주혁명을 이루고
오일팔 광주민중항쟁으로
1987년 노동자 농민 시민
민주화 대투쟁이 이어져

마침내
동학혁명 후
일백삼십 년 만에
이 나라에서
진정한 승리의 혁명을
이루었다!
이 촛불의 혁명은
끝이 아닌 시작이리라!
친일·반민족 분단
적폐청산 이루고
이 나라의 염원
남과 북의 평화로운 통일로
결실을 맺을 것이다!
그리고
홍익인간 재세이화의
드높은 정신을 가진
우리 한민족이
진정한 세계평화를 이룰 것이다!

꽃의 혁명

– 4.27 남북정상회담에 부쳐

김창수(한·러공생위원회)

봄이다 북진이다 일제히 지천으로 피어나라
개나리, 진달래 척후병은 새벽 는개를 타고 앞장서라
모든 풀꽃들도 자진 입대하라
우리는 피 한 방울 흘리지 않고 철조망 넘어 중부 전선 무너뜨리고 북녘 산하에 도달할 수 있다
어느 마을 가까운 곳에서 인민을 유혹해도 좋다
저마다 무장한 봄빛 향기로 은은하게 침투하면 낯선 어느 집에 선들 반겨주지 않으랴
우리는 한 계절 내내 지치지 않고 용맹하게 전진하는 꽃 무리
무더운 여름이 오기 전에 어서 드넓은 만주를 거쳐 유라시아까지 활개를 치자

가을이다 반격하라 남조선을 아낌없이 물들이자
우리는 강인하고 두려움 없는 고구려 후예
남녘 방방곡곡 깊은 산골에서 작은 마실 화단까지 하나도 남김없이 붉디붉게, 샛노랗게 물들여라
물들이다 지치면 갈빛 순한 강물에 잠시 머물렀다가
빨치산에서는 눈물 한 방울 떨구고 다시 내려가자
반도 삼천리 샅샅이 매만지며 줄기차게 뻗어온 가을의 역사
해맑은 얼굴로 스스로 포로가 된 단풍 같은 시민들
이토록 화려하고 천진한 모습으로 온통 하나가 되었으니
머뭇거리다 겨울 찬바람이 닥치기 전에 어서 한반도 지나 깊고 푸른 태평양 건너까지 단숨에 내달리자

※ 천만 촛불시민혁명은 단지 정권교체에 그치지 않고 남북의 평화와 번영 그리고 마침내 민족의 평화통일을 이룩하는 원동력이 될 것으로 믿습니다. 4·27 남북정상회담을 통해 이제 남북 간에는 꽃 무리의 북진과 단풍의 남하만 있을 뿐 더 이상 무력적 대립과 갈등이 일어나지 않을 것임을 확신했습니다. 그리하여 장차 유라시아와 태평양으로 뻗어 나갈 통일 한민족의 미래에 대한 가슴 벅찬 감동을 졸 시로 표현했습니다.

그녀가 떠나니 세월호가 돌아오네

정원도(시인)

한편에서는 궁핍한 밥을 채워주던
그리운 지도자의 딸로
한편에서는 국정을 파탄 낸 실패의 지도자로
자신이 임명한 검찰에 불려가
밤새워 심문을 받고 조서를 작성하다가
남의 눈을 피한 새벽녘에 청사를 떠난 시각
6시 55분에 그녀가 떠나니 세월호가 돌아오네
1,073일을 까마득한 해저에 감금된 채
침몰해 있던 세월호가 인양되기 시작하네
양쪽에 거대한 바지선의 부축을 받으며
허옇게 뒤집힌 채 올라오는 배의 밑바닥이
304인의 목숨을 삼킨 늙은 백경인 양
3년의 해마가 할퀴고 간 흔적이 깊게 패 있네
수많은 와이어들에 포박당한 채
기어이 예인선 다섯 척이 끌고 끌며
반 잠수함이 기다리는 곳까지 3킬로미터를
먹먹해지는 슬픔 되새김질하며 나아가네
산천마다 진달래가 핏빛으로 피어나 지켜보는데
어서 가자 넋들이여! 이제는 집에 가야지!
애간장 다 녹은 엄마 손일랑 다시 잡고 가자
너희들 재잘거리며 다니던 학교로 돌아가야지
뒤집힌 배를 타고도 잘도 오는구나!

옳지 그래야지 이 억장 무너지는 나라에서는
그렇게 뒤집힌 배 안에 갇혀서도
홀로 살아남는 법을 터득해야지 그렇지
그 배처럼 죽어서야 뒤집힌 채 돌아오니
이제는 누가 그 배를 뒤집은 것인지
뒤집힌 자들이 뒤집은 자들을 침몰시켜야 할 차례
하늘이 그 차디찬 저울을 닦고 있을 것이네.

효자로에서 슬퍼하다

–법외 노조화 된 전교조 정상화를 기림

조창익(전국교직원노동조합)

청와대 앞 효자로
저 무성한 나무는 누구를 위하여 저리도 푸르른가
안개에 싸인 북악은 말이 없고
담장 밖 민초들의 절규는 끝없이 이어지네
오늘도 장승처럼 서서 폭염을 이기는데
담장 넘어 온 한 쌍의 비둘기 무심히 거닐고만 있네
내 다만 원하는 게 있다면 상식을 회복하는 것인데
아직도 법 밖으로 내치기만 하니 한스럽기 그지없네

哀孝子路(애효자로)

靑瓦臺前孝子路(청와대전효자로)
此盛木爲誰靑秀(차성목위수청수)
煙霧北岳默不答(연무북악묵부답)
牆外民草連絕叫(장외민초연절규)
今立長栍克暴炎(금립장생극폭염)
越牆雙鳩無心步(월장쌍구무심보)
我宿願回復常識(아숙원회복상식)
追法外悔恨至高(추법외회한지고)

2018.07.13. 광화문 – 청와대 천막 농성 26일 차
(전교조 법외노조 철회를 촉구하며 무기한 단식농성에 들어간 조창익 전교조위원장이 올린 시)

촛불에게

박경수(문화공간온)

촛불의 외침!
국민의 외침!

추운 겨울 얼마나 많은 시간
진실은 침몰하지 않는다
외쳤던가!

거짓은 참을 이길 수 없다.
거짓을 덮으려는
박근혜의 철옹성 같은 지지세력들은
이성을 잃고 맹신적 교주 모시듯
박근혜의 거짓을 가리려 했다.

그들은 아직도 교주 모시듯 한다.
참이 이겨야 한다 거짓을 이겨야 한다.

법은 당당히 범죄자들의 거짓을 가려
이명박근혜와 함께 숙식을 제공해야 할 것이다.

촛불아! 정의야!
누가!!!
박근혜 이명박 곁으로 가야 할지 가려다오!
어느 누가 국민에게
이 엄청난 혼란을 제공하는가!

국민을 이간질 분열시키고 싸우게 만들어 놓았다.
생각이 다르면 이상한 사람 취급하게 되었다.

더 이상 국민이 어벙벙 싸우지 않도록 발본색원 해
다오!
급하다 촛불아!
제발 부탁이다.~~~진실(최고) 거짓(최악)

걱정과 기대

권용덕(선인장바로마켓자치회)

위대한 촛불혁명의 힘으로 무혈 입성한 새 정부가
슬금슬금 눈치나 보고
일부 기회주의적 정치군인들 정도도
힘차게 제어 못할 수준의
나약함들이 노정된다면

단호함을 기대했던 민심들, 아군들이
이반되기 시작하고
수구 기득권 적폐들이 만만하게 여겨
슬금슬금 대가리를 내미는 형국이 된다네

아,
1000년이 지나도 얻기 힘든 천운을 얻었건만
권력의 나약함으로
또다시 주저앉으려는가

촛불은 광화문 광장에서 힘차게 타올라
대통령에 하늘의 힘을 선물했는데

이번에 기무사 정리 및 사법 적폐 척결에
하늘의 기운 '불'통(統)의 기개를 못 보이면
서서히 '물'통(統)의 나락으로 내려가고
촛불을 꺼뜨릴까 봐 걱정이지만
진정 기우이기를 바라네.

태초에 빛이 있었다

심창식(한겨레온 에디터)

태초에 빛이 있었고
그 빛이 대한민국의 촛불이 되었나니
그 촛불이 한민족의 가슴을 뜨겁게 달구고
동방의 횃불이 되어
온 인류의 마음에 깊이 각인되었도다

가던 발걸음 멈추고
호흡을 가다듬어
하나, 둘, 셋… 촛불을 세어본다
온 천지가 촛불로 가득했고
어둠의 세력은 까마득히 멀리 물러갔구나

무술년 새해가 밝았으니
한반도에 신묘한 기운이 다가오도다
평창은 '평화통일로 가는 역사의 창'이니
분단으로 짓밟힌 한민족의 한과 설움을
위로하고 감싸 안을 날 머지않으리

태초에 빛이 있었고
그 빛이 평창올림픽을 통하여
평화통일로 가는 역사의 창에 비치더니
그 빛이 촛불이 되어 한민족의 가슴을 뜨겁게 달
구고
동방의 횃불이 되어
온 인류의 가슴에 길이길이 각인되리라!

4·3 제주 토벌을 거부한 여순 사건의 진실

장경자(여순사건 유가족)

대한민국 군인이었던 김종원 대위,
여수 종산초등학교 후미진 뒤뜰에서
니뽄도로 생사람의 목을 친,
만고에 흉악한, 금수만도 못한 자,
불과 70년 전 일입니다.

이 흉물스런 학살을 저지르고
지금껏 영화를 누리며 살고있는
저들을 끌어 내린 촛불 시민들이여!
어찌 그 문제를 두고
촛불이네 아니네 따져야 하는지
알다가도 모르겠습니다.

이런저런 시비는 뒤로하고
생명에 대한 존엄 앞에 잠시 머물러
옷깃을 여며주십시오.

제주 4·3은 무언가요?
같은 해 10월 여수 순천 14연대,
제주도민을 토벌하라는 이승만의 명령을
목숨 걸고 거부했습니다.

이 역사를 뒤로 젖히고 잊은 채
4·19혁명만,
연이은 광주 5·18만을
말해서는 안됩니다.

위대한 촛불시민 여러분,
뒤틀려 짓밟힌 역사를 일으켜 세워
부축하여 나아가야만
우리의 역사가 찬연히 빛나고
참 생기 얻어 살아갈 수가 있습니다.
역사를 잊은 민족은 미래가 없습니다.

불멸의 불꽃, 촛불이여!

김귀식(전 서울시의회의장)

그대들 이름을 뙞하노라
분단에 기생하는 자들

흘러간 반역의 옛노래
못 잊어
이승만 찬가
박정희 찬사
반민특위 박살 낸 이승만
우리 헌법 뒤엎은 박정희
그들이 만든 치욕의 역사
그들이 행한 억압의 역사

이제 그 종말이 왔음을
보고 있지 않느냐
촛불은
그 모든 어둠을 불사르리

국정 농단으로
온갖 악행 저지른 악의 여왕
우리 역사 마지막 단말마 신음 소리
촛불은 모두 쓸어버리리.

국민을 속이고
역사를 배반한
그대들 헛되게 꾸민 온갖 망언들
그대들 말 무덤 되어
영원히 지하 악귀 되어 헤매리라.

북풍몰이 종북몰이 주적몰이
외세 섬기기까지

보라.
이 모든 것
그대들이 만든 회칠한 무덤
가슴치고 통곡할 날 오리니

이제 우리끼리
남북 손잡고
아름다운 한라와 백두
외세 없는 평화의 땅
아! 우리의 금수강산
어찌 아니 만들랴

그대들 참회 없이
그대들 구원 없으리니
촛불은
더욱 뜨겁게 타올라

조국은 하나
조국은 등불
그 길 훤히 밝히는
불기둥이어라.

이제 우리는 알았다.
엄동설한 그 칼바람에도
더욱 뜨겁게 타올랐던
촛불은
영원히 시들지 않는
불멸의 불꽃임을 알았다.

촛불은 불사르리라.
분단의 원흉
외세의 주구
입만 열면 빨갱이 타령
이 모든 가라지는 가라.

촛불은 이제
하 많은 세월 아무리 흘러도
꺼지지 않으리니

아! 촛불은
영원한
불멸의 불꽃이어라.

촛불

이이순(시인, 낭송가)

간절한 열망들이 모여서,
권세 휘두르는 가라지에
촛불을 붙였노라.

너와 나 하나 둘
일만 십만 백만
이백만이 손을 잡고
거리에 불꽃을 피웠노라

우는 아이처럼 눈물 닦으며
정의에 목말라
애끓는 우리의 목소리
대한의 땅에 심어보자.

우리는 하나.
어둠 밝게 비추는
천만 오천만 저마다의
촛불은 하나.

독립운동 때부터 흔들던
민주공화국 깃발 태극기도,
저 멀리 휘날리는
한반도기도 하나

우리 모두 손에 손잡고
펄펄 끓는 가슴으로 사랑하리라.

1,000날을 기다렸는데…

김선태(시인)

2014.04.16. 09:48
나의 분신이자
나의 모든 것을 품은

넌
여유롭게
장난삼아
"엄마!
배가 이상해!"라고
문자를 날렸지.

그 엄청난 사고를
당하면서도
그게 장난인 줄 알았었지.

세상에 가장 엄중한 시간에도
겁먹지 않고
어처구니없는 어른들의
"가만히 있으라."를 믿었지.

그리고 그대로
1,000날이 지나도록
소식도 없이
애를 태우게 만들었지.

너희들을 지키겠다는
고마운 두 분 선생님들도
아직까지 너희들을
지키고 계시겠지.

너희들을 보고 싶다는
이런 애타는 마음을
짓밟고 조롱하는 사람들은
단식으로 항의하는
우리들을 향해 먹방을 연출하였고,

듣도 보도 못한
몇억 보상금을
비난의 수단으로 삼더구나.

1,000날을 못 본
네 얼굴이 보고 싶다는
이 어미의 마음에
비난의 화살을 꽂고
해해거리며 조롱하는 저들도 인간일까?

아픈 마음으로 멍든 가슴이지만
도리어 저 불쌍한 사람들에게 동정을 보낸다.
돈 몇 푼에 팔려
인간이기를 포기하기까지 하는
저들의 아픈 삶을
누가 만들었는데

그것도 모르고 독배를 마셔야 하는
저 군상들에게 말이다.
이제 1,000날이 지났다.

제발
저 떠오르는 태양을 따라
어서 돌아와다오.

내 사랑하는 아들들아! 딸들아!

2017.01.09. 09:48
세월호 서명으로 블랙리스트에 오른
문회예술인 중 한 사람으로.

홍○○에게

김희수(정의의 횃불)

준표 씨유! 앵간 염병하길.ㅎㅎ 가만 자숙하구 대법원의 판결이나 기다릴 것. ㅉㅉ

만나자구 함 내가 들러리 설 일 없다고 진상을 떨구, 그런다구 몸값이 올라가나? 대통령 자리가 당신이 봅시다 하믄 보는 자리인가?

예전부터 동서고금 역사에 인간쓰레기들이 나라의 지도층 되믄 나라가 어지럽고 망하는 것이야. 문제는 당신 같은 사람들이 애국자로 착각하는 중병들을 가지고 있다는 거야.ㅎㅎㅎ 어디서 미국 가서 개뻘짓을 다하구, 북풍 공작질 방산비리 복무 기피 등등 하는 정당이 어디서 안보팔이… 머 좌파가 정권을 잡으니 불안? ㅋㅋㅋ 가치 없는 넘들.

글구 말이 나와서 하는데 당신 왜 말만 하믄 좌파니 머니 개짓 걸 그러니 개 늙은 아무것도 모르는 무식쟁이들이 좌파니 좌빨이니 하지 안 그랴. 이분들이 멀 아냐? 진보가 뭔지 보수가 뭔지… 그냥 당신들 따라하징. 하지 마라! 창피도 옵냐들. ㅎㅎㅎ

감히 어디서 보자구혀. 대법원 판결 끝난 후 애길 혀. 혹 대통령께 무릎 꿇고 잘 봐주십시오, 그럴려구 그런 것 아냐. ㅎㅎ

딸을 위하여

이정아(학원 강사)

아이들은 자신의 미래를 선택할 권리가 있다. 어른들은 아이들이 자유롭게 선택할 수 있도록 보호할 의무가 있다.

이러한 나라를 만들기 위해 어린 딸과 함께 의료민영화반대집회, 세월호 전시회, 광화문 촛불집회에 함께 가곤 했다. 바쁘고 힘든 일이었지만 내 딸이 뭔가를 느끼고 좀 더 자라길 바랐다. 우리 딸, 뜨거운 가슴 끌어안고 살아가길… 그리고 그 슬픔과 분노를 모두 공감하고 함께 행동할 수 있기를….

지난 9년 동안 춥고 어두웠던 대한민국을 환하게 밝히던 촛불, 우리 시민의 힘으로 당선된 민주주의 대통령.

희망이 점점 보인다. 이런 걸 기대했기에 열정을 불태웠다는 뿌듯한 마음이 든다.

평화의 성지로 거듭나는 김천 촛불 2017년 8월 이야기

구자숙(사드반대 김천시민대책위)

(전략)

1년이란 긴 시간 동안 하루도 빠지지 않고 촛불을 들며 점점 성숙해간 김천 시민들.

온갖 모함도 받아야 했다. 가장 큰 것은 "사드 반대만 외치지 왜 새누리당 탈당과 같은 정치 구호를 외치냐", "다른 사람 적은 곳으로 가져가라, 롯데골프장은 안 된다고 외치면 되지, 왜 한반도에 안 된다고 외치냐", "김천 사람은 거의 없고 대부분 외부세력이다" 등등의 대통령 선거 전 비난들이 있었다. 대통령 선거가 끝나자 문재인 지지자들로부터도 "사드 찬성하는 홍준표에게 그렇게 표를 주고도 반성하나? 자한당에 가서 외쳐라. 왜 박근혜는 사드 배치해도 가만있다가 문재인이 하니 안된다 하냐?" 등의 비난 화살들도 돌아왔다.

그럼에도 불구하고 평화광장에 꾸준히 나오는 시민들은 비와 바람, 더위, 추위를 겪으면서 의연히 단련되었다. 물론 우리 가운데 그 누구도 이 일이 이렇게 전 세계에서 가장 힘센 나라 미국을 상대로 하는 싸움인 걸 몰랐다. 저 4월 26일 아픔을 겪으면서 비로소 미국의 정체를 깨닫고 이 싸움이 정말 어렵고 힘든 싸움임을 깨달았다. 세월이 가는 동안 여러 사람들과 부대끼면서 우리는 인간의 약점과 결점에 부딪치게 되었다. 이것이 어쩌면 더 어려운 점일지도 모른다. 어제까지 존경했던 사람이 자기 욕심에 무너지는 모습도 보았다. 실망과 좌절, 절망, 분노의 순간에도 촛불을 켜러 가는 이유는 이것이 역사의 바른길임을 믿어 의심치 않기 때문이다. 비록 천 년의 역사에 내 오늘의 행동은 한낱 티끌에 불과할지라도 그것이 모여 역사는 민중이 주인 되는 세상으로 나아가는 것이고, 그 길에 함께 함이 내 아들, 딸과 그의 후손들에게 부끄럽지 않을 것을 알기 때문이다. 우리는 이렇게 1년을 싸워왔고 앞으로 며칠이 될지 모르는 길이겠지만 뚜벅뚜벅 우리의 소임과 역할에 충실하며 오늘도 촛불을 든다.

아힘사(Ahimsa: 아름다운 힘 사랑)의 깃발을 높이 들다!

정강주(한국요가문화협회 아힘사공동체)

요가의 첫 번째 덕목인, 근본적인 가르침이 비폭력, 즉 사랑의 실천입니다. 생각과 행위 속에서의 비폭력입니다. 그것은 모든 다른 도덕 규범의 뿌리입니다.

Himsa는 부당함, 경우에 맞지 않음, 거짓말하고 억지로 고집(우김)한다는 의미입니다. "진실함보다 더한 덕은 없고, 거짓말보다 더 큰 죄는 없다. 그러므로 지혜로운 사람은 진실함 속에서 피난처를 찾아야 한다"고 했습니다.

촛불을 반대하여 태극기를 흔들고 다니는 사람들은, 조작된 가짜인 거짓말 정보를 맹신하여 광란의 행위를 하면서도 부끄러움을 모르는 모습을 보면서, 진실의 촛불을 드셨던 하늘님들께서는 연민의 정을 넘어 서글픈 심정을 다 느꼈으리라 알고 있습니다. 불교에서는 어리석음의 독이 가장 무섭고 독하다고 합니다.

몸이 어느 쪽으로 치우침이 병이라고 합니다. 몸의 불균형과 뻣뻣함보다도 더 심각한 현상이 생각의 치우침과 굳어진 사고라 하겠습니다. 몸의 상태는 볼 수 있어서 객관적으로 판단이 가능해서 치료가 가능하지만, 마음의 작용은 볼 수가 없으며, 객관적인 판단이 어렵기 때문에 치유할 방법이 매우 어렵습니다.

언론의 영향력이 매우 크지만, 자본 및 정치권력에 길들고 유착하여 있으므으로 재벌체제와 반민족, 반민주, 반자주, 반통일의 친일, 친미의 적폐세력을 타파하지 않고서는, 독립운동 때 들었던 고귀한 태극기를 성조기와 함께 들고 다니는 한심한 꼴을 눈 뜨고 보지 않을 수가 없을 것으로 사료됩니다.

조중동과 자한당의 거짓과 파렴치한 행태를 근원적으로 뿌리를 뽑으려면 미군이 이 땅에 더 이상 머물러 있어서는 결코 안 되며, 그들이 있어서는 자주평화통일은 요원할 것입니다. 이제 다시 진정한 자주독립과 평화통일을 위하여, 정부는 미군의 철수를 결의하고, 자진철수를 하지 않을 경우, 동학 항쟁 정신으로 기미년에 다시 항일투쟁을 하였듯이 항미 횃불을 들어야 한다고 생각합니다.

미국은 72년 동안 동맹국이란 미명아래 친일파와 독재 정권을 앞잡이로 대한민국을 지배하여 왔었고, 수많은 양민을 학살하게 하였고, 전쟁위기를 조장하여 무기장사로 피눈물을 흘리게 하였습니다.

북한만 핵을 폐기하라고 하는 것은 불공한 처사라 아니할 수 없습니다. 지구 상의 모든 핵은 다 폐기가 되어야 마땅합니다. 그래야 인류의 평화를 기약할 수 있으며, 지상 최악의 화를 막을 수 있을 것이니, 미국을 비롯한 강대국부터 핵 폐기를 협약해야 합니다. 미국은 사드를 철거하고, 하루빨리 이 땅에서 떠나길 거듭 촉구하는 바입니다.

촛불의 힘

김영숙(전 교사)

광화문광장이 어둠으로 덮인다. 색깔을 달리한 수많은 깃발이 나부낀다. 더 나은 세상을 원하는 시민들의 함성이 터져 나온다. 뉘라서 국민의 함성을 나무랄 수 있을까. 더위도 물러가고 추위도 불사했다. 시멘트 건물들이 묵직하게 침묵을 지킨다. 어린아이도 노약자들도 섞여 있다. 염원과 소망이 뒤섞인 광장의 곳곳에 붉은빛 촛불이 제 몸을 태우며 희생을 요구한다. 그러므로 혁명은 이뤄질 것이다. 야망이 불타오르는 우리들의 꿈, 앞을 향해 전진하는 무한한 촛불의 힘은 현실의 문턱에서 아직은 서성이지만 이제 서서히 문이 열리고 환한 불빛과 더불어 온 세상을 밝고 깨끗하게 물들여줄 것이다.

내가 그곳에 선 것이 비록 점 하나일지라도 촛불의 혁명은 바로 나 한사람으로 인해 이뤄진 것이다. 염원과 소망이 있다면 꿈은 반드시 이뤄진다고 했다. 한사람이 모여 두 사람이 되고 두 사람이 모여 셋 넷 다섯이 된다. 물밀 듯 밀려드는 많은 인파가 거리를 메우고 하나 되어 목청 높이던 광화문광장, 이제 다시는 빛보다 더 환한 촛불의 힘을 밀어낼 수는 없을 것이다. 물결치는 시민의 함성이 끊임없이 이어져 저 높은 벽을 허물던 그때 그 시간, 나는 하나의 점으로 그곳 그 자리에 자리매김하고 있었다.

보라, 남녀노소 가릴 거 없이 뜨거운 열기가 밤하늘의 별빛보다 더 아름답게 타오르던 시간 촛불의 염원은 보다 더 뜨겁게 불타올랐다. 광화문광장을 꽉 메꾼 시민들의 함성이 청와대를 향해 기꺼이 발산되고 그들이 결국 두 손 들고 무릎 꿇는 날 우리는 조용히 흩어져 그곳을 떠났다. 이제 노란 리본이 나부끼는 슬픔은 멎었으나 아직도 끝나지 않은 무언의 전쟁은 시작을 의미한다. 아픔이 절절히 묻어있는 가냘픈 영혼들 어찌 위로하고 편히 잠들 수 있도록 막을 내릴 것인가. 답답한 감방이 싫다고 반박하는 살아있는 자들이여! 다시 한번 반성하고 고개를 숙일지어다. 목숨을 부지하는 것조차 힘들어 괴로워한다면 삶을 떠난 어린 생명들의 한탄은 절규에 가깝다. 속죄하고 반성하며 눈물을 흘려도 용서하기 어려운 시점에서 현실이 고달프다고 하소연한들 그 누가 보듬어 안을 것인가.

이제 우리는 잊혀져가는 지난날 슬픔의 도가니를 가슴에 힘껏 끌어안고 침묵의 세월 뒤에 감춰두려 한다. 서러움 대신 타협으로 화해하고 묻어두려 한다. 좀 더 신중히 반성의 기회를 가져주기를 진심으로 바랄 뿐이다. 앞으로도 촛불은 어떤 궂은 날씨에도 꺼지지 않고 영원히 불타오를 테니까!

국정농단 정권을 지원하는 한기총은 스스로 해체하라!

강형구(장로)

[대통령 탄핵소추안의 국회 통과에 대한 한국기독교총연합회의 입장]을 뉴스앤조이를 통해 읽고 원문을 파악하기 위해 홈페이지에까지 들어가 읽어보았다. 그리고 한기총의 입장에 대한 반박문을 적어본다.

1. 한기총은 이제 탄핵 정국에서 벗어나야 한다고 강조하면서 민생이 철저히 도외시되고 있다고 걱정하고 있다. 그러나 민생을 철저히 도외시해온 집단이 누구인가? 촛불을 든 사람들이야말로 그동안 정권이, 또한 정권에 빌붙어 있던 한기총이 철저히 도외시해온 까닭에 들고 일어난 사람들이 아니었던가? 민생을 철저히 외면해 온 권력집단에 대한 분노가 탄핵에 집중하게 한 것임을 모른단 말인가?

2. 대한민국이 한겨울 한파와 같이 얼어붙고 있단다. 그러나 그렇게 얼어붙은 것은 대한민국이 아니다. 지금까지 국민들의 대다수를 개돼지로 알고 오던 자들이 국민적 저항에 한껏 움츠러든 것뿐이다.

3. 한기총은 국회가 지금 경제 살리기에 힘써야 한다고 주장했다. 경제를 살려서 어디에 쓰려고? 지금까지 경제를 살려서 국민들의 호주머니를 두둑하게 채워주었던가? 모든 경제적 이익은 독점 재벌의 손아귀에 다 집중되었고, 그들에게 삥 뜯기를 할 수 있는 자들만 배를 불려 왔다. 경제를 살리자는 목소리는 우선 재벌해체를 외치는 데서 시작해야 한다.

4. 한기총은 황교안 대통령권한대행 체제 아래 국정을 하루빨리 안정화해야 한다고 강조했다. 황교안이 누구인가? 황교안은 박근혜 체제의 지킴이로 철저하게 복무해 온 사람이다. 국정이 혼란스러운가? 국정이 불안정한가? 혼란과 불안정은 헌법을 무시하고 부정선거를 통해 집권한 현재의 집권세력 자체가 불안과 혼란의 중심이며, 이들을 몰아내고 새로운 국민주권시대를 여는 것이야말로 국정 불안을 해소하는 지름길이다. 황교안까지도 도태되어야 할 국기 문란 사태의 일부인 것이다.

5. 한기총은 "경제 회복을 위해 힘쓰며 국내외의 안보 및 보안에 어떠한 문제도 발생하지 않도록 만방의 대비를 해야 한다. 북한의 사이버 테러, 미사일이나 핵 도발의 경계를 소홀히 한다면 탄핵 정국보다 더 위험하고 엄중한 일이 벌어질 수 있다"고 말한다. 그들은 남북 이산 가족상봉을 위한 상설기구를 만들라는 노태우의 훈령을 찢어버리고 하루아침에 남북관계를 냉각시켜버린 분단 마피아에 속해 있음을 고백하고 있을 뿐이다. 대선 승리를 위해 북한에 뇌물을 바쳐가며 남쪽을 향해 총질을 해달라고 부탁했던 집단이 여전히 북한을 전쟁광인 것처럼 호도하고 있다. 북한에 대한 공포를 과장하여 남한에 무기를 팔아먹는데 재미를 붙인 미국의 군수 산업체들의 농간에 대한민국의 안전을 포기하고 사드 배치

를 받아들인 매국노들이 자신들만 애국자인 척하는 것을 보면 가소롭기 그지없다.

6. 한기총은 자신들이 "무엇보다 지금의 시대와 국민들을 위해 기도한다"고 말하고 있다. "무엇보다 지금의 시대와 국민들을 위해 기도한다"고 말하고 있다. 과연 그러한가? 최순실의 지침이 없으면 아무것도 하지 못하는 박근혜, 그래서 최순실이 시키는 대로 한 것이 사심 없이 국정운영을 하는 것이라고 믿었던 박근혜, 여전히 그 마약중독자의 집권을 위해 기도하고 온 것이 바로 엊그제인데, 그것이 시대와 국민들을 위한 기도였다고 말할 수 있는가?

부디 하루속히 한기총은 스스로 해체하기를 권고한다. 권력집단에 기생하여 주님의 이름으로 주의 백성들 눈과 귀를 가려온 죄를 철저히 회개하고 그야말로 이름 없이 빛도 없이 감사하며 섬기는 모습을 보여주기를 희망한다. 한기총은 스스로 기독교를 개독교라고 불리게 만든 주범들이었음을 회개하라!

동학농민혁명·촛불혁명·직접민주주의 그리고 강사법

김영곤(전국대학강사노동조합)

촛불시민이 국정을 농단한 박근혜 대통령을 권좌에서 내려오게 하고 문재인 촛불혁명 정권을 만들었다. 동학농민혁명은 전쟁을 하였지만, 일본군을 이기지 못하고 정권을 세우지 못했다. 동학혁명은 조직과 지도력이 있었지만, 촛불혁명은 조직도 지도자도 없었다. 대중이 인터넷-핸드폰이라는 수단을 통해 마음을 모아 스스로 조직하고 스스로 지도력을 만들고 스스로 행동했다. 촛불혁명 과정에서 학살은 없었다. 촛불시위 초기에 백남기 농민이 물대포에 맞아 죽고 이에 항의하던 한상균 위원장이 구속됐으나 학살은 없었다. 동학농민혁명 당시 일본군이 농민군을 보이는 대로 쏘아죽이고 전봉준 장군 등을 처형하고 농민군을 남해안 섬으로 밀어 넣고 샅샅이 찾아 죽인 제노사이드가, 촛불혁명에서는 일어나지 않았다. 여간 다행이다. 동학농민혁명 이래 123년 동안 대중의 지혜와 우리 역사가 그만큼 발전했다.

동학농민혁명은 인간은 평등하다는 시천주(侍天主), 인내천(人乃天)의 반봉건 사상, 집강소 운영, 토지개혁, 척양왜의 각론이 충실했다. 그 과정에서 서로를 접주로 대우하고 취회를 열어 의제를 설정하고 모아 힘을 만드는 직접민주주의가 있었다. 이와 달리 촛불혁명은 혁명정권이라는 큰 우산을 마련했으나, 그 안에 담을 각론을 가다듬고 실현하는 것이 우리의 과제다.

우산 속에 담아야 할 모순이 많다. 생산과 소비의 연결, 소득과 소비의 균형, 갑과 을의 협력, 인류 절멸의 위기와 지속가능성, 전쟁 위협과 평화 갈망의 해소, 도시와 지역~한국~한반도~동북아~세계의 동등한 가치, NL-PD-생태환경 사상의 분립 등이다. 이것들은 문제를 여러 측면에서 보고, 이해관계를 싸울 것은 싸우고, 조정할 것을 조정하고, 통합할 것은 통합해야 해결된다. 현행 대의제도로 해결하기 어려운 민의는 직접민주주의로 해결해야 한다.

여기에 가장 필요한 것은 종합적 판단력이다. 지식사회에 들어와 자본보다 더 가치가 있는 것이 정보이고, 그 정보를 다루는 지혜가 종합적 판단력이다. 종합적 판단력을 구성하는 담론 구조의 정점에 대학이 있다. 종합적 판단력은 학문연구와 교육 그리고 토론에서 비판의 자유가 보장될 때 가능하다.

구체적으로 설명하면 연구자가 자신의 경험을 총화하여 연구하고, 그 연구한 것을 학생에게 가르치고, 학생이 제기하는 질문을 자르지 않고 토론하여 대안을 도출한다. 이 과정에서 사회에 유용한 대안을 설정하고, 이것을 추진할 사람을 키운다. 대학에서 3학점 강의를 하며 주 45시간 서로 토론하면 그 안에 수많은 정보와 입장이 녹아들고, 그 과정에서 교수와 학생은 통합적으로 판단하고 판단력을 갖추게 된다. 이런 기제가 움직인다면 위에서 말한 여러 가지 모순을 해결하게 된다.

그러나 이 비판의 자유는 1977년 박정희가 강사의 교원 지위를 박탈하며 없어졌다. 민의를 연구·교육·토론을 통해 해결하는 직접민주주의 기제를 없애버렸다. 우민정책이다. 어쩌면 박근혜의 불행한 정부도 여기서 비롯되었다.

1988년 이래 수많은 강사가 해고되고 학문을 포기하면서 교원 지위 회복을 요구했다. 국회와 정부가 15개쯤 되는 강사 법안을 발의하며 노력했다. 그 결과 2011년 강사가 교원이 되는 강사법, 다시 말해 고등교육법 일부를 개정했다. 학문연구와 교육을 통한 직접민주주의 장치를 회복했다.

그런데 강사법은 대학이 반대하고 대학 내외 구성원 일부가 동조해 시행 유예를 거듭했다. 20대 국회에서는 2019.1.1. 시행으로 유예했다. 우민정책의 적폐청산을 유예했다. 우리는 대학의 강사법 폐기 요구를 국회가 폐기한 것에 위안을 삼고 시행을 위한 12년 싸움을 계속한다. 이런 직접민주주의 장치를 우리 모두의 것으로 하지 않으면 정치권은 자본을 포함해 다수가 찬성하면 좋다는 '겉만 민주주의'를 시행하게 된다.

동학농민혁명에서 내건 대의를 촛불이 계승했다. 동학농민혁명이 구상한 구체성을 촛불이 계승할 때이다. 그 눈이 강사 교원 지위를 회복한 강사법 시행이다.

촛불혁명에서 배움혁명으로

– 이게 나라냐? 나라다운 나라, 배움혁명으로!

김두루한(참배움연구소)

바야흐로 촛불 혁명의 불씨가 번지기 시작했다. '이게 나라냐?'를 질문하면서 온 나라 임자들이 함께 나서 촛불을 들었다. 날마다 저마다 집에서 일터에서 타오른 나라 사랑의 마음들은 '광화문'의 촛불로 타올랐다. 2016년 늦가을부터 '나'를 감싸던 굳은 껍질을 깨뜨리고 그 속에서 숨죽이고 있던 사랑과 옳음과 슬기의 물줄기를 열어젖혔다. 시민 저마다 의로움과 분별의 정신, 연민과 연대와 용기의 기상을 뿜어냈다. 우리가 서 있는 곳을 살피며 스스로 나아가야 할 바를 애 짓는 힘을 느꼈다.

이제 '나라다운 나라'를 내세운 2017 배움혁명의 불길을 지펴 참 배움 혁명 선언을 이끌어내야 할 때이다. 온 나라 차원의 훌륭한 '나'들이 자라남을 함께 겪는 일이기도 하다. 역사를 돌아보면 든 사람들은 우리가 삶에서 겪는 가장 높은 수준의 배움의 즐거움과 더불어 지성과 덕성, 창조성, 심미성의 싹을 바로 제 안에서 찾고 그것을 삶의 현실에 펼치고자 했다.

동서양 역사는 '배움'을 풀이하며 사랑과 바름과 슬기로움과 날램, 절도와 같은 사람들이 지닌 마음바탕을 밖으로 펼쳐냈다. 멍쯔는 하늘의 벼슬로 표현하고 인의예지로 구체화했고, 플라톤은 이성, 용기, 절제로 정리했다. 몸이 있고 얼이 있으며 땅에 있듯 하늘에 있는 사람은 짐승에 그치지 않는 거룩함의 바탕을 지녔다.

참배움학교연구회나 서울교사노조가 당장 할 일이 무엇인가? 그동안 학생을 존중하고 학생들과 함께 그들이 던진 물음에 함께 답하고자 힘써 왔다고 한다면 이제 나라와 겨레의 미래가 숨 쉬는 학교를 살리는 참 배움 토론 한마당을 말하고 짜내는 데 앞장서야 한다. 그래서 '배움혁명'의 불꾼이 되어 활활 불을 지펴야 할 것이다.

먼저 헌법 제31조 1항의 '교육을 받을 권리'를 '배움'을 누릴 권리로 바꾸어야 한다. 초중등학교에서 더 이상 '입시위주교육'을 하지 않고 교양인을 기르는 배움을 지원하도록 법령 고치기에 나서야 한다. 이에 따라 학생들이나 학부모 스스로도 학교 배움 과정을 알차고 보람 있게 누리도록 사교육을 물리치는 데 나서야 한다.

다음으로 '교원'들의 열정과 지혜를 밑에서부터 묶어내야 한다. '전교조'나 '교총'과 같은 이전 조직들도 포함하여 학교 현장의 참다운 혁신을 바라는 이들의 뜻을 모아 참다운 배움 뜻(헌장) 아래 뭉쳐야 한다. 교사 및 학생, 학부모가 모여서 '하나이면서 여럿'이 함께 뭉쳐진 힘으로 이름하여 '참 배움 학교'를 세워내야 하는 것이다.

참배움학교는 특정 주제 중심으로 해마다 시범, 연구학교를 정하고 한시적으로 적용하는 방식에서 벗어나야 한다. 모든 면에서 한 학교 단위의 자율화(특성화, 시범화)를 전면으로 실시하자. 탈학교 모임, 홈스쿨링, 학력 및 학벌 철폐연대로 흩어진 학생들도 모일 수 있는 곳이 되도록 찾아보자.

그래서 이제까지 해온 '교육행정'의 관점과 틀에서 벗어나 제대로 된 '장학'의 관점에서 '배움틀'로 바꾸어야 한다. 마땅히 학교 수업과 상담을 살리도록 배움을 뒷바라지하는 배움 지원 틀로 바꾸어 '무너지는 학교'를 살려내야 한다. 교육부를 비롯해 광역시도교육청, 시군구 교육지원청을 명실상부한 'ㅇㅇ 배움지원청'으로 바꾸자. 학교마다 참 배움 꽃을 피우고 학생들 저마다 희망찬 미래를 가꾸어갈 수 있는 배움터로 거듭나야 하니까.

한 해를 보내며 씨알 님께 보내는 말씀

박재순(씨알사상 교수)

촛불혁명으로 장엄하고 아름답게 불타올랐던 올 한 해는 보람 있고 가슴 벅찬 해였습니다. 욕심과 어리석음의 어둠 속에 헤매던 못되고 못난 대통령을 끌어내리고 민주적인 대통령과 정부를 세운 기쁜 한 해였습니다.

그러나 정부가 아무리 적폐청산에 힘쓴다고 해도 씨알들의 삶과 정신이 새로워지지 않는 한, 불의한 사회와 역사의 반민주적인 악습과 불의한 관행이 철폐되기는 어렵습니다. 행정부, 입법부, 사법부를 움직이는 사람들도 불의하고 반민주적인 악습과 관행 속에서 생각과 정신을 키워 온 사람들입니다. 일제와 군사독재권력에 의지해서 지위와 힘과 이름을 키워온 세력은 여전히 돈과 정보를 가지고 국가사회의 기관과 인맥을 장악하고 있습니다. 우리 사회의 겉모습이 바뀌는 것처럼 보여도 속까지 바뀌기는 어렵습니다.

다행히 우리 사회는 동학농민혁명, 3·1 독립혁명, 4·19혁명, 5·18 민중항쟁, 6월 민주시민 항쟁, 촛불혁명의 위대한 민주전통을 가지고 있습니다. 이 가운데 3·1혁명, 4·19혁명, 촛불혁명은 새로운 정부를 세웠을 뿐 아니라 비폭력 평화 정신과 실천을 보여주었다는 점에서 큰 의미를 가지고 있습니다. 우리의 촛불혁명을 보고 세계시민들이 모두 놀랐고 감동하였습니다. 3·1혁명과 4·19혁명도 세계시민들을 놀라게 했고 세계민주화운동에 큰 영향을 주었습니다.

그러나 아쉽게도 이런 위대한 민주혁명의 전통들은 역사와 사회를 쇄신하는데 이르지는 못했습니다. 3·1혁명과 4·19혁명은 헌법전문에 이름을 올렸을 뿐 사회와 역사의 불의한 관행과 반민주적인 악습을 정화하고 청산하지는 못했습니다. 한때 아름답고 장엄하게 피워 올랐던 민주혁명의 불길은 오래 지속되지 못했고 사회와 역사의 불의하고 반민주적인 관행과 악습을 청산하지 못했습니다.

촛불혁명의 정신과 열정이 사회와 역사 속에서 계속 불타오르게 하려면 촛불혁명의 정신과 열정이 민중의 삶과 정신 속에 생각과 말과 행동으로 사무쳐야 합니다. 삶과 정신 속에서 생각과 말과 행동으로 사무치려면 민주정신과 열정이 철학과 사상으로 확립되어야 합니다. 철학과 사상으로 확립되어야 사회와 역사를 새롭게 할 수 있습니다.

인공지능과 생명공학과 나노기술과 우주 천문물리학의 발달은 우리 역사와 사회를, 우리 생각과 정신을 근본적으로 바꾸어놓을 것입니다. 인공지능과 로봇의 노동이 인간의 노동을 대체하면 일자리 없는 사회가 될 것입니다. 인간의 유전자와 뇌를 개조하는 생명공학은 인간의 주체성과 정체성을 위협할 것입니다. 나노 공학기술은 새로운 물질의 풍부하고 신비한 세계를 열어줄 것입니다. 천문물리학은 우주의 비밀과 신비를 드러낼 것입니다. 위대한 과학 문명의 시대가 올 것으로 기대합니다.

그러나 자본과 권력과 정보를 독점한 일부 세력이 인류의 생존을 위협하고 위대한 미래를 망치고 있습니다. 자본과 인공지능이 결합됨으로써 빈부 격차는 급격히 확대되고 절대다수의 빈곤화는 급속히 확장되고 있습니다. 0.1%의 인간들이 차지한 부는 하위 50%(38억 명)가 지닌 부와 맞먹는다고 합니다. 정치와 사회와 경제를 근본적으로 바꾸지 않으면 반민주적이고 불공정한 구조와 상황을 바로 잡을 길이 없습니다. 민주정신과 철학이 확립되지 않으면 민주적인 사회를 만들 수 없습니다.

아무리 어렵고 어두워 보여도 씨알은 비관하거나 절망하지 않습니다. 한국의 근현대는 동서고금의 정신과 문화가 합류하는 두물머리였습니다. 동서고금의 정신과 철학이 한국 근현대의 사회와 역사 속에, 한국 씨알들의 삶과 정신 속에 깊이 스며들었고 배어들었습니다. 씨알은 철학과 종교와 문화의 정신과 전통을 몸과 맘과 얼 속에 지닌 위대한 존재들입니다. 씨알은 새로운 과학기술을 바탕으로 위대한 정신문명을 이룰 자격과 힘을 가졌습니다. 민주정신과 철학을 닦아내고 실현할 준비가 되어있습니다. 함석헌 선생님의 말씀대로 생각하는 씨알이라야 살 수 있습니다. 생각을 깊이 오래 하다 보면 민주정신과 철학이 사무치고 민주적인 세상을 열 수 있습니다.

2017년 올 한 해를 마무리하고 2018년 새해를 맞으면서 스스로를 새롭게 하는 생각을 하는 씨알 님이 되시기 바랍니다. 깊이 생각하고 정성을 다해 말하고 힘을 다해 행동하면 우리 자신이 새롭게 될 수 있고 새 사회 새 나라를 만들 수 있습니다. 새해 더욱 건강하고 보람 있으시기를 바라며 반갑게 만나기를 기원합니다. (2017년 12월 31일)

촛불이 화해와 상생을 말하다

최해광(건국대 초빙교수)

촛불혁명이 시작된 지가 햇수로는 벌써 2년이 되었다. 2년 전 겨울이 시작되기 전부터 시작하여 겨우내 손발을 동동 구르며 촛불을 밝혀 이룩한 박근혜 전 대통령의 탄핵은 우리 모두에게 평범한 진리이자 교훈을 시사하고 있다고 필자는 본다. 즉 사람은 생활하면서 법대로 원칙대로, 그리고 화해와 상생의 마음가짐으로 살아가라는 교훈이다. 탄핵당한 그녀는 이런 화해, 상생, 협업과 공유의 시대정신을 거스르고, 그녀의 아버지처럼 마냥 차별하고, 구별하고, 분열시키고, 배제하고, 탄압하는 마음에서 나온 편향된 통치를 한 결과 재교육을 받으러 큰 집으로 보내진 것이다.

천만다행이자 만시지탄으로 대한민국은 촛불로서 새 시대를 열었다. 이 촛불혁명은 독일 사민당(SPD)이 설립한 '프리드리히 에버트 재단'으로부터 '2017 에버트 인권상'을 받은 것을 넘어서서 우리가 미처 알지 못하는 사이에 바야흐로 아시아의 자부심이 되고 있다.

최근 필자가 전해 들은 바로는 어떤 사람이 국제기구에서 간부로 선출되었다. 그는 국제조직에 가입한 기간이 일천한 데도 선출된 것이 의아해서 자초지종을 알아보니 아시아 대의원들의 말 없는 표심으로 선출되었다 한다. 많은 아시아 대의원이 촛불혁명을 아시아의 자부심으로 인식했기 때문이었다고 한다.

오늘 필자는 이 지면을 빌어 자칫 우리가 소홀하기 쉽고 무시하기 쉬운 상생과 화해의 정신을 되새겨 보고자 한다.

'빨리 갈려면 혼자 가고 멀리 갈려면 같이 가라'는 아프리카 속담이 있다. 혼자서 빨리 갈려면 그만큼 역기능도 많을 것이다. 그리고 아프리카에는 '우분투(UBUNTU)' 정신도 있다. '우분투'는 '우리가 함께 있기에 내가 있다'는 뜻으로 상부상조와 협력의 인간애를 상징하는 말이다. 독일 속담에는 '내가 살고 너도 살게 해 줄게'라는 말이 있다.

'우분투'는 아프리카 부족의 문화를 연구하던 한 인류학자에 의해서 알려진 말이다. 그는 어느 날 한 부족 아이들에게 나무 밑까지 1등으로 도착하는 사람에게 선물을 준다며 달리기 시합을 시켰다. 선물은 이때까지 아프리카에서 보지 못한 과자 바구니였다.

그런데 아이들은 나란히 손을 잡고 한 줄로 골인하여 과자를 함께 나누어 먹은 것이다. 이에 인류학자는 아이들에게 1등을 해서 과자를 독차지하지 않느냐고 물었는데, 아이들은 한결같이 '우분투!'를 외쳤다 한다. 1등 혼자서 선물을 독차지하면 다른 친구들이 모두 슬퍼하는데 그러면 행복하지 않다는 사랑의 문화인 것이다. '우분투'는 '네가 있기에 내가 있고, 우리가 있기에 내가 있다'는 아름다운 아프리카 공동체 정신의 표현인 것이다.

오늘날 아쉬울 것이 없는 물질적인 풍요가 지배하면서 당장 남에 대한 배려나 도덕 등은 눈에 보이지 않기에 무시해도 되는 것처럼 생각하며 사는 사람들도 많아진 것 같다. 당장 나에게 오는 불이익은 눈에 보이지 않으니 타협보다는 독주나 독재가 낫고 권위주의가 낫다는 생각이 지배하는 사회는 불행하다.

노자 도덕경은 우리에게 유무 상생하며 살라고 말하고 있다. 우리가 사는 세상은 기본적으로 모두 대립 면으로 구성되어있다. 남과 여, 남과 북, 동양과 서양, 물질적 부와 빈곤 등.

기원전 5세기에 그리스 철학자 엠페도클레스는 이 세계는 사랑과 미움으로 구성되어있다고 말했다. 과연 사랑과 미움은 종이 한 장 차이일까?

이제 우리는 같은 민족끼리 서로 분열시키고, 차별하고, 구별하고 적대시하는 자세와 마음가짐에서 벗어나야 한다. 촛불정신은 나를 태워서 세상을 밝히며 희생하며 세계정신으로 살아가라는 주문이다. 이는 결국 노자가 말하는 유무 상생의 정신, 홍익인간의 정신, 동학에서 말하는 인내천이다. 따라서 촛불은 이런 인류가 주는 숭고한 정신을 실천하면서, 이들 세계정신을 실현시키며 살아가라는 시대적인 요청을 하는 게 아닐까 하고 필자는 감히 강조해 본다.

'87년 시민'의 종로 귀환

이동구(한겨레신문 주주독자 커뮤니티 데스크)

동트기 전 새벽이 가장 어둡다고 했던가. 이 글은 필자가 세월호와 백남기 농민, 일본군위안부 합의와 개성공단 폐쇄 등 박근혜 정부의 패악이 극에 달한 집권 4년 차의 시작을 알린 지난 2016년 1월 〈한겨레:온〉(www.hanion.co.kr)에 담은 글이다.

요즘 좀처럼 잠이 오지 않는다. 자다가도 깬다. 걱정거리가 있어서가 아니다. 설렘 때문이다. 무슨 말이냐고. 한겨레에 몸담은 이래 꿈꿔온 일이 그 결실을 맺고 있다는 이야기다. 시작이 반이니까. 언론의 암흑기에 시민의 목소리 〈한겨레〉를 잉태한 국민 주주들이 오랜 잠에서 깨어나 한겨레와 우리 사회에 대한 열정과 사랑을 뿜어내기 시작했다.

지난 12일 한겨레 주주통신위원회 전국위원장이기도 한 이요상 종로시민사랑방(가칭) 창립추진위원장은 〈한겨레:온〉을 통해 한겨레와 국민 주주들, 그리고 시민사회를 연결할 구심점이 되기 위해 '종로시민사랑방(가칭)'을 연다고 밝혔다. 한겨레 주주들이 한겨레와 시민사회를 연결하는 메신저로 나선 것이다.

그의 의지는 한겨레와 시민사회가 유기적으로 결합되어야 비로소 우리 사회를 바꿀 수 있는 힘을 갖게 된다는 메시지를 담고 있다. 난 이 일을 한겨레 창간에 버금가는 큰 시도이자 87년 6.10항쟁에 이어 시민이 주체로 서는, 더 나아가 대항권력의 전략화를 모색하는 의미 있는 시도라고 여긴다.

김대중, 노무현 민주정부 10년은 능력 있는 정치 리더십을 발굴하지 못했고, 시민의 주체적 역량은 생기지 못했다. 하기야 절대권력에 맞선 프랑스의 부르주아 혁명은 1789년 대혁명, 1848년 2월 혁명을 거쳐야 했고 1946년이 돼서야 겨우 여성참정권이 인정되었다는 사실을 상기하면 우리는 아직 몇 번의 변혁을 더 겪어야 할지도 모르겠다.

잘못된 과거사도 제대로 정리하지 못한 채 10년 민주정권을 돈독 오른 기득권자들에게 넘겨주고 제도권 정치는 더 이상 시민에게 희망을 주지 못했다. 자연은 경기부양의 재료가 되었고, 아이들은 탐욕사회의 희생양이 되었으며, 정치는 팥 없는 찐빵이 되었고, 언론은 사실을 픽션으로 둔갑시켰다. 밀레니엄 폭죽이 터진 지 벌써 16년 지났다. 뉴욕에서, 베이징에서, 베를린에서, 서울 종로에서 새천년 카운트다운을 외친 수백만 군중들은 '시민의 시대'를 기원했을까.

시민의 권력이란 무엇인가? 독일 사회학자이자 〈위험사회〉(1986)의 저자인 울리히 벡(Ulrich Beck, 1944-2015)은 정치가 의회나 정부, 정당 차원을 넘어서 이루어지고 있는 글로벌 디지털 사회에서는 일부 엘리트와 조직이 아닌 '세계시민'이 변화의 주체임을 말하고 있다. 세계시민의 대항권력의 지향점은 공동체와 개인의 조화, 인류 보편가치와 만난다. 의회는 시민에게 신뢰를 주지 못하고 "표만 찍으라!" 하니 시민은 체제를 의심한다. 87년에도 그랬다. 의심은 행동을 수반한다는 것이 역사적 교훈이다. 마틴 루서 킹 주니어(1929-1968)는 말했다. '억압하는 자가 자발적으로 자유를 허용하는 일은 없다. 억압받는 자가 끈질기게 요구하지 않으면 안 된다.'

헤겔은 자신의 법철학에서 시민을 '사적 이익만을 추구하는 불완전한 사회적 존재'로 보았고, 마르크스는 '사적 이익을 추구할 생산수단을 소유하는 개인들의 집단(부르주아)'으로 규정했다. 그러면 30~40대 넥타이부대와 대학생들이 주도한 1987년 6월 항쟁 같은 일은 어떻게 설명할 것인가? 그들은 이익이나 선동에 좌우되는 군중이 아니었다. 그들은 대항권력을 내재화한 조용한 다수였다.

최근 시민이 직접 정치에 뛰어드는 사건들이 있다. 배우 겸 시민운동가인 문성근 씨는 '시민의 날개'라는 시민참여 정치플랫폼을 준비 중이다. 노무현 전 대통령을 사랑하는 시민들이 모여 협동조합 〈바보주막〉을 선보여 문화 경제적인 활동을 시작했다. 지난해 5월 전북 정읍 황토현에서는 전국 58개 시민사회단체와 활동가들이 동학농민운동의 정신을 계승하여 행동할 것을 결의하는 '2015 신(新) 만민공동회'가 처음 열리기도 했다.

2016년이 열리자마자 '87년 시민'이 귀환했다. '국민 행복시대'를 연다던 정권의 독선과 탐욕은 멈출 줄 모르고, 시민을 위한다는 대안 정당은 찾아보기 어렵다. 대통령 직선제, 헌법재판소 설치, 국민주 언론 〈한겨레〉라는 결실을 이룬 이들이 다시 일어선 이유일 것이다.

이들에게 큰 기대를 건다. 내가 만난 이들은 27년 전과 같은 우리 사회의 정의와 한겨레에 대한 뜨거운 열정과 사랑을 보여주었다. 하지만 그때와 다른 것이 있다. 풍부한 지식과 능력, 여기에 삶의 지혜도 갖췄다. 이들이 한겨레와 시민사회를 연결하는데 앞장서겠단다. 그것이 한겨레도 시민사회도 함께 사는 길이란다. 이제 종로는 세종로, 청계천, 서울광장의 주체적인 시민들의 아지트이자 한겨레와 연결하는 허브가 될 것이다.

신영복 선생이 15일 별세하셨다. 그는 "역사의 변화는 쉽게 진행되는 것이 아니니 과정 자체를 아름답고 자부심 있게, 즐거운 것으로 만들라"고 조언했다. 3월 초면 문을 여는 종로시민사랑방은 문화공간이자 즐겁게 어울리는 회식공간이란다. 그래 천천히 멀리 보며 함께 걸어가면 좋겠다. 진달래 활짝 핀 3월, 시민의 공간, 대항권력의 산실, 종로시민사랑방에서 만나 막걸리 한잔하자.

새롭게 창조된 집회문화

이대식(대동무역〈남북경협업〉)

나는 2015년 11월 민중총궐기 집회 때 간신히 경찰차 벽을 뚫고 광화문광장에 진입하였으나 나중에서야 경찰차 벽에 완전히 포위당했다는 것을 알게 되었다. 그래서 포위망을 뚫고 나가려고 교보 앞 고종기념비 전각에 올라 사방을 바라보니 경찰은 물대포 등으로 광장에 진입하려는 군중을 야수적으로 차단하고 있는 광경을 목격하게 되었다. 물대포를 맞은 사람들은 비명을 지르며 비틀거리기도 하였고 어떤 사람은 쓰러져 동료들이 부축해 나가는 사람도 보았는데 나중에 알고 보니 바로 백남기 농민이었다. 민중의 지팡이란 경찰이 마치 폭도처럼 변하여 평화적 시위 진압을 시도하는 군중을 향하여 살인적인 물대포를 쏘아대는 폭압 경찰을 눈앞에서 목도하고 나는 울분을 참지 못하여 80 고령에도 불구하고 그 후 2016.10.29. 첫 촛불집회부터 박근혜가 탄핵될 때까지 거의 집회에 참가하게 되었다.

백남기 농민의 애통한 희생의 대가로 폭압 경찰은 무표정한 로봇 인간으로 변모될 정도로 시위문화가 달라져 집회 군중도 폭압 공포 없이 평화롭게 집회를 이어갈 수 있어 1년 전의 집회 분위기와는 완연히 달라져 어린애를 유모차에 태운 가정주부를 비롯하여 초중고생, 저와 같은 80 넘은 노인에 이르기까지 각계각층의 민중이 광범위하게 참가하여 평화적 집회를 이어가는 모습을 보고 저는 많은 상념 속에 빠져들곤 하였습니다. 특히 온 가족 전체가 함께 참가한 가족들도 많이 눈에 띄어 같은 서울 하늘 아래 살면서도 연락이 끊긴 나의 어린 딸들은 지금쯤은 어디서 무엇을 하고 있을까? 이곳 어디엔가 참가하고 있을까? 아니면 아직 각성을 못해 최면상태에서 헤어나지 못하고 환상 속을 헤매고 있을까? 내 자식이 그리워 남의 가족들의 대화를 엿듣기도 하면서 부러워했었다.

지금까지의 내 머릿속의 집회 양상은 억눌린 민중이 스크럼을 짜고 불의, 부정한 권력과의 힘의 대결로 일관했는데 금번 촛불시위에서는 힘을 감추고 촛불(평화)로 자기 의사를 표출하니 권력조차 힘을 행사할 수 있는 명분과 조건이 없어 우두커니 지켜보면서 스스로의 몰락을 수수방관할 수밖에 없는 지경으로 몰아갔다. 이 얼마나 기발한 의사표시방법이며 절대다수 국민의 참여를 유도할 수 있는 지혜로운 시위방법인가 감탄하지 않을 수 없었다.

이렇게 촛불의 힘이 커져 힘의 균형추가 타락한 권력에서 촛불로 옮겨지자 정객들도 촛불 힘에 기대어 나라다운 나라를 만들겠다느니 대통령이 되면 평양에 먼저 가 오늘의 전쟁위기를 해소하겠다느니 하면서 촛불 민심에 승차하기 시작했다.

그러나 대통령이 되고 나서, 북이 핵미사일 실험을 계속하자, 후보 시절의 약속과 달리 미국 트럼프

밑에서 대북 압살정책과 전쟁책동에 추종하고 우리 목소리를 내지 못해 일촉즉발의 전쟁위기를 가중하는 듯하여 실망을 감출 수 없었다.

진정으로 적폐를 청산할 의지가 있다면 반동 정권이 저질렀던 해악을 단죄할 뿐 아니라, 온갖 적폐의 근원인 분단 적폐를 해소하려는 의지를 보여 실천해야 하는데 오히려 미국의 대결정책에만 추종하여 전쟁 일보 직전까지 가는 것처럼 보였으니 너무나 실망스러워 배신감까지 가졌던 것이다.

촛불혁명으로 수구 정권은 물리쳤지만, 촛불이 갈망하던 이 땅의 평화정착은 아직 걸음마 단계이고 근본적 적폐청산은 요원하다. 우리 촛불시민은 간단없이 촛불을 들고, 문재인 정부를 올바로 추동하여 우리 민족을 위한 자주적인 행보를 걸을 수 있도록 하고, 적폐청산을 제대로 할 수 있도록 노력함으로써, 촛불의 역사적 사명을 다 할 수 있기를 생각한다. (2017년 세모에)

침묵의 촛불

김선용(공인회계사)

2016년 촛불 혁명의 현장 광화문광장은 이제 텅 비어 아쉬운 여운의 흔적만 널려 있습니다. 텅 빈 아쉬움을 달래기 위해 정유년 세모, 모처럼 백담계곡을 찾아 나섰습니다. 백담사 경내 계곡에는 조약돌 돌탑들이 수없이 널려 있었지요.

'이 수 없이 널려 있는 염원을 어찌할꼬? 이 황량한 세상에 누가 이를 다 듣고 보듬고 품어줄꼬?'

우리 모두 이곳저곳에 서려 있는 민초들의 염원에 경건하게 귀를 기울여 보아요. 한적한 겨울에 들려오는 하소연과 절규와 간구와 희망과 그리움과 아쉬움과 애환을 품은 조약돌 탑들의 소리 없는 적막의 겨울 교향곡이랍니다. 거기엔 가여운 우리 이웃의 흐느끼는 한이 서려 있답니다. 진달래 슬피 지는 5월에는 계곡 물소리에 억눌려 들을 수 없었답니다. 이것은 자그마한 조약돌 민중들의 애절한 합창이랍니다. 광화문에서 겨울바람 타고 이곳 설악으로 날아온 촛불들의 염원이랍니다.

추운 겨울 찾는 이 없어 쓸쓸하고, 들어 주는 이 없어 황량한 백담폭포 계곡 물의 침묵… 님의 침묵인가? 침묵의 촛불인가?

5·18 민주항쟁, 세월호… 이후 회한

김영오(유민 아빠)

1

5.18 민주항쟁 기념행사. 진실은 아직 아무것도 밝혀지지 않은 채 세월호는 4년… 5·18 민주항쟁은 38년의 세월이 흘렀습니다. 5.18 생존자분께서 그런 말씀을 하시더군요.

"그래도 세월호는 우리보다 낫지 않나요… 4년 만에 특조위 2기도 출범하고 진상규명에 많이 다가가고 있잖아요."

그 말씀을 듣는 순간 2014년 팽목항이 떠올랐습니다. 아이들이 구조되고 검안소로 가는 동안 부모님들은 기도했습니다.

"제발 우리 아이가 아니길… 우리 아이는 살아있을 거야…."

하지만 시간이 흐르자 내 새끼가 혹시나 유실이 되지 않을까 걱정이 앞서기 시작했습니다. 일주일쯤 지나서는 아이가 구조되면 "축하한다"는 인사를 하기 시작했습니다. 죽은 아이를 찾아 가슴이 무너지는데…, 축하한다니….

38년이란 고통의 세월을 보낸 5·18 생존자분의 마음도 우리와 같은 심정이었을 것입니다.

발포 명령자가 누군지? 수많은 트럭에 실려 갔던 사람들이 어디에 묻혔는지?

5·18 민주항쟁도… 세월호도… 아직 아무것도 밝혀진 게 없습니다. 이제 시작입니다.

2

2014년 단식할 때 청운동 분수대 앞에서 자식이 왜 이유도 없이 억울하게 죽어야 했는지… 박근혜가 대국민 담화에서 했던 눈물의 약속을 지켜달라고… 청운동 분수대 앞에서 면담요청을 했었습니다.

몇 시간을 경찰들에게 막혀 중국인들은 마음 놓고 갈 수 있는 길을 저는 세월호 유가족이라는 이유만으로 갈 수가 없었습니다. 너무 분하고 억울해서 경찰들에게 욕을 하며 박근혜에게도 욕을 했습니다. 그 날 이후로 대통령에게 욕을 했다는 이유로 3년이 넘도록 일베와 보수들에게 되새김질 당하며 끊임없이 공격을 당했습니다. 심지어 같은 고향 친구도 그러더군요.

"아무리 그래도 대통령한테 욕하면 안 되지…" 하고 박근혜 편을 들더군요.

저는 그때 깨달았습니다. 세월호 진상규명을 위해서는 아무리 화가 나더라도 무조건 참고 맞아야 이길 수 있다는 것을. 그 후로 손가락질하면 손가락질당해주고, 욕을 하면 욕을 먹어주고, 때리면 무조건 맞아줘야 했고, 조롱을 하면 조롱을 당해주고, 허위 사실로 비난을 하면 비난을 받아야만 했습니다.

그렇게 4년을 참고 살아온 결과는 어땠을까요? 이제는 일베와 보수들이 아닌 그동안 함께 진상규명을 외쳤던 일부 사람들의 입에서 증거도 없는 입에 담지도 못할 가짜 뉴스들이 떠돌아다니더군요.

세월호 진상규명을 위해, 유민 아빠라는 이유로 4년을 참고 또 참고 버텨왔지만 저에게 돌아온 것은 비겁한 쓰레기 같은 놈이 되어버렸다는 것, 목숨을 걸고 단식을 했을 때보다, 일베와 극우 보수들의 조롱보다, 이것이 더 힘들고 고통스러웠습니다. 진보는 분열로 망한다는 말, 절실하게 느끼고 있습니다.

앞에 나서면 '힘내세요'보다 시기와 질투가 먼저이고 '무슨 목적이 있어서 저러는 거다' 어떻게 해서든 흠집을 내고 상처투성이로 만들어 버리고 돌아오는 건 '욕'뿐이 없더군요.

대통령만 바뀌었지 세상은 아직 바뀌지 않았습니다.

대한민국 모든 국민의 생명이 존중받고 안전한 사회를 만들기 위해서 우리끼리는 시기 질투보다 '힘'을 주고 조금의 흠도 안아주고 '하나'가 되어 세상을 바꿔야 하지 않을까요. 세상에서 총과 칼보다 더 무서운 것이 사람의 '입'이라는 걸 알았으면 좋겠습니다.

촛불시민혁명! 민중의 소리

이강윤(택시노동자)

70~80년대 공장 노동자들의 '공돌이', '공순이'라는 멸시적 호칭이 언제부턴가 '산업의 역군'으로, 택시 기사는 '민간 외교관'으로 신분이 격상되었다.

자본과 정치권력은 더 교묘해졌다. 'ㄷㅇ그룹'은 'ㄷㅇ가족'으로 노동자 의식이 배제된 혈연관계로 대치되었다. 그때는 어쩌면 저렇게 절묘한 홍보 언어를 차용했을까 한편 긍정했다. '노동자'보다는 '근로자'를 선호했던 정부가 노동부를 '근로부'로 바꾸지 않는 것이 오히려 이상했다. 그렇게 노동자 의식은 길들고 마비되어 갔다.

2017년 3월 10일 금요일 이른 11시 선고(인용). 촛불시민혁명! 피플 파워에 헌법재판소는 박근혜를 대통령직에서 파면(탄핵)했다. 결국 박근혜는 비선 실세 최순실과 함께 '국정농단'으로 박정희 유신 잔당이 몰락했다. 이후 불상사 하나 없이 문재인 새 정부가 탄생했다. 진정한 민주정부로 교체된 것이다. 이로써 대한민국은 세계사적으로 유래를 찾아보기 힘든 '촛불명예혁명'의 쾌거를 이룩했다.

"순진한 박근혜가 최순실이한테 이용당했다."

박근혜가 불쌍하다며 주로 나이 많은 사람들은 최순실을 욕했다. 역설적으로 최순실은 대한민국 역사와 민주주의를 30년은 앞당긴 민주열사(?)다. 정치의식이 무지한 민중을 계몽했다고나 할까. 때문에 밑 빠진 독상이라도 하나 줘야 될 듯하다.

서울시청 광장에 이른바 '태극기 집회' 참가하는 노인네들을 보면서 '박정희라는 사이비 교주'를 맹목적으로 믿는 광신도들 같다는 생각이 드는 것은 어디 나 혼자뿐이었을까? 태극기에 미국 국기인 성조기까지 들고 거리 행진을 한다. 우리나라가 미국에 종속된 식민지 국가인가? 어느 외국인이 "박근혜라는 스크린을 통해 박정희를 투사했다"라고 신문에 칼럼을 썼다. 독재자의 딸을… 정말 부끄럽게 느꼈다.

국가지도자(대통령) 선거를 한다면서 "우리가 남이가"라며 독재자의 딸이나 쿠데타 일으킨 사람도 능력에 관계없이 고향이 같다고 향우회장 선거하듯이 표를 찍는다. 또 같은 기독교인이라고 해서 신사동 ㅅㅁ교회 장로 선거하듯이 투표를 한다. 그래서 기독교인들의 수백만 표가 더 돌아갔다는 얘기가 있다. 그럼 처음부터 이번에는 대통령 선거가 아니라 OO향우회장 선거, 또는 이 아무개 장로 선거라고 해야 문제를 제기하지 않을 것 같다.

1997년, 15대 대선 때 광주에서 김대중 후보를 97% 찍었다며 "공산주의보다 더하다"라고 공격했다. 누가 보아도 비이성적인 지지율 같다. 하지만 97%에 공격의 목적이 있는 것이 아니다. 군사독재 정권의 특정 지역에 대한 산업 배치와 정부 고위공직에 특정 지역의 인재 등용 등, 기득권과 헤게모니를 지키려고 하는 방어논리를 꾀하는 것이다. 쉽게 말하면 "우리는 양반 계급이니까 상놈 하기 싫다"라고 하는 것이 더 정직한 태도가 아닐까?

따라서 '패권적 지역주의'와 그런 군사독재 정권에 저항했던 '저항적 지역지역주의'는 구별되어야 한다. 이것을 같은 선상에 놓고 '지역감정'이라고 하는 것은 말이 안 된다. 영호남의 유권자 인구비례로 보면 호남이 아무리 정의롭고 그야말로 똘똘 뭉쳐보았자 영남이 느슨하게 50%, 절반만 뭉쳐도 영남이 이긴다. 느슨하게 뭉쳤으니 호남처럼 욕을 먹을 일도 적다.

이 같은 진영논리라면 정의(Justice)도 필요 없다. 페미니스트 이경자 작가는 "여성으로 태어나면 절반의 실패"라는 이슈를 우리 사회에 던졌다. 마찬가지로 대한민국 사회는 호남에서 태어나면 절반의 실패인가?

근현대사에서 광주는 민주화의 성지요, 민주주의의 깃발이다. 나는 대한민국 국민의 한 사람으로 민주주의(호남)에 부채감을 느낀다. 망국적 지역주의, 정말 민중은 개돼지인가!

1960년대 박정희 시대에 많이 듣던 말!

"가난한 농부의 아들로 태어나 이 땅에 다시는 나 같은 불행한 군인이 없기를 바란다."

2017. 3. 10. "부유한 독재자의 딸로 태어나 이 땅에 다시는 나 같은 탄핵당하는 불행한 대통령이 없기를 바란다." 엉~엉

이젠 진정으로 국민이 각성해야

정병길(스마트화가)

집이 불길에 휩싸인다. 임이네는 불길 속의 어린 친자식은 안중에도 없고, 돈을 가득 감춰 둔 베개만 들고 불길을 빠져나온다. 달려온 남편 용이는 '아아는 우짜고 베개만' 하면서 분노하며, 그 베개를 빼앗아 불길 속에 냅다 던지고 아이를 구하러 불길 속으로 뛰어들려고 하는데, 먼저 달려와 미친 듯이 불길 속으로 뛰어들었던 작은 엄마 격인 월선이 그 아이를 구해 나온다.

박경리의 소설 〈토지〉의 한 대목이다. 현실적으로는 있을 수 없는 그야말로 소설 같은 소설의 한 장면이다.

고구려의 기상 / 정병길 작 / 모바일그림

그런데 소설보다 더 허황한 현실이 이 땅에서 일어난다. 2014년 4월 16일 수학여행을 떠나는 학생들을 비롯하여 476명의 국민을 태운 세월호가 침몰한다. 그 침몰하는 세월호의 선장은 승객들에게는 '가만히 있으라'고 지시하고 승객을 버려둔 채 탈출해 버린다.

최고의 통치권자인 박근혜 대통령은 여러 차례의 보고를 받고도 이 급박한 상황 속에서 내내 무슨 일을 하였는지, 올림머리로 분장까지 하고 7시간 만에야 중앙재난안전대책본부 상황실에 등장한다. '단 한 명의 인명피해도 없게 하라'고 했다지만 그 대통령을 비롯한 정부기관 및 관리들은 인명구조를 위해 한 가지도 제대로 한 것이 없었다. 적극적으로 구조에 나선 민간어선과는 달리 해경은 소극적인 자세로 '황금 구조 시간'을 놓쳤다고 매체들은 전한다. 일부 구조된 대다수의 학생은 민간어선의 구조로, 대다수의 선원은 해경의 구조로 이루어졌다고 하니, 국민들은 누구를 믿고 살아야 하는지 각자가 알아서 살 수밖에 없는 나라가 된 것이다.

무슨 악연으로 우주의 혼은, 이 시대 이 땅에서 박근혜 주연과 추종 조연들에게 수백 년 전의 저 먼 서방 셰익스피어의 그 슬픈 비극 맥베스를 최대의 스케일로 실연하게 할까?

최태민-최순실 부녀의 예언과 주술 그리고 주변의 충성스런 괴물들과 졸개들은, 아주 잘못 준비된 박근혜 후보를 온갖 수단 방법으로 대통령으로 당선시킨다. 이는 맥베스가 마녀들의 예언과 그 부인의 회유에 인륜을 어겨가며 왕위를 찬탈하는 과정의 은유이다.

바람이 불면 꺼질 수밖에 없었던 광장의 촛불이 LED 촛불로 진화하고 횃불로 번지며, 거의 절대적이었던 박근혜 권력은 무너진다.

저들에게는 결코 여자에게서 태어나지 않은, 독재와 불의에 항거하며 수없이 흘린 피와 헌신이 낳은 정의와 민주정신이 최후의 심판을 할 것이다.

그러나 많은 '선한 국민'을 '참 나쁜 사람'으로 찍어 국민을 괴롭히며 못 살게 하고 저들만 살 궁리한 진짜 '참 나쁜 대통령'을 누가 선출했을까를 반문해야 한다.

이제 진정 국민이 각성해야 할 때이다. 차떼기하다 들켜 천막 당사로 옮긴다고 감동하지 마시라. 천막 당사에서 마녀들과 새로운 새 음모 꾸며 나오는 것을…. '대전은요?' 한마디에 잔 다르크가 살아 나온 것처럼 착각하면 안 된다. 저들은 잔 다르크로 위장한 것일 뿐이다.

이젠 진정으로 국민이 각성하지 않으면, 제2 제3의 세월호 선장으로 가득할 것이며, 제2 제3의 박근혜와 마녀들이 이 땅에서 더 비극적인 맥베스를 공연하게 될 것이다. 결코 그런 불행이 다시 일어나서는 안 된다. 그래서 차제에 필히 이행해야 할 일들이 있다.

- 반성 없는 일제 반역을 기필코 청산해야 한다(여기서 반성이란 사회적 합의가 이루어져야 할 것이다).
- 허황한 유신 잔재를 신속히 정리해야 한다.
- 날조된 종북몰이를 철저히 엄하게 다스려야 한다.
- 지역감정과 분열을 조장하는 편 가르기를 단호히 배척해야 한다.
- 애국으로 위장한 공권력으로 갑질하며, 사익을 편취하는 자들을 엄정하게 처벌해야 한다.

촛불과 마을 공화국 운동

석승억(공동체 영성연구회)

제주 일정을 성급히 정리하고 부랴부랴 서울행 비행기에 몸을 실었다. 광화문 촛불집회에 참석하기 위해 택한 길이다.

몇몇 지인과 광화문 인근에서 만나기로 약속은 했지만 정작 지인들과 만나는 것은 힘겨운 일이었다. 통신 사정이 좋지 않아 소통은 불통이고, 사람들 틈을 비집고 약속장소로 향하는 길은 더디고 힘들기만 했다. 결국 집회참가는 아는 사람 하나 없이 홀로 참석한 꼴이 되었다. 하지만 직접민주주의를 실현하는 이 경이롭고, 역사적인 현장에 서 있다는 사실 하나만으로도 나는 가슴이 벅차올랐다. 투표용지라는 종이쪼가리 하나로 선거 당일 하루만 주어지는 말뿐인 민주주의에 느꼈던 갈증과 목마름이 한순간 해결될 것 같은 생각이 들었다.

어떤 날은 영월에서 기차를 타고 광화문으로 향하는 기차 안에서 첫눈을 맞이하기도 했다. 차표를 구하지 못해 입석으로 상경하며 차 칸 사이에 몸을 기대고 서서 빠르게 스쳐 지나가는 눈발을 감상할 수 있었다. 일사불란하게 차창을 스치는 눈발은 광화문 집회를 빠른 화면으로 보여주던 TV 안 촛불의 흐름과도 매우 흡사했다. 일부 정치세력의 폭력 앞에 비폭력과 질서로 대응하는 촛불시민의 성숙한 움직임처럼 지금 내리는 눈도 서로의 간섭을 피해가며 부딪히지 않고 무질서한 듯하지만 너무도 섬세하고 질서정연하게 기차를 향해 달려오고 있었다.

바람막이에 방수기능까지 겸비한 옷을 두툼하게 끼어 입고 광화문에서 사람들의 따뜻한 호흡과 촛불의 뜨거운 열기로 몸을 녹이며 이 밤을 지새울 생각이었다. 하지만 지인과 만나 저녁 식사로 시작한 집회는 결국 다른 지인과 큰소리로 웃으며 여러 번의 건배를 외치는 술자리를 끝으로 마무리하게 되었다.

2002년 월드컵의 열기 속에서도 나는 광화문 한복판에 있었고, 부정과 부패의 정권을 마감하는 2016년과 촛불혁명으로 새롭게 시작되는 2017년에도 나는 광화문 한복판에 있었다. 그러니 광화문은 나에게 참여와 연대, 그리고 자유를 상징하는 공간이다. 광화문은 백성 한 사람 한 사람이 모두 귀한 존재이며 빛이라는 사실을 일깨워 주는 공간이다. 붉은악마의 새빨간 빛으로, 촛불의 따듯한 빛으로 환하게 밝혀온 공간이다.

간디는 70만 개 마을 하나하나가 주권을 거머쥔 마을 공화국이 되어 마을 공화국연합체가 인도라는 나라가 되기를 꿈꿨다. 그가 세웠던 계획은 마을 사람들을 삶의 중심에 세워 정부권위가 차츰 엷어지고 결국 영국 식민지 정부가 힘을 잃게 만드는 것이었다. 그런 그가 죽기 전 온 힘을 기울인 것도 독립한 인도 정부가 갖게 될 힘을 마을 공화국으로 되돌리는 것이었다. 주권이 막연한 국민에게 있는 것이 아니라 보다 확실한 마을 공화국에 있다. 그렇게 되면 마을 공화국이 거머쥔 주권은 이론에 그치는 것이 아니라 실제 힘을 갖게 된다.

회복된 권력의 힘은 자기 나라를 자신의 힘으로 다스리는 정치적 자치와 자신의 삶을 스스로 결정해 나가는 개인적 각성과 행동을 통해 발현된다. 국가 없는 민주주의의 이상에 성큼 다가서는 것이다. 아무런 강제와 무력이 없고 모든 활동은 자발적인 협력으로 이루어지는 작고 평화롭고 협력적인 마을이다. 마을 전체가 사랑에 의해 다스려지므로 높은 사람도 낮은 사람도 없는 모두가 평등한 사회를 추구한다. 마을 공화국은 재산 중심인 서양 경제와 달리 인간 중심이다. 그것은 생명의 경제이다. 이처럼 비폭력적인 경제를 구축하기 위하여 산업주의, 중앙 집중화된 산업체들 그리고 불필요한 기계들을 배제한다.

촛불혁명이 일어나기 훨씬 전부터 나는 대안 사회에 대한 꿈과 희망으로 공동체를 살고, 배우며 전국을 떠돌았다. 하지만 지금은 전남 화순에서 아주 오래전 간디가 꿈꾸었고 내가 꿈꾸었으며 함께하는 구성원들 모두의 꿈인 마을 공화국을 만들어가고 있다. 백아산 30만 평 부지 위에 나무를 심고, 집을 지으며 직접민주주의를 실험하고 실천하려 한다. 이를 통해 우리는 아직 끝나지 않은 촛불 그 이상의 촛불이 세상에 밝혀지기를 희망한다.

천만 촛불의 헌신에 참정권 확대 입법으로 화답하라

연성수(개혁입법 공동 네트워크)

† 1,000만 촛불 혁명?

"박 대통령, 국회보다 수준 높은 230만의 '촛불혁명'"

2016년 12월 5일 동아일보 사설 제목이다.

조중동 같은 보수언론조차 지난해 10월에 시작된 박근혜 퇴진 촛불시위를 혁명이라고 부른다. 연인원 1,000만 이상이 모인 시위는 처음이라고 한다. '나이 든 노인과 젖먹이까지 다 나왔다.' 1,000만 촛불시위를 보고 놀란 세계언론의 말이다. '나이 든 노인과 젖먹이 빼고 다 나왔다'던 삼일운동 당시 거리로 몰려나온 인파가 연인원 200만, 당시 인구가 1/10에 달하는 사람들이 독립 만세 시위에 참여했다.

박근혜 퇴진 촛불시위에는 삼 개월 남짓한 기간에 남한 인구의 약 1/6, 남북한 인구를 합친 숫자의 1/8 이상이 참여했다(현재 남한 5,100만, 북한 2,500만, 남북한 합친 인구는 7,600만 정도). 전체 인구의 3.5%가 비폭력시위를 하면 감당할 정권이 없다는 미국 덴버대학교 정치학과 에리카 체노웨스 교수의 연구결과가 있다.

네이버 사전에 '혁명'은 이렇게 정의되고 있다.

법의 범위를 벗어나 국가 기초, 사회 제도, 경제제도, 조직 따위를 근본적으로 고치는 일
이전의 관습이나 제도, 방식 따위를 단번에 깨뜨리고 질적으로 새로운 것을 급격하게 세우는 일

현재 국민은 헌법 절차에 따라 대통령 탄핵에 대한 헌법재판소의 인용을 기다리고 있으니 1번 정의에 의하면 혁명에 해당되지 않는다. 하지만 지난 12월 12일 프랑스 가톨릭계 일간지 〈라크루아〉가 끝내 대통령 탄핵안 가결을 이뤄낸 촛불시민들의 힘을 '68혁명'에 비유했다.

"한국 젊은이들이 모든 유교적 제약을 거스르는 자유를 얻었다. 한국 청년들은 경제적 미래가 어두워 찬란한 미래를 꿈꾸지 않지만 적어도 정치적 사회적 전망이 완전히 탈바꿈하게 될 것으로 확신하고 있다."

이 신문에 의하면 천만 촛불시위는 네이버 사전에 나와 있는 혁명에 관한 정의 2번을 〈이전의 관습이나 제도, 방식 따위를 단번에 깨뜨리고 질적으로 새로운 것을 급격하게 세우는 일〉을 충족한다. 그러므로 현재 대한민국에서 벌어지고 있는 촛불시위는 단순한 정권 퇴진운동이 아니다. 정권교체, 체제 교체를 넘어 권위주의적 정치, 사회, 문화시스템을 근본적으로 뒤집어엎으려는 움직임을 내포하고 있는 혁명임이 분명하다.

† 천만 촛불시민이 원하는 나라는 새로운 민주공화국

"최순실 국정 농단, 박근혜 대통령 탄핵심판에서 우리는 치명적 독소로 쌓여왔던 폐단들을 목도했다. 정유라 입시 부정, 권력과 대기업 유착을 보며 '공정한 사회'에 대한 갈증이 더욱 심해졌다. 그래서 광장으로 몰려나온 게 촛불이다. 계층 상승 사다리가 붕괴되며 심화된 양극화를 해소하고, 패거리 진영 문화를 청산하라는 게 촛불이 요구한 시대정신이다. 소수 엘리트가 일방적으로 주도해 온 구체제 대신 시민이 주인으로 참여하는 새 민주 공화정을 열라는 역사적 과제를 촛불은 부각시켜 주었다."

중앙일보는 지난 12월 31일 자 사설 '촛불 바다를 건너 '새로운 나라로 전진하자'에서 '촛불 혁명은 심화된 양극화, 소수의 정경유착 패거리가 주도해 온 구체제를 청산하고, 시민이 주인으로 참여하는 새로운 민주공화국을 열라는 역사적 과제를 제시했다'고 쓰고 있다.

여기서 우리는 천만 촛불 혁명이 지향하는 두 개의 목표를 확인할 수 있다.

첫째 목표, 경제, 사회적으로 서민 생계를 파국으로 몰아가고 있는 신자유주의 체제를 청산하고, 진정한 공화국을 새로 건설하는 것. "대한민국은 정치, 경제, 사회, 문화의 모든 영역에 있어서 각인의 자유, 평등과 창의를 존중하고 보장하며, 공공복리의 향상을 위하여 이를 보호하고 조정하는 의무를 진다(제헌헌법 제5조)"

민주공화국에서 공화국은 공공을 위한 나라를 의미한다. 즉 공공복리를 위한 공동체를 추구하는 나라를 우리는 공화국이라 부른다. 2017년에 건설할 새로운 대한민국이 진정한 공화국이 되기 위해서는 천만 촛불 혁명의 목표가 권위주의적 정경유착 박 정권을 끌어내리는 것에 머물러서는 안 된다. 이번 촛불 혁명의 목표는 극심한 양극화와 불평등을 초래한 시장 만능의 신자유주의 체제 청산이 되어야 한다. 정권교체 이후에도 지금의 신자유주의 체제가 계속된다면, 서민 대중의 삶은 지금보다 더 나빠질 것이다. 지난 20년 동안의 신자유주의 체제는 양극화와 불평등으로 요약되는 서민 대중에게는 불안과 불행의 시기였다. 그래서 촛불시민혁명은 단순한 정권교체를 넘어 양극화와 불평등의 해소를 요구해야 하며, 당연히 그 목표는 신자유주의 체제의 청산과 보편 복지가 보장되는, 진정한 국민 행복 시대의 건설이 되어야 하는 것이다.

둘째 목표, 정치, 문화적으로 주권자 국민이 투표 기계로 전락한 대의민주제를 혁신하여 시민이 주인으로 참여하는 진정한 민주공화국을 건설하는 것. "2016년, 우리 사회에서 타오른 촛불로 국민주권의 시대가 활짝 열렸다. 그것도 과거 시민혁명에서 김대중·김영삼 등 야권 정치인과 이른바 운동권이라고 할 수 있는 재야·대학생 등의 영향력이 컸다면 이번 시민혁명은 광장에서 시민들이 정치권을 시종일관 추동했다(2016년 12월 28일 아이뉴스)"

지난 10월 29일 처음 광장에 모인 이래 촛불시민은 흔들리지 않고 '박근혜 대통령 퇴진'을 요구했다.

거국중립내각, 질서 있는 퇴진, 명예로운 퇴진 등으로 오락가락했던 정치권은 속수무책으로 광장을 뒤따를 수밖에 없었다. 하지만 새해 들어 박근혜 탄핵 인용이 가까워져 오자 여, 야를 막론하고 정치권은 달라졌다. 어느새 대통령 탄핵 과정에서 천만 촛불에 진 빚은 내던지고 대선에서의 유불리만 따지며 구태를 재연하기 시작했다.

어두운 과거를 청산하고 개과천선하겠다던 소위 바른 정당은 지난 5일 선거연령 18세 하향을 당론으로 정한 지 하루 만에 번복하더니, 급기야 11일에는 새누리당과 야합하여 18세로 내리는 공직선거법 개정안 처리에 제동을 걸어 국회 상임위원회 의결을 보류시켰다. 야 3당은 '개혁국회'를 만들겠다며 1월부터 임시국회를 열었지만 개회 이후 안건 상정의 첫 단계인 상임위를 통과한 법안은 단 한 건도 없다. 2월에도 국회가 예정돼 있지만 대선 셈법에 빠져드는 상황에서 야 3당이 개혁법안을 몇 건이나 처리할 수 있을지는 미지수다.

† 천만 촛불의 헌신에 정치권은 참정권 확대 입법으로 화답하라

'기다려라, 구체적 개혁 작업은 제도권에 맡기고 촛불은 기다려라.' 정치권의 구태의연한 역할 분담 제안에 촛불시민은 더 이상 흔들리지 않을 것이다. '기다려라'라는 말은 세월호에서 학생들을 허망하게 죽어가게 한 '가만있으라'는 말과 다르지 않다. 촛불시민은 '더 이상 가만있지 않는다', '더 이상 기다리지 않는다'. 촛불시민은 이제 보다 직접적인 방법으로 국민주권을 행사하길 원한다.

그러므로 여, 야 정치권은 잃어버린 여의도의 권위를 되찾고 싶으면 선거연령 18세 하향, 선거운동 제한 조항 개정, 결선투표제, 비례대표제 도입 등 선거법 개정으로 참정권 확대 입법에 즉각 나서야 할 것이다. 그것은 한겨울 추위에 떨며 광장에서 민주주의를 지켜낸 주권자 국민에 대한 예우이며, 지난 잘못을 반성하고 이 땅의 민주주의를 다시 쓰는 데 동참하겠다는 당신들의 약속이 될 것이다.

"국민은 우매하지 않고, 똑똑하다는 점을 국회의원들이 잊어선 안 된다." 어느 파워 블로그의 말을 기억하라.

국민주권 시대를 맞아 선출직 공무원들은 국민소환제, 국민발안 청원입법제, 중요 정책 국민투표제, 시민의회법, 헌법과 민주시민교육법 제정 등으로 참정권을 대폭 확대하여 천만 촛불과 권력을 나누고, 천만 촛불과 선의의 경쟁을 할 준비를 해야 할 것이다.

1987년을 넘어 2016년 촛불 혁명으로

전형준(의사)

며칠 전에 영화 '1987'을 보았다. 이미 30년이란 시간이 지났지만 1987년 당시의 기억을 떠올리며 영화를 보았다. 누구에게나 살다 보면 괴롭고 힘든 시기가 있을 것이다. 특별히 나에게는 1987년이 너무나 괴롭고 힘든 한 해였다.

나는 1985년도에 서울대학교 의과대학에 입학하여 예과 2년을 거쳐 1987년도에 본과 1학년이 되었고, 본격적으로 의대 공부를 해야 하는 시기가 되었다.

1987년 1월, 새해가 밝은지 얼마 되지 않은 때에 박종철 열사 고문치사 사건이 터졌다. 광주학살로 집권하여 민주주의와 인권을 마구 짓밟고 폭주하던 전두환 정권이 고문치사라는 사건을 터뜨린 것이다. 이것을 지켜본 국민들의 분노야 이루 말할 수 없을 것이다. 그러나 언론이고 방송이고 정권이 모두 장악하고 있던 시절이라 이것을 대놓고 드러낼 수도 없었다. 3월이 되어 개강을 하였을 때 박종철 열사 고문치사를 비판하는 시위가 몇 군데에서 벌어졌다는 소식이 신문에 작은 크기로 나왔을 뿐 그저 그뿐이었다.

본과에 진입하여 본격적인 의학 공부가 시작되면서 눈코 뜰 쌔 없이 바쁜 나날이 계속되었다. 그러던 중 5월 18일에 천주교 정의구현사제단이 '박종철 군 고문치사 사건의 진상이 조작되었다'는 성명을 발표하였다. 고문으로 사람을 죽인 것도 모자라 사건을 축소 은폐하기 위해 고문에 가담한 경찰관들의 숫자를 줄여 두 명만 감옥에 보내고 나머지는 처벌받지 않고 있다는 것이었다. 고문치사 그 자체도 분노할 일인데 사건을 축소하여 은폐하기까지 하다니. 전두환 정권의 추악함이 갈 데까지 갔다는 것이 만천하에 드러난 것이다.

6월 10일 나는 시내에 갔다가 정말로 놀라운 광경을 보았다. 그날 오후 6시부터 박종철 열사 고문치사규탄과 호헌철폐 시위가 있는 날이다. 당시 시위를 주도한 국민운동본부가 오후 6시가 되면 일제히 차량 경적을 울리고 시위에 참여해달라고 국민들에게 호소하였다. 전두환 정권의 위세가 워낙 대단했으므로 그날도 그저 아무 일 없이 지나갈 거라 생각했다. 그런데 오후 6시가 되어 버스를 타고 서울역 근방을 지나가는데 온 사방에서 경적이 울리는 것이 아닌가. 사방에서 울리는 경적 소리에 나는 내 귀를 의심하였다. 더 이상 사람의 목숨을 우습게 여기는 정권을 용서하지 않고 새 세상을 만들겠다는 의지를 시민들이 경적을 울려 알려주고 있었다. 한참 동안 온 사방이 떠나갈 듯 경적이 울리고 곧이어 도로에는 끝이 보이지 않을 정도로 사람들이 가득 차서 "호헌철폐 독재 타도"를 외치고 있었다. 그 인파 속에서 짧은 시간 동안 여러 사람들을 만났다. 강화도에서 수행을 하다 정권의 무도함을 꾸짖기 위해

올라오셨다는 스님, 근처에서 학생들이 시위를 하는 것을 보고 가만히 있을 수 없어 같이 참여하였다는 아주머니 등등.

6월 10일 지나고 해부학 실습을 하던 중 누군가 온 나라가 민주주의를 외치고 있는데 우리도 가만있을 수 없으니 학년총회를 하자는 말을 하였다. 학년총회에서 우리도 민주화 운동에 적극 동참하자는 결의를 다지고 다 같이 스크럼을 짜고 교실 밖으로 나와 교정을 돌아 거리로 나가기 위해 교문으로 나왔다. 교문에 갔더니 어느새 동대문 경찰서에서 나온 전경들이 교문을 막고 있었다. 교문을 사이에 두고 전경들과 마주하며 "호헌철폐 독재 타도" 구호를 목놓아 외쳤다. 거기까지는 좋았는데 다음 날 학교에 오니 갑자기 휴교를 한다는 것이다. 원래 의대는 공부할 양이 많아 7월 말에 1학기가 끝나는데 고작 시위 한번 했다고 6월 중순에 부랴부랴 휴교를 해버린 것이다. 휴교를 하였어도 모두들 학교에 나와 민주화 운동에 동참하는 방법을 토론하고 거리에서 열리는 집회에도 참여하였다. 그렇게 뜨거운 여름이 지나고 노태우의 6·29 선언이 있었다. 나는 그 이후 이한열 열사의 장례식에 참가하고 고향 집으로 돌아왔다.

그해 여름을 지나 가을에 전국에 '유행성 결막염'이 돌았다. 나도 결막염에 걸려 2달 동안 고생을 했는데, 그때를 생각하면 지금도 치가 떨리고 아득하다. 휴학을 하려다 말고 이겨낸 것이 다행이라면 다행이다.

가을이 지나 겨울이 되었다. 6월 민주항쟁으로 내 손으로 대통령을 직접 뽑을 수 있는 직선제 개헌이 되었으나 김영삼, 김대중 양 김씨가 내가 먼저 대통령을 하겠다며 욕심을 부렸다. 양 김씨가 모두 대통령 선거에 나오면 노태우가 대통령 되는 것은 누가 보아도 뻔한 이치인데도 두 사람은 내가 대통령이 되어야 한다며 다투었다. 지난여름의 민주화 투쟁을 생생히 기억하는 우리 학년에서는 이번 겨울에도 우리가 나서야 한다며 거의 매일 토론회를 하고 양 김 씨의 후보 단일화를 촉구하는 집회에 나가기도 하였다. 우리의 노력에도 불구하고 양 김 씨는 갈라섰고 노태우가 전두환을 잇는 대통령으로 당선되었다.

1987년 대통령 선거일 날 구로구청에서 부정선거로 의심되는 투표함이 발견되어 시민, 학생들이 투표함을 붙잡고 농성을 벌였다. 경찰이 농성을 벌이는 시민과 학생들을 강제해산하면서 수많은 사람들이 다치고 구속되었다. 농성에 참가한 사람 중에 우리 학년 이○○ 학생이 있었다. 이 소식이 전해지자 구속된 친구의 석방을 위해 학기 말 수업과 시험을 거부하자는 말이 나왔다. 수업거부와 시험거부란 말이 나오자 학교 측에서 수업과 시험을 거부한 학생에게는 엄청난 불이익을 줄 것이라고 노골적으로 밝혔다. 학교의 협박에도 불구하고 대부분의 학생들은 수업거부와 시험거부를 이어갔으나 '친구가 구속되었다는 것 때문에 수업과 시험을 거부하여 내가 불이익을 받을 수는 없다'며 시험장을 향하는 사람들이 있었다. 한 달 가까이 수업과 시험을 거부하다가 구속된 친구가 석방되었다는 소식을 듣고 수업거부와 시험거부를 끝냈다. 시험을 거부한 학생들을 대상으로 재시험이 치러졌다. 재시험을 보면 아무리 시험을 잘 보아도 최고 성적이 B+이다. 이 사건으로 나를 포함하여 시험거부에 참가한 학생들의 성적표는 바닥을 깔았다. 개인적으로도 너무나 힘든 1987년이 이렇게 지나갔다.

박근혜, 최순실 국정 농단으로 촉발된 촛불집회가 2016년 10월부터 2017년 3월까지 이어졌다. 촛불집회가 열리는 동안 마음속으로 응원하였지만 생업의 압박으로 거의 참가를 하지 못하였다. 몇 달에 걸쳐 매번 100만 명이 넘는 사람들이 모였음에도 다치거나 구속된 사람이 단 한 명도 없이 촛불집회가 평화적으로 진행되었다. 불의한 권력을 국민의 힘으로 평화적으로 심판하였다는 점에서 세계적으로 유례가 없는 사건이다. 평화적으로 권력을 심판하는 것이 거저 주어진 것이 아니다. 5·18 광주민중항쟁과 1987년의 민주시민 항쟁이 있었기 때문에 평화적인 촛불 혁명이 가능하였던 것이리라. 1987년의 힘들었던 기억을 되새기며 우리가 사는 세상이 좀 더 사람이 살만한 세상이 되기를 기대해 본다.

2017년 겨울의 촛불이 역사 속에 승리로 기록되기를!

허인회(녹색드림협동조합)

민주실현주권자 회의는 촛불시위가 시작되기 8개월 전인 2016년 3월, 20대 총선을 코앞에 둔 시점에서, 국민주권 실현에 대한 고민으로부터 출발하였습니다. 당시에는 아직 단체가 설립되기 이전이었지만 20대 총선에 국민들의 민의가 올바로 반영되기를 바라는 시민들의 느슨한 연대체로서 시민사회단체, 재야세력과 연대하여 '투표참여 서명운동', '좋은 후보 선정 운동'을 진행했습니다. 그 결과 각종 언론의 예상을 뒤집고 30여 년 만에 여소야대 정국을 만드는데 작지만 의미 있는 실천을 하였습니다.

20대 총선을 위해 모였던 시민들은 20대 총선의 결과가 끝이 아니라 시작이라고 여겼습니다. 선거철 때만이 아니라 지속적이고 일상적으로 국민들의 삶 속에서 국민주권 실현과 숙의민주주의 정착을 위해 노력할 필요가 있음을 깨달았습니다.

국민주권 실현과 숙의민주주의를 위해서는 입법·사법·행정 기관의 선출직들에 대한 국민들의 감시와 비판 활동이 전제되어야 했습니다. 이를 위해서는 지속적인 교육과 인터넷·SNS를 통해 다양한 정보를 제공하고, 공동의 요구를 묶어내고, 부패한 선출직 관료들의 문제를 제기할 수 있는, 국민들의 일상적인 삶 속에서 묶이고 이어지는 '생활'공동체가 필요했습니다.

이를 준비하기 위해 여러 연대단체의 활동에 참여하며 모니터링 작업을 했습니다. 하지만 당시 가장 심각하게 부패했고 국민의 주권을 심대하게 침해하는 존재가 우리들의 길을 가로막고 있었습니다. 그 존재가 바로 민주주의를 유린하고 사적 집단의 이익만 추구하는 박근혜였습니다. 박근혜를 중심으로 하는 박근혜 정권의 무능과 박근혜에게 충성하는 선출직 공무원들의 부정부패로 국민들의 삶은 나날이 팍팍해져 가고 있었습니다.

이에 2016년 9월 박근혜 정권의 폭력으로 사망하신 백남기 농민의 장례식장에서 박근혜 탄핵을 결의하고 실천에 돌입하였습니다. 10월 29일 시민들이 '광화문 1차 촛불시위' 현장에 모여 박근혜 하야를 외칠 즈음 정식 창립한 민주실현주권자회의는 탄핵운동의 현장에서 헌신적 노력을 다해왔습니다. 그리고 11월 12일 3차 범국민행동 이후 광화문광장에서의 안정적 시위 진행과 지원을 위해 광화문광장에 텐트농성장을 설치하고 박근혜의 탄핵이 이루어질 때까지 광화문을 지켰습니다.

광화문광장뿐만이 아니라 국회, 헌법재판소 등을 오가며 입법부·사법부·행정부에 대한 감시와 비판 활동을 멈추지 않았습니다. 그러한 노력들이 3월 10일 헌법재판소의 탄핵 결정을 이끌어내는데 미약하나마 밑거름이 될 수 있었습니다. 이는 모든 국민이 노력한 결과이며, 대한민국에 민주주의에 대한 희망이 존재한다는 증거이기도 했습니다.

헌법재판소의 탄핵 결정 이후 어느덧 10개월이 지났습니다. 하지만 아직 촛불의 승리, 시민의 승리라고 말하기 어렵습니다. 여전히 적폐세력들이 사회 곳곳에 남아 있습니다. 그들은 지나는 소나기를 피하기 위해 숨어 들어가 숨죽인 채 소나기가 그치고 난 이후를 준비하고 있습니다. 하지만 그들에게 분명하게 경고합니다. 이는 지나는 소나기가 아니며, 소나기가 아니게 하는 것이 민주실현주권자 회의의 존재 이유입니다. 창세기 대홍수처럼 적폐세력이 더 이상 대한민국에 발붙일 수 없도록 노력할 것입니다. 20대 총선의 결과가 끝이 아니라 시작이었던 것처럼 현재의 우리는 여전히 시작점에 서 있습니다. 2017년 겨울 시민들의 행동이 승리로 역사에 기록되기를 기원하며, 이를 위해 행동을 멈추지 않을 것을 다짐합니다.

촛불혁명을 바라보는 나의 생각

남명진(교수)

유신으로 시작된 나의 학창시절, 좋게 보이는 유신이라는 단어는 그것이 일본의 메이지 유신에서 시작되었다는 것을 알면서 문제가 있을 것이라 생각이 되었고, 대학에서의 반박정희 투쟁운동을 보면서 실상을 알게 되었다. 79년도 공단 여성노동자에게 똥물을 뿌리는 YH 사건을 보면서, 야당 총재 제명을 지켜보는 가운데 부마항쟁으로 정권의 말기증세를 느끼게 되었다. 그해 10월 26일 새벽에 박정희는 물러나라고 외쳤는데 저녁에 안가 요정에서 박정희는 김 정보부장에 의해 비명에 가게 되었다. 일본 만주군 장교로 독립군을 때려잡았다는 공산당 빨갱이, 사형에서 가까스로 구명되어 쿠데타를 통해 대통령이 된 다음에는 자신과 생각이 맞지 않으면 좌익으로 무수한 민족 대학생, 시민을 탄압한 인간이다.

박정희의 양아들이라고 하는 인간 백정 전두환에 의해 대한민국이 난도질당하고, 겨우 박종철 열사와 이한열 열사의 목숨으로 민주주의가 실현될 즈음 양 김 씨의 싸움으로 고스란히 노태우에게 정권을 뺏기고 말았다. 김영삼을 거쳐서 이회창에게 정권이 넘어갈 때 아들의 병역기피와 IMF 체제로 간신히 김대중이 당선되고 민주화가 되는 과정으로 접어들었다. 상고 출신의 노무현 대통령이 당선되어서 보통 인간의 시대로 접어들었는데 간교한 이명박의 술수에 다시 민주주의가 상실되고 독재자의 딸 박근혜가 정권을 잡기에 이르렀다.

아버지 박정희 시대가 그리운 딸의 입장에서 아버지 시대의 하수인 김기춘을 비서실장으로, 한태연, 갈봉근 같은 충성파 우병우를 민정수석으로 전권을 행사하면서 국정을 농단하였다. 한국의 라스푸틴 최순실이 써주는 원고를 읽으면서 대통령으로 행사하다가 세월호 사건이 일어났을 때 낮 동안 어디에 있었는지 아직도 알 수 없는 미묘한 행적으로 300명이 넘는 학생들을 수장시키고 말았다. 그 시간에 줄기세포 시술을 받았는지 아니면 호텔 침대에서 시간을 보냈는지 규명해야 할 일이다. 도끼로 창을 깨고 들어가면 최소한 몇십 명을 살릴 수 있었음에도 구조를 못 하게 한 이유를 아직도 모른다. 왜 그랬을까?

태블릿 PC에 의해 밝혀지는 최순실의 만행, 한국의 양귀비라고 할 정도의 몸냄새로 왕을 국정에서 손 떼게 하고 침실에서의 생활에 젖어들게 한 장본이라고 비유할 것이다. 이제 시민은 태블릿 PC를 다 알게 되었다. 아이패드를 주로 알았던 시민은 아이패드가 태블릿 PC와 동격이라는 사실을 알게 된 것이다. 아이패드와 같은 최신 전자제품에 의해 최순실의 만행이 세상에 탄로가 나고 우리가 가진 정보화 기술이 드디어 광화문을 꽉 채워 광화문을 혁명의 사실로 자리 잡게 하였다. 시민의 자리 잡음이 어떠했는가? 깔끔하게 대중시위를 하고, 청와대로 행진하고 거리에 쓰레기 없이 정리하지 않았는가? 세계사에 남을 수 있는 무혈혁명이 아닐 수 없다. 시민의 정성이 하늘로 치솟아 수구 보수의 새누리당이 박근혜의 탄핵에 찬성하게 하였다(236명이 탄핵에 찬성). 그리고 새누리당에서 20명이 넘는 국회의원이 뛰쳐나와 바른정당을 창당하게 하였다.

드디어 3월 10일 헌법재판관 전원 8명이 인용하여 박근혜는 파면되었다. 공식적인 과정에 의해 박근혜가 대통령직에서 추출되게 된 것이다. 3월 31일 박근혜는 구속되었다. "주요 혐의가 소명되고 증거인멸 우려가 있다." 특정범죄 가중처벌법의 뇌물수수 혐의로 구속영장이 발부된 것이다. 현직대통령의 탄핵과 인용 그리고 20일 뒤 구속되고 구속 기간이 2018년 4월 16일까지 연장되었다. 세월호 침몰사고가 일어난 지 4년 뒤까지 구속이 연장되는 것이다. 그 사이에 세월호가 인양되고 몇몇 미수습자의 신체 일부가 발견되었다. 2018년 4월 16일까지는 세월호 사건의 원인이 밝혀질 것으로 기대하고 있다.

시민이 원하니까 민주주의가 성취되는 것이다. 매주 토요일 광화문을 꽉 채운 시민의 열망이 민주주의로 가는 길이었다. 춥디추운 겨울, 그러나 하늘의 도움으로 매서운 강추위는 피해가고 열망을 담은 촛불의 열기는 하늘로 날아가면서 나라 전체가 민주주의 열망으로 가득 찼던 것이다. 그래서 아이들로부터 노인까지 이 나라에는 자신의 권리를 주장하고 열망하는 시민들의 뜻이 실현되는 것을 눈으로 볼 수 있었다. 해방과 정부탄생 후 70년 동안 이 나라에 쌓여 온 적폐를 청산할 수 있는 단서가 자리 잡음을 느낄 수 있었다. 민주주의를 열망해 대학 시절부터 감옥을 드나들었던 문재인 대통령이 선출되어 적폐청산이 진행되고 있다. 블랙리스트, 국정원 특활비 등 나라를 자신의 치부 수단과 권력의 횡포 대상으로 삼으면서 온갖 문제를 일으킨 사람들이 조사를 받고 구속되고 있다.

해방이 되면서 일제에 협력하였던 부역자들이 청산되지 못하고 70년 동안 온갖 영화를 누려왔는데 늦었지만 지금이라도 청산되어야 한다. 독립군을 때려잡았던 친일장교들과 경찰, 검사들이 청산이 되어야 한다. 식민사관에 의해 역사가 왜곡되어 왔는데 차제에 바르게 역사관이 정리되어야 한다. 일제패망 후 적산 가옥 등에 의해 재벌이 되고 정부의 갖은 특혜와 세금포탈로 부를 이룬 기업들도 제대로 세금을 내고 국가 경제에 기여할 수 있게 하여야 한다. 갖은 지식으로 시민들을 선동하였던 엘리트 학자와 교수들도 반성하고 과오를 청산하여야 한다. 정권에 아부하면서 시민들을 축재의 대상으로 삼았던 종교인들도 스스로 반성하고 고백하여야 한다. 일제 때부터 결탁하면 신자 수 늘이기에 혈안이 되어 왔던 종교, 그 단체들 시민 앞에 무릎을 끓고 과오를 뉘우쳐야 한다. 정권의 앞잡이 역할을 해왔던 언론들, 교체되어야 한다. MBC, KBS, 연합통신 등 국민 앞에 사죄하여야 한다. 야합정치인들, 수구 보수세력의 정치인들은 물러나야 한다. 바람직한 나라가 설정되어야 한다.

마지막으로 우리는 과거와 같은 불행한 나라가 다시 반복되지 않기를 바라면서 시민의 교육이 이루어져야 한다. 시민의 권리를 알면서 정치인들을 잘 판단할 수 있는 밑바탕 지식이 축적되어야 한다. 민주시민은 정당한 권리를 행사할 수 있을 때 나라에 이바지한다는 생각을 하고 학연, 지연으로 얽히고 설킨 관계를 끊어야 한다. 이성적인 생각이 자리를 잡고 감성에 호소할 수 있는 자세가 되어야 한다.

휘어진 역사

송재옥(수필가)

2016년 겨울은 유난히 추웠다. 그건 지도자를 잃어버린 국민으로서 너무나 참담했기 때문이었다.

10월 29일, 첫 촛불집회 이후 주말이면 국민들은 모두 광화문으로 모였다. 대구에 사는 나도 예외일 수 없었다. 대통령이라는 자가 일개 한 여자를 앞세워서 나라를 쑥대밭으로 만들어 놓고 반성은커녕 귀머거리가 되어 청와대에 버티고 있으니 속이 터지고도 남았다. 시간이 나는 주말이면 광화문에 가서 '하야하라'를 외치며 대통령이 진정으로 뉘우치고 하야하며 국민에게 사과문을 낭독하는 상상을 하곤 했다.

그러나 요지부동인 그 여자 때문에 겨울에서 봄까지 촛불은 광화문 일대에서 타올랐다. 광화문은 상징일 뿐 어디 거기뿐이었던가. 전국 각지의 주요 거리로 나온 국민들의 손엔 촛불이 들려 있었다. 뻔뻔스러운 그자와 무리들 때문에 그 겨울은 참담했고 거리로 나올 수밖에 없었으니 강추위가 더 매서웠다.

이듬해 3월 10일 탄핵이 될 때까지 얼마나 가슴을 졸였는지 모른다. 그리고 5월 9일 대통령 선거가 있고 문재인 대통령이 당선 확정될 때까지 행여나 그 자리를 또다시 그 무리가 앉게 될까 봐 얼마나 노심초사했던가!

탄핵되던 날과 문 대통령께서 당선되던 날 우리 식구들은 껴안고 소리 지르다 촛불 한 자루를 켰다. '나 하나쯤으로 나라를 바꿀 수 있을까?' 하는 마음은 애초에 없었다. 그런 생각으로 수수방관하기에는 국정농단 사태가 너무 심각했다. '나부터 나서야 해.'하는 마음으로 간절히 촛불을 들었던 지난 시간을 보상받던 그 순간 안도의 촛불을 켠 것이다.

부산에 사는 친구 집에 간 적이 있다. 광화문에 다녀갔던 날 시민단체에서 나눠줬던 '박근혜 탄핵'이라고 쓴 종이를 기념품으로 가지고 와선 화장실 유리창 바람막이로 쓰고 있었다. 매일 들르는 그곳에서 큰 소리로 읽는다는 거였다. 우리 집에도 기념품이 있다. 종이컵에 '박근혜 탄핵'이라고 쓰고 그 안에 초가 꽂혀있다. 그토록 열망하던 탄핵이 되고 옥살이를 하고 있지만 그 겨울의 참담했던 갈망이 담긴 초 한 자루를 보며 적폐청산의 높은 산을 올려다보곤 한다.

정권이 바뀌고 나니 적폐청산이 첩첩산중이다. 하루도 화를 삼키고 지날 수 있는 날이 없다. 앞선 위정자들이 어질러 놓은 쓰레기는 치우고 비워도 더 가득 차니 쓰레기를 만드는 화수분도 아니고 무슨 조화인가. 그럴 수만 있다면 회초리를 들고 피가 나도록 후려치고 싶은 전직 대통령들과 위정자들! 아직도 맞을 준비는 하지 않고 버티는 모습들은 추하기 이를 데 없다. 부러지도록 휘어진 역사의 허리를 펴려면 많은 고통과 출혈이 있을 것이다. 적폐청산이 두려운 자들은 보복 정치하지 말라며 핏대를 세우지만 어림없는 소리다. 촛불 국민들의 열망대로 이 나라는 바로 설 것이라고 믿는다.

촛불의 힘은 정의로운 승리를 했다. 앞으로도 우리는 엄중할 것이다. 국가는 소수가 장악해서 소유할 수 있는 사기판이 아니다. 국가의 주인은 국민이다. 촛불의 승리는 정의로운 세상의 디딤돌이 되었다. 언젠가는 적폐청산이 다 되고 밝고 살기 좋은 대한민국 국민으로서 어깨를 쭉 펴게 될 것을 믿는다. 그 땐 따뜻한 마음으로 촛불을 켜고 싶다. 대한민국 만세!

이덕일 교수 강의 요약

– "촛불혁명의 적폐 1호는 역사 적폐다"

이정일(대한장애인신문)

이덕일 교수는 촛불혁명에 따른 문재인 정부의 할 일은 우리 역사의 재정립이라고 말한다. '역사를 잊은 민족에게는 미래가 없다' 누구나 다 아는 내용이지만 현시점에 '딱' 필요한 우리의 역사관이다.

해방 후 우리 민족의 역사는 제대로 자리 잡지 못하고 회오리에 휩싸인다. 독립운동가들에 의해 적폐로 찍힌 이승만은 친일청산을 하기는커녕 친일파들을 우군으로 끌어들여 남한 단독정부를 세웠다. 친일세력을 관료로 앉히고 친미주의와 중화사상에 고개 숙인 사대주의와 주체성 없는 식민사학의 학자들을 요직에 앉힌다. 민족사학자들을 공산주의자들로 탄압하니 다수 민족학자들은 월북, 마르크시즘적 사관과 민족사학으로 양분된다. 한국에서는 식민사학자들이 역사학계의 주류가 되면서 식민사관이 뿌리를 내린다.

남한의 식민사학자들은 민족역사 말살정책에 지금도 큰 역할을 하고 있다. 우리의 장엄한 역사를 남에게 줘버린 식민사학자들. 1000억이 넘는 예산을 국고로 보조 받으면서 식민사관에서 벗어나지 못하고 있다. 한국학중앙회, 국사편찬연구소, 동북아역사재단 주류가 식민사관에 입각한 역사의 죄인이라고 한다. 북한은 1957년 식민사학을 청산하고 고조선과 한사군 등을 역사적으로 정리했지만 남한은 아직도 부끄러운 역사를 가지고 있다고 주장한다.

지금 언론들은 보수·진보를 떠나 식민사학의 카르텔이 되어가고, 젊은 역사학도들은 식민사학의 홍위병이 되어가고 있다고 이 교수는 지적한다. 역사학적으로 촛불정부가 가장 먼저 할 일은 역사 적폐청산이다.

300일은 위대했다
앞으로도 김천 시민 사드 철회 촛불은 꺼지지 않는다!

김종희(사드반대 김천시민대책위)

김천이라는 도시가 아직 낯설던 작년 8월 느닷없이 사드라는 무기를 성주 롯데골프장에 옮겨놓겠다는 것이 아닌가! 거의 30년 만에 처음으로 주먹을 쥐었다. 그렇게 나는 촛불을 들고 김천을 익혀가며 사람들과 또 정들어가며 300일을 왔다. "괜찮다. 울지 마라. 고맙다. 젊은 너희들이 있어서 촛불이라도 한번 들어보고 반대라도 한번 외쳐봤지, 우리끼리 있었으면 진즉에 사드 들어왔다. 우리는 여기서 끝나도 여한이 없다." 박근혜 정권이 촛불에서 탄핵당하고 대통령직 파면확정 선고를 앞둔 2월 27일, 롯데가 골프장 부지를 기어코 국방부에 넘겨주던 날, 가지고 있었던 패 하나를 속절없이 뺏긴 심정을 오히려 다독여주시던 어머니의 눈물을 어찌 잊을까?

4월 26일 캄캄한 새벽 2시 20분 소성리 마을로 접어드는 삼거리에서 경찰에 막혀 버린 그 시간, 휴대폰 화면으로 전해지는 울분과 배신당한 몸부림. '사드를 막으러 가려는 게 아니다. 어떤 순간에도 지켜 드리겠노라 약속했는데 이 절체절명의 순간에 보이던 얼굴들이 안 보이면 할머니들이 얼마나 슬프겠나?' 어둠에 가려 보이지 않는 눈물만 쏟아내던 그 새벽, 민주공화국 대한민국의 공권력에 대한 그나마 있던 믿음을 버리지 못했던 나의, 또 우리의 순진함이 너무 부끄러웠던 그 하루를 어찌 잊을까? 롯데가 버티면, 박근혜가 탄핵되면, 대선에서 정권 교체하면…, 힘든 고비들을 넘어오게끔 붙잡았던 지푸라기들이 손에서 바스러지는 허무를 몇 번이고 맛보았지만, 또 곧 있을 한미정상회담을 속는 마음으로 해바라기하고 있지만 언제 우리가 무임승차를 바랐던가!

300일 동안 단 하루도 광장을 떠나지 않았고 촛불을 내려놓지 않은 우리들이 있었기에 엉터리 정권이 사드 알박기로 끝장내려던 한반도 평화를 여기까지 지켜올 수 있었다. 300일! 한 아이가 생명으로 잉태되어 이 세상에 태어나기 위한 열 달을 우리는 남북평화라는 더 이상 미룰 수 없는 구호를 다시 불러내는 시간들로 살아왔다. 당장은 우리의 생존이 위협받아서 촛불을 들고 광장에 모였지만, 사드가 비단 김천 시민들만을 위협하는 게 아니라 남북 우리 민족의 존폐를 가를 만한 무기라는 것을 알던 순간부터 우리는 우리 후손들을 먼저 생각했다. 전쟁 없는 평화로운 땅을 물려주는 것이 먼저 사는 우리들의 몫임을, 사드는 이것을 힘겹지만 분명하게 가르쳐 주었다. 한반도의 평화, 나아가 동북아시아의 평화를 얘기하는 민주시민 세계시민이 되기 위한 시간들.

다시 300일이 아니기를 바라지만 또 다른 30일이 되든 300일이 되든 70년의 질곡을 바로잡기 위한 큰 걸음을 옮기기 위해서라면 그 끝을 정하지 않고 다시 또 걸어가야겠지? 길의 시작이 있으면 끝 또한 꼭 있다고 하지 않는가! 사드도 들어왔으니 나가기 마련이라고, 300일의 한결같았음에 감사드리며 언제인지 기약하지 않는 시간을 달리기 위해 출발선에 다시 섰다.

들꽃, 광장에 피다

– 세상을 바꾸는 투쟁, 김천 촛불 이야기

장재호(사드반대김천시민대책위)

책상 위에 놓여 있는 구미 아사히 비정규직지회 이야기를 담은 책 '들꽃, 공단에 피다'를 보며, 문득 지난 1년간의 김천 촛불시민들도 들꽃 같다는 생각을 해 봅니다. '들꽃, 공단에 피다'에서는 이름이 있어도 그 이름으로 제대로 불리지 않는 우리 사회의 비정규직 동지들의 꿋꿋한 투쟁을 이야기하고 있습니다.

들꽃은 뜨거운 태양과 모진 비바람 속에서도 꽃을 피운다고 했습니다. 흔히, 백성들을 풀에 비유하여 민초라고들 합니다. 모진 풍파에도 마침내 꽃을 피우는 들꽃처럼, 밟아도 밟아도 되살아나는 잡초처럼, 끈질기게 이어온 민초들의 삶은 긴 역사 속에서 주인공이었습니다. 임진왜란 때의 의병이 그러했고, 3.1독립만세운동이 그러했고, 4·19혁명이, 5·18 광주민주화운동이, 6·10 민주항쟁이 그러했습니다.

지난해 여름 성주 촛불은 김천 촛불로 번졌고, 최순실-박근혜 국정농단으로 촉발된 광화문 촛불은 들불처럼 번져, 마침내 촛불혁명은 정권교체로 이어졌습니다. 촛불은 자신을 불태움으로 어둠을 물리치고, 들불은 자신을 온전히 태우며 번져나갑니다. 자신을 온전히 태운 들풀은 잿더미 속에서도 대지에 뿌리를 내리고 새 희망의 싹을 틔우고, 마침내 꽃을 피웁니다.

지난 1년 동안 김천 촛불은 사드 의병으로 힘차게 투쟁해오는 동안 기쁠 때도 좌절할 때도 있었습니다. 모두가 기억하는 헌법재판소의 박근혜 파면 선고가 기쁨이었던 반면, 4월 26일 새벽 불법적이고 기습적인 사드 장비 반입은 우리에게 지워지지 않는 아픈 기억으로 남아 있습니다. 1년의 투쟁 속에 김천 촛불시민들의 마음이 새까맣게 탄 들판이라면 이제 다시 힘을 내어 새싹을 틔우고 꽃을 피워야 하겠습니다.

들꽃은 한 송이로도 예쁘지만 지천으로 늘어져야 더욱 예쁩니다. 우리 촛불시민들이 홀씨가 되어 시민들의 가슴으로 들어갑시다. 평화광장에 지천으로 들꽃을 피우고 더 큰 광장으로 이어져 한반도에 평화의 꽃향기가 가득할 때까지 끝까지 투쟁합시다.

사드 가고 평화 오라! 투쟁!

촛불이 불러낸 헌법

이주영(우리헌법읽기국민운동)

"대한민국은 민주공화국이다. 대한민국은 민주공화국이다. 대한민국의 모든 권력은 국민으로부터 나온다."

2016년 10월 29일, 제1차 촛불집회를 시작하면서 지금까지 집회장에 모인 사람들이 가장 많이 부른 노래, '대한민국은 민주공화국이다'(윤민석 작사, 작곡, 오지총 노래)는 헌법 제1조 1항과 2항 일부를 가사로 해서 만든 노래다. 단순한 가락과 박자에 맞추어 많은 사람이 함께 즐겁게 부를 수 있다. 무엇보다 단순한 노래는 우리 현실을 비춰보면서 국가란 무엇인가에 대한 끝없는 상상을 불러일으키게 한다.

국가란 무엇인가? 국가란 어떠해야 하는가? 대한민국이란 어떤 나라여야 하는가? 지금 대한민국은 어떤 나라인가? 국민과 국가는 어떤 관계여야 하는가? 국민이 국가의 주인이라고 하는데, 왜 대부분 글에서 '국민과 국가'라고 하지 않고 '국가와 국민'이라고 하는가? 국민 개개인은 대한민국에서 어떤 자리에 놓여 있는가? 이런저런 질문과 질문에 대한 생각을 끝없이 일으키게 한다. 그리고 '이게 나라인가?'로 모아진다. 이게 나라인가? 이건 나라가 아니다.

1987년 6월 민주항쟁은 민주헌법쟁취국민운동본부(1987년 5월 2일 결성)라는 단체 이름에서 볼 수 있듯이 개헌투쟁이었다. 6월 민주항쟁으로 개헌한 87년 헌법은 국민들의 '민주화' 요구를 바탕으로 여야 정당이 합의해서 만들어낸 것이다. 87년 민주헌법은 정치제도로는 군부독재에서 민주화를, 경제제도로는 경제개발 과정에서 발생한 병폐인 정경유착과 노동자 착취에서 벗어나 경제 민주화를 이루자는 것이었다. 그 뒤 30년 동안 정치 민주화는 나아졌으나 경제 민주화는 더 나빠졌다. 그런데 이명박 정부가 들어서면서 조금씩 발전하고 있던 정치 민주화마저 되돌리더니 박근혜 정부는 순식간에 정치마저 30년 전으로 후퇴시켰다. 아니 100년 전 왕정 시대로 착각할 정도로 후퇴하였다.

2016년 10월 29일부터 시작한 촛불집회에 참여하는 수많은 국민들은 우리나라가 정말 나라다운 나라가 되려면, 헌법 제1조부터 지켜야 한다는 생각에 공감하기 때문에 위 노래를 더욱 힘차게 함께 불렀다. 정치와 경제 민주화를 이루어내고, 그런 나라를 만들어 우리 아이들한테 물려주고 싶기 때문이다. 따라서 30년 전 87 민주항쟁이 개헌이었다면 30년이 지난 2016년-2017년 촛불시위는 헌법을 헌법대로 실현하자는 요구이면 다짐이라고 할 수 있다. 곧 헌법에 의한, 헌법에 따라, 헌법대로 운영하는 대한민국을 만들자는 것이다. 이런 뜻에 같이하는 우리헌법읽기국민운동에서도 촛불혁명 동안 매주 광화문 세종문화회관 계단 옆에서 《손바닥 헌법책》을 보급하면서 읽어주고, 함께 읽기를 하면서 큰 호응을 받았다.

박근혜 정부가 뜬금없이 소동을 벌였던 국정교과서 관련, 문제가 되었던 건국절 논란도 헌법을 짓밟는 짓이었다. 현재 헌법전문을 보면 '우리 대한국민은 3·1운동으로 건립된 대한민국임시정부의 법통과 불의에 항거한 4·19 민주이념을 계승'한다고 되어있다. 1948년 제헌헌법 전문에서는 '우리들 대한국민은 기미 삼일운동으로 대한민국을 건립하여 세계에 선포한 위대한 독립정신을 계승하여 이제 민주독립국가를 재건'한다고 하였다. 1919년 4월 11일 대한민국 임시의정원에서 제정한 임시헌장 선서문에는 '대한민국 원년 3월 1일 우리 대한민족이 독립을 선언'했다고 또렷하게 밝혀 놓았다. 곧 대한민국 헌법대로 하면 대한민국 원년은 1919년 3월 1일이라고 못을 박아 놓은 것이다. 따라서 우리나라 건국절은 개천절이고, 그중 대한민국 건국절은 3·1 독립혁명일이다.

대한민국은 1919년 헌법부터 '제1조 대한민국은 민주 공화제로 함'이라고 규정하였다. 이 규정은 임시정부 때 5차 개정, 정부 수립 후 9차 개정을 거치면서도 제1조 자리를 굳건히 지켜왔다. 곧 대한민국은 민주공화국, 민이 주인이 되어 다수와 소수가 서로 화합해서 함께 운영해야 한다. 2016년-2017년 촛불민심은 이러한 대한민국 건국 목적에 맞게, 헌법의 기본사항부터 제대로 지키는 나라로 만들어나가야 한다는 것이다. 그 정신으로 박근혜 전 대통령을 탄핵시켰고, 국민 투표로 문재인을 대통령이라는 새 일꾼으로 정한 것이다. 정치권도 이러한 민심과 헌법정신을 제대로 읽어야 하고, 그에 따라야 한다.

이제 촛불혁명 정신에 맞게 1987년 개정한 10호 헌법을 대폭 수정하고 보완해야 할 필요가 있다.

그러나 그 전에 먼저 해야 할 일은 온 국민이 헌법을 알아야 하고, 국회와 정부와 법원과 언론과 재벌들이 헌법대로 할 것을 감시하고 명령하는 주인 자리를 되찾아야 한다. 인류역사상 가장 잘 만든 민주헌법이라고 일컬었던 독일공화국 바이마르헌법 사례를 인류는 절대 잊지 말고 기억해야 한다. 히틀러 나치 정부는 바로 바이마르헌법에 근거하여 독일 국민이 민주적인 투표로 만들어 주었기 때문이다.

우리도 투표로 이명박 정부와 박근혜 정부를 출범시켰고, 그들한테 거꾸로 지배를 받아야 했다. 그 결과 국토의 젖줄인 4대 강이 망가졌고, 국민 세금과 국민연금은 물론 노동자들한테 돌아가야 할 기업 이익까지도 침해를 받았다. 이런 피해는 새 발의 피다. 정치는 독재로 돌아갔고, 경제는 재벌들이 골목 상권까지 싹쓸이하고 있고, 남북은 전쟁위기로 몰아갔고, 1%도 안 되는 권력과 자본 독점 세력들이 대한민국 주인 노릇을 했다. 사실 현재 헌법 제1조만 잘 지켜도, 현재 헌법의 50%만 헌법대로 했어도 충분히 막을 수 있는 일이다.

헌법이 좀 부족해도 온 국민이 헌법을 잘 알고, 국가를 헌법정신대로 운영하도록 하면 민주공화국으로 발전할 수 있다. 그동안 대한민국은 국민에게 헌법을 가르치지 않았다. 학교에서도 헌법에서 보장하는 권리는 제대로 가르치지 않고 의무만 열심히 가르쳤다. 국민을 위해 국가가 있는 것이라고 가르치지 않고 국가를 위해 국민이 있어야 한다고 주입하였다.

개헌도 온 국민이 직접 참여하지 않으면 정치인과 정당들이 재벌들 눈치 보면서 각자 이해관계에 따라 권력 나눠 먹기 편하게 만들 게 뻔하다. 이제는 그런 식으로 개헌을 하면 안 된다. 촛불광장에서 국민들이 직접 읽고, 토론하고, 합의하면서 만들어야 한다. 촛불이 광장으로 불러낸 헌법을 온 국민이 읽고, 온 국민이 알고, 국민이 임명한 국가 일꾼들이 헌법을 지키도록 하고, 그다음에 온 국민이 참여해서 개헌해야 한다. 촛불이 광장으로 불러낸 헌법, 촛불 힘으로 지키고, 촛불광장에서 개헌해야 한다. (이주영, 대한민국 99년 2017년 개똥이네 집 3월호에 실린 원고를 조금 다듬은 글입니다.)

소감 한마디

임성호(한겨레신문발전연대)

2016년 9월부터 한겨레신문은 박근혜 비서실세 최순실을 기획 보도한 결과 시민혁명을 촉발시키는데 일조했습니다.

이어 시민혁명의 2017을 맞이하고, 촛불시민혁명의 산물, 문제인 민주정부탄생을 완수했습니다.

이보다 벅차고 감격스러운 혁명이 또 어디 있겠습니까?

촛불혁명, 그리고 그 완성을 위하여!

박민수(평화통일운동가)

아! 광화문의 붉은 촛불의 아름다운 불빛이여, 광화문의 함성이여!

전국, 아니 세계적으로 2,000만 명이 평화적으로 자발적으로 모여서, 우리의 역사상 최초로 촛불시민 무혈혁명을 이룩하였으니, 촛불시민들이여! 대단하다, 감사하다, 위대하다.

세월호 참사 때로부터 시작하여 최순실의 국정농단, 무책임하고 무능한 박근혜 정권에 대해 국민들은, 이게 나라냐? 과연 나라가 있는 것이냐? 하면서 나라다운 나라를 세워보겠다고, 추위에 떨면서도 죽어라 촛불을 들었다.

대통령 탄핵이라는 헌정사상 초유의 촛불시민 명예혁명을 성공시킨 국민적 역량과 염원을 정치권이 저버려서는 안 된다. 이것은 대선전, 대선 후보들의 약속이기도 하다. 촛불혁명은 오로지 내 나라 살리려는 민심의 발로에서 이루어진 것이니 각계에서는 민심을 하늘의 뜻, 천심으로 알아야 한다. 유치원 아이에서 초중고대생, 30대~60대, 70, 80대까지도 하나같이 위대한 촛불을 들었다. 천원, 만원 후원금도 몇 번씩 냈다.

촛불혁명은 그야말로 국민적 축제 같은 분위기였다. 가수들, 진행자, 사회자, 발언자들, 현장노동자의 함성, 각종 임기응변적 노래들 모두 참으로 신이 났다. 그렇게 청와대 쪽으로, 헌법재판소 쪽으로 행진도 많이 했다.

위대한 촛불시민의 압도적 지지로 문재인 정부가 당당하게 탄생하였다. 촛불 혁명의 완성은 새 정부의 성공; 특히 평화 증진을 위한 평창올림픽의 성공, 나아가 남북대화를 미북 대화로 발전시켜 이 땅에 전쟁 없는 평화로운 나라를 만들어 가는데 있다. 남·북·미가 진정으로 대화하고 협상하여 비핵화를 평화적으로 이루어 나가야 한다. 평화는 하늘의 뜻이며 지상명령이기 때문이다.

촛불정부는 국민을 안전하게 잘 살아가게 할 수 있도록 개헌을 완성해야 한다. 미래 남북 평화통일의 나라를 대비한 새로운 헌법의 큰 그릇을 준비해야 한다. 그리하여 보다 잘 사는 나라, 보다 나라다운 나라, 안전한 나라를 만들어야 한다.

이 땅에 자유, 민주, 정의, 인권, 평등, 평화통일이 온전히 이루어지는 영광스러운 그 날을 향해 함께 나아갑시다.

강력한 풀뿌리 한·미 연대에 의해 평화체제의 길을 열어야

– 촛불 이후의 새로운 패러다임의 통일운동을 모색한다(2)

정연진(재미교포, AOK공동대표)

1. 반전평화운동, 그 위대한 여정

한반도를 전쟁위기로 몰고 가는 트럼프 대통령의 위협 발언에 재미동포들도 가만히 있을 수는 없었다. 북·미 정상 간의 설전과 벼랑 끝 대립으로 인해 한반도 긴장이 고조되던 지난 한 주, "전쟁이 일어나도 미국 땅이 아니라 한반도에서 일어난다", "지금까지 세계가 보지 못한 화염과 분노"라는 망언은 나가도 너무 나간 것이었다.

급박하게 움직였다. 미국의 강력한 풀뿌리시민운동단체 〈MoveOn.org〉의 서명운동이 8월 8일 시작해 하루 만에 서명자가 7만 8천을 넘어섰다. 다음 날 '코리아피스 네트워크'(KPN) 회의에서 코리아평화를 위한 전국행동을 개시해야 하지 않겠냐는 제의가 있었다.

로스앤젤레스에서도 AOK, 내일을 여는 사람들, 우리문화나눔회, 6·15 공동실천 미서부지역위원회, 미주양심수후원회 등 10여 개 단체들이 긴급시위를 하자고 결의했다.

▲ 8월 14일 트럼프 전쟁반대 긴급시위가 LA 한인타운에서 여러 다민족 단체가 연대하여 열린 모습. [사진 제공 – 이철호]

대표적인 반전평화단체인 코드핑크(CodePink)와 앤서 코얼리션(ANSWER Coalition, Act Now to Stop War and End Racism)에서 동참하겠다는 연락이 왔다. 코드핑크는 전쟁반대라면 지구촌 어디

듣지 달려가는 맹렬한 여성평화활동가들인데, '위민 크로스 DMZ'에도 동참해준 단체이다. 코드핑크는 '트럼프는 틸러슨 미 국무장관을 평양으로 급파하라'는 청원운동을 하고 있다. (참조 http://www.codepink.org/tillerson)

▲ 여성평화활동가단체 코드핑크 회원들의 참여가 돋보였다. 맨 오른쪽 '위민 크로스 DMZ'에 동참했던 조디 에반스와 오른쪽에서 3번째 미미 케네디가 지지연설을 해주었다. [자료사진 – 정연진]

이번 긴급시위에는 예상 밖으로 많은 약 200명이 동참했고, 한인 매체 뿐 아니라 미국 매체들의 취재열기도 뜨거웠다. 국문과 영문 성명서를 통해 트럼프 행정부에 우리는 첫째, 북과 즉각 대화에 나서라, 둘째, 북의 핵미사일 개발의 근본 원인인 대북 적대정책을 포기하라, 셋째, 한국전쟁 종전을 선언하고 평화협정을 체결하라고 촉구했다.

2. 미 대륙과 태평양을 가로지르는 나비효과를 기대하다

국어권 이민 1세대와 영어권 2세대가 힘을 합하니 여느 시위 때보다 멋진 광경이 연출되었다. 영어 성명서 낭독에도, 자유발언에도 차세대들이 참여했고 특히 차세대 '수박' 회원들이 이끄는 풍물패는 '사드 가고 평화 오라'를 영어로 적은 커다란 파란 나비 날개를 달고 시위대를 흥겨운 풍물 가락으로 이끌었다.

프로그램은 '나비'를 테마로 준비했다. 큼지막한 한반도 지도 위에 나비 모양 쪽지에 참여자들이 한반도평화를 위한 메시지를 써 붙였다. 이번 집회의 사회를 맡게 된 내가 "오늘 우리들의 집회에서 앞으로 워싱턴DC와 태평양을 가로질러 한반도를 향한 평화 물결을 창출하는 나비효과를 기대해보자"고 말하자 시위 동참자들이 환호로 답한다.

미국 땅에서 반전평화시위에 동포들과 미국인들이 한데 어울려 우리 풍물 장단에 한국인, 미국인 너나 할 것 없이 "전쟁반대, 평화협정! No New Korean War!"를 외치며 덩실덩실 춤을 추다니. 덕분에 이번 시위는 한반도평화를 기원하는 축제의 장으로 마감되었고, 예정된 종료시간이 한참 지나도록 참가자들의 열기가 뜨거웠다.

이렇게 미국인들이 적극 동참해주고 지지해준다는데, 한 마리 나비의 몸짓이 장차 큰 돌풍으로 변할 수 있다는 나비효과를 정말 기대해 봄 직하다. 결코 전쟁은 더 이상 안 된다는 재미 한인들과 미국 활동가들의 긴밀한 연대에 의해 한반도 평화로 가는 새로운 길이 열리고 있지 않은가. 감동이 밀려오는 순간이었다.

3. 강력한 풀뿌리 한-미 연대에 의해 평화체제의 길을 열어야

▲ 8월 14일 저녁 웨스턴가에서 집회 구호를 외치고 있는 반전평화 참가자들. [자료사진 – 정연진]

광복절을 하루 앞둔 8월 14일 로스앤젤레스의 파아란 상공을 보며 생각한다. 평화체제로 가는 앞으로의 여정은 강력한 풀뿌리 한-미 연대에 의해 개척될 것이라고.

최순실, 박근혜의 국정농단이 전 국민이 민주주의를 위해 일어선 계기가 된 것과 마찬가지로 트럼프의 좌충우돌 전쟁위협 행보에 의해 앞으로 미국 내 평화세력의 결집 계기가 마련될 것 같다. 북은 (확실한 보장 없이) 핵을 포기하지 않을 것이다. 그러니 어서 대화에 나서라.

아마도 후세의 역사가는 이렇게 기록할 지도 모를 일이다. "통일코리아를 위한 지구촌 반전평화운동의 위대한 여정이 2017년 8월에 시작되다"라고.

NO NEW KOREAN WAR! END ALL WARS NOW! PEACE TREATY NOW!!

나의 촛불 운동

서형식(치과의사)

박근혜·최순실 스캔들이 터지고 열린 2016년 10월 말쯤 청계광장에서의 촛불집회 분위기는 사뭇 달랐다. 여느 집회와는 다르게 경찰의 날선 눈초리도 보이지 않았고 바로 앞에 있는 D 언론사의 집회 보도 태도도 달라져 있었다. '어~이게 뭐지!' 되돌아보면 역사의 변곡점이라는 것이 이런 것이 아닌가 한다. 아무튼 이날을 기점으로 매주 토요일 오후는 광화문으로 출근하는 전문 시위꾼이 되었다. 집에서 출발하여 동묘역에서 1호선으로 환승하는 데 여기서 그 날의 시위대의 규모가 어느 정도 예측할 수 있었다. 백만을 넘기는 집회 날에는 전철을 타기조차 힘들었다. 종각역 제일은행 출구 쪽으로 나오면 규모를 확실히 알 수 있었다. 교통이 전면 차단되었는지, 부분적으로 통제되었는지, 아니면 그냥 소통되는지. 또 하나의 지표가 있다. 차가 많이 막히는 도로에는 행상인이 많듯이 광화문에 가는 도로에 양초나 음식을 파는 상인이 많을수록 그 규모는 커지는 거다.

그 추운 날 토요일마다 주구장창(晝夜長川) 다닐 수 있는 힘은 무엇이었던가? 지금 곰곰이 생각해 보면 '뜻을 같이하는 사람들과 함께' '무엇을 이루어내려는 열망'이 아닌가 한다. 뜻을 같이하는 사람에는 아내가 첫손가락에 꼽힌다. 아내와 함께 자주 여행을 가거나 문화 공연을 관람하거나 하다못해 천만 영화라는 것도 함께하지 못한 남편이었음을 고백한다. 집에서부터 든든히 옷을 챙겨 입고 촛불과 깔개, 부~웅 소리 나는 조그마한 나팔, 박근혜 OUT 등의 손팻말이 들어있는 가방을 챙겨 나온다. 이로써 그날의 전투는 시작된다. 둘이 어색한 팔짱을 끼고 쓰잘데기 없는 소리 해대며 광화문까지 오는 게 이게 여행이고, 집회 중간에 있는 공연이 문화 공연 관람이 아닌가(이건 내 생각)? 뜻을 같이하는 사람 두 번째는 교회 교인들이다. 청년 예수라는 빛바랜 주황색 교회 깃발은 광화문을 바라보며 오른쪽 앞쪽에서 항상 나부낀다. 여기까지 오는 길에 수많은 행상이 있지만 우리가 꼭 거쳐 가는 사람이 있다. 군밤 장수다. 억양이 조금 다른 중국 교포로 보이는 부부인데 우리를 알아보고 인사하는 데 그냥 지나칠 수가 없다. 10개 정도 들어있는 봉지 두 개를 산다. 미 대사관 앞에서 피케팅을 하고 있는 평통사 회원들에 하나씩 입에 넣어 드리고 우리 자리에 있는 교인들과 반갑게 인사한 후 따뜻한 군밤을 내미는 재미가 수월찮다. 집회가 끝나고 행진할 때 우리는 주로 광화문에서 인사동 방향으로 이동하였는데 이때 광화문과 백악산, 뒤로 북한산과 석양의 하늘이 병풍의 그림처럼 아주 아름다웠다. 젊은 시절 함께 했던 무심한 세월과 더불어 잊혀진 친구들을 만날 수 있었던 건 부패, 무능 정부가 뜻하지 않게 저에게 준 선물이었다.

'무엇을 이루어내려는 열망'에서 '무엇'이 그 당시에는 분명했다. 상식과 원칙을 철저히 파괴하고 끼리끼리의 이해와 이권에만 집착했던 부패 세력의 심판이었다. 그때 내가 만든 구호는 "박근혜는 바뀐 애다. 바뀐 애를 바꿔내자!" 부정선거를 통해 당선된 것을 조롱하는 내용이었다. 정권은 바뀌었다. 그것으로써 혁명이라고 말하기에는 '모진 가뭄에 한 바가지 물' 같다는 느낌이 팍 든다. 기존의 가치, 의식의 대전환이 전제되어야만 제도가 바뀐다. 그렇지 않다면 yo-yo 현상만 되풀이될 것 같다. 일하는 사람들의 노동의 가치, 한반도에서의 미국의 의미가 일차적으로 재정립되어야 하지 않을까? 물론 gender도 중요하다. 기승전평화(平和)다! 먹고사는 평화, 전쟁 없는 평화, 차별 없는 평화!

철저한 적폐청산의 기회

최기동(촛불시민)

이번 기회는 대한민국 민주주의 역사를 만들어가야 할 시기인 만큼 끝까지 촛불로 적폐들을 물리치고 꺼지지 않는 촛불로 친일파의 뿌리를 묻어야 합니다.

쪽발이이자 친일파 유신 군부독재 간사한… 본명 다카키 마사오. 이 자는 자신이 한국 사람이 아니고 일본놈이라고 한만큼 대한민국의 모든 것을 일본 것으로 멋대로 만들어 놓고 민족을 수없이 살생해왔고 그 가지와 후계자들이 이어받아 계속해서 국민들을 고문하고 죽음으로 몰아왔습니다.

촛불 문재인 대통령님! 정권교체 혁명 전까지 어린 학생들까지 많이 죽였습니다. 용서할 수 없는 일이죠. 친일파 유신독재 다카키 마사오는 천 번 만 번 죽여도 모자랄 놈이라서 친일, 자한당 적폐청산과 민주주의 헌법과 3권분립 법과 원칙을 대한민국 것으로 완전히 새롭게 만들어야 합니다.

먼저 청산 해야 할 곳은 국회입니다. 썩은 구더기들이 너무 많이 꿈들 거리고 더러워서 볼 수가 없을 정도입니다. 적폐 자한당 99% 바정당 98% 철새당 80% 정의당 9% 더불어민주당 12%, 구더기 적폐들이 있습니다.

금년 무술년에는 적폐들이 없어지는 해가 되리라 믿습니다.

촛불혁명, 새 정부에 대한 단상

최영숙(장로, 사회복지)

지난해 10월부터 박근혜 국정농단으로 인한 충격적인 뉴스에 국민들은 광화문으로 촛불을 들고 나섰다. 탄핵을 외치고 무려 6개월 동안 1,700만 명의 촛불이 박근혜를 탄핵시켜 새로운 정부가 탄생하였다.

정치인들은 수준에도 못 미치었지만 국민들은 의식 수준이 높았고 세계인들이 놀라도록 단 한 건의 폭력도 없이 평화롭게 진행되었다. 새 정부 문재인 대통령은 권위주의를 탈피하고 소통의 정치 협치를 위해 노력하고 있으며 국민들의 박수를 받고 있으니 참으로 다행이다. 적폐청산을 위해 노력을 다하고 새로운 대한민국을 건설하며 새로운 역사를 기록하는 대통령이 될 것을 믿고 싶다. 주변 국가들과 어깨를 나란히 당당한 외교로 자주국방과 평화통일로 전진할 것도 기대한다.

부디부디 지혜로운 대통령, 역사에 남는 대통령님되기를국민들의 눈물을 닦아주는 대통령, 진보와 보수를 가르지 않는 모두의 대통령 되기를 기도한다. 그것이 촛불을 들고 기도한 사람들의 뜻이라고 믿는다.

(2017년 7월 3일, 블로그)

촛불은 다시 그리고 계속 타올라야 한다

노세극(4·16 안산시민연대)

† 촛불은 혁명인가?

흔히 촛불 다음에 혁명이라는 말을 붙여 촛불혁명 또는 촛불시민혁명이라고 부른다. 또 항쟁이라는 말을 붙여 촛불항쟁이라고도 한다. 촛불은 혁명인가? 항쟁인가? 우리 현대사를 보면 혁명도 있고 항쟁도 있다. 치열하게 싸웠지만 목표를 이루지 못했던 80년 광주항쟁이나 87년 6월 항쟁에 비해 4·19 혁명처럼 정권을 무너뜨렸다는 점에서 촛불은 혁명이라고 이름 붙일만하다. 민주주의를 다시 살려냈다는 점에서 민주혁명이요, 시민이 주체가 되었다는 점에서 시민혁명이며, 피를 흘리지 않았다는 점에서 명예혁명이라고 할 수 있다.

그러나 촛불은 여러 가지 한계를 안고 있기도 하다. 정권교체에는 성공했으나 체제변혁으로까지 이어지지 못하고 있다. 낡은 체제는 여전히 가동되고 있으며 그 체제를 지탱했던 세력들은 여전히 기득권을 가지고 힘을 행사하고 있다.

보수라고 이름 붙이기도 뭣한 부패하고 반동적인 수구 기득권 세력들은 촛불의 힘에 의해 분열되어 있지만 숨을 죽이고 기회를 엿보고 있을 따름이다. 4·19 혁명 이후에 제도정치권에 모든 것을 맡기고 나자 정치권의 이전투구로 혁명의 빛이 바래지고 5.16이라는 반동을 맞은 것처럼 지금도 그러지 말라는 보장이 없다. 경계의 끈을 늦추어서는 안 된다.

또한 촛불은 민주혁명이라고 할 수 있으나 민중혁명이라고 할 수는 없다. 대다수 민중들의 삶은 여전히 고달프고 민중적 과제의 실현은 요원하기만 하다. 오늘의 문재인 정부를 스스로 촛불정부라고 하지만 혁명정부라고 하기도 어렵고 민중 권력이라고 하기에는 더더욱 어렵다. 문재인 정부의 행보를 보라. 사드를 기만적으로 배치하고 사회개혁은 지지부진하기만 하다.

인선 잡음도 많았지만 청와대와 내각에 들어간 인물들 중 촛불정신을 가지고 일하는 사람이 몇이나 될까? 적폐청산 구호만 요란했지 구악을 도려내겠다는 서릿발 같은 기개는 찾아보기 어렵다. 그렇다고 문재인 정부를 무조건 배척해서도 안 된다. 수구 기득권 세력의 발호를 막기 위해서 한편으로는 지지와 연대를 하면서도 다른 한편으로는 사회 대개혁에 머뭇거릴 때 비판의 목소리를 높여야 한다. 정권교체가 되었다지만 이는 첫 단계에 불과하다. 촛불혁명은 다음 단계로 계속 진화해 나아가야 한다.

† 나라다운 나라가 되려면?

"이게 나라냐?" 1년 전 촛불이 시작되면서 등장한 구호였다. 세월호 참사, 최순실 국정농단 등 정말 말도 안 되는, 기가 막힌 사실들을 접하면서 이대로는 안 되겠다는 분노의 표현이었다. 촛불의 힘으로 박근혜 정권의 비정상적이고 몰상식한 행태를 심판하여 상식이 통하는 나라를 만들고자 하였다. 문재인 대통령도 촛불 1주년을 맞이하여 낸 메시지에 '촛불은 나라다운 나라, 정의로운 대한민국을 만드는 힘'이라고 하였다.

그러나 우리 사회의 비정상과 몰상식은 곳곳에 널려 있다. 세월호 참사가 3년을 지났음에도 진실은 여전히 오리무중이다. 최근 언론에 보도된 청와대 보고 시간 조작에서도 보듯이 한 껍질을 벗기면 또 다른 껍질이 나타나는 등 마치 양파 껍질과도 같이 의혹이 또 다른 의혹을 낳는 양상을 반복하고 있다. 이게 과연 정상이고 상식에 부합하는가? 박근혜 정권뿐 아니다.

이명박 정권에서도 상식에 어긋나는 일들이 버젓이 행해졌다. 국가정보원이 여론 조작을 위한 댓글 공작을 한 것이 밝혀지고 있는 바 이런 비정상적인 일탈 행위들을 발본색원하지 않고 그냥 넘어가서는 나라다운 나라가 될 수 없다. MB 시절 자행된 사자방, 즉 4대 강, 자원외교, 방산비리 등에 대해 철저하게 파헤치고 최근 다스 실소유주 논란에서 보듯 위법한 행위에 대해서는 반드시 법의 심판을 받도록 해야 할 것이다.

박근혜 이명박 정권하에서 저지른 반민주 악행들을 심판한다고 해서 나라다운 나라가 될까? 지금보다 훨씬 낫겠지만 우리가 안고 있는 근본적인 문제들이 해결되지 않고서는 제대로 된 나라가 되기에는 여전히 부족하다.

† 새로운 체제로 나아가야

우리는 여전히 전쟁의 불안이 가시지 않는 환경 속에 살고 있다. 전쟁은 우리 의지가 아니라 미국의 선택에 따라 얼마든지 일어날 수 있다. 기가 막힌 일이다. 미국 대통령 트럼프가 '전쟁이 나도 한반도에서 나며 수천 명이 죽어도 거기서 죽는 것'이라며 망발을 하여도 아무 소리도 하지 못하고 있는 가련한 신세가 한국이다. 전시 작전권이 없으니 자기 나라 군대를 자기 맘대로 하지도 못한다. 인도에 국방을 맡긴 부탄이라는 작은 나라가 있다. 딱 그 수준이다. 이게 제대로 된 나라인가?

조선(북한) 핵 문제만 해도 그렇다. 미국이 가진 핵에 대해서는 일언반구 말이 없고 오로지 조선 핵만 문제 삼고 있다. 조선이 유엔에 가입한 주권국가임에도 반국가 단체로 규정한 국가보안법이 여전히 맹위를 떨치고 있다. 정상적이지도 않고 상식에도 어긋난다.

송파 세 모녀 사건처럼 생활고로 집단 자살을 선택하는 사람들이 있는 반면에 재벌의 곳간은 쌓이고 쌓여 30대 재벌의 사내 유보금이 1,000조라는 천문학적인 액수에 달하고 있다. 부익부 빈익빈은 점점 심화되어 경제적 불평등은 미국 다음으로 심한 나라가 되었다. 뇌물죄로 구속되었던 삼성의 이재용 부회장이 집행유예로 석방되는 것에서 볼 수 있듯이 민주공화국이 아닌 삼성 공화국의 진면목을 보여주고 있다.

이러한 비정상과 상식적이지 못한 것을 바로 잡아가기 위해서 촛불은 계속되어야 한다. 정권의 변화를 넘어서 체제의 변화를 가져와야 한다. 국정원, 검찰, 법원, 언론, 재벌, 교육, 지방자치 등 모든 분야에 걸쳐 개혁을 해야 한다. 가장 중요한 정치개혁을 위해서 선거법 등 정치관계법을 바꾸어 연동형 비례대표제도를 도입해야 한다. 기본권은 강화되어야 하고 직접민주주의는 제도적으로 보장되어야 한다.

궁극적인 것은 헌법을 바꾸는 일이 되어야 할 것이다. 헌법에 촛불이 지향하고 요구하는 바를 담게 되면 하위법인 여러 법들을 개정하거나 제정하지 않을 수 없기 때문이다. 통일 시대, 복지 시대, 민중 시대를 열어가는 헌법을 통해 새로운 체제로 나아가야 한다. 촛불이 계속되어야 하는 이유이다.

2017년 촛불은 유난히 밝았습니다

김진희(공인노무사)

우리는 10년간 어둠 속에 갇혀 있었습니다. 햇살이 눈부신 봄날에도, 녹음이 짙푸른 한여름에도 우리 마음은 칠흑 같은 어둠에 갇혀 있었습니다. 공포 정치의 칼바람에 상식과 진실이 설 자리를 잃어버린 채 그렇게 이방인으로 살아야 했습니다.

어둠을 지나 기나긴 군부독재를 이겨내고 맞이했던 그 날의 봄 햇살은 너무도 짧게 스쳐 가고 없었습니다. 그 많은 죽음과 상처, 기억을 딛고 돋아난 연록의 새싹이 녹음으로 성장하기도 전 그렇게 다시 자취를 감춘 것입니다. 다시 시작된 먹구름은 봄날의 찬란한 햇살도, 한여름의 녹음도 그렇게 삼키고 있었습니다.

그런데 어느 날 그 어둠 속에서 누군가 꺼질 듯 작은 촛불 하나를 들고 광장에 나타났습니다. 우리 모두는 의아한 시선으로 그 촛불 하나를 지켜보았습니다. 잔잔한 바람에도, 작은 빗방울에도 금방 꺼질 듯 위태로운 그 촛불이 못내 신경 쓰였습니다. 그러나 그 촛불이 꺼지기 전 또 하나의 촛불이 나타났고 이어지는 촛불 행렬은 거대한 광장을 메워버렸습니다. 이제 누구도 더 이상 촛불이 꺼질 걱정은 하지 않았습니다. 다시 찬란한 봄날의 햇살을, 한여름의 녹음을 향해 우리의 소망도 촛불과 함께 타오르고 있었습니다. 철통같은 두려움을 뚫고 나온 작은 촛불들이 모여 다시 따사로운 봄 햇살을 만들어내고 있었습니다.

꽃 피는 춘삼월 되면 연록의 새싹도 다시 틔울 것입니다. 여린 새싹은 우람하게 성장해서 그 무엇에도 끄떡이지 않을 한여름의 짙은 녹음과 그늘을 만들어낼 것입니다. 다시는 그 어둠으로 돌아가지 않기 위해서입니다.

이젠 현실에 안주할 수 없습니다. 그 평화가 영원할 것이라 방치한 탓에 지킬 수 없었던 아픈 봄날의 기억이 우리에게 있기 때문입니다. 계속 평화의 촛불을 들 것입니다. 촛불 들고 광장으로 나가자는 것이 아닙니다. 다만 우리 마음속에 각자 하나의 촛불을 들어야 합니다. 그 촛불은 우리의 평화를 밝게 지켜줄 것이고 어떤 불의도 되돌아올 수 없게 막아줄 것입니다. 어리석은 박근혜를, 최순실을, 이명박을 그리고 그들을 호위하고 있는 더 어리석은 자들을 막아낼 것입니다.

꺼질 듯 말듯 작은 촛불과 함께 시작한 2017년이 서서히 밝아오는 2018년에 자리를 내어주고 있습니다. 광화문 광장에서 유난히 밝았던 그 촛불도 이제 서서히 세계의 광장으로, 세계 시민의 가슴으로 향하고 있습니다. 작은 촛불 하나가 지구촌 구석구석 어두운 곳을 찾아 밝게 비춰주는 2018년이 되기를 간절히 바라봅니다.

중남미 여행과 촛불혁명

심성보(부산교대 교수)

나는 이번 겨울 3주에 걸쳐 중남미 여행을 다녀왔다. 이 나라 저 나라를 다니러 비행기를 너무 많이 타 지금도 다리가 아프다. 그렇지만 여행에서 얻은 교훈이 커 기억이 새롭기만 하다.

먼저 잉카문명(마추픽추 신전, 계단식 석축, 작물시험장 모라이, 염전 살리네라스, 마추픽추)의 발생지 페루에서의 여행이 시작되었다. 그런데 도착하자마자 수도 리마는 날마다 전 대통령 후지모리 사면에 반대하는 수천 명의 시민으로 가득 찼다.

현 대통령은 대통령 선거 때 후지모리 절대 사면불가를 공약했었는데 이를 위반한 것은 국민들의 분노를 더욱 들끓게 하고 있다. 후지모리의 석방으로 다시 이전 독재시대로 가는 것이 아닌가 하는 두려움(바리오스 알토스 학살사건, 라칸투타 대학 학살사건, 납치와 살인, 강제실종 등 반인도적 범죄 등)은 국민들을 하나둘 광장으로 모이게 하고 있다. 페루의 현재 상황은 우리의 과거사(박정희와 박근혜)와 어떤 평형을 이루고 있는 듯하였다.

멕시코는 마야문명을, 페루는 잉카문명을 건설한 위대한 문화를 가진 종족이었지만, 그들의 영성적 고대문명(석기)은 스페인의 기술 문명(조총, 선박)에 지배를 받아야 했다. 원주민들의 토착문화는 300년이 넘는 지배를 받으면서 흔적도 없이 멸종되었다. 나는 겨우 남아 있는 남미의 문화유적들을 살펴보면서 우리가 36년의 일제 지배에 그쳐서 망정이지 남미처럼 오랜 지배를 받았다면 어떻게 되었을까 상상만 해도 끔찍하게 느껴졌다.

그래서 나는 약소국이 강대국의 지배를 받지 않으려면 기술의 힘을 길러야 한다는 생각을 중남미 여행을 하면서 뼛속 깊이 하였다. 과학기술은 생산력 발전에 결정적 기능을 하기 때문이다. 기술은 폭력이나 정복이 아닌 평화를 위한 힘으로 사용되지 않으면 안 된다. 기술의 힘이 평화적 힘으로 발전하려면 과학기술교육은 인문 교양교육과 소통하고 통섭해야 한다.

칠레는 최근 중도 좌파정권에서 중도 우파정권으로 권력이 넘어갔다. 경제 및 교육 정책의 실패가 가장 큰 원인이었다. 칠레는 좌우 권력의 교체를 자주 하고 있다. 칠레는 신자유주의 교육 정책의 원조가 되는 나라이기도 하다. 학교 민영화(바우쳐 제도) 이후 다수를 차지하는 사립학교는 융성한데 반해, 공립학교는 더욱 황폐화되었다. 2017년 12월 17일 치러진 우파 전직 대통령 세바스티안 피녜라의 당선으로 귀결되었다. 앞으로 우파정권이 칠레 교육을 어떻게 운영할지 귀추가 주목된다.

아르헨티나는 빈부차가 극심한 나라라 아르헨티나는 지하자원이 풍부하다. 그래서 교육을 통한 자각·계몽의 필요성을 크게 깨닫지 못하고 듯하였다. 그러나 계몽을 위해서는 교육을 필요로 한다. 재벌

기업 출신인 현 대통령은 친기업적이고 친시장적인 교육 정책을 펴고 있다. 교원노조를 포함하여 노조와의 관계가 좋지 않다.

우리는 프란체스코 교황이 오랫동안 시무한 성당을 거쳐 5월 광장으로 안내되었다. 어머니들의 시위 장소로 유명하다. 군사정권에 고문당하고 살해되고 실종된 희생자의 어머니들이 자녀의 이름을 적은 사진을 들고 광장을 돌며 침묵시위를 시작한 눈물겨운 곳이다. 공포에 짓눌려있던 아르헨티나 시민들이 양심의 눈을 뜨며 용기를 회복하기 시작했고 국제사회가 호응하면서 군사정권의 철권통치에 금이 가기 시작했다. 이런 힘이 오늘의 민주주의를 가능하게 하였다.

브라질은 1822년 포르투갈로부터 독립하였다. 브라질은 한반도의 84배 땅을 가진 나라이다. 여기도 아르헨티나와 마찬가지로 빈곤층이 대다수임을 직감할 수 있었다. 1950년대는 세계 5대 강국이었지만 지금은 한참 뒤로 밀려나 있는 것과 연관이 있어 보였다. 이 나라는 인종차별은 없지만 신분 차별은 심하다. 좌·우파 권력 모두 부정부패가 심해 정치인에 대한 신뢰도 그다지 높지 않다. 부패는 국민으로부터 희망을 빼어갔다. 부패와 권력욕은 국민을 배신하는 행위라는 점에서 머나먼 남미의 정치 사례가 우리에게도 생소하지만은 않아 보인다.

브라질은 중학교(9학년)까지 의무교육 체제를 운영하고 있다. 교육을 통한 신분 상승은 더욱 힘들다. 70% 정도를 차지하는 사립학교 교육의 질은 우수하지만(돈이 많이 듦), 반면 공립학교 교육의 질은 부실하다(3부제를 운영할 정도로). 사립학교 교사가 되는 데는 정규대학 출신을 요구하지만, 공립학교 교사는 단기양성과정을 통해 임용되는 것도 한 원인이 되고 있다.

사회주의 쿠바는 수많은 관광객으로 붐비었다. 쿠바는 50년 이상 미국으로부터 경제적 봉쇄조치를 당하면서도, 그리고 1990년대부터 노동의 유연성과 효율성을 강조하는 신자유주의 정책이 세계를 휩쓸었을 때도 교육에 대한 공적 투자를 멈추지 않았다. 그래서 세계 최고의 장수율과 최저의 문맹률을 보인다. 쿠바는 가난한 나라이지만 다른 중남미 국가의 학업성취보다도 매우 높은 능력을 보여주고 있다. 쿠바교육은 아주 평등하게 운영되고 있다.

쿠바를 제외하고 좌·우파 가리지 않고 남미 사회 전체가 장기집권·부패로 골머리를 앓고 있다. 관리뿐 아니라 기업도 부패하기는 마찬가지이다. 어느 나라는 대통령이 바뀌면 국장까지 바뀐다고 하니 업무의 연속성이 이루어지기란 불가능할 것이다. 이를 해결하려면 법 제도의 정비가 필요한데 주류세력이 이를 허용할 리 만무하다. 기대할 곳은 권력과 기업을 감시하고 견제할 시민사회의 성장밖에 없는데 이것 또한 불가능한 현실이다. 한 가닥 희망은 인터넷의 발달로 다른 나라의 정보를 접하면서 자국의 현실을 비교 검토하는 안목, 즉 문해력이 남미 사회에 싹트기 시작했다는 점이다.

나는 이번 중남미 여행을 하면서 시민사회의 역할이 중요하다는 점을 절실히 자각하였다. 권력의 부정부패를 막기 위해 시민사회의 성숙이 매우 중요하다. 권력에 대한 감시와 견제가 취약하면 그 사회는 타락할 수밖에 없기 때문이다. 앞으로 지역사회를 중심으로 민주시민의 주체를 형성하여 뿌리를 내려야 한다. 그리고 자기가 살고 있는 가까운 마을공동체에서 문화적 진지를 구축할 수 있는, 그람시가 강조한 '유기적 지식인'이 많아야 한다. 그래야 잘못된 국가정책의 노예가 되지 않을 것이다. 최근 우리 사회에서 발아되기 시작한 마을교육공동체운동이 중대한 이유가 여기에 있을 것이다.

촛불혁명 이후의 민주시민 교육은 어디로 가야 하는가? 우리가 지금 목격하고 있는 미투 운동은 촛불혁명 이후 새로운 사회가 도래했는데 그에 부응하지 못하는 문화적 지체 현상, 즉 부적응 국민의식의 반영인 면이 있다. 정치적으로 각성된 시민의 탄생과 함께 사람과 사람 사이, 남성과 여성 사이의 새로운 질서, 즉 민주적 관계성이 내면화되지 못한 이행기의 사회현상이라고 할 수 있다. 폭력의 시대를 넘어 민주적 생활방식의 일상화와 함께 새로운 사랑의 관계를 다시 구축할 필요가 있다. 우리는 새로운 시민의 구성요소로서 인격성을 중심에 두면서 시민성을 쌓아 올릴 필요가 있다. 지금 우리 사회는 시민적 예의를 갖춘 민주적 공중의 탄생을 절실히 요구하고 있다.

세월호 참사와 촛불혁명의 교훈

이선아(민통선 분단체험학교)

2014년 4월 16일. 그로부터 4주년이 되어가고 있습니다. 조용히 그들의 이름을 불러 봅니다. 천 개의 바람이 되어 세상 구석구석 날아다니며 우리 주변에서 따뜻한 마음으로 봄바람과 함께 다가올 것입니다. 그들의 희생을 영원히 잊지 않을 것입니다. 해맑은 웃음을 띠고 각자의 꿈을 향해 날갯짓을 하며 천사가 되어 하늘로 높이 높이 날아올라 간 천사들이 지금 이 땅에서 살아가는 우리들에게 많은 짐을 주고 바람이 되어 우리 곁을 스쳐 지나가고 우리들은 그 바람을 느끼며 그들이 남기고 떠난 소중한 꿈을 대신 이루기 위해 오늘도 노력합니다.

아이들의 울부짖음과 함께 세월호는 바닷속으로 그대로 가라앉았고 그 모습을 TV 생중계로 보며 저 또한 울면서 발을 동동 구르며 바라보았습니다. 드러나는 진실은 저 멀리 묻혀 버리고, 정부와 언론은 국민의 귀와 눈을 가린 채 우롱해온 지 3년 만에 세월호는 수면 위로 떠올랐습니다. 무엇을 숨겼기에 이제야 인양한 걸까요? 우리는 압니다. 무엇을 숨기려 했는지~추악한 진실이라도 밝혀서 희생자와 피해자들의 억울함을 풀어주고 범법자들을 처벌해야 합니다. 왜냐하면 역사를 잊은 국민에게는 미래가 없기 때문입니다. 70년 동안 쌓여왔던 모든 적폐들을 이제는 밝히고 관련자들은 반드시 사죄해야만 합니다.

역사는 절대 점핑되지 않고 누적되어 조금씩 다음 단계로 발전합니다. 세월호 유가족이 말합니다. "대한민국 부모들이여! 정신 바짝 차리고 삽시다."

70여 년 동안 국민이 힘겹게 이룬 국가를 기득권들은, 국민의 눈과 귀를 가리고 자신의 이익만을 위해 노력했고, 국민은 달콤하게 포장된 말에 속아 노예처럼 살아왔습니다. 국민들이 점점 사회문제와 정치에 무관심하게 살아갈수록 기득권들은 쉽게 국민을 속이며 그들의 배를 불렸고 소수의 목소리를 쉽게 매도하며 짓밟을 수 있었습니다. 세월호 참사는 기득권들이 국가를 쉽게 주무를 수 있도록 방치한 국민들에게도 책임이 있습니다. 그동안 일부 수구적 국민들은 기득권들이 만들어 놓은 덫에 쉽게 속아 그들과 함께 동조하며 일베 짓을 하며 함께 매도하기도 했습니다. 세월호 희생자들은 우리에게 많은 것을 알려주었고 이제는 우리가 답할 때입니다. 그동안 있었던 역사의 수많은 억울한 죽음들을 그냥 지나치지 않겠다고~

항상 역사는 무심하게도 반복되어 왔습니다. 기득권들은 독재로 편법을 저질렀고 국민을 세뇌시키며 권력을 유지하려 했지만 소수의 양심을 가진 민중은 거대한 파도가 되어 삐뚤어진 비양심과 부정의 물줄기를 되돌려 왔습니다. 국민에게 총을 쏜 자들이 누구인지 똑바로 봐야 합니다. 권력을 휘둘러 국민을 주인이 아닌 노예로 만든 기득권들을 지금 청산하지 않는다면 우리의 아이들도 노예로 살 수밖에 없습니다. 이제는 그 고리를 반드시 끊어야 합니다.

87년 정의로운 학생들의 희생과 6월 항쟁에 따른 민주주의의 발전 이후에도 또다시 역사가 거꾸로 돌아갔습니다.

박근혜와 최순실의 국정농단에 분노하며 촛불혁명을 이루었는데 박정권의 문제는 이명박에 비하면 새 발의 피입니다. 지난 10년간 국민들이 힘겹게, 정직하게 세금을 내면서 궁핍하게 사는 동안 대한민국을 헬조선으로 만들며 청년들에게 미래가 없게 만든 원인이 정치권과 대기업, 공직사회의 부정과 비리이고 그 원천이 이명박이었다니, 아니 그 오래전인 이승만부터였다니 후손들에게 부끄럽습니다.

2016년 광화문 촛불혁명, 그 현장에 있는 것만으로도 가슴 벅찬 경험이었고 그런 경험을 한 사람들이야말로 이 나라를 반드시 바꿀 수 있는 원동력입니다. 이제 나비의 날갯짓으로 폭풍우를 만들 때입니다. 그때 촛불 현장의 느낌을 그대로 느끼며 외쳐봅시다. 적폐청산, 공정사회, 대동 세상, 사람이 살 만한 세상을 이루기 위해 조금씩 우리 모두 노력합시다.

새로운 술은 새로운 부대에 담아 그 맛을 유지시킬 때입니다. 노예나 부품이 아닌 사람 사는 세상을 만들기 위한 시작은 위대한 국민에 의해 만들어졌습니다. 역사 속에서 물줄기를 바로잡기 위해 민중들이 흘려야 했던 땀과 피로 희생해 온 대한민국의 평화는 반드시 와야만 합니다. 자신의 이익만을 위해 나라의 미래는 뒷전으로 하며 이 나라를 망쳐온 집단들이 그동안 있어 왔지만 역시 한민족은 위대합니다. 유대인보다도 더 월등한 도전의식과 에너지를 가지고 있다는 것을 촛불혁명을 통해 이미 전 세계에 알릴 수 있었습니다. 세계가 주목할 만큼 위대한 한반도입니다.

이제는 미래를 꿈꿀 수 있어 행복합니다. 이 나라를 위해 함께 손잡고 어깨동무하고 나아갑시다. 우리 마음속에 촛불은 지금도 활활 타고 있습니다. 세상을 지켜오고 바꿔온 수많은 민초들에게 감사합니다.

그동안 기득권 편에 서지 않고 약자인 서민 편에 서서 양심과 정의감을 가지고 치열하게 싸운 분들을 요즘 만나고 있습니다. 그들은 왜 그랬을까요? 후손에게 부끄럽지 않은 조상이 되고자 했던 것은 아닐지~우리도 이제는 후손들을 위해 작은 힘을 보태야 할 것 같습니다. 자신이 가진 몫만큼 후손을 위해 각자의 분야에서 노력하면 반드시 이룰 수 있다고 봅니다.

우리는 이제 새롭게 촛불을 들어야 합니다. 끈질긴 거머리 적폐들은 지금도 그동안 해온 것처럼 국민을 속이며 공작을 하며 시간만 끌고 있기 때문입니다. 적폐청산은 5년이 아니라 20년도 해도 부족할 것입니다. 촛불이 아직도 꺼지지 않았다는 것을 보여주기 위해 국민의 힘을 보태야 합니다. "후손에게 부끄럽지 않은 조상이 되자."고 하던 고 장준하 국민 대통령의 말처럼 후손을 위해 노력해야 할 때입니다. 6월 항쟁과 촛불혁명의 경험은 저와 제 가족과 저의 이웃과 이 나라의 삶까지 바꿀만한 감동과 열정을 가지게 하였고 지금도 심장을 뛰게 합니다. 아무리 이 나라가 썩었고 미래가 암담하여도 내 아이들에게 물려줄 나라이기에 부모로서 결코 포기할 수 없습니다. 이제는 우리 아이들의 미래를 위해 내 노후는 포기하더라도 강대국의 이익과 매국노들의 이익에 더 이상 희생되지 말아야 합니다.

북한 주민도, 전 세계에 거주하는 한국인들도 모두 우리 한민족입니다. 이제는 세계에서 가장 멋진 나라를 만들기 위해 촛불혁명정신을 언제나 기억하며 자주평화통일을 이루기 위해 함께 나가기를 간절히 바랍니다.

모두 함께 함성을 질러야겠지요? 걱정하지 마~ 포기하지 마~ 쫄지 마~ 사람 사는 세상이 될 때까지~!

촛불혁명과 문재인 정부의 과제

김종일(서울평통사)

박근혜 정권 시절 민중은 삶의 희망이 점점 사라지고 고통과 좌절만 가중되었습니다. 민중의 삶이 도탄에 빠져 있었음에도 대통령과 정치권, 정부 관료, 언론은 무지와 무능 무책임을 넘어서 비열함의 극치를 보여주었습니다.

박근혜 정권은 언론 장악과 여론 조작, 사법부와 국정원, 경찰 등을 동원한 공안 몰이로 자신들의 거짓과 위선, 무능과 무책임을 감추기에 급급했습니다. 대통령을 포함하여 그 누구도 책임지지 않고 자리 지키기에만 급급했습니다. 민중의 분노가 촛불혁명이 될 때까지 박근혜 정권은 정말 후안무치했습니다.

무신불립(無信不立), 백성의 신뢰를 저버린 정권은 존립할 수 없습니다.

박근혜 정부·여당은 거짓과 위선, 무능과 무책임으로 일관했습니다. 야당도 시대착오적인 이념에 찌들어 기득권 고수에 연연했습니다. 정부 관료들은 엉터리 정책 남발로 민중의 삶을 벼랑 끝으로 몰았습니다. 방방곡곡 민중의 신음소리가 이어져도 누구 하나 책임지는 사람이 없었습니다.

언론은 권력에 아첨하며 민중의 눈과 귀를 가리는 거짓 보도로 진실을 왜곡하고, 계급계층과 지역 간 갈등의 골을 깊게 만들어 국론을 분열시켰습니다. 사법기관은 헌법에 명기된 독립성과 자율성을 포기한 채 부패한 대통령과 권력에 굴종하며 힘겨운 민중의 삶에 더해지는 멍에가 되었습니다.

이 모든 것이 박근혜 정권 시절 대한민국의 자화상이었습니다. 그래서 분노한 민중이 적폐청산을 부르짖으며 촛불혁명에 떨쳐나섰던 것입니다. 마침내 촛불혁명은 성공했습니다. 세계사에 유례가 없었습니다. 촛불혁명은 대한민국 민중의 위대함을 전 세계에 알린 일대 사변이었습니다.

문재인 정부는 적폐청산을 부르짖었던 촛불민심으로 탄생했습니다. 문재인 정부는 태생적으로 적폐를 청산하고 민중이 원하는 평등·평화 세상 건설의 책무를 부여받았습니다. 이는 문재인 정부가 거스를 수 없는 역사적 과제입니다. 문재인 정부는 이명박, 박근혜 수구 정권의 적폐를 반면교사로 삼아야 합니다.

문재인 정부는 민주개혁 정부입니다. 그러나 자주성을 기반으로 적폐를 완전히 청산하고 한반도의 평화와 통일, 평등 세상을 온전히 실현하는 데에는 한계가 있을 수밖에 없습니다. 문재인 정부는 여전히 한미동맹과 여론의 추이를 의식하는 체질에서 벗어나지 못하고 있기 때문입니다.

한미동맹은 군사동맹입니다. 국방대학교에서 발간한 '군사안보 용어사전'에 따르면 "동맹은 잠재적 전쟁공동체"라고 정의되어 있습니다. 한미동맹의 성격은 기본적으로 같은 민족인 북을 상대로 전쟁에서 승리하기 위한 전쟁공동체입니다. 한반도의 비극이자 모순입니다. 이러한 구조적 모순 속에서 문재인 정부가 개혁을 추진하려니 더딜 수밖에 없는 것입니다.

문재인 정부는 지난 20년 동안 정권의 변화과정을 타산지석으로 삼아야 합니다. 김대중 정권의 영광과 좌절, 노무현 정권의 시련과 아픔, 이명박 정권의 사리사욕, 박근혜 정권의 거짓과 무책임을 결코 잊어서는 안 됩니다.

영국의 역사학자이자 정치가인 E.H.Carr는 "역사란 과거와 현재의 끊임없는 대화"라고 했습니다. 성공회대 석좌교수이셨던 신영복 선생께서는 "역사란 과거의 일을 현대에 빗대어 맞추어 보고 재해석해서 미래에 대한 안내 길을 끌어내는 것"이라고 했습니다. 문재인 정부는 어떤 역사를 살면서 미래로 나아가야 온전한 적폐청산의 길로 가는 것인지 깊이 성찰해야 합니다.

문재인 정부는 중대한 기로에 놓여 있습니다. 적폐를 청산하고 역사의 진보와 민중의 희망을 실현하는 길로 나아갈지, 아니면 또다시 역사의 후퇴와 적폐청산을 염원하는 민중에게 절망을 안겨주는 길로 나아갈지. 촛불혁명을 통해 드러난 민중 대다수의 염원대로 문재인 정부는 적폐를 청산하고 한반도의 평화와 통일, 평등 세상을 열어가는 최초의 정부가 되어야 합니다. 이는 한반도 분단모순의 고통을 전적으로 감내해왔던 대한민국 민중과 7천만 겨레의 절절한 소망임을 문재인 정부는 임기 내내 잊지 말아야 합니다.

문재인 정부의 성공을 염원하는 한 사람으로 몇 가지 제안을 드립니다.

무엇보다, 대통령 통치 활동의 기본 잣대의 최우선 순위를 한미동맹에 두지 마십시오. 한미동맹은 남북관계 개선과 한반도의 평화·통일과는 적대적 모순관계에 있습니다. 항상 대한민국 국가이익과 우리 민족 전체의 이익을 우선하는 관점을 견지하셔야 합니다. 그래야만 한미동맹이 대통령 통치 활동의 최우선 잣대가 되어 분단모순을 심화시켜왔던 과거의 전철에서 벗어날 수 있습니다. 이는 한반도에 전쟁과 대립갈등이 아닌 평화·통일과 민족화해의 전망을 열어가는 길이기 때문입니다.

다음으로, 여론의 추이를 너무 의식하지 마십시오. 민중의 요구에는 정당한 요구와 부당한 요구가 있습니다. 또한 정당한 요구라 하더라도 민중이 느끼고 있는 요구와 아직 느끼지 못하고 있는 요구가 있습니다. 그렇다면 문재인 정부는 국정개혁의 방향을 어디에 두어야 할까요? 당연히 정당한 요구에 두어야 하고, 정당한 요구라면 민중이 느끼고 있던 느끼지 못하던 실정과 조건에 맞게 지속적으로 개혁을 추진해나가야 마땅합니다.

"희망은 지금 보이는 현실에 우리가 너무 좌절하지 않는 데 있습니다. 만약 우리가 부도덕한 정권의 불의에 분노하여 일어섰던 촛불혁명에 참가한 시민들을 잊지 않는다면, 우리는 앞으로도 불의에 저항할 수 있습니다. 희망은 변화를 위한 에너지입니다. 미래는 현재의 무한한 연속입니다. 그리고 우리가 지금 우리를 둘러싸고 있는 최악의 상황과 싸우면서 인간으로서 올바른 삶을 살아간다는 것은 그 자체로 놀라운 승리입니다." (하워드 진)

한반도의 모순이 존재하는 한 촛불혁명은 계속될 것이고, 촛불시민이 우리의 희망임을 믿습니다.

촛불혁명 이후 광화문 주변에 남은 수구 잔재 청산, 민주공화국의 무궁한 발전을 위하여!

김동기(농부)

향린교회 김지수 진보 투사가 결혼식을 올리는 날이다. 한상준, 유호명 집사와 함께 예식에 참여하여 한턱 건하게 먹고 마시고 축복하였다. 후에 유호명 집사와 나는 광화문 미 대사관 앞 일본군 강제위안부 만행 관련 잘못된 합의 파기 주장과 기자회견에 참석하였다. 약 한 시간 동안 우리들은 일본에 대하여 한마음으로 분노를 느끼며 소리 높이 외쳤다.

그리고 광화문 네거리에서 큰 차, 작은 차 등 대략 10대 정도가 약 50m 정도의 일렬종대로 움직이며 그사이에 많은 사람들이 걸어가고 있는 것을 보았다. 자동차 위에는 건장한 사내가 크게 울려 퍼지는 확성기를 이용하여, 차에 내 걸은 '박근혜 대통령을 다시 대통령으로 모시자'라는 플래카드의 내용을 선창, 후창 하면서 진행하고 있었다.

기가 막혔다. 아니 선거가 끝난 지 얼마나 지났는데, 이처럼 후안무치한 행동을 하는 사람들을 과연 누구일까? 맨 앞에는 태극기를 든 사람, 그다음은 미국 성조기, 그다음에는 이스라엘기를 앞세워 펄럭거리며 지나고 있었다. 그 옆으로는 우리의 젊은 경찰관들이, 혹시 있을 수 있는 진보세력과의 충돌을 방지하기 위한 조치를 취하고 있었다.

우리 두 사람은 그 암울한 현상을 묵묵히 바라볼 뿐 말 한마디 할 수 없었다. 선거에 패배하여서일까! 아니면 좋은 자리를 뺏겨서일까?

나는 양평군 지평면 일신2리 구둔영화체험길 135-13에서 살고 있다. 農者天下之大本이라는 주체성으로 농업을 경영하면서 2백리 길 향린교회에 나온다. 2년 전, 1,700만 민중들의 함성에 발맞추어 모든 어려움과 고통을 극복 또 극복하면서 15회 이상 촛불집회에 참석하였다.

약 2시간 내지 3시간 정도의 시간, 때로는 절망하고 좌절하면서도 유호명에게 "하늘이 알고, 땅이 알고, 네가 알고, 내가 알면 그만이지. 더 무엇을 원하겠는가"라고 권면의 말을 한 적이 몇 번이나 되었을까!

농민 백남기 씨가 물대포에 맞아 일 년 후에 숨지고, 한상균 씨가 감옥에 갈 때 너는 무엇을 하였는가 하는 자책감을 느끼면서 살았다. 우리 주변에 분신하여 죽고 투쟁하고 헌신하는 열사들이 그 얼마였든가? 부끄러운 생각이 앞선다.

헌법재판소에서 여자 판사님이 박근혜는 오늘부로 "대통령을 파면한다"라고 서슬이 퍼런 판단을 내렸을 때 하느님께서 우리 국민을 불쌍히 여기신 결과가 아닌가 하는 생각이 들었다.

이제 민주주의와 정의로운 사회는 되돌릴 수 없는 것이 되었다. 남북회담이 열렸고 북미회담이 잘 진행되어서 전쟁이 없는 나라가 된다면 그 이상 바랄 것이 무엇이겠는가! 우리의 앞길에 무궁한 발전이 있기를 주님께 기원할 뿐이다.

역사적인 6·12 북·미 정상회담의 성공을 기원하며

여인철(평화협정행동연대 추진위원)

桑田碧海(상전벽해)? 如履薄氷(여리박빙)?

요즘 내 머리 속에서 끊임없이 자리를 바꿔가며 떠오르는 사자성어다.

"12일에 빅딜이 있을 것", "이번 북·미 회담에서 종전논의가 있을 것", "회담 한 번으로 다 해결될 수는 없다.우리는 협상을 통한 '과정(process)'을 시작할 것"…. 북측의 발언을 빌미 삼아 트럼프가 회담을 취소한 게 바로 며칠 전인데, 요 며칠 언론에 발표되는 그의 발언 내용을 보고 있노라면 정세가 롤러코스터 타듯 머리가 어지러울 지경이다.

지난 박근혜 정권 때 최순실을 박근혜 옆에 두어 탄핵의 촛불이 일어나게 만들고, 그래서 (적어도 대북정책에 있어서는) 극우 수구적 박근혜 정권을 끝내고 문재인 정권이 들어서게 한 것을 나는 하늘의 도움이라고 본다.박근혜 류의 정권이 지속되었다면 지금 같은 평화적 상황관리는커녕 북과는 한·미연합 전쟁을 이미 벌였을 지도 모르겠다.

4·27 남·북 정상회담과 판문점 선언에 이어 6·12 북·미 정상회담에서의 종전선언과 그 후속 조치로서의 평화협정과 북·미수교 등이 눈앞에 보이는 듯한데, 아무리 생각해봐도 상전벽해다. 가슴 벅차게 희망적이면서도, 한편으로는 살얼음판을 걷는 듯 조마조마하다.

종전선언과 평화협정 그리고 북·미수교라니? 꿈에나 그리던 신기루 같은 단어들이 이제 현실이 되어 눈앞에 펼쳐질까? 이젠 정말 한반도에 'CVI 봄'이 삐끗하지 않고 올 것인가?

그런 희망을 갖게 하는 이유는 다른 어떤 것보다도 트럼프의 "이번 정상회담은 하나의 과정의 시작"이라는 발언 때문이다. 전에는 "기대에 못 미치는 상황이 되면 회담장을 박차고 나갈 것"이라고 했었다.그것은 군사행동을 불사하겠다는 무시무시한 말이었다.그런데 저렇게 바뀌었다.트럼프의 생각이 많이 바뀐 것이다.

회담을 하나의 '과정'으로 보고 한 번에 끝내지 않겠다는 발언은 얼마나 중요한가?이번 첫 회담에서 설사 합의에 이르지 못하거나 기대에 못 미쳐도 뛰쳐나가지 않고 다음에 또 만나겠다는 것을 암시한 것이니, 그 말은 나의 가슴을 쓸어내리게 한다.북측의 '단계별, 동시적' 주장에 부응하겠다는 것 일수도 있고 어쨌든 트럼프도 이젠 회담을 깰 생각이 없다는 것을 실토한 것이다.그러니 종전선언이든 평화협정이든 회담의 '성공'이 은근히 기대되기도 한다.

그래… 종전선언을 당일 싱가포르에서 두 나라가 하든 세 나라가 하든, 아니면 한두 달 후에 남·북·

미 정상이 다시 만나서 극적인 분위기를 연출하며 하든 그건 아무래도 좋다.무언가 큼직한 게 있긴 있을 모양이니, 일단 그러면 됐다. 그리고 트럼프에게 노벨평화상을 단독으로 수여하든, 3년 연속 준다 해도 나는 반대하지 않는다. 아니, 노벨평화상은 트럼프가 영구보관한다 해도 나는 한반도에 CVI 봄이 그렇게 CVIG 하게 온다면 쌍수를 들어 환영할 것이다.

나는 재작년 말 미국에 새 대통령으로 트럼프가 당선됐을 때 직감적으로 느꼈다.미 정계의 '듣보잡' 마이너리티로서, 기존의 정가에서 뼈가 굵은 정치인들하고는 근본적으로 사고 패러다임이 다를 것이라는 생각이 들었고, 우리가 잘만 요리(?)하면 사업가 출신의 그를 이용해 한반도의 평화에 있어서 획기적인 변화를 만들어낼 수도 있지 않을까 생각했다.다만, 돈은 어쩌면 꽤나 지불해야 할 지도 모르겠다고 느꼈다.

그래서 평화협정 운동에 뛰어들 생각을 했고, 작년 5월 9일에 '북·미 평화협정 체결촉구 국민연대'(지금의 평화협정 행동연대)를 제안한 것이었다.그렇게 트럼프는 우리 남·북에 정말 하늘이 준 선물이 될 지도 모르는 일이다.그것도 우리(남·북이) 하기 나름이라는 생각이다. 나는 지난 4월 27일 남북 정상회담 날 성공기원 기자회견의 '여는 말'에서 다음과 같이 말한 적이 있다.

"하늘이 우리를 돕는다는 느낌이 듭니다. 북쪽에는 개방적이고 호방한 김정은을 세우고, 남쪽에는 따뜻하고 인간적이고 사려 깊은 문재인을 세워서 서로 보완하며, 바로 얼마 전까지도 트럼프 발 전쟁 직전의 상황에서 이렇게 평화회담을 할 정도의 분위기를 만든 것도 하늘의 뜻이 아닐까 하는 생각이 듭니다.하늘이 주신 이 천재일우의 기회를 우리는 놓쳐서는 안 되리라고 생각합니다."

북에도 만일 한국전쟁 때 미국의 무자비한 공격으로 인한 전 국토 초토화의 참화를 뼛속 깊이 새겼을 김정일이 아직 권좌에 있었다면 트럼프에게 김정은처럼 유화적으로 대처할 수 있었을까? 어쩌면 북에서도 미국에 대한 불구대천의 원수 같은 복수심 없고 개방적인 김정은에게로 정권을 이양시킨 것이 하늘의 두 번째 도움이라고 생각한다.

지금 그야말로 놓칠 수도 없고, 놓쳐서는 안 될 하늘이 내준 천재일우의 기회를 우리 민족이 맞이하고 있다는 생각이다.그리고 남·북의 지도자들이 올바른 방향을 가고 있다.게다가 뜻밖에 고맙게도 트럼프도 도와주고 있다.

정신 바짝 차리고, 일단 이 여리박빙, 살얼음판을 무사히 건너야 한다.남·북이 같이 뭍에 닿아야 한다.그 다음일은 그 다음에 생각하자. (트럼프는 부디 임기 말까지 몸조심 잘하기 바란다.)

DMZ에 조마리아와 안중근의 피에타를

나영철(한맥논단지기)

지난 6월 12일 싱가포르에서 진행된 북·미 정상들의 만남은 전 세계를 긴장과 호기심으로 넘치게 만들었다. 그러나 이후 공개된 합의문을 접하고는 의외로 내용이 단순하고 간략하여 실망감이 생겼다. 합의문 4개의 항목에서 서두의 두 항목은 의례적인 평화약속의 내용인데 사실상 3항과 4항이 합의문의 골자로 볼 수 있다. 3항은 한반도의 완전한 비핵화 이행에 관한 내용이며 지극히 당연한 핵심사항이었을 것이다. 그런데 마지막 항목인 4항에 필자의 시선이 한참 머물렀다. “미국과 조선민주주의인민공화국은 이미 확인된 전쟁포로 유골의 즉각적인 송환을 포함해 전쟁포로와 실종자의 유해 복구를 약속한다.” 한국전쟁 이후 68년 만에 처음으로 양국이 쓰는 상호합의문에서 핵 포기와 유해송환 요구가 그 골자였던 것이다.

강하고 굳건한 국가의 전제는 전체 국민 성원들이 국가에 대한 깊은 신뢰를 바탕으로 애국심을 잃지 않도록 국민을 향한 약속이행을 철저히 하는 것이다. 그 중에도 국가를 위해 헌신하며 목숨 잃은 자들의 보상과 예우를 통해 애국할만한 국가의 국민으로서 자존감을 갖게 하는 것이 가장 중요할 듯하다. 그런 의미에서 짧은 북미합의문에 ‘비핵화 이행’과 같은 비중으로 전쟁포로와 실종자 유골송환 요구는 미국의 의중을 깊이 공감할 수 있는 대목이다.

필자는 순국 5분 전에 어머니 조마리아 여사가 손수 만든 하얀 수의를 입고 찍었다는 안중근 의사의 사진을 볼 때마다 아직도 찾지 못한 그의 유해를 생각한다. 자신의 유해가 하얼빈 공원에 묻힌 뒤 언젠가 해방이 되면 고국 땅에 묻히길 원했고 천국에 가서도 독립 소식에 춤추며 만세 부르리라고 남긴 그의 유언. 그러한 바람이 있었건만, 처형 후 뤼순 감옥으로 찾아간 두 남동생의 요구에도 일본은 거듭된 변명으로 유해 공개를 거부했고 매장 장소도 비밀로 했다.

이후 김구 선생이 유골을 찾으려 시도했지만 암살되어 중지되었고, 북한에서도 70년대와 80년대에 대규모 유해발굴단을 파견했지만 찾지 못했다. 한국 정부는 2008년 남북공동발굴단을 통해서, 또 한·중·일 공동유해발굴단 구성 추진도 시도했지만 별다른 성과를 얻지 못했다. 이제는 뤼순 지역 일대의 개발이 여러 차례 반복되어 희망은 거의 사라졌다고 보인다.

비록 안중근 의사의 유해를 해방된 고국 땅에 모셔올 수는 없으나 지금 우리 모두에겐 ‘안중근 정신’이 필요한 때를 맞이했다는 것이 필자의 의견이다. 이는 에도 메이지 시대의 계몽사상가 ‘후쿠자와 유키

치의 탈아론'이 일본 제국주의와 팽창주의의 사상적 근간이 되었다면, '안중근의 동양평화론'은 판문점 선언에 연이은 북·미정상회담 이후 우리가 걸어가게 될 동북아의 세력균형 조정과 평화체제 구축을 위한 지침서가 될 것으로 확신하기 때문이다.

더욱이 그는 남북한이 공통으로 지향할 수 있는 영웅이며 중국 역시 역사 속 안중근의 비중을 저버릴 수 없다. 더구나 뤼순감옥에서 안중근의 정신과 인품에 존경할 수밖에 없었다는 구리하라 형무소장은 동양평화론의 완성을 위해 사형집행일을 연기해 달라고 당국에 요청까지 했다. 또 처음엔 혐오감으로 총부리를 겨누었던 간수 치바 도시치는 사형집행일 그가 남기고 떠난 위국헌신군인본분(爲國獻身軍人本分)의 유묵과 함께 고국으로 돌아가 20년간 매일같이 그를 추모했을 정도다.

평화의 상징이기도 한 촛불혁명으로 이루어진 현 정부가 운전자론으로 남북미와 동북아의 평화를 위한 큰 활약을 펼치는 이때, 안중근과 동양평화론으로 동북아 평화의 화신으로 그의 정신을 다시 불러오자. 그뿐만 아니라 비무장지대의 갈등과 반목의 상징인 철조망을 걷어내고 수없이 뿌려둔 지뢰들도 제거하여 그곳에 가장 먼저 '조마리아와 안중근의 피에타(pieta)'를 건립하자. 세상 그 누구도 부정할 수 없는 어머니의 가없는 사랑으로 조마리아 여사를 DMZ에 세계평화의 화신으로 우뚝 세우자.

아들의 죽음을 안고 슬퍼하는 미켈란젤로와 케테 콜비츠의 '피에타'와는 달리 100년도 훨씬 넘어 상봉하는 두 모자의 모습이 기쁨과 환희의 장면으로 거듭 탄생하길 기도한다.

촛불혁명에 반하는 헌법 가치 훼손 양승태 등 수사 의뢰와 사법독립 방안 제안요구 관련 기자회견문

송운학(국민주권개헌행동)

† 대법원이 민주주의와 국민적 법 상식 등에 어긋나는 내용으로 가득 차 있는 다수 비밀문서를 작성하여 관리했다는 사실 자체가 헌법 질서와 헌법정신 등을 뒤흔드는 중대한 반민주적 범죄사건이다.

지난 5월 25일 대법원은 제3차 자체 조사결과 보고서인 '사법행정권 남용 의혹 관련 특별조사단 조사보고서'를 발표했다. 이 보고서에 따르면, 제3차 '셀프조사'는 757개에 달할 정도로 비밀문서가 다수 존재했다는 사실을 밝혀냈다. 하지만, 유감스럽게도 결론은 재판개입이나 문제성 판사 불이익 처분 등을 검토만 했을 뿐 시행하지 않았기에 처벌할 수 없다는 것이었다.

문제는 비밀문서가 다수 존재했다는 사실 그 자체였다. 특히, 이들 비밀문서는 제목만으로도 엄청난 충격을 야기했다. 그리하여 들끓는 여론에 못 이겨 그중 일부가 공개되었다.

공개된 비밀문서는 상상을 뛰어넘는 내용으로 가득 차 있다. 우리는 경악과 분노를 쉽게 억누를 수 없다. 또, 이러한 비밀문서 내용을 모두 검토한 대법원 특별조사단이 내린 결론에 결코 동의할 수 없다.

일반 국민은 미수죄, 예비음모죄 등으로도 처벌받고 있다. 그리하여, 우리는 형법 등에 명시된 직권남용 미수 또는 예비음모 등에 관한 규정으로 이번 사법 농단처럼 중대한 반민주적 중대범죄, 헌법을 훼손하는 중대범죄 등과 관련된 행위를 처벌할 수 없다면, 그것은 법적 흠결에 불과할 뿐, 모든 수단을 총동원해서 엄벌해야 마땅하다고 확신한다.

보고서에 따르자면, 임종헌 전 법원행정처 처장을 중심으로 기획관 등 공직자가 문제성 판사를 선별하여 뒷조사하고 재판 거래 등을 검토하는 문서를 대량으로 작성했다. 우리는 그 자체만으로도 헌법 가치와 헌법정신 및 헌법 질서 등을 훼손했거나 유린하는 반민주적인 중대 범죄행위라고 믿는다. 또, 이처럼 중대한 범죄는 당시 대법원장 양승태가 지시했거나 공모했거나 조장했거나 묵인하지 않았다면, 결코 발생할 수 없었을 것이 분명하다.

예컨대, 전 대법원장 양승태가 취임하여 퇴임할 때까지 "우리가 남이가"라는 말과 같이 이심전심으로 청와대에 적극 협조하는 암묵적인 분위기를 조성하여 자발적으로 사법부 전체를 병들게 하고 타락시켰을 것이라고 믿고 있다.

그렇지 않다면, 하급심 판결이 대법원 판결로 뒤집히고, 아무런 근거 없이 공소시효와 법정이자 산정기간 등이 단축되고, 심리가 무기한 연기될 수 있겠는가? 특히, 긴급조치 위헌 등과 같은 판결에도 불구하고 고문 등 불법적인 행위가 없었기에 국가배상책임이 없다는 비상식적인 판결을 내릴 수 있었겠는가? 심지어는 판결이 내리기도 전에 그 내용을 입수하거나 예측과 동일한 재판이 이루어질 수 있겠는가? 따라서, 제3차 '셀프조사' 결과 밝혀진 다수 비밀문건이 존재했다는 사실과 그 내용은 보고서 결론과 달리 민주주의와 국민적 법 상식에 대한 심각한 도전이자 헌법 질서와 헌법정신 등을 뒤흔드는 중대한 반민주적 범죄사건이 아닐 수 없다.

† 셀프조사는 헌법 질서와 헌법정신 등을 뒤흔드는 중대한 반민주적 범죄사건인 사법 농단에 면죄부를 부여하는 요식행위로 의심받고 있다. 국민이 명령한다. 검찰은 즉각 수사에 착수하라!

셀프조사는 신속성을 생명처럼 소중하게 여긴 것이 아니라 증거인멸에 필요한 충분한 시간을 주려는 듯 매우 장기간에 걸쳐 이루어졌다. 또, 3차례에 걸쳐 이루어졌지만, 매번 부실조사 논란을 불러일으켰다. 특히, 마지막 제3차 셀프조사 기간에야 비로소 이루어진 비밀문서 암호해독과 파괴된 문서 복구 작업의뢰조차도 검경수사가 준수하는 기초상식인 제척 사유를 적용하지 않았다. 왜냐하면, 범죄혐의자인 전 법원행정처 차장인 임종헌 형이 운영하는 기관에 비밀문서 암호해독과 파괴된 문서 복구 등을 의뢰했기 때문이다.

이들 요인이 복합적으로 작용한 탓인지 결정적이고 핵심적인 문서가 이미 대부분 유실되었거나 파괴되어 복구 불능상태에 있다. 그리하여 우리는 대법원이 수행한 셀프조사가 범죄혐의자에게 면죄부를 주기 위한 요식행위라고 의심하고 있다. 그래서인지 양승태 전 대법원장은 뻔뻔스럽게도 자신은 잘 모르는 일이라면 시치미를 떼면서, 부적절하게 행동한 하급자를 제대로 관리하고 감독하지 못했을 뿐이라고 변명하고 있다. 게다가, 양승태는 아마도 하급자가 이미 독립적으로 이루어진 판결을 정리하여 상고법원을 설치하고자 활용할 방안을 검토하여 말씀자료를 작성했을 것이라고 옹호하고 나섰다.

우리는 이것이 이명박과 박근혜 등 행정 수반과 적극 협력하는 등 '스스로 알아서 기면서'까지 사법부를 청와대 부속기관 아니 종속부서로 타락시키는 가증스러운 대죄를 범하고도 상고법원을 설치하고자 소신과 양심에 따른 행동이라고 자신을 합리화하거나 그 불가피성을 강변하는 궤변을 늘어놓고 있는 것이라고 의심한다. 또, 이러한 궤변으로 자기가 벌인 범죄행위를 비판하는 사법부 구성원 등을 억누르는 효과적인 무기로 사용했을 것이 틀림없다. 왜냐하면, 이 기간에 대법원은 우연의 일치에 불과한지 몰라도 하급심이 내린 판결을 뒤집어 국민을 좌절시켰기 때문이다. 또, 이 눈치 저 눈치 살필 수밖에 없는 상당수에 달하는 하급심 판사들이 심리를 무기한 연기시키도록 만들었기 때문이다.

이처럼 사법 농단은 헌법 질서를 흔드는 중대한 범죄사건이다. 따라서 이러한 중대범죄는 헌법을 개정해서라도 처벌해야 마땅하다. 그렇다! 이제는 국민뿐만 아니라 판사 다수가 사법 농단 사건에 대한 검찰 수사를 요구하고 있다. 심지어는 변호사와 법학자 등 법률가들이 대법원 앞에서 농성을 벌이고 있다.

그럼에도 불구하고 검찰은 대법원이 고발하면, 그때 수사하겠다면서 전혀 움직일 기미를 보이지 않고 있다. 법 위에 존재한다는 특권의식에 사로잡힌 사법부와 사법부 눈치를 보는 검찰은 더 이상 공직자로 필요 없다.

국민이 명령한다. 검찰은 국민명령에 순응하라. 즉각 수사에 착수하여 사법 농단을 철저하게 밝혀라. 낱낱이 진상을 파헤쳐라. 이에 우리는 정중하게 검찰에 수사를 의뢰한다.

† 민주주의가 의존하는 사법독립을 지키고 더 이상 국민기본권이 침해되지 않도록 법치주의를 완성해 나가려면 헌법을 개정하는 등 모든 수단을 총동원해서 반민주적 행위자를 엄벌함은 물론 각종 재발방지책을 수립해라!

사법부를 대표하는 대법원은 자기 스스로 사법독립 등을 달성할 마지막 기회와 자격 등을 상실했다. 특히, 법치주의와 민주주의를 지키는 마지막 보루라고 하는 국민적 신뢰마저 저버렸다. 이는 사법부가 멸공과 반공 및 분단이라고 하는 보이지 않은 헌법을 무기로 독재를 일삼았던 반민주정권에 기생하면서 정권하수인으로 살아온 역사를 청산하지 못했기 때문에 그동안 되풀이해서 나타났다. 또, 앞으로도 그러한 일이 반복될 것이 틀림없다. 즉, 최고법원인 대법원 수장인 대법원장이 대부분 권력분립 하에서 견제와 균형을 추구한 것이 아니라 인사권 등 제왕적 권력을 행사하는 등 각종 특권을 빼기지 않는 대가로 정권 시녀와 로비스트를 자처하면서 사찰기관과 정보기관처럼 감시와 통제를 일삼았다. 그리하여 심지어는 양승태처럼 청와대 눈치를 보면서, 문제성 판사 개개인을 상대로 재산과 친구 관계 등을 감시하고, 상고법원 도입을 위해 판결도 거래할 수 있다는 추악한 생각에 빠진 것이라는 합리적 의심을 지울 수 없다.

사법 농단은 박근혜 일당의 국정농단보다 더욱 심각하다. 국정 농단은 헌법에 명시된 탄핵제도를 이용하여 대통령을 파면시키고 비리 관련자를 구속함으로써 어느 정도 수습할 수 있다. 하지만, 재판을 재판하는 것이 금지된 상태에서 발생하는 사법 농단은 자유재량 주의라는 방패까지 이용할 수 있기에 탄핵조차 쉽지 않다. 그리하여 삼권분립과 독립적 재판이 사라졌음은 물론 헌법과 법률 등에 따라 공정하게 재판받을 권리 등이 철저하게 파괴되고 말았을 것이라는 의심을 지울 수 없다.

만약에 이러한 중대범죄를 강제로 수사할 수 없고, 엄벌할 수 없다면, 신체 자유 등 각종 기본권마저 차례차례 파괴될 것이다. 해결책을 찾아낼 수 없기에 결국 각종 악법이 양산되거나 나쁜 판례로 굳어져 법치주의는 허울만 존재하게 될 것이고, 특히 이에 호소하는 것 그 자체가 불가능하게 될 것이다.

이에 이러한 사법 농단의 재발을 근절할 수 있는 사법독립방안 등이 필요하다. 우리는 헌법 가치 훼손 행위자처벌 등 소급입법허용, 대법원 구성 다양성 제고, 대법관 증원, 대법원장 국민선출, 자유재량주의 폐지, 법관 월권과 부당한 판결 감시제도 및 국민 참심제도 등 도입, 재판 헌법소원제도 보장, 헌법 가치 훼손 행위자처벌 특별법 제정 등을 제안하고 요구한다. 이를 위해 현행헌법에 있는 흠결을 고쳐야만 할 것이다. 또, 각종 헌법적 근거 규정을 명시한 후 이에 입각하여 각종 하위 개별 법률을 제·개정해야만 할 것이다.

제도정치권이 이러한 제안과 요구를 외면한다면, 우리 주권자는 박근혜를 탄핵했던 촛불보다 거대한 횃불을 들고 민주주의 등 헌법정신을 수호하고 무너진 헌법 질서를 회복해 나갈 것이다.

2018. 6. 7(목)

개혁연대민생행동, 무궁화클럽, 시민혁명전선(갈아엎자), 신참정권사수시민연대, 아이디에스(IDS) 피해자 연합, 정의연대 포함 촛불계승연대 참여 100여 개 단체

천칠백만 촛불 민중의 꿈은

윤영전(평화통일시민연대)

송구영신 한 해를 보내고 새해 정초에 더욱 타오르는 촛불을 들고 광화문광장에서 소회는, 그 어느 때보다 비장하기만 했다. 서울만이 아닌 지방의 곳곳에서도 함께한 촛불은 그간 천만이 넘은 많은 남녀노소 국민들이 결연하게 촛불을 들었다.

우리는 지구 상에 오래된 73년의 분단국에서 살고 있다. 외세에 의한 분단이지만, 자주적 평화통일을 이뤄내야 한다는 사명감이었다. 언제나 분단을 허물고 통일된 조국에서 살아갈 수 있을까? 이에 남북 8천만 동포들은 분단 현실에 끝없는 연민의 정이 더욱 깊어만 갔다.

초가을부터 많은 촛불이 계속 타오르고 있었다. 촛불 진원은 4년 전, 대선 부정도 하나다. 대법원에 계류 중인 부정 댓글과 부정행위도 밝혀지지 않고 있다. 또한 3년 전, 세월호에 304명의 참사에 대한 진상규명도 밝혀내지 못하고 있다. 사람의 목숨이 얼마나 중요한데, 그들 권력과 금권이 안전을 방치해 일어났는데도 진실이 은폐되고 있어 참으로 안타깝기만 하다.

조국의 자주적 평화통일은커녕 주변 강대국인 미·중·일 안보에만 다가가고 있다. 특히 올해 초부터 한미일 안보 공조를 주장하더니, 결국 사드 배치를 성주 주민의 동의도 없이 일방적으로 발표하였다. 지난 대선에서 박 후보가 85%로 최고 득표를 한 곳인데도, 벌떼처럼 저항할 줄은 그들도 꿈에도 상상하지 못했을 터였다.

이어서 사드를 다른 지역에 설치한다는 정정 발표도 있었지만, 그 어떤 곳에서도 동의를 얻지 못했다. 사드는 고 고공 최첨단 무기로 한반도에 전쟁 기운을 가져올 기지를 어찌 자신들의 지역에 설치하느냐며 절대 반대다. 두려운 전쟁의 위험물을 받아들일 수 없다는 것은 당연한 주장이었다. 이어 곧바로 반대하는 시위가 전국에서 계속되었다.

아울러 비선 실세들의 국정농단 사실이 속속 밝혀지고, 측근들의 직권남용이 백일하에 드러나 국민들은 더 이상 참을 수 없어 거리에 나섰었다. 정직해야 할 대통령의 3차례 대국민 사과도 회를 거듭할수록 오히려 책임회피와 사실을 은폐하고 있었다. 이에 천칠백만의 민중들이 분노하면서 자진해 촛불을 들고 광화문으로 청와대로 시위했다. 전국에서도 공동체를 이루었다.

필자도 세월호 참사부터 지금까지 계속 지인들과 촛불을 들고 광장으로 청와대 앞으로 공관과 헌재 앞으로 한 번도 빠지지 않고 대오를 이루며 행진에 참여했다. 대열에는 세 살짜리 어린애들과 초중고 대학생, 그리고 청장년 80, 90 심지어는 100살의 넘은 어르신도 상당수 대오에 함께하였다. 참가한 민중들은 오직 정의 평화와 나라의 안정은 물론, 분단 조국의 통일을 염원한 의지의 행동이었다.

질서정연하고 평화롭고 아름다운 시위와 역사의 현장에 자신도 함께한다는 자부심의 발로였다. 이리도 정연한 시민들의 시위에도 응답하지 못한 집권자와 지도자라면 당장 그 직을 물러나라는 구호였다. 양심도 없이 변명으로 일관한 순간, 분노가 치밀어 오르기도 했다. 그동안 우리가 소원한 조국의 평화통일을 이루기를 소원하며 그동안 오랜 운동을 펼쳐왔다.

이제 분명하게 정부·여당에 묻는다. 73년 분단국에서 60년이나 집권한 보수 정권이, 얼마나 조국과 민족의 아픔에 동참했는가? 오직 권력과 금력을 장악하여 이를 수단과 방법을 가리지 않고 온갖 부정과 권세를 누려오지 않았던가. 또한 그들은 수단과 방법을 가리지 않고 집권했었다. 이제부터는 지난날의 잘못이 되풀이되는 일 없이 특별반성하는 계기가 되었으면 한다.

아울러 야당에도 진심으로 묻는다. 국민들이 여소야대를 선택했으면 그 역할을 다해야 했는데, 과연 최선을 다하고 있는가. 참다못한 국민들이 세계에서도 놀란 평화로운 시위를 계속 이어가고 있었다. 이제 정부와 여야는 혁명적 결단으로 국민의 뜻을 따르는 유종의 미를 거두어야 한다는 주장에 결국은 파멸이 두려워 국민과 촛불에 항복한 것이었다.

천칠백만 촛불 혁명 시민들이 주장하는 적폐청산을 하기 위해 우리는 또 선거혁명을 이룩했다. 드리어 그들은 권좌에서 내려와 방황했다. 촛불을 밝히는 국민의 힘이 얼마나 위험한지는 한참이 가서야 겨우 알고 있는 듯했다. 그러기에 촛불로 인한 선거혁명이 또한 이루어졌다.

이제 그간 분단의 너울을 벗고 당당히 남북이 하나 되는 "우리의 소원은 통일" 그리고 "우리의 소원 평화"를 이루어 내면 얼마나 좋을까. 우리 비록 분단국이지만 당당히 유엔 회원국인 남북이다. "분단이 너무 길다, 남북이 자주적으로 평화통일을 이루자!"는 특별선언을 하고 이를 실행한다면 지구촌에서 큰 박수를 받을 터이다.

남은 "광화문 시청 남대문을 잇는 수백 천만 시민과 국민이" 한반도기를 들고 자주통일 노래를 부른다. 북도 "평양에서 대동강까지 100만의 북한 동포"가 역시 한반도기를 들고 자주통일을 합창하면, 조국은 평화통일을 이룰 것이다. 그리고 통일을 위하여 다음 정권은 분명하게 8천만 동포들의 소원이고 꿈인 통일을 공약해야 한다.

이는 단순한 망상과 꿈이 아닌 현실이었으면 한다. 유엔은 회원국들이 자주적으로 분단의 조국 통일을 이루겠다는데, 반대만 할 수 있을까. 근간 촛불이 질서 정연한 평화시위를 세계가 주시하고 있어, 통일을 이루는 기회가 아닐까. 8천만 남북 해외동포들까지 분단 조국 통일을 선포하는 그날이 오기를 간절히 염원해 본다.

우리의 의지와 노력이 결실을 이룬다면, 한반도 주변 미·중·러·일 고래 싸움에 남북의 새우가 등 터지는 꼴이 아닌, 새우가 고래들 패권을 이겨낼 수도 있을 터이다. 허구가 아닌 실사구시 정신이다. 남북이 역사적으로 통일을 이뤄내는 쾌거를 가져와 서울과 평양에서 우렁찬 평화통일 노래를 합창할 그날이 오면 좋겠다.

연초 13차 광화문 집회는 아픔의 세월호 참사의 아픔을 위로하는 촛불이었다. 그간 한 건의 아픔도 없었는데, 정원 스님이 분신하신 후에 이 글을 쓰는 순간 운명하고 말았다는 비보다. 부디 극락왕생하시어 영면하시길 기원드린다. 그리고 다시는 정의롭지 못한 일들을 접고 오직 이 땅에 평화와 통일을 진심으로 염원한다.

※ 필자는 분단 73년 조국의 평화통일을 위해 온전히 살아오고 있는 시민으로 지구 상 제일 긴 분단을 허물고 통일의 그날까지 대열에 설 것이다. 블렉리스트에 올랐지만 진실은 드러나고 정의는 승리한다는 믿음을 저버리지 않을 것이다.

촛불과 동학

알퐁소 고봉균(도올사상 보급활동)

역사에도 감(感)이 있다. 세계를 이끌어가는 주축이 동아시아로 이동하고 있다. 인류의 99.99%가 종족의 우상질서정착 언어의 노예도덕 종교전쟁에 관련된다. 전쟁이 나도 중국이나 일본이나 미국 국민들의 피해는 없다. 조선 백성을 분열시키는 제국들의 종족의 우상 종교 이익담합공동체 작난에 의한 선(善, 청갱이)과 악(惡, 빨갱이)이라는 명언 종자의 장난으로 규정할 수 있는 서구 이원성 언어의 노예도덕 오리엔탈리즘 종교전쟁은 촛불 동학혁명으로 종지부를 찍어야 한다.

자연의 전쟁은 한 끼의 식사일 뿐이다. 왜 우리의 적이 일본이 아니고 형제인 북한인가? 왜 유대인의 적이 독일이 아니고 2000년 동안 나라가 없는 유대인을 받아준 형제 팔레스타인인가? 왜 아브라함이라는 한 할아버지 자손인 이삭과 이스마엘 형제간의 전쟁인가? 유대인과 이슬람은 이복형제이다. 이 모든 것이 선과 악으로 규정할 수 있는 플라톤의 2400년 불변의 진리라는 이데아의 언어구조에 있다는 것을 20세기 서구 언어 구조주의와 화이트헤드는 형이상학 언어의 노예도덕과정철학으로 밝힌다.

2700년 전 20세기 서구 언어구조주의보다 만 배의 파괴력이 있는 노자는 조선에서는 불온 도서였다. 노자는 1973년 마왕퇴에서 발견되어 21세기에 와서야 공자보다 윗세대로 재해석되고 있고 지속 가능하지 않은 광기의 문명 시대의 촛불이 되고 있다. 그와 더불어 1944년 이집트의 나일강 상류에 있는 나그함마디에서 노자와도 같은 서아시아에서 살아있는 예수님의 말씀 〈도마복음〉이 발견되어 독일 신학계에 의하여 과학적 연구를 거듭한 끝에 21세기 와서야 외경이 없었으니 본경도 없었다는 4대 복음을 통하여 부분 신화화 덧칠한 부분들이 증명되고 있다. 실로 일본이 중국에 우뚝 서 있는 광개토대왕비를 덧칠한 것이나 다름이 아니었음을 증명하고 있는 것이다.

왜 아마테라스 오미가미 유일 태양신의 적통 천황제에 충성 혈서를 썼으며 동아시아의 전범 국가 일본의 범죄처리가 6. 25전쟁으로 대속 되었어야 하였는가? 일본이 십자가에 못 박히는 자속은 어디에 있는가? 일본의 수신과 자속을 저해하는 동방의 예루살렘과 같은 천황제 종교보다 막부제였던 봉건제가 오히려 선진도덕 정치이다. 서구의 2차 세계대전 이후 새로운 이스라엘 건국은 종족의 절대 우상 종교정착 질서를 예고하였으며 동아시아 30년(1945~1975 베트남전쟁) 냉전정착전쟁에 영향을 미친다.

AD 800년, 샤를마뉴대제(Charles the Great)의 서로마제국 황제즉위는 처음으로 유럽을 통합했다는 의미가 있다. 세계 3대 문명 발상지는 나일강 유역(이집트), 티그리스, 유프라테스강 유역(중동), 인더스, 갠지스강 유역(인도)이다. 유럽은 인류문명이 발생한 고 문명 지역과는 전혀 상관없는 지역이며 3대 사막 문명을 가져간 후세의 기독교 문명이다. AD 313년 로마의 콘티탄티누스가 기독교를 차용한 이래 AD 800년 서로마제국이 기독교를 강요했던 이유는 정복지역에 통일성을 주어 다스리기 편하기 위해서였다고 샤를마뉴는 말한다.

2차 세계대전의 승자이익담합 미국과 영국과 프랑스가 1948년 이스라엘중심 질서를 건국한 것은, 서쪽으로 갈수록 종족의 우상 오리엔탈리즘 예루살렘중심 냉전 종교전쟁의 중심지를 발판 삼아 변방을 다스리기 위한 것이다. 독일과 러시아와 터키 비잔틴제국의 예루살렘중심에 반하는 이스라엘 건국중심 질서가 필요했다. 어찌 되었던 숨어 있었던 욕망을 잘 드러내 준 것은 트럼프가 예루살렘을 이스라엘의 수도로 승인한 것이다. 팍스로마로부터 팍스 아메리카까지의 민낯을 그대로 보여 주는 것보다 더 큰 교훈은 없다. 예루살렘 천자 시조 중심 냉전은 6. 25전쟁에 까지 영향을 미치고 있다. 중심은 변방을 만든다. 1948년 이스라엘 건국 이전에는 이스라엘에 의한 유대인이 이끌어가는 미국이 중심이 될 수 있는 중동전쟁이라는 제국들 간의 승자약속담합체계가 없었다.

정치는 욕망의 문제이다. 제국들이 만들어 놓은 공(功) 속에 제국들이 살면 공(功)이 없어지고 제국들의 정치는 썩는다. 노자 2장에 다음의 말씀이 있다.

"功成而弗居 공성이불거
공(功)을 이루었어도 이루어 놓은 공에 살지 않는(弗居)다.

夫唯弗居是以不去
공에 살지 않으면 공이 가지 않는다.(不去)

盈必溢也 영필일야
욕심이 과하면 반듯이 넘친다.

沖, 虛 충, 허"

예루살렘은 비어있어야 한다. 세상을 이끌어가는 바퀴의 중심축은 비어있어야 전쟁이 없다. 중국의 중심에 광개토대왕비가 우뚝 서 있는 고구려패러다임의 천하 대장부 호연지기는 비어있어야 한다. 해양

세력(미국+일본+한국)이 중국을 정복하게 길을 빌려달라는 대륙세력(중국+러시아+북한) 간의 征明假道 임진왜란, 6·25 같은 전쟁은 3·8선 비무장지대가 비어있어서 평화가 유지되고 있는 것이다.

해양제국주의들의 침략과 가스라 태프트 조약의 담합조약은 지금도 암암리에 효력을 발휘하고 있다. 왜 이스라엘과 조선이 2차 세계대전의 질서정착전쟁으로 세계제국들의 화약고가 되었나?

만리장성 동북 밖의 고구려패러다임 유네스코문화유산은 누구의 소유물이 아니다. 황혼의 제국과 신흥제국 사이의 정치는 타이밍이다. 무소유는 도마복음과 금강경과 노자가 같이하는 아시아공동체의 자연철학이다. 이 철학에 만주국을 만들었던 일본이나 만주국을 만들려던 러시아나 미국이나 중국인의 가슴은 뛰지 않는다. 功成而弗居(공성이불거)는 고구려인들의 가슴이 뛸 뿐이다. 무소유의 고구려는 가지 않는다. (不去)

미국과 세계를 이끌어가는 1%만의 이익담합 독락(獨樂)을 위한 신자유주의 예루살렘중심이 저물어 가고 있다. 고구려패러다임 중심의 홍익인간 여민동락(同樂)은 욕망이 비어있어야(虛 沖) 대륙세력과 해양세력을 평화적으로 이끌어갈 수 있는 배짱이 생긴다. 동학에 뿌리를 둔 지난 겨울의 촛불혁명은 무소유 인류 생태 상생 문명의 씨앗(仁) 정착의 타이밍이다.

촛불 동학

– 이 시대의 동학혁명은 어떻게 해석 되어야 하나?

현혜진(사회복지사)

대한민국이 3.8선으로 남한과 북한으로 분단되었고 북조선이 핵을 개발했다. 그것은 그들의 생존을 위해 선택한 것이라고 해석할 수 있다. 남한은 여전히 정치 군사 경제적으로 미국에 상당 부분 종속되어 있다.

단지 촛불 혁명으로 세운 정권과 대통령이라는 이유만으로 그에게 이 상황에서 전면적 자주 노선을 걸으라는 주장은 현실에서 벗어난 환상적인 해석이다. 북조선이 남한에 비해 물론 자주적이다. 그러나 그 정권이 신흥 종교적인 성격이 다분하다는 것은 누구도 부인 못할 것이다. 남한은 물론 매우 썩어있고 미국에 종속적이다. 그러나 다양한 견해를 수용할 수 있는 사회적 관용성을 가지고 있으며 무엇보다도 여운형 김구로 그리고 김대중 노무현 문재인으로 이어지는 좌우합작 즉 평화공존 세력이 있다는 것은 누구도 부인 못할 것이다.

우리에게는 철저한 현실 파악이 지금 더욱 필요하다. 그러기 위해 지금 시대의 동학혁명과 촛불 혁명은 어떻게 해석되어야 되며 실현되어야 되는가를 질문해야 되지 않나 생각된다. 촛불 혁명은 전국민적인 항쟁을 통해 평화적인 방법으로 민주주의혁명을 실현하였다.

김용옥, 김상일 교수가 높이 평가하는 동학의 인내천사상과 우리 민족의 천부경, 홍익인간에도 관심을 기울일 만하다. 예수는 결코 교회를 만들지 않았고 단지 정의와 이웃사랑의 조화로 하나님 나라를 선포했을 뿐인데 후일 예수 자체가 숭배되고 기복신앙처럼된 오늘날의 문제는 많은 종교단체들이 이런 왜곡의 절차를 따르면서 인류평화공존에 혼란과 갈등이 조장되었다는 것이다.

동학을 공부하고 숭고한 뜻을 이루는 방법 중의 하나는 촛불 혁명을 공부하고 그 정신을 개인의식에서 가족으로 사회 전반으로 확산시키고 사회 대개혁을 위해 투쟁실천 해야 한다. 역사적 대변혁기에 촛불 혁명을 하는 홍익나비로 부활하여 분단 수구세력 청산하고 평화체제 수립하여 통일국가로 나가자! 민족의 힘으로 미국과 일본의 압박을 극복하고 새로운 인류평화시대를 열어가야 한다! 역사를 만드는 민중의 힘으로 동학혁명이 이 땅에 부활했다! 3·1 혁명의 민중이 촛불을 든 민중으로.! 민중의 촛불 혁명이 화해와 상생의 평화와 통일로!

요구합니다

유경근(4·16유가족회)

〈4·16 세월호 참사 가족협의회〉의 공식입장은 내일(2017.10.3.) 오전 10시 30분 광화문 4·16 광장 기자회견에서 별도로 발표합니다. 이 글은 분한 마음을 달래고 싶어서 썼습니다. 결국 촛불의 힘으로 세월호 적폐의 실상이 드러나기 시작했습니다. 청와대 최초 상황보고시간 조작, 국가위기관리 기본방침 불법 변경, 특조위 조사방해 공작을 박근혜의 청와대가 주도했음이 드러나기 시작했습니다. 2014년 7월 국정감사부터 지금까지 박근혜 일당은 불법과 공작을 동원해 거짓말만 해왔음이 드러났습니다. 나는 세월호 참사의 책임이 탄핵 사유로 인용되지 않았을 때 그 자리에서 울부짖었습니다. 이제야 국민은 물론 헌법재판소까지 박근혜 적폐 일당에게 농락당했음이 드러났습니다. 〈2기 특조위〉를 하루라도 빨리 시작해야 하는 이유가 더욱 명확해졌습니다. 〈선체조사위원회〉가 기존 검찰과 해심원의 조사결과를 재확인하는 차원에서만 조사를 하면 안 되는 이유가 더 명백해졌습니다.

이에 다음과 같이 요구합니다.

① 문재인 촛불정부는 박근혜 정부의 검찰, 감사원, 해심원 등의 조사·수사 결과를 즉시 폐기하고 전면 재조사·재수사를 천명해주십시오. 특히 검찰은 세월호 참사 304명을 구조하지 않고 죽게 만든 것도 모자라 그 진실을 은폐하기 위해 불법적·조직적으로 조작·공작을 자행한 박근혜 적폐 일당을 즉시 기소하십시오.

② 국회는 즉시 본회의를 열어 〈사회적 참사 진상규명 및 안전사회 건설 등을 위한 특별법(2기 특조위법)〉을 상정하십시오. 더불어민주당·국민의당·정의당은 자유한국당 등 세월호 적폐 무리의 파렴치한 저항에 한 치도 물러서지 마십시오.

③ 해양경찰청·해양수산부·국정원 등은 구조 방기와 진상 은폐공작을 자행한 부처 내 세월호 적폐 잔당들을 즉시 조사하고 관련 증거·증언을 확보하십시오.

④ 세월호의 침몰, 구조 방기, 진상 은폐공작에 대해 알고 있는 공무원과 관련 기관원 등은 즉시 양심에 따라 고백하고 증언하십시오. 이것만이 세월호 적폐 일당에서 헤어나오는 길입니다.

⑤ 〈선체조사위원회〉는 침몰 원인에 대한 기존 검찰/해심원의 조사결과 검증으로 선체조사를 대신하려는 위원회 내 일부 기류를 철저히 일소하고 피해자들이 납득할 수 있도록 모든 가능성에 대해 철저히 조사하십시오. 특히 편협한 '전문가주의'에 빠져(또는 앞세워) 세월호 참사 진상규명을 방해하는 일이 없도록 스스로 경계하십시오.

나는 기필코 알아야겠습니다. 박근혜 일당이 세월호 참사의 어디부터 어디까지 관련이 되어있는지.

촛불집회의 의미

이학영(무궁화클럽)

촛불집회는 가장 민주적이고 평화적인 시민 스스로 참여한 직접민주주의의 한 표상으로서 민의 목소리를 결집시키는 민주정치 문화 운동이라 할 것입니다. 그 속에서 촛불을 들고 행진하거나 선창 가수의 노래를 따라 부르며, 기도하는 마음으로 국가를 생각하고 미래를 걱정하는 모습은, 어느 정치가나 어느 종교 지도자의 연설이나 설교문보다도 힘이 있었습니다.

그것은 시민들의 마음 깊숙한 곳에 자리하여 자신을 불태워 주위를 밝히는 촛대와 같이 또 다른 나인 세상이 바로 서야 한다는 절박한 시민 대중의 마음의 표현이었습니다. 우리라는 개념이 재정립된 촛불혁명 대열에 참여했던 우리는 그 역사성과 정당성. 대중성. 형평성 등 모든 면에서 합리적이고 생산적이며 민주적 입장을 지향하지 않을 수 없습니다.

정말 촛불 은하수 물결의 도도함은, 시민의 마음을 정파적 시각에서 아전인수격으로 해석해서 사실을 왜곡하고 민의 속내를 비틀어 버리려던 수구세력들조차도 변화시켰습니다. 그것은 그들에게 외압을 가하지 않아도 스스로 변화하도록 유도하는 힘의 원천이 되어 진정한 민주주의를 완성시켰습니다.

우리 무궁화클럽에서도 이 촛불혁명 정신을 계승하여, 우리나라에서 국민의 인권이 철저히 보호받을 수 있도록 민주인권수호운동의 일환으로 적극 발전시켜나가고자 합니다.

응원 메시지

박형자(미용실 운영)

겨우내 밝혔던 촛불의 힘. 참 빛이 되었으면 좋겠습니다.

퇴근길에 광화문광장으로 향하던 여러분과 우리 딸 함성에 보답이 되었으면 좋겠습니다.

촛불혁명!(응원 메시지)

장호권(장준하부활연대)

촛불혁명은 분명한, 또 위대한 민주 민중의 행보였습니다.

그리고 이 혁명은 너와 내가 우리가 됨을 보여주었고, 알게 하였습니다. 또 이루어 한 덩어리가 되고 한목소리, 한마음인 것을 만방에 알렸습니다.

이제 우리가 무엇을 이루었고, 무엇을 원했는지. 무엇을 뜻했는지 정확히 하면서 각자의 본래의 삶의 현장으로 돌아갔습니다. 앞으로는 우리나라에서 국민의, 민중의, 힘겨운 몸서리가 일지 않아도 좋은 세상이 되면 좋겠습니다.

이제 남은 것은, 이루어 놓은 촛불 혁명을 가벼이 하거나 퇴색되지 않도록 하는 것입니다.

자존과 자주가 바르게 서고, 적폐가 없어지고 모두가 고르게 사는 진정한 민의의 나라가 안착하기를 바라는 마음입니다.

오늘은 선거일

박정현(초등생)

오늘은 선거일이다. 대통령을 뽑기 위한 선거라 하였다.

원래 5년이 지나야 하는데, 이번 대통령 선거는 4년 반 만에 한다. 왜냐하면 (대통령이) 세월호에 탄 사람들의 목숨보다 자기 머리카락 예쁘게 하는 것을 더 중요하게 여겨 300명이 넘는 사람들을 희생하게 하였기 때문이다. 그래서 탄핵되고 구속되었다.

하지만 대통령을 석방하라는 등 새누리당 2번 홍준표와 6번 조원진이 말했다. 그런데 2번 홍준표를 따르는 사람들이 많다는 게 신기했다. 절대 홍준표나 조원진이 대통령이 된다면 한국이 엉망이 될 것이다. 그래서 내가 어른이라면 문재인을 뽑을 것이었다. 생각이 많은 날이었다.

광화문 연가

김국진(노후희망 유니온 감사)

목이 메이고 눈가에 이슬이 맺힙니다.

6월항쟁 30년이 지나 우리가 촛불을 들고 행진하며 부른 노래 “대한민국은 민주공화국이다. 모든 권력은 국민으로부터 나온다”

노래는 현실로 확인되었습니다. 우리의 촛불행진은 전 세계를 놀라게 하는 명예혁명으로 인류평화의 길로 가는 한민족의 손짓으로 기록될 것입니다.

이제 새로운 정부가 선출되어 소통과 협치를 기반으로 이렇게 헝클어 놓았던 남북문제를 둘러싼 실타래를 잘 풀어간다면, 이 민족에게 전화위복의 계기가 되어 동북아평화는 물론 세계평화를 이루어가는 길잡이가 될 수 있겠지요.

그 추운 겨울날 노후희망 유니온의 깃발 아래 함께한 광화문 촛불행진은 우리 후배나 손주들에게 들려줄 자랑스런 얘깃거리가 되겠지요.

뒤풀이의 순댓국 한 그릇과 막걸리 한잔의 추렴, 이제 열 받은 노인들이 뒷방차지가 아니라 역사를 바꾸자는 정담들은 우리에게 소중한 촛불 명예혁명의 추억과 자랑으로 남을 것입니다.

그동안 언 손을 잡아 주어서 고마웠고 행복했습니다. 이제 새봄이 와도 가끔은 또 모여야겠지요. 촛불의 완성을 위해 백발을 휘날리면서!

촛불혁명의 세계적 의미

Maxwell Kim(해외 공무직)

† 2016년 매서운 추운 겨울 누가 믿었겠는가? 적폐정권 청산

혼자 꾸는 꿈은 망상이지만, 같이 꾸는 꿈은 현실이 된다는 말처럼, 일천 칠백만 이상의 대한민국 국민들의 힘, 엄마 아빠의 손을 잡고, 작은 조막손에 촛불을 들고 나온 어린아이들의 맑은 눈망울에서, 조국의 희망을 보았습니다.

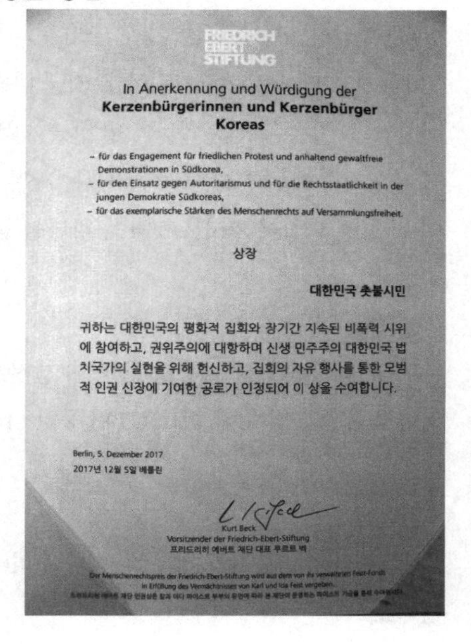

FRIEDRICH EBERT STIFTUNG

In Anerkennung und Würdigung der
Kerzenbürgerinnen und Kerzenbürger Koreas

- für das Engagement für friedlichen Protest und anhaltend gewaltfreie Demonstrationen in Südkorea,
- für den Einsatz gegen Autoritarismus und für die Rechtsstaatlichkeit in der jungen Demokratie Südkoreas,
- für das exemplarische Stärken des Menschenrechts auf Versammlungsfreiheit.

상장

대한민국 촛불시민

귀하는 대한민국의 평화적 집회와 장기간 지속된 비폭력 시위에 참여하고, 권위주의에 대항하며 신생 민주주의 대한민국 법치국가의 실현을 위해 헌신하고, 집회의 자유 행사를 통한 모범적 인권 신장에 기여한 공로가 인정되어 이 상을 수여합니다.

Berlin, 5. Dezember 2017
2017년 12월 5일 베를린

Kurt Beck
Vorsitzender der Friedrich-Ebert-Stiftung
프리드리히 에버트 재단 대표 쿠르트 벡

Der Menschenrechtspreis der Friedrich-Ebert-Stiftung wird aus dem von ihr verwalteten Feist-Fonds in Erfüllung des Vermächtnisses von Karl und Ida Feist vergeben.

비록 5000년 이상의 역사를 가진 우리 대한민국, 독점적 정치권력을 악용하며 국민들을 짓밟아 굶주리게 했던 탐관오리가 존재했었고, 탐욕(貪慾)이 찌든 오물(汚物) 같은 벼슬아치들이, 자신들의 비선실세를 통한 국민 기만과 탄압이 어제오늘 일이 아니었습니다. 절대적 권력은 반드시 부패한다는 진리를 깨달은 국민들이, 국정운영 실패의 일례로, 수백 명의 어린 생명을 물속에 수장한 썩은 권력을 심판하러, 생명 하나하나를 의미하는 촛불을 들었습니다. 국민들의 촛불혁명은, 이제는 분단 65년 동안 군사정권이 종복몰이로 국민의 눈과 귀를 막고 정권 쟁취, 사리사욕 채울 이권 획득을 위해, 대법원 유죄 판결받은 이회창 등 자한당 일당이 북한을 매수한 총풍사건 등 온갖 속임수를 쓰는 것을 깨끗하게 씻어내고 한반도 평화협정을 성취해낼 것입니다.

촛불혁명이 지나친 독점 권력이 부패되는 것을 막아낼, 국가 권력의 균형과 견제를 위한 헌법 개정으로, 비로소 진정 국민이 주인인 대한민국을 이루어 낼 것을 예고하듯이, 세계 사회의 모범적 시민의 힘을 보여준 대한민국 국민들에게, 동–서독 간 통일을 먼저 이룬 독일에서, 23년 만에 최초로 에버트 인권상을 개인이 아닌 수천만 명의 시민에게 수여한 것은, 1000년간 통일되었던 한반도에서 향후 민족의 통일을 다시 이루어, 세계 속에 한반도가 찬란하게 일어설 것을 예견하는 시그널입니다.

사람다운 사람들이 사는 나라를 만들어 주세요!

– 촛불혁명 이후 새 대통령에 바라는 어린이들의 편지

박정현

대통령님께

대통령이 되신 것 축하드립니다. 지난 대통령보다 바른 생각을 가지고 계신 것에 감사드립니다. 5·18이나 5·16 같은 무서운 일들이 일어나지 않도록 나라를 움직이실 것 같아 기대가 큽니다. 남북의 사이를 좋아지게 해주시고, 나라에 다시는 나쁜 일들이 일어나지 않게 해주세요. 대통령께서는 우리 선생님이 반을 잘 이끌어 가시는 것처럼, 나라를 참되게 바르게 이끌어 주실 것이라고 믿습니다.

반정현

우리나라가 박근혜 대통령 때 많이 발전이 안 됐는데~ 우리나라를 꼭 평화롭게 해 주세요. 그리고 북한과 통일이 되게 해 주시고, 5년 동안 나라를 엄청 발전하게 해주세요.

양유찬

대통령님은 민주주의 대통령이시니 우리나라를 바르게 발전시켜 주시고, 남북통일을 해주셨으면 좋겠어요.

이현진

우리나라를 좋은 나라로 만들어 주시고, 북한과 통일을 해서 평화롭게 살게 해주세요.

전현성

대통령님은 박 전 대통령처럼 나쁘지 않으실 것임을 믿습니다. 무엇보다 통일을 위해 노력해 주세요. 통일을 하면 이산가족들이 만날 수 있기 때문입니다. 나라에 동무 되는 일을 많이많이 해주세요. 대한민국은 참 좋은 나라가 될 것 같습니다.

함승주

대통령님이 민주주의에 힘을 써주셔서 감사합니다. 우리나라가 진짜 좋은 나라가 되게 해주세요. 저는 대통령님이 참된 분이라고 믿으니, 참된 나라, 올바른 나라, 좋은 나라로 키워 주세요.

김주혁

지난 몇 년 동안 우리나라가 발전을 못 했는데, 앞으로 발전을 많이 할 것 같아요.

간선율

저는 처음에 정치에 대해 전혀 몰랐습니다. 담임선생님께서 알려 주셔서 대통령님의 훌륭함을 알았습니다. 우리나라를 평화롭게 만들어 주세요. 북한이랑 꼭 통일되게 해 주세요. 우리나라를 평등하고 평화롭게 만들어 주세요. 저는 우리나라가 올바른 길로 나아갈 것이라고 믿어요.

조민준

작년까지 우리나라가 발전을 못 했었는데, 2017년부터 2022년까지 기대가 됩니다. 앞으로 나라가 많이 발전할 것 같습니다.

이소윤

바르고 선한 대통령이 우뚝 서셔서 우리나라가 바른길로 갈 수 있게 되었어요. 통일을 위해서도 힘써 주세요. ~

이희나

대통령님, 우리나라를 잘 지켜주세요. 저번처럼 세월호 사고나, 높은 사람들이 잘못하는 일이 없도록 해 주세요. 어려운 일이겠지만, 남북이 통일될 수 있도록, 노력해 주세요. 국민들의 나쁜 생각, 행동, 마음도 바꿔 주세요.

박지섭

저는 대통령님이 전 대통령보다 참된 세상을 만드실 거라고 믿습니다. 우리나라와 북한이 통일 되게 해주세요. 그리고 사람들이 다 참되고, 나쁜 사람 없이 사람다운 사람들이 사는 나라를 만들어 주세요. 도둑 하나 없는 평등한 사회 만들어 주셨으면 좋겠습니다.

박 전 대통령의 가짜 눈물 말고 진짜 눈물로, 사람들이 울 때는 같이 울어 주시고, 웃을 땐 같이 웃어 주셔서 감사합니다. 앞으로도 그렇게 많이 국민을 아껴 주시고, 계속 발전해 가는 평등사회를 만들어 주세요.

촛불혁명 이후 반드시 재조명 되어야 할 진실

여순사건특별법(안)에 대한 국방부 반대 입장에 따른 반박 논평

이영일(여수지역사회연구소)

5월 2일 자, KBS 보도에 따르면 지난해 2017년 4월 6일, 민주평화당의 정인화 국회의원이 발의한 여순사건특별법(안)에 대해 국방부는 '여순사건 무고한 희생자 없다'며 반대 의견을 냈다고 한다. 이에 사단법인 여수지역사회연구소(이하 연구소)는 국방부 주장에 대해 다음과 같이 반박한다. 여순사건이 발발하게 된 직접적인 계기와 동기는 역사적으로 제주 4·3에 기인한다. 제주 4·3이 발발하자 당시 이승만 정부는 여수에 주둔해 있던 국군 14연대로 하여금 제주 4·3을 진압하라고 명령을 내린다.

이승만 정부는 국민의 생명과 재산을 지켜야 할 군대로 하여금 진압 즉 학살을 하라고 부당한 명령을 내렸다. 이는 헌법정신에 위배되는 것으로 2003년 10월 15일 정부 공식기구인 제주 4·3사건 진상규명 및 희생자 명예회복위원회'가 발표한 '제주 4·3사건 진상조사 보고서'에서도 확인된다. 결론적으로 제주 4·3은 부당한 진압이자 학살이라는 것이 정부의 공식 입장이다.

제주 4·3의 진압과 학살이 잘못된 것으로 확인됨에 따라 여순사건의 진압과 학살도 잘못된 것이다. 특히 주목할 점은 당시에는 계엄법조차 존재하지 않은 상태임에도 불구하고 군은 계엄령을 발동했다. 따라서 군의 진압과 학살은 불법임이 재차 확인됐다. 참고로 계엄법은 여순사건 발발 그 이듬해인 1949년 11월 24일 제정되었다. 또한 2010년 12월, 정부 공식기구인 '진실화해를위한과거사정리위원회(이하 진실화해위원회)'의 공식 발표 자료인 '진실·화해위원회종합보고서'는 여순사건과 관련해 군경에 의한 민간인 희생자 수를 2,043명으로 확정 보고하고 있다.

이를 근거로 국방부는 2011년 여순사건 63주기 합동 위령제를 1회에 한해 지원하며 당시 김관진 국방부 장관의 추모사를 통해 형식적이나마 유족과 시민들에게 사과하였다. 한편 유족들은 국가를 상대로 개별적인 소송을 벌였고, 법원은 진실화해위원회의 진상규명보고서를 증거로 채택하고, 유족에게 배상하라는 판결을 내렸다. 따라서 국방부의 이번 반대 의견은 스스로 기존의 입장을 번복하는 것일 뿐만 아니라, 법원의 판결조차 부정하는 것으로써 과연 어느 나라의 국방부인지 반문하지 않을 수 없다.

요약하면, 여순사건은 제주 4·3을 진압, 학살하라는 부당한 명령을 거부한 것이며, 당시 존재하지도 않았던 계엄법과 불법적인 계엄령에 의해 이승만 정부와 군이 여수, 순천 등 53개 시군의 국민을 학살

한 사건이다. 역설적인 가정으로 제주 4·3이 없었으면 여순사건도 없었을 것이다.

이후 1980년 군은 또 다시 광주민주화운동을 진압하라는 명령을 내린다. 이때에도 군은 국민의 생명과 재산을 지켜야 할 본분을 망각하고 부당한 명령에 복종하여 광주시민 등을 학살했다. 이에 국가는 광주학살과 진압이 잘못임을 인정하고 '5·18민주화운동 등에 관한 특별법'에 근거하여 5·18민주화운동 관련자들에 대해 보상을 했다.

그렇다면 제주 4·3을 진압하고 학살하라는 명령을 거부한 군대는 잘못 부당한 것이고, 광주 5·18의 진압과 학살 명령을 복종한 것은 정당한 것인가?를 반문하고 싶다. 다시 말하여 국민의 생명과 재산을 지켜야 할 똑같은 군대가 국민을 상대로 국가폭력에 의한 민간인집단학살을 자행한 것은 누가 보더라도 잘못 부당한 것이다.

따라서 여순사건특별법(안)을 국방부가 반대하는 일은 시대착오적인 이념 희생의 잣대로만 규정하는 발상과 함께 스스로 자가당착과 자기모순을 연출하는 지극히 비이성적이며 비상식적인 행동이다.

촛불혁명에 의한 적폐청산을 기대하며

雪野 이주영(환경스포츠 신문기자)

박근혜 최순실 게이트; 우리는 겪어서는 안 되는 일을 겪었다. 우리가 믿고 뽑았던 대통령이 꼭두각시였다니? 많은 국민들이 놀라움과 분노를 금치 못했다. 오랜 시간 독재정권에 길들어 온 국민들이었지만 이번 일을 계기로, 바르고 정확한 국가관과 국민이 주인이라는 주인의식을 갖게 되었다 검찰은 언론과 국민여론, 기득권 세력들의 눈치를 보면서 수사에 박차를 가하지 않았다. 대다수 국민들이 거리로 나서면서 박근혜 최순실 게이트는 세상에 알려지게 되었다. 제주도에서까지 자비를 들여 비행기를 타고 광화문광장으로 날아와 촛불집회에 참석하는 등, 나라를 구하겠다는 국민들의 뜨거운 열망을 보면서 나 자신 또한 도전을 받게 되었다

최순실 게이트로 인해 우리나라의 문제도 많이 드러났지만, 결코 잃은 것만 있는 것은 아니라고 생각한다.

그 첫째는 국민들의 나라 걱정하는 마음이 하나 되어 불의에 대항할 줄 아는 능력이 생겼다는 것이다. 둘째는, 부모에게 응석이나 부리던 젊은 청소년들이 일찍 철이 드는 계기가 되어 국가의 소중함을 느끼게 되었고 국가관을 갖게 되었다. 셋째는 촛불시민들이 부정부패를 몰아내고 새로운 나라를 건설할 수 있는 계기가 되었다는 것이다

우리나라 국민들 중에는 아직도 대통령을 임금으로 여기는 사람들이 있다. "법은 만인에게 평등하다"는 생각을 한다면 왜 대통령을 임금으로 생각하게 되었을까? 그 이유는 권력을 가진 자들이 행했던 갑질 때문이다. 그들은 왜 무소불위의 갑질을 행한 대통령이 되었을까? 왜 국가인 국민을 섬기는 데 써야 할 권력을 국민들에 갑질하는 데 사용했을까? 그 이유는 그들이 자신의 죄를 감추기 위해서였으니 그 죄가 더욱 크다고 할 것이다

제2차 대전 이후 프랑스에서는 나치에 협력한 사람들의 죄를 청산하기 위해 무려 16만 명이 사법당국의 조사를 받았고 그중 7천여 명이 사형선고(실제 집행은 1,500여 명)를 받았다. 약 25%는 불명예 조치 및 공민권 박탈, 나머지 24%는 유무기 징역 및 금고형에 처해졌다. 프랑스가 과거를 정리하는데 가장 중요하게 여긴 것은 '기억에 바탕을 둔 진실과 정의'였다. 특히나 가혹했던 언론인을 포함한 지식인에 대한 청산은 우리가 꼭 본받아야 할 점이다.

전쟁을 직접 일으킨 독일은 어땠을까? 일본과는 대조적으로 전쟁을 일으켰던 독일조차도 1946년 뉘른베르크 국제전범재판 등을 통해 나치 지도부를 숙청했다. 국제전범재판에서는 나치 정권의 주요 지도자 22명과 그들이 소속되어 있던 라이히 내각, 나치당의 지휘부 등이 전쟁범죄 및 비인도적인 범죄행

위로 기소되어 1946년 10월경까지 1,108명이 기소되었다. 서독 정부는 1945년 5월 8일부터 1968년 1월 1일까지 7만 7천44명의 용의자를 조사하여 6,192명을 기소, 선고하였으며 그중 12명을 사형, 90명을 무기형으로 5,975명을 유기형으로 선고, 동독에서도 118명을 사형, 231명을 무기형, 5,088명을 유기형에 선고하였다. (출처: 프랑스-2차대전 이후 프랑스의 나치 협력자 청산, 작성자 워너비)

외국에 역사에 반해 우리나라는 일본에 부역한 친일파들을 제대로 청산하지 못한 채 70여 년이 흘렀다. 우리나라에 독재가 뿌리를 내리고 부정부패가 만연하게 된 것은 일제강점기 친일 역사에 그 뿌리를 두고 있다 할 것이다.

초대 대통령 이승만은 독립운동가로 자신을 포장했으나 그는 독립운동의 주역들로부터 인정을 받지 못한 인물이었다. 친일파들을 지지기반으로 대통령이 되었으므로 반민특위를 해체 시켜버렸고 권력을 놓지 않기 위해 3.15부정선거 등을 저질렀다. 그는 그 죄로 인해 대통령에서 하야하고 타국에서 쓸쓸히 말년을 보낸 불명예스러운 대통령으로 남았다.

박정희 역시도 똑같은 인물이다. 일제강점기에는 일본 군관학교에 들어가 독립군을 탄압하는 인물이 되었고 해방 후에는 남로당에 가입하여 활동 중 체포되어 자신이 살기 위해 삼십여 명의 동료들을 고발해서 자신만 살아남았다. 그 역시 자신의 죄를 덮고 출세하기 위해서는 힘이 필요했고 그로 인해 쿠데타를 일으킨 것이 아닐까 생각한다. 그가 생전에 정권을 놓지 않고 영구집권하려 했던 것은 누군가 자신을 청산대상으로 삼을 것에 대한 두려움이 아니었을까? 그러나 인생은 결국 자신의 죄로 인하여 죽게 되어있다.

친일을 행하고 자국민을 박해한 자들이 처벌을 받지 아니하고, 편법을 행한 자들이 오히려 잘사는 상황에 이르게 되다 보니, 우리나라는 어떻게 하든지 뇌물이나 편법으로라도 힘 있는 자들에게 줄을 서서 자기가 얻고자 하는 것을 얻는 것을 두려워하지 않게 되었다. 그런 잘못된 풍토가 우리나라를 부패한 나라로 몰고 간 게 아닐까? 그러한 관행이 나라를 젊은이들이 말하는 헬조선으로 이끈 계기가 된 것이리라.이러한 잘못된 관행은 이번 촛불혁명기회를 통하여 철저히 적폐 청산되어져야 할 것이다.

그동안 묻혀있던 진실이 수면 위로 떠오르게 된 것은 천만다행이다. 그러나 기나긴 세월 뿌리를 내린 기득권 세력의 반항이 만만치 않을 것이기에 상당히 경계해야 할 것이다. 1,700만 촛불들의 위력만이 그들의 저항을 이겨낼 것이라 생각한다. 지금껏 적당히 타협해서 넘어갔었던 사건들을 이제는 하나하나 반듯하고 깨끗하게 청산해야만 나라가 정상화 될 것이다. 국민 한 사람 한 사람의 생각이 “권력이 힘이 아니고 정의가 힘이다”라고 바뀌어야만 그들을 제대로 단죄할 수가 있는 것이다. “권력자는 국민 자신의 일을 대신하는 머슴이다”라는 권력의 근원에 대한 주인의식을 가질 때 우리나라에 진정한 민주주의가 온전히 정착될 것이다.

촛불항쟁과 한국 사회 새판짜기

강정구(전 동국대 교수)

† 머리말

사회학은 사회과학의 기초학문으로 다양한 세부 영역을 포괄하고 있다. 이 가운데 촛불항쟁과 직결된 대표적인 것이 사회변동이고 또 사회학자인 필자가 주목하는 영역이다. 이에 따라 촛불항쟁과 한국사회의 새판짜기라는 사회변동을 주제로 그 방향을 나름대로 제시해 보겠다.

† 왜 새판짜기인가?

한국 사회를 낙인찍고 있는 여러 상징어들은, 냉전 이데올로기의 천국, 미·중 신냉전의 첨병과 전초기지화, 헬조선과 3포, 5포, n포 세대, 미국의 신식민지성과 대미 자발적 노예주의, 박정희 신화와 이를 등에 업은 경상도 패권주의, 친일친미파의 소굴, 전쟁준비와 전쟁위기의 일상화, 재벌 천지와 삼성 공화국, 자살률 세계일등, 노동시간 세계 최장, 정경유착의 상시화, 검찰 공화국, 군사안보 제일주의, 주한미군이라는 외국군 상시주둔 등등이다.

어쨌든 이들은 한국 사회의 모든 영역에서 억압과 모순의 철벽 구조를 형성하면서 한국 사회를 지배하고 있다. 왜 이럴까? 그 역사적 기원은 1945년 직후의 해방공간으로 거슬러 올라간다.

일본을 대신해 미국이라는 외세의 군정을 통한 군사적 지배와 주도에 의해 강제된 민족분단은 애당초 진정한 조선의 해방을, 곧 새로운 세상을 열어나가는 것을, 원초적으로 말살하는 것이었다.

이후 이런 시련의 연속 속에서 이를 바로 잡을 수 있는 역사적인 역동의 계기가 몇 차례 형성되었지만 제대로 활짝 피어나지는 못하였다. 1960년의 4월 혁명, 1980년의 5·18 민주항쟁과 1987년의 6월항쟁 등을 필두로 반독재민주화투쟁, 반 외세평화통일투쟁, 일상화한 농노투쟁 등의 발돋움 역사가 끊임없이 펼쳐져 오늘의 촛불항쟁에 까지 이르게 되었다.

비록 외세와 친일친미파 지배세력에 의해 우리 현대사는 고난과 시련의 연속을 강제당했지만, 이 같은 끊임없는 투쟁 속에서 발돋움의 역사를 펼쳐 왔다. 드디어 오늘날 세계 역사상 유례가 없는 가장 평화적이고 민주적인 촛불항쟁에 힘입어 한국사회의 전면적인 새판짜기가 발동되고 새 역사가 쓰이고 있는 것이다.

† 새판짜기의 핵심기준은 무엇인가?

인류사회의 핵심적인 이상형 기준을 보편·포괄적으로 규범화하면 '우리들 인간의 삶과 관련된 일체의 억압과 차별로부터 해방'이라고 할 수 있고, 특정 사회에 대한 평가는 이 '해방'의 정도에 따라 이뤄질 수 있을 것이다. 또 이는 한국 사회가 나아갈 새판짜기 기준으로도 적용될 수 있다. 이 보편·포괄 규범에 따른 세부 내용은 평화, 생명, 평등, 연대, 참여, 인권, 주권, 민주주의, 자주, 생태주의, 성 억압과 성차별 철폐, 착취의 해소 및 감소, 공동체, 자아실현, 불확실성 감축, 인민통제나 인민권력의 중추화 등으로 주어진 역사 조건에 따라 얼마든지 다양하고 다면성을 띨 수 있다.

전쟁으로부터 해방되어 천부적인 생명권을 보장받는 평화생명권만큼 소중한 인권은 없다. 국제인권규약이 의도적으로 외면한 이 평화생명권을 인권의 핵심범주로 설정해야 할 뿐 아니라 한국사회의 새판짜기 핵심기준으로도 설정해야 한다.

'살인광' 미국과 한미동맹이라는 구조적 속박 속에서 헤어나지 못하는 한반도야말로 평화생명권이 항시적인 위험에 구조적으로 처해 있기 때문에 평화가 가장 핵심적인 새판짜기의 기준이 될 수밖에 없다. 이로부터 평화, 평등, 민주라는 새판짜기 대표적 핵심기준을 도출하고 여기에다 한반도의 역사 특수성에 기인한 자주와 통일이라는 기준이 추가될 필요가 있다.

자주라는 핵심기준

자주가 얼마나 훼손되고 농락당하고 있는가? 전시작전통제권조차 행사하지 못하는 세계 유일의 반신불수의 '주권국가'라는 오명과 외국군인 주한미군이 무려 70년 이상 이 땅에 주둔하여 온갖 만행과 특권을 행사하면서 전쟁위기를 상시화하는 데까지 이른다. 또 미시적으로는 최근의 사드 장비의 긴급 배치라는 '사드 대못 박기'까지 등 극단을 치닫고 있다.

이는 일본과의 위안부 관련 2·28 합의와 함께 자주의 완전실종이라고 볼 수 있다. 미국은 이러한 반(反) 자주의 역사 행로를 대한민국 정부의 출범부터 강제하고 지속시켜 왔다. 그 전형적인 보기가 1954년 11월 17일 이승만 정부에게 쿠데타위협과 석유공급중단 등 온갖 위협을 통해 불법적으로 관철시킨 한미상호방위조약의 부속문서인 한미합의의사록이다.

이로써 해방 70년이 된 지금까지도 이런 예속의 본질은 변하지 않고 지속되어 반(反) 자주의 장막이 이 땅 위에서 계속 펼쳐지고 있는 것이다.

통일이라는 핵심기준

한반도가 통일이 되지 않는 한, 우리가 아무리 평화, 평등, 민주, 자주를 지향하고 진전시킨다 하더라도 그 구현 정도는 기본적 한계를 가질 수밖에 없다. 그러므로 다른 사회와는 달리 이곳 한반도는 통일이 역사 진전의 또 하나의 핵심기준이 될 수밖에 없다.

골드만삭스가 중국·홍콩 모델의 통일이 이뤄질 경우 세계 8위의 경제 대국으로 발돋움한다는 통일대박의 전망, 또 남북 간의 가스·송유관, 철도·전력망 연계의 4대 프로젝트 등으로 예상되는 통일 편익으로 인해 평등권이 확충될 수 있는 구조적 조건을 창출하게 될 것이다. 물론 전제조건은 무력통일이 아닌 평화합의통일의 경우이다.

† 새판짜기는 왜 또 어떻게 가능한가?

앞에서도 언급했지만 우리 현대사에서 세상을 바꾸자는 발돋움의 시도가 4·19, 5·18 광주항쟁, 6월 항쟁 등 수차례 있었지만 모두 한계가 있는 것이었다. 그러나 이번 촛불항쟁은 이들과는 근본적으로 다른 특성을 가지고 있다.

박근혜·최순실 게이트로 인해 박근혜는 뇌물수수, 직권남용, 권리행사방해, 공무상 비밀누설 등 총 13개 혐의로 사법처리를 받게 되겠지만, 박근혜 정권의 창출 그 자체가 엄청난 역사적 범죄였다. 대통령이란 직책을 담당할 수 있는 수준의 지적·인지적·도덕적·인간적 능력을 반 푼도 갖추지 못한 수준 이하의 인간을, 정두언이나 전여옥의 증언처럼 이 사실을 뻔히 잘 알면서도, 권력의 중추로 설정한 원초적 범죄를 저지른 것이다. 이 역사적 범법자가 바로 박근혜 자신을 비롯한 한나라–새누리당의 주도세력, 경상도 패권 중추세력이다. 맹목적으로 박정희 신화에 매몰되어 그녀를 공주로 모신 경상도의 깨어나지 못한 일반 대중과 노년층의 동조이다.

이 역사적 범죄의 냉혹한 결과는 오늘날 한반도가 직면한 총체적 파국이다. 국가라는 최고수준 공권력의 사적 권력화, 남북관계의 극 냉전으로의 회귀, 사드 배치 등 대미 자발적 노예주의성, 한미일 군사동맹으로 한반도의 신냉전 첨병화와 전초 기지화, 무력흡수통일에 의한 통일대박론, 이들로 인한 한반도 전쟁위기의 고조, 정경유착의 점입가경, 사드 배치로 인한 중국과의 마찰로 한국경제의 파국화, 통진당 강제해체와 같은 반민주적 폭거 등등이다.

이러한 역사적 범죄와 박근혜·최순실 게이트의 표출이 결합되어 상승작용을 일으켜 촛불항쟁으로 점화된 것이다. 촛불항쟁은 다음과 같이 특성화할 수 있을 테다.

첫째, 엄청난 자발적 동원력이다. 2016년 10월 29일부터 3월 18일까지 133일간 전국적으로 남녀노소 연인원 1,700만, 100만 명 이상이 참가한 촛불집회도 7회나 된다.

둘째, 폭력 행위가 일체 없는 평화적 집회로 일관해 세계적인 기록을 세웠고 동시에 집회를 시종일관 축제로 이끌면서 박근혜 탄핵과 한국 사회 새판짜기를 요구했다. 대조적으로 촛불에 대항한다는 태극기 집회는 '계엄령, 죽이자, 빨갱이, 종북좌빨, 김정은 지시, 간첩' 등등 거야말로 폭언과 폭력 및 냉전 낙인찍기 등이 난무하고, 박근혜 청와대와 재벌체계의 중추인 전경련이 야합하고 대형교회가 결합된 불법적으로 동원된 사람들이 수없이 많은 난장판 일색이었다.

셋째, 전 국민적 열망의 집체적 표출이었다. 박근혜 탄핵 지지율이 거의 80%에 이르고 이를 관철시킬 수 있는 평화적 촛불항쟁에 참여하든 않든 간에 촛불탄핵에 대한 지지 역시 비슷한 수준이었다.

넷째, 퇴진 행동이란 협의체가 중심이 되어 촛불을 이끌어갔지만, 내적으로 뚜렷한 중심적인 조직지도부가 구성되지 않았고, 오히려 자율적이고 개방적인 논의의 자원적 결집체로서의 특성을 가졌기에 대중 참여의 폭을 확산시킬 수 있었다.

다섯째, 현시성이다. 최순실·박근혜의 권력 농단과 제왕적 군림, 여기에 야합한 재벌과 관료 등의 추악하고 비열한 민낯이 특검과 국회 청문회 등을 통해 체계적으로 또 속속들이 널리 알려짐으로 인해 촛불을 더욱 발화시키는 감성적 계기로 작동했다.

여섯째, 이렇게 민낯으로 속속들이 알려지고 현시된 불법과 만행의 극치는 단순한 박근혜 탄핵에 그치지 않고 우리 사회 변혁과 개조에 대한 필요성을 적극적으로 인식하게 하고 이를 촛불항쟁을 통해 적폐청산과 사회 대개혁 등에 대한 요구로 분출되었다.

이러한 특성을 바탕으로 촛불항쟁은 3·10 탄핵을 이끌어 우리 사회 전반의 구조적 변혁 터전을 닦았다. 곧, 한국 사회 새판짜기라는 사회 변혁의 객관적 조건을 창출한 것이다. 촛불항쟁은,

첫째, 박정희·박근혜 신화를 중심으로 형성된 정치 지배세력을 일차적으로 와해시켰다. 물론 다음 과제는 박근혜·최순실의 공범집단인 친박 집단을 필두로 기존 한나라–새누리 등으로 대표되는 잔존 정치지배세력의 완전 청산일 것이다.

둘째, 이들을 쇠말뚝으로 뒷받침했던 경상도 패권주의를 무너뜨렸다. 가장 반동적인 T.K. 지역이나 60대 이상의 노년층(모 집합 전체가 아닌 대부분을 지칭함) 역시 고립화와 되어 변환을 꾀할 수밖에 없는 구도가 형성되고 있다.

셋째, 삼성 공화국과 전경련으로 대표되는 재벌과 정경유착체계를 어느 정도 훼손시켜 S.K. 롯데, 현대차 등 재벌체계 전반에 대한 개조의 닻을 올렸다.

넷째, 자살률 세계 제1위 10년 이상, 헬조선, 3·5·N포 세대의 양산, 극단적인 양극화, 금수저와 흙수저 사이의 계층 단절 등 파국으로 치닫는 경제현황과 이에 대한 암울한 전망 등이 촛불을 계기로 사회 변혁에 대한 객관적 요구조건을 창출했다.

이러한 촛불 항쟁의 특성과 사회 변혁에 대한 객관 구조가 형성되고 있는 조건에서 사회 변혁을 실질적으로 이끌어내는 주체적 조건의 형성이 긴요하다. 이를 위해서는 다음 사항이 중점적으로 요구된다.

첫째, 촛불의 동력화가 지속되어야 한다.

둘째, 지속적인 동력화를 위해서는 이를 이끌 새로운 모습의 '퇴진 행동'과 같은 상시 조직화가 요구된다.

셋째, 탄핵 인용 이후 조직 구성원리는 중심성과 전문성을 강화하면서 자원성을 지속적으로 이끄는 방식으로 모여야 할 것이다.

넷째, 새로운 촛불지도부는 당면 미시적인 문제뿐 아니라 장기적이고 거시적 역사전망을 가지고 사회개혁과 국민주권의 방향이나 과제 및 방안 등을 이끌어나가야 한다.

다섯째, 우리 사회 시민운동이 은연중에 금기시하는 미국이라는 외세에 대한 자주의 문제나 북한과의 평화협정 문제 등에 성역 없는 접근이 요구된다.

† 맺음말

5월 10일이면 수립될 차기 정권은 곧바로 남북정상회담을 열어 어떠한 경우에도 한반도에서 전쟁은 용납될 수 없음을 세계만방에 선포하고 국제사회에 이의 보장을 강력히 요구해야 한다. 이러한 새판짜기는 구조적으로나 국면적으로 견인하고 추동하는 촛불동력이 함께 해야만 가능하다.

이러한 동력이 다른 핵심기준에도 작동되어 한국 사회 새판짜기를 본격화해야 할 것이다. 이 새판짜기 역사의 구조적 조건은 주어지기도 하지만 이를 실행하고 완결하는 힘은 주체적 동력에 의해 발휘되어야 한다. 곧 쟁취되어야 한다. 또 그 쟁취의 시간대도 한정적이기 마련이다. 결정적 시기는 결코 길지 않다. (《아시아문화》 2017. 4월호 23-38쪽)

촛불혁명 시민들에 주어진 에버트 인권상 수상소감문

박석운(퇴진행동)

전 세계평화 시민 여러분 안녕하십니까?

독일 시민 여러분 안녕하십니까?

분단국가인 대한민국 국민이 민족분단체제를 극복한 독일의 유서 깊은 프리드리히 에베르트 재단의 2017년 인권상을 수상하게 되어 영광입니다. 어떤 개인이나 단체가 아닌 촛불 항쟁에 참여한 전체 대한민국 국민이 수상하게 된 점이 특별히 의미깊다고 생각합니다.

'박근혜 정권 퇴진 촛불'은 정권의 헌정 유린과 국정농단 사태에 저항하여 작년(2016년) 10월 29일부터 올해(2017년) 4월 29일까지 전국 150여 개의 시·군에서 타올랐습니다. 매주 주말마다 1번씩 모두 23차례에 걸쳐 진행된 촛불집회는 연인원 1,700만 명이 참여하였고, 그중에서도 12월 3일의 제6차 범국민 촛불에서는 전국 각 지역에서 모두 232만 명(서울은 170만 명)의 시민이 참여하였는데, 이는 한반도 역사상 동시에 가장 많은 사람이 거리저항에 나선 날로 기록되고 있습니다. 또 한국 국내뿐 아니라 전 세계 6대주 30개국 74개 도시의 한국 교포들이 촛불집회를 진행하였고, 여기에는 현지 시민들이 동참하기도 하였습니다.

촛불 항쟁 과정에서 박근혜 대통령이 국회에서 탄핵소추 의결된 후 헌법재판소에서 탄핵이 확정되어 파면되었으며, 그리고 현재 구속되어 재판을 받고 있습니다. 이후 선거를 통해 새 대통령이 선출되었는데, 이는 한국에서 1960년 시민혁명으로 독재 정권을 퇴진시킨 이후 57년 만에 시민항쟁을 통해 권력교체에 성공한 사례가 되었습니다.

이번 촛불 항쟁 과정에서 나타난 특징을 살펴보겠습니다.

먼저 노동자, 농민, 도시 빈민, 여성, 청년 학생 등 조직된 기층 대중들이 중심이 된 민중총궐기투쟁본부가 주도하여 촛불집회를 시작하였고 여기에 사회운동단체에 소속되어 있지 않은 일반 시민들이 대거 가세하였습니다. 최초로 100만 명이 넘는 시민들이 참여한 제3차 촛불집회는 같은 날 민중총궐기집회와 범국민 촛불집회로 연이어 진행되면서 집회 성격이 민중총궐기 투쟁에서 범국민적 항쟁으로 확대·발전되었습니다. 이후 정세의 변화·발전에 조응하여 시민들의 자발적인 참여와 촛불 파도타기, 소등과 점등 행사 등 다양한 양태의 촛불집회 방식이 감동과 화제를 불러일으키면서 촛불 운동이 폭발적으로 상승되었습니다. 이러는 사이 촛불 참가자들의 구성이 매우 다양화되었습니다. 촛불 참여층을 분석한 여론조사에 의하면, 조사 대상의 32.8%가 촛불집회에 참가한 경험이 있다고 답했는데, 그중 39% 정도의 사람들이 스스로를 진보적 성향이라고 밝힌 반면, 19.4%의 사람들이 중도층, 17.3%의 사람들이 스스로 보수층이라고 밝힐 정도로 중도층과 보수층도 꽤 많이 촛불집회에 참가하였습니다.

둘째, 수많은 군중들이 대규모로 참가하여 촛불광장에서 집회하고 행진하였지만 시종일관 비폭력 평화집회로 진행되어 소기의 성과를 달성할 수 있었다는 점입니다. 한해 전(2015년) 민중총궐기 집회 시 평화행진을 가로막는 경찰 차 벽을 제거하는 과정에서 경찰의 물대포 직사에 의해 고령의 농민이 살해당하고 또 민주노총 위원장이 구속되는 등 수많은 사람들이 구속되었던 상황과는 달라진 양상입니다. 이런 변화는 지난해의 경험과 학습효과 덕분에 시민과 경찰 양측이 모두 초기부터 자제한 결과이기도 하지만, 한편으로는 법원이 경찰의 위법한 행진금지 조치에 대해 제동을 걸면서 신중하게 조금씩 단계적으로 대통령관저인 청와대로의 행진 경로를 열어주었던 것에서 작지 않게 영향을 받았다고 봅니다. 평화집회와 행진이 보장되니까 더욱 많은 시민들이 가족들과 손잡고 또는 소그룹 모임별로 촛불집회에 참여할 수 있게 되었고, 압도적 다수의 시민참여가 더욱더 사회적·정치적 영향력을 증대시키는 선순환이 가능하게 된 것입니다.

셋째, 집회문화 측면에서 괄목할만한 변화·발전이 생겼습니다. 절실한 분노에서 출발하였지만, 촛불집회가 진행될수록 위로와 치유, 흥겨운 축제라는 측면이 강화되는 방향으로 광장문화가 진화·발전해 나갔던 것입니다. 종전에는 주로 사회단체에서 깃발을 들고 집회에 참여했었는데, 이번 촛불 과정에서는 많은 시민들이 각자의 취향에 따라 스스로 깃발을 만들어 참여하였습니다. '홀로 온 사람들' '우리는 서로의 용기당' 등 실로 기발한 내용의 깃발이 나와 화제가 되면서, 다음 집회에서는 더욱더 다양하고 재미있는 풍자성 깃발과 피켓이 등장하는 등 자연 발생적인 집회시위문화의 선순환 현상이 일어났습니다. 또 함께 부르기 쉽고 메시지가 분명한 노래가 다양하게 등장하여 집회 분위기를 고양했습니다. "대한민국은 민주공화국이다. 모든 권력은 국민으로부터 나온다", "어둠은 빛을 이길 수 없다. 거짓은 참을 이길 수 없다. 진실은 침몰하지 않는다. 우리는 포기하지 않는다"는 등의 노래는 촛불 참가자들에게 일체감과 깊은 감동을 불러일으켰습니다.

넷째, 박근혜 정권이 붕괴되고 촛불 항쟁이 승리로 귀결된 것은 한편으로는 박근혜 정권이 엽기적 수준이라고 평가될만한 양태를 노정하면서 자멸한 측면이 있다고 하여도 과언이 아닙니다. 신자유주의세계화정책 일변도로 치달은 결과 누적된 대중적 불만이 폭발하게 되는 위기상황에서도, 매우 취약한 불통의 박근혜 리더십이 국민과 소통하고 쇄신하지 못한 채 자폐적 경향을 더욱 강화하였기 때문에, 대중의 분노가 더욱 크게 폭발하게 된 것입니다. 특히 2014년 4월 16일 세월호 여객선 침몰사고 당시 TV 생중계로 온 국민이 쳐다보는 상황에서 정부가 단 한 사람의 생명도 구해내지 못하고 304명의 생명을 모두 수장시키게 되는 전대미문의 대참사가 발생하였는데, 박정권의 세월호 참사 진상 은폐·조작에 항의하고 진상을 규명하고자 하는 범국민적 운동이 지속적으로 전개되면서 수많은 국민들이 "이게 나라냐?""정부는 무얼 했느냐?"며 함께 울부짖게 된 것이 이번 촛불 항쟁의 결정적 배경이 된 것입니다. 이 과정에서 박정권의 지지기반이라고 할 수 있는 보수층의 민심이 쪼개지면서 상당수가 이반하였고, 결국 그토록 강고하였던 지배구조가 폭삭 무너지게 된 것입니다. 특히 박근혜 정권이 언론을 장악한 후 왜곡·편파 보도를 반복하면서 국민을 기만해 왔는데, 정권 초기에는 어느 정도 성공하는 듯하였으나 종국에는 대실패로 귀결되는 상황, 즉 국민을 속이다가 마침내는 권력 스스로도 속게 되는 역설적 상황 전개가 진행된 것도 중요한 측면입니다.

다섯째, 촛불 운동 과정에서 미디어 지형에도 많은 변화가 일어났습니다. 주류신문이나 주류방송들은 왜곡 편파보도를 일삼은 반면, 주로 비주류 언론과 인터넷과 스마트폰을 매개로 하는 팟캐스트 방송 등 대안 언론, 그리고 SNS를 통해 촛불 상황과 진실이 전파될 수 있었습니다. 한국의 경우 스마트폰 보급률이 전 국민의 91%에 달하고 있는 점도 이런 현상을 극대화시키는데 크게 기여하였습니다. 그리고 이번 촛불 항쟁의 성공이 계기가 되어 현재 공영방송사 2곳의 언론노동자들이 극심한 보도통제를 해 왔던 기존 어용·적폐 경영진을 몰아내고 공정방송을 만들기 위해 3달째 파업투쟁과 제작거부투쟁을 진행하고 있고, 곧 승리할 것으로 기대되고 있습니다. 이런 공정방송 세우기 투쟁이 성공하면 적폐청산과 사회 대개혁의 흐름은 더욱 박차를 가할 수 있을 것입니다.

여섯째, 이번 촛불 항쟁이 정치의식이 고도화된 시민들의 집중적인 정치적 의사 표현을 통해 성공할 수 있었던 반면에, 한편으로는 촛불광장에서 제도권 정당이나 정치인들이 광장의 무대에 서지 못하고 단지 한 사람의 시민으로 참여할 수밖에 없었습니다. 이는 제도정치권에 대한 대중적 불신이 작동하기도 했고 또는 촛불 항쟁이 보수언론으로부터 정파적 행위로 매도당할 위험에 대한 방어논리 마련 필요성 등이 작용한 측면도 있습니다. 이런 경향성은 다소 정치적 견해가 다를 수도 있는 수많은 불특정 다수 대중들을 최대한 많은 규모로 한 자리에 모으는 성공을 거둘 수 있게 하였지만, 한편으로는 촛불 항쟁의 열기를 계승하여 '헬조선'을 사람이 살만한 세상으로 변화시키고 촛불광장에서 모아진 과제를 정치적으로 현실화시키는 데는 결정적인 한계 또는 제약요소로 작동하게 되었습니다. 권력을 새로 쥐게 된 정치인·정당과 촛불 대중들이 사실상 따로 움직이는 양상이 나타나게 된 것입니다.

촛불 항쟁 1단계는 승리로 마무리되었습니다. 대통령이 바뀌고 새 정부가 출범한 이후 나름대로 여러 가지 의미 있는 변화가 시도되고 있습니다. 그러나 대중들의 삶은 아직 변화가 실감되지 않고 있습니다. 박근혜 정권의 헌정 유린과 국정농단의 공범 세력들에 대한 적폐청산과 사람이 사람답게 살 수 있도록 하는 사회 대개혁은 더디기만 합니다. '헬조선'을 마감하고 민주주의와 평등, 민중생존권과 사회공공성 강화, 평화와 자주통일의 새 세상을 앞당기기 위한 '2단계 촛불 항쟁'이 시작되어 촛불 항쟁을 촛불 혁명으로 완성시켜 나가야 할 과제가 우리 앞에 놓여 있습니다.

그런 점에서 촛불 혁명은 계속되어야 합니다.

촛불항쟁의 승리, 그 기념 출판에 부쳐

최종진(퇴진행동 공동대표)

2016년 10월 29일 저녁 청계광장 민중총궐기 주최 "모이자 분노하자 내려와라 박근혜 시민 촛불" 1차 집회를 기억합니다. 성과 퇴출제 폐지를 위해 파업 중인 철도노조 등 민주노총 조합원들이 대거 참석한 그날 집회는 주최 측인 민중총궐기가 미처 예상치 못한 3만 시민들이 거리로 쏟아져 나왔습니다. 집회를 마치고 행진대열은 늘어나면서 파죽지세로 밀물처럼 광화문으로 진출했다. 민중총궐기 대표 발언을 통해 "주권자인 국민은 선거 때 표만 찍는 기계가 아니라 독재권력을 끌어내릴 권리가 있다"며 박근혜 퇴진을 선동한 나 자신의 말이 역사적인 현실이 되었습니다.

항쟁의 결정적 도화선은 최순실의 국정농단이지만 위대한 촛불 항쟁의 불씨는 이미 그 전부터 지펴지고 있었다. 9월 25일 서울대병원에서 돌아가신 백남기 농민을 강제부검하려는 정권의 파렴치한 패륜행위, 철도파업과 민주노총침탈, 세월호학살과 국정교과서 강제, 언론 장악, 일본군 성노예 피해자에 대한 졸속합의 등 민주주의를 파괴하고 노동자 민중을 개돼지로 취급하는 독재 정권 4년의 행태에 분노는 축적되어가고 있었습니다.

민주노총은 11월 1일부터 청계광장에 시국 농성을 시작으로 11, 12일 전국노동자대회와 민중총궐기 100만 역사를 일구며 항쟁의 결정적 역할을 수행하였고 정치 총파업하라는 현장의 요구에 11월 30일 박근혜 퇴진을 요구하며 하루 정치 총파업을 단행하기도 했습니다. 민중총궐기가 퇴진 행동으로 확대개편되었고 23차례에 걸친 촛불 항쟁은 2017년 3월 13일 헌재가 박근혜를 파면했고 그를 감옥으로 보냈습니다. 촛불은 승리했습니다.

이게 나라냐? 하는 민중들의 분노와 요구는 불평등과 불공정, 헬조선의 대한민국을 바꾸자는 것입니다. 박근혜는 퇴진하라, 재벌도 공범이다, 23차례 집회, 광화문과 국회 앞, 혹한과 눈비, 여야 정치권의 당략과 배신, 흔들림을 광장의 투쟁이 중심을 다 잡고 역할을 하였기에 1,700만 촛불은 위대한 승리를 만들어내었습니다. 승리의 주역은 광장에 모이신 이름 없는 불특정 시민들입니다. 촛불의 교훈은 단결한 민중들은 패배하지 않는다. 바로 이것입니다.

국민 여러분!

촛불 항쟁은 단호한 적폐청산과 사회 대개혁으로 새로운 시대를 요구하고 있습니다. 한반도 평화실현을 위해 불법 사드는 철회되어야 하고 KBS, MBC 는 국민의 방송으로 거듭나야 합니다. 모든 노동자의 노조를 설립할 권리는 인권이고 촛불의 요구입니다. 재벌의 책임을 묻고 비정규직을 철폐하는 투쟁으로 노동자 민중의 삶을 바꾸고 정치 대개혁을 완수해야 합니다.

그러나 권력은 단 한 번도 스스로 개혁의 주체가 된 적이 없다는 것이 또한 역사의 경험입니다. 그래서 촛불은 계속되어야 합니다. 깨어있는 민중들이 있어야 민주주의와 인권을 지킵니다. 항쟁의 밑불이 되신 고 백남기 농민과 촛불의 마중물인 민중총궐기, 그리고 위대한 승리에 함께하신 모든 분들께 감사드립니다.

지지 발언 한마디

박준범(치과의사)

80연대 만들어 활동했던 민목회(민주화를위한목포사람들의모임)의 꿈이 드디어 이루어진 듯합니다. 이제 다시는 수구 정권 시대가 오지 않기 바라며, 촛불혁명에 참여한 시민들의 뜻과 열망을 모은 책이 한 역사가 되기를 바라는 마음으로 후원합니다.

촛불시민혁명으로 더 많은 자유와 평등, 더 큰 민주주의와 행복한 세상을…

안승문(동학실천시민행동 공동대표)

2018년 1월 스웨덴에 갔을 때 가이드에게 들었던 이야기를 잊을 수 없다. 한국에서 일어난 거대한 촛불집회를 보면서 자신의 인생관과 역사관이 완전히 뒤바뀌었다는 것이다.

1970년대 말 고등학교를 졸업하고 스웨덴으로 건너간 뒤 촛불 이전까지 자신은 대한민국에 대해 큰 관심도 없고 아는 것도 거의 없었다고 한다. 5·18 광주 항쟁을 짓밟은 독재정권의 만행이나 그 이후의 민주화 운동의 역사를 전혀 몰랐고, 김대중 대통령이나 노무현 대통령이 무엇을 했던 사람인지도 모를 정도로 한국 사회나 역사에 대해 무관심했고 완전히 문외한이었다는 것이다.

그런 자신이, 2016년 말 광화문 광장 등 전국 곳곳에서 추운 겨울에 수백만 명이 촛불을 들고 박근혜 탄핵과 하야를 외치며 평화롭게 시위하는 것이 너무도 놀랍고 신기하여 대한민국에 관심을 갖기 시작했단다. 매일 밤늦게까지 인터넷으로 촛불집회 관련 뉴스를 검색하였고, 유튜브 영상과 갖가지 온라인 자료들을 열정적으로 탐색하면서 대한민국에 대한 끝없는 탐색을 계속했다.

2017년 3월 촛불시민들의 거대한 힘이 탄핵을 이끌어내고 새로운 대통령이 당선시키는 과정을 보면서 벅찬 감동과 함께 자신의 조국 대한민국과 촛불시민들이 참으로 자랑스럽고 한 없이 감사하다고 했다. 그러면서, 대한민국 국민들은 촛불집회가 얼마나 위대한 지를 깨닫고 촛불로 지켜낸 소중한 민주주의를 지키고 나라다운 나라를 만들기 위해서 정말로 열심히 노력해달라고 당부했다.

나는, 2016~2017년의 수백만 촛불로 시작된 변화와 혁신의 큰 흐름을 거리낌 없이 촛불시민혁명이라고 부른다. 수백 수천만 촛불의 물결이 부패하고 무능한 정권을 몰아내고, 새롭게 대통령을 세워내고, 갖가지 구태와 적폐를 청산해 가는 아름다운 혁명이 지금 여기에서 진행되고 있다. 젖먹이부터 어르신까지 연인원 1700여만 명이 촛불을 들고, 탄핵을 외치고, 노래를 부르고, 평화로운 난장을 즐기며 만들어 낸 아주 새로운 혁명이 진행되고 있다.

1968년 프랑스의 한 대학에서 시작되어 유럽 전역은 물론 전 세계에서 새로운 사회로의 변화를 향한 물결을 만들어 낸 68혁명처럼, 더 큰 민주주의, 새로운 사회를 만들어내기 위한 혁명이 대한민국의 촛불 혁명으로 시작되었다. 18세기 이후 다양한 혁명들이 피를 흘리고 목숨을 앗아가는 혁명이었지만, 21세기 대한민국에서는 가장 평화로우면서 신명 나는 혁명의 역사가 만들어지고 있다.

촛불시민혁명은 이제 시작이다. 대한민국이 나라다운 나라로 바로 설 때까지 짧게는 수년 길게는 수십 년 동안 계속되어야 할 대 장정이다. 촛불시민혁명은 끈질기게 계속되어 온 민중들의 항쟁의 역사가 촛불의 형태로 새롭게 타오르는 것이다. 민주주의와 자유, 평등 세상을 만들고자 했던 위대한 역사, 1894년 동학혁명, 1919년 3.1혁명, 1960년 4·19혁명, 1980년 5·18 항쟁 등이 촛불시민혁명으로 이어져 타오르고 있는 것이다

우리들 모두는 지금 우리가 만들고 있는 촛불시민혁명의 역사가 우리도 모르는 사이에 전 세계 한인 동포들은 물론, 더 많은 민주주의와 더 평등한 세상을 갈망해 온 수많은 사람들에게 영감과 꿈을 주고 있다는 점을 깨달아야 한다. 아울러, 세계 역사상 유례를 찾아볼 수 없는 위대한 촛불시민혁명이 아름답게 진전되고 성공적으로 완결될 수 있도록 힘과 지혜를 모아야 한다. 더 많은 자유와 평등, 더 큰 민주주의와 행복을 함께 나눌 수 있는 새로운 세상을 만들기 위해 매진해야 한다.

촛불혁명, 진보진영의 과제

김광일(교사)

진보진영! 할 일이 많습니다. 성장과정, 민주화 과정에서 기여한 것도 많고 누린 것도 많습니다.

정치, 노동, 경제, 교육, 법조계… 문제를 해결하고자 하는 움직임에서 두 가지를 주의하게 됩니다.

하나는 또 다른 형태로 기득권이 된 면입니다. 노조를 하는 데 있어 세습 취업 행위 하나만으로도 추잡한 기득권이 됩니다.

교원노조도 그렇습니다. 몸담았던 조직이었습니다만 비판적인 입장입니다. 교육에서 핵심적인 분야이자 교사들 이해관계와 밀접한 문제인 교과교육과정(교과서), 평가(수행평가), 입시(학종, 학생부교과)에서 전혀 전향적인 모습을 보여주지 못하고 있습니다. 관련 분야에서 전문적인 모습을 기대하는 것은 언감생심입니다.

두 번째는 곳곳에서 조직을 사유화하는 모습이 포착됩니다. 본래 조직, 그리고 분화된 조직 곳곳에서 그런 모습을 보이고 있습니다. 공익, 정의…를 내세우며 조직을 꾸리고 사람을 모으지만 자기만족, 자기중심영역 유지의 욕망이 숨어 있는 경우를 느낍니다.

추수적인 행동, 대안보다 문제를 제기하는 수준, 반대라는 상대적으로 수월한 활동에 머물기도 합니다. 대안을 제시할 수 없는 전문성 부족으로 안주적인 활동을 하는 과정에서 나타나는 모순이 결합되면서 진보진영의 삐걱거림이 점점 심해지고 있다고 봅니다.

그동안 수십 개 조직, 소모임을 거쳐오면서 알게 된 사실입니다.

진보진영 혁신! 진보진영의 변화! 길게 가고 깊게 가고자 한다면 돌아볼 시점은 분명합니다.

촛불을 돌아보며

이한복(궁궐 및 한양도성 길라잡이)

2016년 10월 29일~2017년 4월 29일까지 6개월의 시간. 집이 돈화문 앞 권농동이다 보니 "촛불혁명, 시민의 함성"이 메아리치던 날에는 지방에 내려갔다가도 꼭 광화문에 들렀다가 걸어서 귀가를 했었다. 너무 늦어 자정을 향할 무렵, 다들 귀가한 빈자리일지라도 그 날의 뜨거운 함성의 여운을 내 가슴에 담고자 시민광장을 꼭 휘이 한 바퀴 돌고 나서야 편안한 마음으로 집으로 향했었다. 페이스북에서 그 무렵 적어 올렸던 글을 검색해 보니 몇 글이 눈에 띈다.

† 2016.12.03. 19:30 실시간 촛불, 횃불현장에서

지난주에는 경복궁 광화문 앞에서 출발. 종합청사와 고궁박물관을 연하는 선에서 따뜻한 분위기로 소화. 오늘은 청와대 가까이 갈 수 있는 데까진 가서 아싸 뽕짝과 전통 창가 제창으로 마무리.

† 2016. 12. 7. 오전 10:34 "한국수영 최초!" 박태환, 세계쇼트코스선수권 자유형 400m 金!

누가 그러더군, 박태환의 최대 약점은 국적이었다고. 하지만 그건 약점이 아니고 오히려 척박한 토양에서 스스로 일어서게 만드는 조국이라는 원동력. 다만 잘 못 만난 정부는 정말 문제지. 국격 떨어뜨리는 정부는 갈아치워야 하겠지, 당연히

† 2016. 12. 8. 오전 8:43 최순실·우병우·안종범…국정농단도 모자라 '국조 농락'

국민들은 법과 국가와 국격을 지키려 하고, 국정농단에 국조 농락까지 하는 이들은 법이 지켜주고. 국가와 국격을 지키려는 국민들은 구속되고 목숨까지 잃는데. 그들은 조선말기에서 대한제국으로 넘어오는 과정에서도, 다시 일제강점으로 가는 과정에서도, 일제가 물러나고 미 군정하에서도, 이승만 정권하에서도, 6.25 와중에도, 박정희 정권에서도, 그리고 또 또 또…. 오롯이 자기들의 자리를 보전했고. 아니 오히려 부를 축적하고 권세를 누렸으며, 결국, 최악의 경우 대한민국이 망해도 꿋꿋하게 자기들의 자리를 보전할 것이 틀림없음임이라.

† 2019 기해년에, 다시 돌아보며

2017년 4월 29일 23차 범국민행동의 날 이후 만 1년 반 하고도 몇 개월여가 훌쩍 지나, 햇수로는 3년차에 들어섰다. 우리가 꾸었던 꿈이 과연 제대로 나아가고 있는 것인지? 유모차를 탄 아기로부터 지팡이를 짚은 어르신들까지 함께 꾸었던 촛불혁명의 위대한 정신과 가치가 제대로 구현되고 있는 것인지. 3.1혁명 100주년의 해에 3·1 정신과 함께 다시 되짚어 보고 한층 다져나가야 할 때이다. 촛불은 다시, 계속되어야 한다.

백두산 비 나리

촛불정신, 평화통일 평등세상 정의사회 구현을 위하여

윤명선(노후희망유니온서울본부장)

태고에 울음 있어 태어난 동방의 별 한반도. 민족의 성산 백두가 힘차게 내달린 삼천리금수강산, 한 발에 바다를 뛰어 건너 한라에 이르러 아름다운 반도를 이룬 땅, 이 강산을 빼닮은 맑고 밝은 심성, 오로지 평등평화 정의만을 사랑한 배달의 민족, 우리는 한겨레입니다.

아름다운 이 강토를 외세가 짓밟아 허리를 자르고 좌우로 갈라 신음하기 73년, 통한의 세월이 흘렀습니다. 갈가리 찢긴 팔다리, 풍비박산 흩어진 부모·형제, 울부짖는 피 울음에 무너진 억장이 한라에서 백두까지 온 산하에 문신처럼 새겨져 있습니다. 누구의 짓인지 누구의 탓인지 우리는 알기에 이제 우리의 힘으로 피눈물을 거두려 합니다.

날뛰는 외세는 정작 이 땅의 주인을 노예로 만들었고 빼앗긴 주권과 자유, 평등평화를 되찾으려 처절하게 몸부림친 민중은 이름도 명예도 남김없이 한낱 불꽃으로 산화하셨습니다. 그러나 그 불꽃은 새 시대를 여는 여명의 빛이었고 민중이 가야 할 길을 인도한 이정표이었음을 우리는 깨달았습니다.
극악한 외세와 수구들의 수탈, 억압에 맞서 투쟁한 동학혁명, 3.1운동, 4·19혁명, 6월 항쟁, 그리고 전 세계인이 찬탄한 촛불 시민 명예혁명, 민주 발전의 변곡점마다 민중이, 시민이, 주인이었다는 사실을 역사는 증언해 줍니다. 민초는 바람이 불면 눕지만 죽지 않으며 촛불은 들불이 되고 횃불이 된다는 것을 만방에 증거 하였습니다.

촛불은 현재 진행형으로 여전히 타오르고 있습니다. 촛불은 정권을 바꾸고 적폐청산이나 하자는 시위가 아니라, 명실공히 시민이 주인이라는 사실을 확인한 민주의 빛으로 평화통일과 정의로운 사회, 평등한 인간 세상이 촛불의 진정한 의미입니다. 이에 동의하지 않는 자, 그들이 갈 곳은 쥐덫이나 닭장이라는 것을 웅변적으로 말해줍니다.

한민족 한겨레 민주시민 여러분! 오늘 우리는 촛불의 주인으로 민족의 성산 백두에 올랐습니다. 신발 끈 다시 묶고 두 손 높이 들어 외쳐 봅시다. “우리는 하나다.”
외세와 수구가 쌓아 올린 분단의 장벽, 수탈과 폭압의 쇠사슬 깨부수고 민주 시민의 촛불이 한반도 온 산하에 들불이 되게 합시다. 민주시민의 꿈은 마침내 이루어지리라 확신합니다!

백두를 우러러 내 가슴에 천지를 담아 평화통일 평등 세상 정의사회 구현의 일꾼이 되리라 결연히 다짐합니다.

2018년 10월 24일 백두산 정상에서, 한겨레 시민모임 백두산 순례단 일동

촛불단상

윤병성(서울로 미래로)

촛불은 통합입니다
촛불은 통일입니다
촛불은 대륙건설입니다
촛불은 세계평화입니다
전쟁 없는 통일은 하늘나라입니다.

대한민국 민주주의 세계 21위

하석태(코레일 본부장)

문재인 정부가 들어서면서 한국 민주주의가 확고해졌다.

주말마다 태극기 모독부대 수 백 명이 시청서 청와대까지 '문재인 타도와 박근혜 석방'을 외치며 행진을 벌인다.

저분들도 7, 80년대 백골부대들에 구타를 당하면서 최루탄 맞아 죽었던 대학생 투사들과 2017, 2017년 추운 겨울에 촛불로 광화문 광장을 지켰던 시민들이 쟁취한 민주주의 덕이라는 것을 깨달으면 좋겠다.

https://m.facebook.com/story.php?story_fbid=2385333714852287&id=100001270451972

위대한 촛불시민혁명의 역사적 의미와 한반도에 불어오는 평화의 봄바람과 적폐청산의 절박성

김장석(검·경개혁법치민주화를 위한 무궁화클럽)

박근혜 퇴진을 요구한 촛불집회에 참석했던 1천700만 명의 시민이 독일에서 권위 있는 인권상인 '2017 에버트 인권상'을 받았다. 촛불항쟁이, 대한민국의 민주주의가 국제적으로 인정받은 것이다.

촛불시민혁명의 정신은 훼손된 민주주의 가치를 회복하는 것이다. 이명박근혜 정권과 우병우 등 국정농단 주구들은 3권 분립 정신을 철저하게 유린하고, 권력기관을 자의적으로 동원하고 헌법과 법률, 정당한 원칙과 절차를 철저하게 무시하는 등 헌법 질서를 파괴하고 법치주의를 훼손했다.

헌법 제7조의 국가공직자는 국민 전체의 봉사자이다. 즉, 권력자가 아니라 국민이 위임한 권한을 행사는 봉사자에 지나지 않는다. 그런데 이 자들은 주권자들이 위임한 권한을 권력화해 사법부를 이명박근혜 친일 독재 체제의 도구로 만들고, 사리사욕에 눈이 멀어 스스로 국정을 농단하고 헌법 질서를 유린하는 주구를 자처하였다.

대한민국의 사법부는 이미 재활용이 불가능한 악취 나는 독성 화학물질이다. 사법 주권자들이 나서서 하루라도 빨리 해체하거나 위험물질 쓰레기 매립장에 묻지 않으면 온 국민이 사법 쓰레기 화학물질 스모그에 고통받는 세월이 기약 없이 이어질 수밖에 없다.

더 이상의 용인은 안 된다. 적폐의 뿌리를 철저히 뽑아내어 완전히 청산해야 한다. 반역의 무리들에게 관용은 무책임일 뿐이다. 도산은 "역사에 다소 관용하는 것은 관용이 아니라 무책임이니 이는 죄를 짓는 자보다 더 큰 죄를 짓는 것이다." 라고 했다. 더 이상 비열하고 거짓된 위선적인 악어의 눈물에 속아 넘어가서는 안 될 것이다. 대한민국을 민주공화국으로 정상화하기 위해서는 꼭 선행되어야 할 조처다.

선한 사회의 필수조건은 법치주의이다. 그리고 정당한 법, 공정한 사법은 민주주의를 지탱하는 튼튼한 기둥이다. 이런 사법이 왜곡되는 순간 국가사회는 부패하고 국민들은 고통에 허덕이게 된다. 그리고 공정성을 상실한 공권력은 폭력이다.

법치민주화를 위한 검, 경 개혁 민주시민연대 "무궁화클럽"은 이와 같은 법의 명제를 엄중하게 받아들이면서, 법치를 유린한 〈박근혜 정권 퇴진과 국정농단의 주구 우병우와 패거리 일당들의 처벌〉을 요구하며 촛불집회에 적극적으로 참여하였다.

촛불시민혁명을 통해 이룩한 민주주의를 완성하기 위해서는 국민이 참여하는 민주주의로 가야 한다. 국민이 민주주의를 회복하면서 살고 싶은 나라를 만들어야 한다. 촛불의 명령은 현재 진행형으로, 여전한 적폐와 국정농단의 잔재를 청산해 내는 일에 동력을 더할 때이다.

첫 번째 과제는 사회 구석구석 곳곳에 뿌리박고 있는 적폐(분단적폐, 사법적폐, 재벌적폐, 역사적폐)의 근원을 뽑아 청산하는 것이다.

두 번째는 헌법 개정을 통하여 시민의 기본권 신장과 지방분권을 원칙으로, 국민개헌발의권과 국민 소환제를 확보하고 국민의 투표권을 통해 사법주권을 회복하는 것이다.

1) 민주주의 요건 국가기관 공선제

모든 국가기관(공직자)을 국민이 선출하고 임면하는 것은 국민의 '기본권'이다. 특히 국민의 안전과 권익보호, 법질서 확립과 '인권의 보루'이지만 한편 '인권침해' 우려도 큰 경찰(서장. 청장), 검찰(검사장. 총장), 법관들을 '선출'함으로써 사법주권을 실현하고, 사법기관도 민주적으로 통제할 수 있도록 해야 한다.

2) 민주정치와 사법의 핵심 배심제

배심제는 중요한 민주주의 정치제도이며 민주적인 사법제도로서, 이제 우리나라도 국민에게 최중요한 생명·자유·재산·명예 등을 좌우하는 '검찰과 법원'의 기소와 재판과정에 상당수(10~20인 내외)의 '배심원' 들이 참여하여 사법의 정당성. 공정성을 확보하게 하자.

3) 관료주의 병폐의 예방치유방안

경악할 세월호 참사는 물론, 각종 대형사고 또한 '관료제의 반민주적 병이현상'의 필연적 결과로써, 근본적인 대책으로 실명책임제(사고 예방효과), 책임윤리과목을 임용 요건화하고 청렴 강직한 윤리교육(민주책임의식)을 실시하고, 국회와 지방의회 감사권을 활용(유권자)하도록 하자.

4) 무고 위증 엄벌 나쁜 경. 검. 판사 추방

국가 사법권을 교란시키는 '무고와 위증' 범죄를 엄중 처벌하여 근절시키고 검찰권, 사법권(민사. 형사, 행정, 특허, 선거, 가사, 군사재판), 경찰권을 유기. 남용(사실 왜곡, 범죄자비호, 없는 죄 조작 등)하고, 무책임. 무지. 편파로 왜곡된 처분이나 판단을 하는 나쁜 경찰이나 검사, 법관을 가중 처벌하여 퇴출시키자.

5) 나쁜 사법관행 제도 혁파

검. 경의 내사(민주적 총제가 없는 강제수사, 장기화 일쑤) 등 수사권 남용, 법관기피 신청제도, 감찰. 감사자의 감싸기 관행, 수사와 재판기록 및 증거자료 등을 조작. 은닉 폐기, 과정. 절차마다(관할, 배당, 송달, 전산입력, 기록관리, 등사열람) 왜곡과 방해, 법조비리 사법폐단을 혁파하자.

6)민주주의 근본원리의 견제와 균형

대법원과 헌법재판소는 '정의와 원칙'의 최종 판단기관이므로 법조인만이 아닌 경륜과 덕망있는 지도자들로 구성케 하고, 국가적 재난과 부정부패, 사법비리의 요인인 검찰의 국가형벌권(수사권,수사지휘, 종결권, 영장청구권, 기소권의 독점권, 상소권, 형집행권 등) 독점을 분리(검.경 수사권 및 영장청구권 조정)하여 '견제와 균형'이 가능하도록 해야 한다.

세 번째는 한반도 평화번영을 위해 합심 단결하여 앞으로 나아가야 한다.

"원래 하나인 것은 다시 하나가 되어야 정상이다"

민족적 양심에 살려는 사람 앞에 갈라진 민족, 둘로 나뉘어진 조국을 다시 하나로 통일하는 이상의 명제는 없다. 그리고 이를 위한 분단 적폐의 청산을 통한 안팎의 조건을 만들어 가는 일 이상의 절실한 시대적 과제는 없다.

어떤 나의 주의, 주장과 논리도 이 앞에서는 뒤로 물러나야 한다. 이 대원칙 아래서 나의 사상, 주의, 재산, 지위, 명예가 진실로 통일에 보탬이 되지 않는 분단체제로부터 누리고 있는 것이라면, 우리는 이를 과감히 희생시키지 않으면 안 된다. 우리는 민족자존, 통일번영의 대업을 실현하는 대장정에 모든 것을 복종시켜야 한다. 이는 나라다운 나라를 위한 촛불항쟁의 명령이자 공정하고 정의로운 나라에 대한 응답이며, 시민주도형 사회적 체질 바꾸기는 촛불혁명의 본질에 해당한다.

하지만 일제 식민사관과 미군정 분단체제에 빌붙어 기생하며 호위호식한 매국, 매족, 매혼노들의 저항이 노골화되고 있다. 진정한 촛불혁명은 이제부터 시작이다.

주권재민의 깨어있는 시민으로서 갖추어야 할 가장 중요한 것은 '역사적으로 이 시기에 우리가 해야 할 일이 뭐냐?' 라는 것을 아는 것이다. 어떤 지도자를 평가할 때도 가장 중요한 요소로 그 사람의 올바른 역사인식을 통해 그 시기의 역사적 과제를 어떻게 이해하고, 그 역사적 과제를 풀기 위해 어떤 노력을 했는가를 가장 중요한 평가의 잣대로 삼아야 한다.

"국민주권의 새 시대!"

"민족자존의 새 역사!"

"평화번영의 새 시작!" 을 위해 우리 모두 역사적 소명의식으로 촛불혁명의 빛나는 정신을 이어갈 수 있길 희망한다. 우리는 반드시 역사의 승리자로 남을 것이다. 이루는 그 날까지….

6·13 지방 및 보궐 선거 결과 보며 정치권에 바라는 우리의 기대

권진성(교사, 신의열단)

금번 6·13 지자체 및 보궐선거는 전국 226개소 중 민주당 151곳, 자한당 53곳, 평화당 5곳, 무소속 17곳 등으로 집권 여당인 민주당의 전례 없는 압승으로 끝났다.

이는 촛불 민심이 일군 문재인 정부의 한반도 평화외교 노력에 힘입은 바 크다. 자한당과 미래당 등 야당은 대구 경북을 제외한 전 지역에서 참패했고 당의 존립조차 위기에 처했다.

이번 선거는 기존의 지역주의와 안보팔이 수구정당 논리가 거의 먹히지 않은 한국선거의 새로운 이정표를 보여주었다.

그러나 정책 없는 흑색선전과 확인되지 않은 신상 비방 등으로 선거판은 여전히 진흙탕으로 도배한 듯하다. 정책 대결은 실종되고 야당은 여당 후보들의 발목을 잡기 위해 각종 저열한 비난을 쏟아냈다.

경북도교육감과 기초의원 일부 등 당선인 7명의 경북선관위 고발에 의한 수사가 이어지는 상황은 이번에도 예외 없이 흑색선전에 의한 매니페스토의 부재와 함께 부정선거운동 의혹으로 후유증을 낳고 있음을 보여준다. 이러한 정치 행태는 민주정부 제3기라 불리는 문재인 정부의 정책 방향에도 부합하지 않는 것이다.

특히 여야를 불문하고 정당별 지자체장과 기초의원 공천과정에서 불거진 잡음은 정당 공천제도 자체의 실효성에 의문을 갖게 한다. 또 유리천장은 여전히 높아 여성들의 지자체장과 기초의원 진출은 광역 0%, 기초단위 3, 54%에 머물러 더욱 아쉬움을 남긴다.

야당이 여당의 발목을 잡아 국회 개회를 늦춘 빌미가 된 드루킹 사건, 야당 의원의 '이부망천' 망언, 자한당 홍준표 대표의 한물 간 수구 망언 등은 유권자의 공분을 유발하여 오히려 야당에게 역효과를 자아낸 면도 없지 않다.

6·13 지방 선거에서 집권여당이 쾌거를 거두었으나, 이는 민주당에 대한 국민의 전폭적 지지라고만 보기는 어렵다. 더구나 향후 남북관계 및 북미관계의 반전 가능성, 높은 실업률, 물가고 등 불안한 민생경제 실태에 따라 언제 어떻게 정치 지평이 변화될지도 모를 불확실한 상황에 처해 있기 때문이다.

우리는 금번 선거에서 상대 당의 발목만 잡고 늘어지는 정치인보다 시민의 정치의식이 더 세련된 것을 목도했다. 특히 이번 선거에 임하는 국민은 풀뿌리 민주주의로서 국민의 직접 참여 확대란 의제가 반영되는 계기가 되길 진심으로 바랐고 상당수 그 뜻을 성취하였다.

촛불혁명의 정신을 계승하여 적폐 청산과 권력의 분산을 통한 민주정치의 확대는 마땅히 중앙 중심 권력구조의 타파를 전제로 하는 것이다.

지방선거의 민심은 아직은 내일의 개혁 전망에 기대치를 걸고 집권 여당에 표를 몰아준 것이 분명하다.

이번 선거에서 국민적 지지를 상실한 자한당은 "우리가 잘못했습니다"란 구호를 내걸고 큰절을 올리는 시늉을 하였으나 이는 허울뿐 본질상 변한 것은 아무것도 없다. 국회의원은 선거용 전시효과만을 노릴 뿐, 도무지 시민의 복지와 나라의 장래를 참으로 걱정하는 것 같지가 않다.

국회가 직무 유기하여 헌재에 의해 위헌 판정을 받은 국민선거법 제14조 1항을, 국회는 3년째 해묵히고 보완하지 않고 있으며, 아직도 서둘러 고칠 생각조차 하지 않고 있다.

개헌특위는 1년이 다 가도록 공전만 거듭했고, 대통령이 개헌 발의를 하니, 이제는 국회가 아니라 대통령이 주제넘게 발의했다고 아우성을 쳤다.

이렇듯 할 일을 팽개치고 받을 세비는 모두 받아쓰고, 그러면서 국민의 표에만 눈독을 들이고 패권 장악과 기득권 유지에만 몰두하여 국민에게 국회는 없느니만 못한 애물단지로 전락해버렸다. 이런 점은 딱히 여야를 가릴 것 없이 공히 적용되는 것이다.

이에 촛불혁명의 주인공이자 대한민국의 주권자인 우리 국민은 직무를 유기한 현역 여야 국회의원들의 전원 사표로 국회 해산과 동시에 조기 총선을 실시할 것, 새로운 의회 구성으로 시대 변화에 즉응한 민주 및 평화 헌법으로 개헌할 것을 요구한다.

아울러 촛불 민심의 핵심 의제인 광장 민주주의의 정신을 살린 국민 투표제, 국민 소환제, 국민 발안제가 개헌 내용에 당연히 포함되길 기본적으로 바란다.

문재인 정부는 이번 선거의 성과를 토대로 하여 평화외교와 함께 민주주의 정착에 필요한 조치를 더욱 적극 강구해야 할 것이다. 특히, 독일, 일본 등 선진 자치 분권 국가처럼 우리도 지자체 단체장과 기초의원에 대한 정당 공천제를 완전 폐지하여 진정한 의미의 지역분권 자치가 이루어질 수 있는 체제를 서둘러 수립할 것을 건의한다.

지자체의 정당 공천제 폐지 이전 단계에서는 당분간 무투표 공천제를 폐지하고 국민 지지율에 따른 공천제를 즉시 시행하며, 이미 수사 의뢰된 일부 지역 기초의원처럼 암묵적 관행에 따른 정치자금 거래와 행여나 풍문으로 들리는 과거식 공천 헌금이 관행적으로 존재한다면 이를 완전히 폐기하는 철저한 대책이 필요하다.

나아가 생활 자치, 분권 자치, 환경 자치를 위한 지자체 주민의 참여와 감시 및 정책과의 밀착도를 더욱 강화하는 방안을 강구하길 바란다. 만일, 문재인 정부와 현재의 국회가 이러한 국민의 진심을 읽지 못하고 의제 실행을 방기한다면, 아마도 탁월한 우리 국민 주권자는 진정한 풀뿌리 민주주의 착근과 건강한 지자체의 발전을 위한 민주적 시스템을 담보하기 위해 앞으로도 계속해서 촛불을 들지 않겠는가.

촛불혁명의 한 과제로서의 '학교폭력 문제 해결'을 위한 대책 연구

김나린(학교폭력 문제 대책 연구소&학교폭력방지센터)

현재 OECD 국가 중 12년째 자살률* 1위, 출산율 급감, 청소년의 심각한 학교폭력, 사회 전반의 성폭력 문제, 인천 초등생 살해 사건, 이영학 사건 등의 심각한 사회범죄로 중형이 법정에서 선고되었다.

범죄의 악순환은 범죄에 대한 인식이나 처벌 수위에 대한 적정성에 대한 개선이 필요한데, 가장 중요한 교육기관부터 사회문제를 교육적으로 이행해나갈 수 있는 시스템이 구축되었는지 논의가 시급히 필요할 것으로 보인다.

학교폭력은 군폭력, 직장폭력, 성폭력, 사회범죄로 발전이 되니 학교폭력은 학교만의 문제가 아닌 사회범죄로의 악순환을 끊고, 교육기관에서 학교폭력이 얼마나 공정하고 객관적으로 처리되고, 청소년 범죄 개선이나 선도에 어떤 역할이 되었는지 검토하고 해결방안을 찾아야 한다.

학교폭력의 심각성과 악순환은 학교 내에서 학교폭력 처리에 있어 공정성, 신뢰성, 객관성 상실의 불공정함으로 심화되기도 한다.

학교폭력예방 및 대책에 관한 법률 제정의 근본 취지인 피해자 보호, 가해자 선도가 이루어지지 않고, 신고자, 제보자 색출 등으로 신고자, 피해자에 대한 불이익과 2차 피해는 개선되어야 한다.

학교폭력 은폐, 축소, 왜곡 등 교육공무원과 관련자들에 대한 처벌 이행과 강화가 필요하다. 학교폭력 신고자, 제보자, 피해자 2차 피해 방지와 보호 (학교폭력 예방 및 대책에 관한 법률, 공익신고자 보호 등) 조치가 절실하다.

우리 사회가 범죄를 용인하고, 잘못에 침묵한다면 청소년 범죄와 학교폭력은 근절될 수 없다.

얼마 전 사형선고를 받은 이영학은 학창시절 가해행위에 대해 적절한 처벌을 받지 않았었고, 범죄행위에 대한 죄의식의 부재는 자기욕구 해소를 위해 여중생의 귀중한 생명을 일회성으로 소멸시키는 괴물로 변해있었다.

---

* 우리나라는 2003년부터 2015년까지 12년째 OECD 국가 가운데 자살률 1위를 기록하고 있다. 중앙자살예방센터에 따르면 2015년 자살 사망자 수는 1만3513명으로 하루에 44명꼴로 스스로 목숨을 끊은 셈이다. 2012년부터 2015년 기간 동안 인구 10만 명당 자살률은 평균 28.7명으로 2위 헝가리 19.4 명보다 크게 높았다.

많은 사람들은 경악했지만 지금껏 청소년의 잘못을 방관하고 침묵하고 범죄를 용인했던 어른들이 맞닥뜨릴 수밖에 없었던 인과관계의 결과물일 수도 있다.

학교폭력 문제해결을 위해서는 문제를 분별해내고, 원인을 파악한 대안들이 마련되어야 한다.

학교폭력을 근절할 수 있는 원인을 외면한 대안들은 대증요법에 불과할 수도 있다.

학교폭력 발생 원인과 처리 과정 중의 문제점을 바로잡지 않는다면 학교폭력 발생비율과 청소년의 자살률을 줄일 수 없다.

학교폭력과 청소년 자살률은 결코 개인의 문제가 아닌 사회적 문제로 접근하여 해결해야 할 사안으로 **교육기관과 교육자의 인성 회복은 학교폭력 해결에 중요한 키워드이다.**

청소년들을 어떻게 성장시킬 것인가? 청소년들의 미래에 대해 교육적인 큰 틀에서 '어떤 게 옳은 것인가?, 어떤 게 교육적인가?'에 대해 긴 안목으로 고민하고 대안을 마련해 나아가야 한다. 학교 교사, 학생, 학부모, 교육청, 교육부는 교육의 주체로서 책임감을 갖고 현실적 방안을 모색해야 하는 해결을 위한 협력자여야 한다.

아무리 좋은 대안과 법률도 이행되지 않는다면 아무런 실효성을 거둘 수 없다.

학교폭력예방 및 대책에 관한 법률이 보완되어야 할 부분이 많지만 현행 법률조차 지키지 않고, 위반되어도 처벌하지 않고, 교육공무원 징계양정 중 학교폭력 은폐, 축소, 비위에 대한 징계는 명시되어 있지만 이행되지 않고 있는 현 상황에서는 은폐, 축소, 비위가 만연되고 지속될 수밖에 없다.

현재 규정된 학교폭력예방 및 대책에 관한 법률과 시행령, 교육공무원 징계양정에 포함된 학교폭력 은폐, 축소의 위반 사항에 대해 적정한 처분이 있을 때 학교폭력 은폐, 축소가 방지되며 학교폭력 신고자, 제보자에 대한 보호 의무 이행이 따라야 한다.

당면한 문제 해결의 시한은 기약 없는 앞으로가 아닌 직시하는 지금부터 이행해 나아갈 때 교육기관의 신뢰를 회복할 수 있으며, 학교폭력 문제도 해결할 수 있다.

청소년을 인격자로 길러낼 수 있는 건 인성을 갖춘 교육자만이 할 수 있는 일이며, 기업을 운영하는 CEO가 수억, 수조 원의 이익을 창출했을 때만 성공한 경영이 아닌 **수백, 수천 명 학생들의 미래를 설계하는 교육자가 '학생들의 꿈을 설계하고 성장을 운용하는** CEO'라는 자긍심으로 교육의 이념과 윤리, 인간의 존엄성과 생명을 중요시할 수 있는 도덕성을 갖춘 교육자와 교육기관으로 거듭날 때 학교폭력의 근절, 대한민국의 자살률 예방, 출산율 장려, 사회범죄 예방 등의 안전한 사회 구축망을 형성할 수 있다.

※『학교폭력 처리의 구조적 문제와 개선 방안』 논문 발췌

희망은 다시 촛불의 보통시민들이다

이래경(다른백년 이사장)

지난 2년여의 세월은 한마디로 물극즉반(物極則反)의 상황이었다. 끝 모를 지경으로 대한민국을 막장으로 몰아가던 박근혜 정권이 드디어 몰락하고, 시민의 힘으로 문재인 정부가 들어서면서 민족 간 전쟁은 불가하다고 단호히 선언하자 민족사에 서광이 비치는 듯이 한반도의 상황이 반전되었다.

세 번에 걸친 남북 간 정상회담과 역사적인 북미회담도 진행되었다. 한반도 상황은 일단 전쟁의 위기를 벗어났다는 점에 안도하면서 한숨을 돌렸고, 이제는 차분히 숨을 고르는 과정으로 진입하고 있다고 보면서 가슴을 쓸어내린다. 그러나 낙관만을 할 수 없는 많은 징후가 포착되고, 우울한 신호들이 나타나고 있는 것도 사실이다.

군사외교적 국제 정세에 더하여 통상과 국민경제의 외부적 환경 역시 더욱 어려워지고 있는 가운데, 남한 내부에서 전개되고 있는 현재의 우리들 모습들이 참으로 한심한 지경에 이르고 있어, 개혁이 혁명보다 어렵다는 의례적 예사말이 절절하게 느껴지는 상황이다.

이런 맥락에서 촛불시민운동 이후 2년이 채 지나지 않은 현재, 대한민국에 또다시 치욕의 역사가 되풀이되는 것이 아닌지 심히 우려된다. 촛불시민 운동은 시민의 힘으로 박근혜 정권을 무너뜨린 점에서 혁명이라고 부르기에는 부족함이 없으나, 헌정 질서의 유지라는 법치적 명분 때문에 이명박근혜를 탄생시키고 묵인했던 정치질서를 차기 총선까지 인정하고 연장할 수밖에 없는 조건에서, 충분한 준비도 없이 탄생한 문재인 정부는 지난 시기 한층 강고해진 기득권 세력의 지위와 기반을 축소시키고 시대적 과제로서 보통사람들을 위한 개혁을 추진하기에는 한없이 무력하고 역부족인 것처럼 보인다.

상기에 언급한 무력한 상황의 우선적 원인은, 무엇보다도 독식이 가능한 소선구제를 바탕으로 구성된 정치적 권력구도와 수구적 세력이 과반을 차지하고 있는 의회를 해산시켜 새로이 총선을 치를 출구가 없는 현행 헌법의 한계에서 오는 것으로, 당연히 한국사회의 전진을 위해서는 선거법의 개혁과 헌법의 개정이 긴히 필요한 상황이다.

그러나 출범 이후에도 개혁 정책의 요체이면서 핵심에 해당하는 누진적 조세개혁과 보유세 도입을 거부하면서 문정부의 개혁 의지와 방향에 큰 의구심을 갖게 만든다. 시대적 상황에 정합적인 소득주도 성장을 구호로 앞에 내세우면서도 이를 현실적으로 추진할 구체적 정책도 의지도 전혀 보여주질 못했고 오히려 내부의 주도권 싸움에만 열중하였다.

다시 질문하지 않을 수 없다. 촛불로 탄생한 문재인 정권은 보통시민을 위한 개혁정부인가? 아니면 기존의 기득권 세력과 타협하고 야합하는 관리적 기능 정부인가?

진실로 개혁적인 정부가 되고 싶다면 다시 되새겨야 하는 것이 연합론이다. 지금이라도 대화가 가능한 야당을 수용하고 정부조직 내에 포용할 수 있는지를 검토해야 한다.

가장 중요한 것은 보통시민들과 함께하면서 귀를 열고 대화하고 함께 결정해가는 길이다. 우선 국민청원 제도라는 용어부터 수정되어야 한다. 국민청원제가 아니라 시민제안제도 또는 시민요청제도로 이름을 개명하고 이 제도를 통해 일정 수준에 이른 사안에 대해서는 청와대에서만 검토해서 답변할 것이 아니라 명실공히 국민을 대표할 수 있는 별도의 시민위원회, 예컨대 민회적 대표제를 구성하여 사안별로 단계별로 검토하고 필요하다면 공론위원회, 시민의회, 더 나가서는 국민투표까지 시행하는 것을 검토해야 할 일이다. 헌정질서라는 보호막 아래 건건이 발목을 잡는 못된 수구적 야당을 우회하고 이들의 저항을 무기력하게 만들면서 개혁적 행보를 속도감 있게 진행할 수 있는 가장 강력한 통로는 보통시민들의 지지를 구하고 협력을 만들어 가는 길이다.

참여정부 시절부터 유행한 조직이 민관협치라는 이름의 기구들이다. 현행의 협치 기구들은 한마디로 구색을 갖추는 장식품에 불과하다.

이제는 협치라는 형식적인 구호에서 명실상부한 민치의 시대로 진입해야 한다. 대한민국의 보통시민들은 민치의 주체로서 충분한 자격이 있다. 동학농민혁명에서 시작하여 삼일독립혁명, 4·19 민주혁명, 6월 민주화운동 그리고 2016-7년간의 촛불시민혁명 등 지난 백여 년간의 근대역사가 이를 보증한다. 각 단위, 각 영역 각 부문에서 필요한 단계를 거쳐 가며 보통시민들이 참여하고 토론하고 숙의하고 성찰하는 과정의 경험을 통하여 시민들이 스스로 책임 있는 결정을 만들어 가는 경로를 마련해야 한다. 또한 결정이 이루어진 단계에서 멈추는 것이 아니라, 이후 진행되는 실천과 시행과정을 모니터링하고 감독하며 수정을 요구하는 역할도 검토해야 한다.

촛불의 보통시민들과 함께 하는 것이야말로 수구 야당의 못된 몽니로 교착상태에 빠진 정치적 함정에서 빠져나와 새로이 찾아가야 할 문재인 정부의 출구이자 올곧은 개혁의 원기를 회복하여 속도감 있게 추진해 갈 수 있는 근거지이다. 한국사회의 희망은 다시 촛불의 보통시민들이다.

※ 이 글은 프레시안 2018.11.22.에 실린 이래경 다른백년 이사장의 '문재인 정부에 고함-[다른백년 칼럼] 희망은 다시 촛불의 보통시민들이다'를 발췌한 글입니다.

반 촛불 '자유한국당 3인의 5.18 망언'에 대한 교육적 처방

신남호(교육평론가)

지난 8일 자유한국당 3명의 국회의원 즉 김순례, 이종명, 김진태 의원이 5.18을 정면으로 부정하는 발언을 목격하면서 양식 있는 시민들은 당혹감을 감추기 어려웠을 것이다. 또한 그 당의 당직자들이 궤변으로 망언을 비호하는 모습을 보면서 역사를 부정하는 그 만용(蠻勇)의 근원이 어디에 있는가를 묻지 않을 수 없다(관련 영상: 민중의소리).

우리는 이미 박근혜의 역사교과서 국정화 파문을 통해, 정치인들의 역사 왜곡이 얼마든지 역사교과서 왜곡으로 이어질 수 있다는 사실을 체험했다. 물론 이전에 그녀의 아버지 박정희, 또 그의 후계자 전두환-노태우 때에도 진실기록은 쉽지 않았다.

† 5.18 망언은 역사의식 결핍과 정치권력에의 집착이 빚어낸 결과물

5.18 망언과 같은 역사의식의 결핍은 이른바 '가짜뉴스'에서도 원인을 찾을 수 있겠지만, 역사의식을 고취시키는 역사교육에 의문의 시선을 던지지 않을 수 없다. 안타깝게도 한국에서는 역사교육도 입시과목으로 전락해 있다.

문제는 진보정권이라 기대했던 현 문재인 정부에서, 역사교육의 현저한 진전이 안 되고 있다는 점이다. 다음과 같이 프랑스의 바칼로레아 입시문제를 대비시켜 본다.

<역사 및 철학 관련 바칼로레아 기출문제>

1. 역사는 인간에게 오는가, 아니면 인간에 의해서 오는가?
2. 인간의 정치적 행동을 이끌어가는 것은 역사인식인가?
3. 타인을 이해한다는 것은 무엇을 의미하는가?
4. 법에의 복종은 정의 수호인가, 권력에 굴복하는 것인가?
5. 인간이 자신을 의식한다는 것은 자신에게 낯설어지는 것인가?

† 대안: 전국의 역사교사들이 사관(史觀)이 있는 역사교육을 하도록 장려하라!

5.18민주화운동 등 숭고한 역사에 대한 중대한 망언에 대해 교육적인 처방을 내지 않고 지나가는 것은 교육의 책무를 외면하는 것이다. 그 모델로서 널리 알려진 독일의 '보이텔스바흐 협약(출처:위키백과

영문판. 검색어 Beutelsbach consensus)'도 이제 실제로 활용할 기회로 삼을 때다.

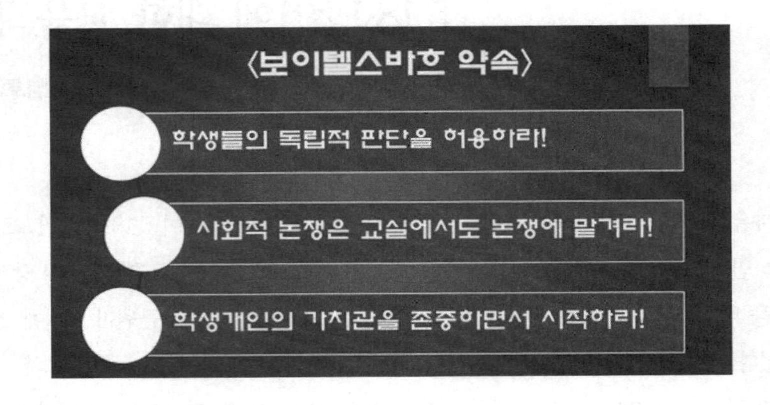

문제는 교사들이 '살아있는 역사교육'이 가능한 조건을 만드는 것이다. 우선은 역시 수행평가의 일환으로 진행하다가, 교육개혁이 진전되어 수능 전과목 절대평가 혹은 전면 논술로 변경되면 좀 더 체계적으로 논쟁과 토론수업을 할 수 있을 것이다. 이때 비로소 한국도 역사교육이 본궤도에 올라 프랑스나 독일 등 교육선진국과 나란히 간다고 자부할 수 있을 것이다.

현 객관식 수능이 존재하는 한 한국사와 세계사는 암기과목의 한계를 벗어나기 어렵다. 수능을 전면 논술로 바꾼다면 철학과목을 필수로 지정하면서 그 속에 역사문제를 포함시키는 것도 좋을 것이다.

† 현장에서는 교장의 역할이 중요

아울러 교사들이 민감한 주제를 다룰 때 발생할 수 있는 학부모의 이의제기에 대해 학교장이 정당한 교육활동에 대해 철저히 보호하려는 의지가 필요하다. 이를 위한 역사교육과 무관한 듯이 보이는 교장제도가 여기서도 변화가 필요하다는 것이 확인된다.

즉 전공별 수업과 관리를 겸임하며 때가 되면 다시 교사로 돌아오는 '내부형 교장선출보직제'가 전면 실시될 필요가 있다. 한국과 달리, 흔히 미국에서는 교장들이 실력 있는 변호사들을 대동하여 교권침해를 막아냄으로써 교사들의 강력한 방패 역할을 하고 있기 때문이다.

이 땅의 역사교사로 하여금 사관을 갖고 살아있는 역사교육의 주역이 되도록 할 때다. 이것이 학생들을 역사적 배움의 주인공으로 재설정(리셋)하는 길이며 오랫동안 실종되었던 민주시민교육을 복원하는 길이다. 이를 지연시킬수록 제2의 지만원, 김순례, 이종명, 김진태가 나올 가능성이 높아질 것이다.

※ 〈민중의 소리(2019-02-20)〉에 실린 글 발췌

적폐 태극기모독부대 앞잡이 김x태 추방 춘천 1차 촛불집회를 다녀와서

신기선(광장시인)

다녀 왔습니다~ 행님.
공구리들이 많이 올 줄 알았는데~
춘천 애국시민들이 더 많이 나와 불었습니다~ 행님~

멀리 서울·부천에서도 겁나게 와불어갇고,
막둥이 1시 10쯤부터 소리만 고래고래 지르다 왔습니다~ 행님.
제1차 춘천대첩부터 우리가 이겨부렀습니다~ 행님,

끝나고 서울 찍고,
부천, 춘천동지님들과
닭갈비 묵고 왔습니다~ 행님,

이번 토요일에는 광주에서 빼쓰 30대로
광화문 와분다고 하네요~ 행님,
꼭 광화문에서 뵙겠습니다~ 행님.
안녕히 계시시쑈~잉.

촛불은 인간됨의 숭고한 의지

방인성(목사)

촛불을 든 사람은 그 촛불로 불의를 향해 마주 선다. 촛불은 작지만, 흔들리지만 어둠을 밝히는 인간됨의 숭고한 의지이다. 이런 촛불시민이 모여 더 이상 이대로는 안 된다는 외침과 저항으로 변화를 이끄는 것이다.

2008년 미국산 쇠고기 수입반대 촛불집회에 갔을 때 광화문 거리에서 여중생, 촛불 소녀들을 보고 놀랐다. 나는 미군 장갑차에 의해 사망한 여중생 효순, 미순을 쉽게 떠올릴 수 있었다. 촛불소녀들은 그동안 '우리 친구를 살려주세요', '친구들과 함께 미래를 희망하게 해주세요'라는 외침을 계속했다. 여기에 유모차를 끌고 나온 일명 아줌마부대들의 촛불은, 생명의 가치를 돈과 바꾸는 대통령의 굴욕적 외교에 맞선 저항이었다. 촛불은 2009년 용산참사와 2011년 대학생들의 반값등록금 촉구, 2013년 국가정보원 여론 조작 사건에 대한 항의로 이어졌다.

급기야는 2014년 4월 16일 세월호참사가 터져 배 안에 있던 304명은 모두 하늘의 별이 되었다. 세월호참사는 우리가 살아온 세월의 부끄러운 민낯이었다. 국가공권력의 무능과 부패를 적나라하게 보게 되었고, 사회 양극화 현상을 몸으로 느끼는 참담한 사건이었다. 한마디로 미래 세대들이 외치던 헬조선이 증명되는 참사였다.

세월호 진상규명을 외치는 가족들의 절규와 딸을 잃는 아빠의 장기 단식에 수많은 각계각층의 시민들이 함께했다. 나도 종교인으로 광화문광장 단식장에 주저앉았다. 광화문광장은 유난히 소리가 많은 곳이다. 차들의 질주 소리, 분수 뿜어내는 소리, 오가는 사람들의 소리, 주말이면 장터 소리. 이들의 소리를 압도하는 소리는 세월호 가족들의 외침과 같았다. 그들의 울부짖음은 죽음에 대한 의문을 푸는 시작이며 탐욕의 노예가 되어 죽음의 길을 가는 우리를 살리는 생명의 소리이다. 이 소리가 광화문 단식장에서 환갑 생일을 보내고 40일을 굶으며 그들과 함께하는 원동력이 되었다.

광화문 단식장에서 바라본 이순신 장군과 세종대왕 동상 너머 청와대에 앉아 숨어있는 대통령이 오래가지 못할 것을 나는 직감했다. 자식을 잃은 세월호 가족들 앞에 나타나 위로하지 못하고 두려움에 떨고 있는 그녀를 광화문 단식 장에서 매일 아침 느낄 수 있었기 때문이다. 세월호 가족들의 절규를 외면하고 오히려 억압했던 대통령과 측근들의 부패가 서서히 드러나기 시작했다.

세월호 가족들을 중심으로 한 더 많은 시민들은 다시금 촛불을 들지 않을 수 없었고, 이 촛불은 들불처럼 타올랐다. 지난 9년간 부패하고 무능한 정권을 경험한 시민들은 2016년 10월 29일, 대규모 촛불을 들었다. 그로부터 전국적으로 열린 촛불집회는 촛불혁명으로 이어지게 되었다. 연인원 1,700만의 평화집회는 세계가 놀라고 감탄한 민주주의의 승리였다. 박근혜는 탄핵되었고 촛불혁명으로 새로운 문재인 정부가 탄생했다.

촛불의 함성은 '적폐청산'과 '나라다운 나라'였고, 그것은 문재인 정부의 핵심과제가 되어 지금도 진행 중이다. 4대강과 자원외교 등 셀 수 없는 각종 부패에 연루된 이명박 전 대통령도 구속수감 되어 두 대통령이 동시에 감옥에 있는 국가의 비극을 국민은 목도하고 있다. 이제 한반도는 평화를 꽃 피우고, '사람 사는 세상'을 만들어가야 한다. 촛불혁명정신은 촛불헌법이 되어 '우리 삶을 바꿀' 희망의 초석이 되어야 한다.

촛불은 계속되어야 하고, 인류에게 희망을 줄 수 있는 새로운 한반도를 향해 나아가야 한다. 촛불은 집회만으로 만족하지 않는다. 촛불시민 개개인 안에 밝혀진 불꽃은 꺼지지 않고 조용히 계속 타오를 것이고 그래야만 한다. 그 불꽃은 우리 안의 탐욕을 태우고 세상의 불의를 몰아내 마침내 나라다운 나라, 모든 사람이 사람답게 사는 참 평화의 세상을 만들어가야 한다.

촛불혁명은 3.1혁명의 부활

세계사적 사건, 용기라는 민족적 DNA가 촛불까지 이어져

한완상(3·1 운동 및 대한민국 임시정부 수립 100주년 기념사업추진위원장)

3.1절, 3.1운동은 3.1혁명이라 할만한 대단한 의미가 있다. 이 대단한 의미가 지난 100년간 제대로 전달이 안 됐다. 일제 36년 강압적인 통치 밑에서는 일본 교육 체제가 당연히 젊은 세대에게 3.1혁명을 안 가르쳤다. 나는 일제시대에 초등학교를 다녔다.

해방이 되었으면 그걸 가르쳐야 될 것인데, 해방되고 나서 해방이 아니고 광복이 아니고 또 분단으로 갔다. 이제 분단 74년을 맞이하는데, 이 74년 동안 이 땅을 지배했던 지배 엘리트들 친일, 냉전 세력이다. 그분들에게는 3.1 운동의 감동이 불편하다. 말할 수 없이 불편하다. 그래서 국정 교과서 같은 걸 통해서 가급적이면 감동적인 이야기는 안 했으면 좋겠다고 생각하는 사람들이다. 그러니까 소위 해방과 광복된 이후에도 '광복과 해방'이 없었기 때문에 젊은 세대들이 학교를 통해서 100년 전에 감동을 주었던 3.1 운동을 제대로 이해할 기회가 없었다. 친일 냉전 세력은 국정 교과서로 그걸 자꾸 축소, 제거하려고 했었다. 박근혜 대통령도 아버지의 뜻을 따라서 그렇게 하고자 했다.

얼마 전의 촛불 시민 명예혁명; 그 촛불의 특징 그게 100년 전 3.1 운동의 등불이다. 인도의 타고르가 나중에 3.1혁명 이야기를 듣고 동방의 등불이다 그랬다. 타고르가 감동한 3.1 운동의 평화로운 비폭력 시위가 98년 후에 광화문에서, 또 각 지방에서 터져 나와서 촛불 시민 혁명이 되었다. 거기에 대해 모든 국제적인 언론이 굉장히 격찬한다. 100년 전 3.1 운동과 촛불은 맞닿는다.

3.1 당시 일제는 경찰이 아니라 군을 통제하는 헌병들의 총칼로 비무장 민간인들을 공격하고 진압했다. 우리 선조들은 아주 무자비한 탄압에 대해 우리 전 민중적, 전 민족적 항거를 했다. 비폭력과 전 민족적, 민중적, 자발적인 참여, 이 두 가지가 3.1 운동의 아주 감동적인 측면이다.

그때 외롭게 인도에서 영국 제국주의와 싸웠던 간디와 네루 쪽 사람들이 놀라워했다. 간디의 1급 참모인 네루가 영국 독립운동을 세차게 하다가 감옥에 갇혀서 16살 먹은 딸한테 편지를 썼고 그것이 나중에 세계사편력이라는 책으로 나왔는데 그 2권에 보면 그런 이야기가 나온다. '코리아라는 나라가 있다. 일본 경찰이 참 잔혹하게 통제했지만 끈질기게 저항했다. 너도 이제 갓 학교 나온, 대학교를 나온 젊은 여성들, 소녀들이 그 일에 앞장섰다라는 사실을 안다면 감동할 것이다.' 고 밝혔다.

베트남의 호치민과 관련된 이야기도 있다. 파리에서는 1차 대전 끝나고 강화 회의가 열리는데 그리고 우리 김규식 선생님이 대표로 갔다. 여운형 선생이 돈을 모아서 보냈는데 그때 아시아 쪽에서 소위 약소민족의 독립을 위해서 부르짖는 젊은 청년들이 모였는데 거기 월남에서 온 청년 호치민이 있었다.

그때만 하더라도 호치민은 청원 정도로 해서 적당히 대우받으려고 하는 정도의 아주 부드러운 투쟁을 할 생각이 있었다. 그런데, 우사 김규식 선생을 만나서 냉엄한 세계정세에 대해 이야기를 들었다. 백인 중심의 서방 제국주의는 소위 소셜 다위니즘, 양육강식하는 사회 진화론적 차원에서 아주 무자비하게 약소국을 소탈하고 억압하고 차별한다, 그러니까 그런 청원 정도로 해서는 안 된다, 그런 걸 깨닫고 호치민이 거의 매일 우사를 만났다. 이게, 위험한 청년호치민을 늘 따라다니면서 모니터했던 파리 경찰청 형사의 보고서가 요즘 공개되었다.

3.1 운동이 생기고 감동을 받았던 애국자들이 거의 한 달 한 열흘 후에 상해에 통합적인 임시 정부를 세우고 헌장 1조에 '우리는 민주공화국이다, 국민이 주인이다.'고 밝혔다. 약소국 국민에게는 희망을 주고 패권 위선 국가에 대해서는 경종을 울렸다. 3.1 운동이 일어나고 나서 두 달밖에 안 돼서 중국의 북경대 학생들을 중심으로 한 5.4 운동이 일어났다. 이 5.4 운동은 최근의 시진핑 주석이 오늘날 중국의 세 가지 위대한 역사적 사건으로 이야기했다. 100년 전 민주주의도 잘 모르던 우리 선배 조상들의 그 비폭력 독립운동, 자주, 민주, 평화정신은 족탈불급일 정도이다.

그 용기가 우리 민족의 DNA 속에 있다고 생각한다. 3.1 독립운동선언에 서명했던 33명, 그분들이 다 종교인들이었다. 기독교가 16명이고 천도교가 15명, 불교가 2명인데, 진짜 종교의 본질은 나를 버리고 나를 내려놓고 나를 부인하고 십자가를 지고 그리고 정말 평화와 인권과 정의를 위해서 희생하는 것이다. 그 종교인들이 그런 정신으로 했다. 이기적인 나를 죽이고 사사로운 이기를 죽이고 정의라든지 평화라든지 이런 공공적인 가치를 위해서 자기 몸을 버리는 정신. 그것을 실천한 사람들이다.

우리 촛불 명예 혁명. 왜 명예 혁명 운동이냐 제가 체험한 게 있다. 하루는 차벽으로 막혀있는데 남자들이 차벽으로 뛰어 올라가서 청와대로 이제 막 진군할 것처럼 하니까 옆에 있던 소녀들, 중학생인지 고등학생인지 대학생인지 알 길이 없는데 '내려와, 내려와, 내려와!' 했다. 처음에는 그 남자들이 안 내려왔는데 '비폭력, 비폭력, 비폭력!' 그랬다. 그러니까 스르르 내려왔다. 그때 내가 깨달은 게 아, 이게 3.1 운동 비폭력 평화 운동의 부활이구나 생각했다. (3.1운동 당시에는 그 비폭력이 성공할 수 없었지만, 백 년의 역사를 통해 비폭력 투쟁이 승리하게 되었다.)

수구세력의 발악, 이것의 근원적인 해결책은 100년 전 3.1 운동, 그 비폭력 운동 정신이다. 그게 발선이다. 발악의 반대말이 안 나오는데, 악의 반대는 선이니까 발선. 3.1 운동의 그 어린 유관순이나 나이가 많은 분들도 다 발선을 했다, 일본 제국주의에 대해서. 그러니까 자랑스러운 것이다. 그것으로 우리 평화도 만들고 민주주의도 더 성숙시키는 게 오늘의 우리가 해야 할 일 아니겠는가.

살신성인의 정신으로 조국 독립과 자유를 위해 온몸과 마음을 던져 헌신한 조상들을 숭모하는 마음을 갖자. 70여 년의 한을 가진 북한에 대해 화해하지 못하고 적대하는 오늘날 남한의 수구적 기독교는 아직 멀었다. 3·1 평화 정신이 광화문 광장 등에서 촛불시위로 부활해서 촛불혁명이 이루어진 사실을 기억하면서 기필코 평화, 정의, 번영이 활짝 꽃피는 조국을 만들자.

※ 이 글은 한완상 위원장의 CBS 라디오 〈김현정의 뉴스쇼〉 2019.3.1 대담과 2.24. 향린교회 설교, 3.4일 청와대에서 열린 독립유공자 초청 오찬에서의 말씀을 종합 발췌 정리한 것입니다.

2017.8.1.~2018.8. 『촛불혁명, 시민의 함성』 출판

프로젝트 안내문과 촛불출판시민위원회

『촛불혁명, 시와 글로 찬연하라!』(가칭) 책 출판 및 역사기록 프로젝트에 함께 해 주십시오.

※ 여기서 '시'란 전통적 의미의 시만이 아니라, 시적 표현, 압축적인 메시지, 짧은 글 등을 가리킴.

1. 프로젝트 추진의 취지

우리는 연 인원 1,700만(당일 최고 인원 약 250만) 촛불의 힘으로, 부정부패한 독재권력을 물리치고 민주정부를 세웠습니다. 평화로운 촛불시민혁명은 국내외적으로 민주주의의 역사에 길이 남을 자랑스러운 역사입니다. 그래서 작년 우리 촛불시민들에게 국제적 에버트 인권상이 주어지기도 했습니다. 이 위대한 촛불시민혁명에 참여한 시민들이 혁명의 과정과 전후에 썼던 다양한 시적, 산문적 표현물들을 모아 멋진 책으로 출판하려 합니다. 이를 위해 2016년 첫 촛불집회 전까지의 참담했던 일들, 촛불이 타오르던 과정, 촛불혁명의 의미와 과제 등에 대해 현재까지 썼거나 새로 쓴 시·대자보·구호·깃발 문구·만평·격문 등 시적, 산문적 표현물들을 모읍니다. 촛불시민혁명 주체들의 생각과 꿈과 경험, 열망을 절절하게 표현한 글, 진실하고 감동적인 글들을 보내주세요. 촛불시민혁명의 위대한 정신과 역사로 기록하여 국내외에 널리 전하려고 합니다. 희망하기로는, 촛불혁명 당시 거론된 노벨평화상 후보나 유엔 인권상의 근거자료 중 하나로도 제출되었으면 좋겠습니다. 주요 도서관과 서점에서도 널리 읽히고 길이 보존될 수 있도록 최선을 다하고자 합니다.

2. 원고모집 및 유의사항

① 기간: 2017.8~2018.3.3

② 분량 : 한두 줄 메시지, 격문, 몇 줄의 발언이나 A4 한쪽 정도

③ 제출 : 이메일(candlerevolution2017@gmail.com / cr2017@naver.com)

④ 유의사항

- 제출된 원고를 편집위원들이 공정하게 검토하여, 촛불시민혁명 정신을 드러낸 작품들을 거의 모두 선정합니다. (스스로 먼저 보내신 분들의 정성이 담긴 촛불혁명에 부합되는 작품들이 우선권을 가짐)
- 지면 사정상, 미처 싣지 못한 못한 원고는 차후 PDF 전자책으로 출판하고 촛불시민혁명 기록물로 길이 보존 하겠습니다.

출판 후기(경과, 어려움, 제한점, 희망)

† 『촛불혁명, 시로 말하다』 출판 제안과 기획

이 출판은 촛불시민의 한 일원이며 시민사회 일을 많이 하던 안승문 님이, 매번 광화문 광장에서 촛불 시를 써서 SNS에 발표해 온 정영훈 교사에게 "촛불시민들의 시를 모아 『촛불혁명, 시로 말하다』는 제목으로 출판을 해보자"는 제안으로부터 시작되었습니다. 2017년 8월 초 각계의 나름 전문가 5인이 함께 기획하여 구글방에 프로젝트를 안내하고(책 뒤 프로젝트 참조), 그것을 모든 SNS에 홍보하였습니다.

† 촛불혁명만큼이나 어려운 촛불혁명 출판

기획 홍보를 시작할 때만 해도 우리는 한두 달 내에 시(시 또는 시적인 짧은 글)와 후원이 다 모여 탄핵 1주년 전에 책을 낼 수 있으리라 생각했습니다. 촛불시민들이 워낙 많지만 한두 달 내에 원고가 모아지는 것은 어렵지 않을 것으로 여겨졌습니다. 원고가 너무 많이 모이면 골라내기 어려울까 걱정도 했습니다. 그런데 그게 아니었습니다. 수백 명의 카톡방, 텔레그램방, 밴드, 수천 수만 명의 페이스북에 홍보하고 광고를 했지만, 원고와 후원이 잘 들어오지 않았습니다. 촛불시민들의 단체 행사마다 가능한 대로 참석하여 홍보하고 안내문을 드렸으며, 광화문 광장에서 몇 천 부의 전단지를 배부했지만, 효과는 적었습니다. "시"라는 형식에 대한 부담을 덜어주기 위해 『촛불혁명, 시와 글로~』 안내를 했어도 쉽지 않았습니다. 우리의 부족함 때문이기도 했지만, 대부분 역사적 책에 실릴 글쓰기에 대한 부담을 많이 느꼈습니다.

참여자를 촛불시민 자격으로 하니 시인이나 전문적으로 글을 쓰는 분들이 참여를 꺼리기도 하고, 촛불집회에 적극 참여했을지언정 평소 글을 쓰지 않는 분들은 남의 일로 여겼습니다. 그래서 구술한 것을 글로 써 드리기도 하고, 종이에 쓴 것을 직접 입력해 드리기도 했습니다. 천차만별인 원고들이라 글쓴이의 취지를 살려 글자나 비문을 고치기도 하고, 형식을 다듬어 드리기도 했습니다.

우리가 촛불혁명출판시민위원회를 구성했지만 조직력은 매우 미약했습니다. 백서 기록위원회 등과 달리 예산도 한 푼 없었습니다. 여러 가지 이유로 출판 중단 위기를 맞이하기도 했습니다. 오로지 촛불출판이라는 촛불시민들과의 공공연한 약속에 대한 소박한 촛불로서의 사명감, 오랜 시간에 걸쳐 소중한 원고와 후원을 보내주신 분들에 대한 책임감으로 중단 없이 이겨냈습니다. 이 책은 돈으로 환산할 수 없는 희생과 헌신의 결과물이라 생각합니다.

† 난점과 제한점

그래도 계기나 상황이 안되어 원고와 후원, 자문위원에 들어가지 못한 분들에 대한 아쉬움이 큽니다. 여러 편의 시나 심혈을 기울인 긴 글을 다 싣지 못하고, 1인 1작(짧은 것은 한 면 양쪽으로 2편), 분량(시의 경우 가능하면 1쪽, 산문의 경우 가능한 대로 1~3쪽)을 했습니다. 후원위원과 자문위원은 성함만 써 주고 필자의 경우 최소한의 소개 한두 가지만 해드리기로 했습니다. 여러 중요한 역할을 하는 분들이 많고, 거의 모든 필자가 크고 작은 단체나 직장의 대표, 위원장, 이사 등이지만, 직위는 대부분 생략했습니다. 한 권의 책에 모든 것을 담을 수는 없는 일이며, 완벽할 수도 없습니다. 우리의 원래 촛불출판위와 따로 가게 되면서 본의 아니게 이 책에서 빠지게 된 분들께 깊은 애석함을 느낍니다. 두루 양해를 구합니다. 기나긴 시간 최선을 다했어도 주요한 하자가 발견되면 2쇄를 찍을 때 수정 보완 하겠습니다.

† 감사와 희망

봉하마을 정토원에 사시면서 빠짐없이 촛불집회에 참석하신 85세 선진규 어르신의 지원과 독려, 이기영 교수님의 옥고와 큰 후원 외 지면상 열거할 수 없이 많은 분들의 적극적 원고와 후원, 자문 참여(프로젝트 안내문과 촛불출판시민위원회 참조)에 깊이 감사드립니다. 의미가 큰 만큼 복잡한 책을 애써 발간해 주신 밥북 출판사에도 감사와 동지애를 표합니다.

『촛불혁명, 시민의 함성』의 보급은 촛불혁명 정신의 보급이며 촛불 정신의 계승 발전을 위한 것입니다. 참여하신 분들 모두 열 권, 오십 권, 백 권의 책을 보급하시는데 참여하시는 만큼, 촛불정신은 사회적 역사적 의미를 갖는 것이며, 그 계승 발전을 위한 모임과 활동을 가능하게 할 것입니다.

촛불혁명출판시민위원회편집위원 일동

색인

In Anerkennung und Würdigung der Kerzenbürgerinnen und Kerzenbürger Koreas

- für das Engagement für friedlichen Protest und anhaltend gewaltfreie Demonstrationen in Südkorea,
- den Einsatz gegen Autoritarismus und für die Rechtsstaatlichkeit in der jungen Demokratie Südkoreas,
- das exemplarische Stärken des Menschenrechts auf Versammlungsfreiheit.

상 장

대한민국 촛불시민

귀하는 대한민국의 평화적 집회와 장기간 지속된 비폭력 시위에 참여하고, 권위주의에 대항하며 신생 민주주의 대한민국 법치국가의 실현을 위해 헌신하고, 집회의 자유 행사를 통한 모범적 인권 신장에 기여한 공로가 인정되어 이 상을 수여합니다.

Berlin, 5. Dezember 2017
2017년 12월 5일 베를린

Kurt Beck
Vorsitzender der Friedrich-Ebert-Stiftung
프리드리히 에버트 재단 대표 쿠르트 벡

Der Menschenrechtspreis der Friedrich-Ebert-Stiftung wird aus dem von ihr verwalteten Feist-Fonds in Erfüllung des Vermächtnisses von Karl und Ida Feist vergeben.
프리드리히 에버트 재단 인권상은 칼과 이다 파이스트 부부의 유언에 따라 본 재단이 운영하는 파이스트 기금을 통해 수여됩니다.

촛불혁명
시민의 함성

펴낸날 2018년 9월 3일
2쇄 펴낸날 2019년 3월 29일

지은이 촛불혁명출판시민위원회
펴낸이 주계수 | **편집책임** 이슬기 | **꾸민이** 유민정

펴낸곳 밥북 | **출판등록** 제 2014-000085 호
주소 서울시 마포구 양화로 59 화승리버스텔 303호
전화 02-6925-0370 | **팩스** 02-6925-0380
홈페이지 www.bobbook.co.kr | **이메일** bobbook@hanmail.net

ISBN 979-11-5858-465-8 (03330)

※ 이 도서의 국립중앙도서관 출판시도서목록(CIP)은 e-CIP 홈페이지(http://www.nl.go.kr/cip)에서 이용하실 수 있습니다. (CIP 2018026782)